Celina

Manchmal hilft nur Hexerei

Christel Hasse

Celina

Manchmal hilft nur Hexerei

Titelfoto von Olivia Buck

Bibliographische Information der Deutschen Nationalbibliothek:
Die Deutsche Nationalbibliothek verzeichnet diese Publikation in der Deutschen Nationalbibliografie, detaillierte bibliografische Daten sind im Internet über dnb.dnb.de abrufbar.

TWENTYSIX – Der Self-Publishing-Verlag

Eine Kooperation zwischen der Verlagsgruppe Random House und BoD – Books on Demand

© 2016 Christel Hasse

Herstellung und Verlag:

BoD – Books on Demand, Norderstedt

ISBN: 9783740710255

Kapitel I
Ein ganz normaler Tag

„Frau Schmitz, haben Sie diese Medikamente hier liegen lassen?" Der Tonfall in dieser Frage war natürlich mal wieder vorwurfsvoll. Wie sollte es auch anders sein? Celina verdrehte leicht die Augen und wandte sich dann der Fragenden zu.

„Ja, Frau Evershagen, ich hatte eine Kundin, die sich nicht so ganz entscheiden konnte, daher habe ich die Tabletten dort hingelegt." Celina bemühte sich um Freundlichkeit, auch wenn ihr irgendwie gar nicht danach war. „Ich räume sie sofort weg."

„Ach so ..." Frau Evershagen zog missbilligend die Augenbrauen hoch, wie sie es so gerne tat, sagte aber nichts mehr.

„Bald ist Feierabend!", war Celinas Gedanke, an dem sie sich einfach festhielt, während sie die abgelegten Schachteln sorgfältig wegräumte. Drei Jahre hörte sie sich nun schon das Dauergenörgel ihrer Kollegin und Vorgesetzten in der Apotheke, in der sie arbeitete, an. Nervig! Einfach nur nervig!

Natürlich griff Frau Evershagen das Thema nochmal auf: „Wenn morgen hier die neue Kollegin anfängt, darf so etwas aber gar nicht erst einreißen, dann heißt es mit gutem Beispiel voran!"

Celina atmete tief ein, sehr tief. Doch bevor sie zu einer Antwort ansetzen konnte, mischte sich Richard, der gerade fertig studierte neue Apotheker, ein: „Lassen Sie es gut sein, Frau Evershagen. Sie regen sich mal wieder künstlich auf!"

Ja, Richard durfte so mit ihr reden. Er sagte das, was er sagte, stets charmant und doch nachdrücklich. Außerdem war er der Sohn vom alten Apotheker und Chef. Trotzdem durften ihn alle beim Vornamen nennen, er bestand sogar darauf.

Richard war schon in Ordnung, Isabell, ihre etwas jüngere Kollegin auch und na ja, den Rest des Teams, der eigentlich nur aus Frau Evershagen und dem Seniorchef bestand, musste sie ja nicht gerade zum Geburtstag einladen.

Das alles war ihr Alltag. Genauso wie ihre kleine, schnuckelige 2-Zimmer-Wohnung, ihr sehr verschmuster Kater Mikesch und die manchmal ewig langen Telefonate mit ihrer Mutter oder ihrer Freundin Kathi, die eigentlich Katharina hieß. Eigentlich hasste sie Telefonieren wie die Pest, weil sie insbesondere dann die Frage „Was machst du gerade?" einfach nur nervig fand. Es konnte derjenigen am anderen Ende der Leitung doch schnuppe sein, ob sie versuchte, nebenbei zu bügeln, sich die Fingernägel zu lackieren oder sich was zu essen brutzelte. Aber jemanden am Telefon so einfach abwürgen war auch nicht so ihr Ding.

Ja, manchmal war sie eigentlich viel zu nett, meistens sogar, zu ihren Nachbarn ebenso wie in ihrem Bekanntenkreis. Genau das war wahrscheinlich auch das, was ihre letzte Beziehung gekillt hatte. Wie auch immer, das war Geschichte. Seitdem versuchte ihre Freundin Kathi zusammen mit ihrem Freund Sönke allerdings ständig, sie mit irgendwem zu verkuppeln. Auch manchmal nervig, aber auch manchmal irgendwie echt süß!

An diesem Tag war fast alles wie sonst auch. Sie hörte das Telefon schon klingeln, als sie die Wohnungstür noch nicht einmal aufgeschlossen hatte. Schnell warf sie ihre Jacke und die Tasche in eine Ecke, aber als sie beim Telefon war, hatte es bereits aufgehört zu klingeln. Die Anzeige vom Telefon verriet ihr, dass es Kathi gewesen war. Sie würde es später wieder versuchen, dessen war sich Celina absolut sicher. Inzwischen maunzte Mikesch sie klagend an. Wie hatte sie zuerst zum Telefon laufen können, ohne ihn zu beachten?

Celina musste grinsen. „Ja, ich weiß, Mikesch, du hast mich so vermisst!" Zärtlich kraulte sie ihm das halblange schwarz-weiße Fell und fischte aus einer Tüte in der Küche ein Leckerli. Natürlich rief Kathi wieder an, bereits eine Viertelstunde später. Seufzend ging Celina ran.

„Oh, da bist du ja endlich, Süße", begann Kathi ihren Redeschwall. „Hast du schon bei Facebook geguckt? Sven hat ein neues Foto hochgeladen. Ist es nicht toll?"
Celina verdrehte die Augen. Sven war ein Freund von Kathis Sönke und der nächste, mit dem sie Celina schon seit geraumer Zeit unbedingt verkuppeln wollte.
„Ich bin gerade erst zu Hause", antwortete Celina, „und ich hab den PC noch nicht mal an."
„Aber du musst unbedingt gleich gucken. Das ist ein ganz neues Foto, so wie es aussieht. Und hast du schon was vor am Wochenende? Wir wollten sonst bei uns einen gemütlichen DVD-Abend machen. Sven hat auch schon zugesagt, aber es kommen noch ein paar Leute mehr." Kathi war kaum zu bremsen.
„Ich schau, sobald ich Mikesch versorgt habe", sagte Celina und wusch mit zwischen Schulter und Ohr eingeklemmtem Telefonhörer den Futternapf des Katers aus. „Was wollt ihr denn so an DVDs gucken?", fragte sie, obwohl sie eigentlich nicht viel Lust dazu hatte.
„Wir hatten so an Paranormal Activity gedacht, voll gruselig", meinte Kathi.
Celina hörte auf zu atmen, für einen Moment nur, während sie die Augen schloss. Dann antwortete sie bewusst ruhig: „Du weißt, ich mag solche Filme nicht."
„Aber Sven ist doch da! Er kann dich doch beschützen!" Celina konnte Kathis Grinsen förmlich vor sich sehen.
„Meine Antwort lautet nein. Und jetzt will ich noch eben unter die Dusche. Ich meld mich morgen." Es war normalerweise überhaupt nicht Celinas Art, Kathi so kurz abzukanzeln. Trotzdem legte sie schnell auf, bevor noch eine weitere Antwort von ihr kam. Sven würde sie schon beschützen … Kathi hatte keine Ahnung wovon sie da redete.
Später am Abend guckte Celina sich wirklich noch bei Facebook das neu hochgeladene Bild von Sven an. Ja, er sah gut

aus. Aber er haute sie auch nicht um. Da blieb sie lieber alleine, anstatt sich jemanden auszusuchen, der einfach nur attraktiv war. Und na ja, so ganz alleine lebte sie ja nicht. Schließlich war Mikesch da, ein bisschen eigenwillig, aber jede Nacht treu an ihrer Seite. Sie liebte es, wenn sein Schnurren sie sanft ins Reich der Träume führte.

Kapitel II
Die neue Kollegin und ein unerwartet nettes Wochenende

Am nächsten Tag ließ Frau Evershagen es sich nicht nehmen, die neue Kollegin allen ganz förmlich vorzustellen. Die Kleine tat Celina einfach leid, als sie ein bisschen schüchtern wirkend so neben der sehr dominanten Kollegin Marke Hausdrachen stand. Sie war sehr zierlich und bestimmt höchstens 1,60 m groß. Ihre großen braunen Rehaugen wirkten sehr ruhelos, als sie sich unsicher umschaute.

„Ich heiße Lydia Jansen", stellte sie sich vor. „Aber es wäre lieb, wenn mich alle einfach Lydia nennen."

„Die Kleine wirkt, als müssten wir sie noch ein wenig aufpäppeln", raunte Isabell Celina zu und sprach ihr damit aus der Seele. Sie hoffte inständig, dass Frau Evershagen Lydia wenigstens einigermaßen mit ihren Launen verschonen würde.

Tatsächlich schien Celinas Wunsch in den nächsten Tagen in Erfüllung zu gehen. Lydia wurde von allen sehr zuvorkommend behandelt, sogar von ihr.

Auch Isabell bemerkte dies. „Weißt du noch, wie wir hier angefangen haben? Zu uns war sie nicht so nett."

Oh ja, Celina erinnerte sich. Isabell und sie hatten zur gleichen Zeit in der Apotheke angefangen. Der Hausdrache hatte ihnen so manches Mal die Laune verhagelt.

„Vor allem hat sie uns nichts auch nur annähernd so geduldig erklärt", ergänzte Celina.

„Vielleicht bringt die Kleine es ja fertig, dass sie ein wenig zahmer wird."

Isabell grinste. „Das wär ja mal was."

Für das Wochenende beschloss Celina, bei Kathi abzusagen und ein wenig allein zu sein. Manchmal brauchte sie das einfach, obwohl Kathi dafür wenig Verständnis zeigte.

„Ach komm schon, Celina. Das wird bestimmt toll. Sven hat sich schon richtig gefreut, dass du auch da sein könntest."

„Bin ich aber nicht. Ihr könnt ja gerne gucken, aber lass mich doch einfach", blieb Celina stur.

„Nur weil wir Gruselfilme gucken wollen?", fragte Kathi nach.

„Ja, auch!", gab Celina zu. „Und weil ich keine Lust habe, verkuppelt zu werden. Sven ist ein lieber Kerl und sieht toll aus, aber ich weiß halt nicht, ob das so richtig ist."

„Gib ihm doch wenigstens die Chance, dich ein bisschen besser kennenzulernen", argumentierte Kathi.

„Also gut", lenkte Celina ein. „Ich überleg es mir."

„Bitte ...", drängte Kathi noch einmal.

„Ja, ist gut, aber keine Gruselfilme." Celina gab sich geschlagen.

„Geht in Ordnung!" Celina sah förmlich Kathis triumphierendes Grinsen.

Der DVD-Abend am Samstag war dann wirklich nett. Außer Kathi, Sönke und Sven waren noch zwei Arbeitskolleginnen von Kathi und ein Freund von Sönke da, so dass Celina nicht das Gefühl hatte, sie würde nun unbedingt verkuppelt werden, einfach weil es so eine gemütliche Runde war.

Kathi hatte tatsächlich Celina zuliebe sämtliche Gruselfilme verbannt, aber als sie zusammen mit ihr in der Küche eine Riesenportion Mikrowellenpopcorn für das richtige Kinogefühl fertig machte, fragte sie Celina dann doch ein wenig neugierig: „Du sag mal, rein aus Interesse, wieso magst du eigentlich keine Gruselfilme?"

Celina starrte auf die heiße Popcorntüte, die sie gerade vorsichtig öffnen wollte. Sie hatte keine Ahnung, was sie darauf sagen sollte. Konnte oder sollte sie wirklich über solche Dinge mit Kathi reden? Dinge, die sie viel lieber hinter sich lassen wollte ...

„Celina?", fragte Kathi nach. „Alles in Ordnung?"

„Ähm, ja ..." Celina schaute in Kathis irritiertes Gesicht. „Irgendwann erklär ich es dir mal, ja?"

Kathi nickte, schaute Celina in die Augen und meinte dann: „Okay, ich komm drauf zurück!" Dann zwinkerte sie und grinste. „Du verbrennst dir gleich die Pfoten!"

Recht hatte sie! Celina ließ die heiße Tüte in die Schale fallen und grinste ebenfalls.

Später am Abend stellte Kathi eine Flasche Sekt auf den Tisch. „Na, wer köpft die mit mir?"

„Gibt es irgendeinen Anlass?", fragte Celina.

„Nein, einfach nur so", meinte Kathi und holte ein Paar Gläser aus dem Schrank.

Ihre Arbeitskolleginnen tranken gern ein Glas mit, Celina verzichtete allerdings. Ihr war da nicht nach. Sönke entschied sich lieber für einen Whisky, ebenso wie Sven. So war die Stimmung insgesamt ein wenig angeheitert, als Sönke vorschlug, den alten Klassiker „Ghostbusters" zu gucken.

Kathi blickte ein wenig unsicher zu Celina, aber mit diesem Film hatte sie kein Problem, so dass sie breit grinste.

„Das wäre doch mal ne Marktlücke", fand Sönke während des Films, als die Geisterjäger mal wieder ein Gespenst einfingen.

„Nur dass Geister sich wohl kaum einfach einfangen lassen", meinte Celina dazu und ärgerte sich sofort, dass ihr das rausgerutscht war, denn Sven schaute Celina neugierig an.

„Du glaubst an Geister?", fragte er nach.

„Wer weiß ... ich meine ... es kann doch sein", stotterte sich Celina zusammen.

„Stimmt!", sagte Sven einfach nur.

Als es dann wirklich spät war und alle nach Hause wollten, bot sich Sönkes Freund an, die beiden Arbeitskolleginnen von Kathi zu fahren. Er hatte ja nichts getrunken.

„Dann fahr ich dich", beschloss Celina kurzerhand und lächelte Sven zu.

Der nahm das Angebot sehr gerne an: „Von einem Engel gefahren werden. Wer könnte da schon nein sagen?"

Celina überging das Kompliment einfach und hoffte, dass er es dabei belassen würde.

Das tat er wirklich. Nur zum Abschied küsste er sie sanft auf die Stirn und stieg dann aus.

Kapitel III
Was für ein Montag

Montagmorgen. Verschlafen schaute Celina in den Badezimmerspiegel über dem Waschbecken. Sie hasste Montage. Am liebsten wäre sie wieder ins Bett gekrabbelt und hätte sich die Decke über den Kopf gezogen. Wenn sie in dem Moment geahnt hätte, welcher Stein an diesem Tag ins Rollen kommen würde, dann hätte sie sich wahrscheinlich tiefer als tief im Bett vergraben, was ihr allerdings auch nichts genützt hätte.
Zuerst sah alles noch normal und friedlich aus, jedenfalls bis zum späten Vormittag.
Celina sortierte mit Isabell und Lydia Medikamente ein, Frau Evershagen war am Dauertelefonieren und Richard bediente vorne im Verkaufsraum die Kunden, wobei je nach Kundenaufkommen, die anderen mit aushalfen. Praktischerweise konnte man durch eine Glasscheibe direkt in den Verkaufsraum schauen, die von der anderen Seite dann jedoch nur als Spiegel zu sehen war. So hatten sie einen guten Überblick.
Als Richard etwas länger mit einem Kunden beschäftigt war und ein zweiter Kunde die Apotheke betrat, ging Isabell nach vorne. Celina warf nur einen flüchtigen Blick hoch, weil sie gerade ein neues Medikament im Schrank einordnete. Da stutzte sie. Wo war Lydia?
Sie entdeckte sie zeitgleich mit Frau Evershagen, die in dem Augenblick den Raum betrat. Lydia kauerte zitternd in einer Ecke auf dem Boden!
Bevor Celina und Frau Evershagen jedoch bei ihr waren, kam Isabell aus dem Verkaufsraum.
„Wo ist Lydia?", fragte sie. „Jemand würde sie gerne sprechen."
Sie folgte den Blicken der anderen und starrte erschrocken auf Lydia. Sprachlos schaute sie zu Celina.
„Sag, sie ist nicht da!", sagte Celina schnell, weil sie bemerkt

hatte, dass Lydia bei Isabells Worten noch ein wenig mehr zitterte und ihre Augen groß aufgerissen hatte.

„Ich … ähm … ja", stotterte Isabell und ging zurück.

„Was um alles in der Welt ist passiert, Kindchen?", fragte Frau Evershagen, während sie die total verängstigte Lydia aus ihrer Ecke hochzog.

„Wie konnte er mich nur finden?", stieß Lydia fassungslos hervor und eine Träne rollte ihre Wange hinunter.

Celina und Frau Evershagen schauten bei dieser Frage fast automatisch zur Glasscheibe mit Blick in den Verkaufsraum.

„Dieser Mann dort?", wollte Frau Evershagen wissen.

Auf der anderen Seite des Tresens bei Isabell stand ein recht gut aussehender Mann Anfang dreißig mit Anzug und Krawatte.

Lydia nickte und weitere Tränen liefen über ihr Gesicht.

„Ich … ich war mit ihm zusammen", stammelte sie. „Er ist ein Monster … warum kann er mich nicht in Ruhe lassen …"

Nachdem Isabell diesem Kunden nun offenbar das Aufgetragene gesagt hatte, verließ er die Apotheke.

„Was ist los?", fragte Isabell, als sie nun wieder nach hinten kam.

„Ihr Ex", erklärte Celina knapp und lief zum Seitenfenster, das einen guten Ausblick auf den Parkplatz hatte.

Nur wenige Momente später standen neben ihr auch Frau Evershagen und Isabell. Lydia traute sich nicht direkt an das Fenster, sie blieb stattdessen ein wenig zurück.

So sahen sie alle, wie dieser Mann in sein Auto, ein ziemlich teures BMW-Modell, stieg.

„Der stinkt ja vor Geld!", meinte Frau Evershagen.

„Haargenau das habe ich auch gerade gedacht", sagte Isabell.

Seltsamerweise hatte auch Celina genau diese Worte gedacht, sie sprach sie allerdings nicht aus.

Nachdem dieser Mann nun weggefahren war, kümmerte sich Frau Evershagen erst einmal um Lydia.

„So, Kindchen, setz dich und erzähl, was passiert ist", gab sie sich betont fürsorglich.

„Kindchen ...", raunte Isabell Celina zu und verdrehte die Augen.

Die zwinkerte ihr mit dem Hauch eines Grinsens zu. Offenbar fanden beide das Verhalten von Frau Evershagen ein klein wenig übertrieben.

„Er ist ein Monster!", schluchzte Lydia. „Er lässt mich nicht in Ruhe ..."

„Was hat er getan? Was will er denn? Ward ihr denn lange zusammen?", sprudelten die Fragen nur so aus Frau Evershagen heraus.

Lydia schniefte noch einmal, putzte sich dann die Nase und fing an zu erzählen: „Sein Name ist Nico Bartels. Er ist Finanzmakler und hat sehr viel Geld. Nebenbei malt er auch noch. So richtig mit Ausstellungen und so. Er glaubt, er darf alles und alles gehört ihm, was er will und wen er will. Wir waren nur sechs Monate zusammen, aber das war der echte Horror ..."

„Aber was will dieser Mann denn noch?", fragte Frau Evershagen nach.

„Er kann es nicht verkraften, dass ich gegangen bin. Ich war in seinen Augen sein Besitz, etwas, mit dem er machen kann, was immer er will ..."

„Das heißt?" Nun wurde auch Isabell neugierig.

„Er hat mich misshandelt, mich gedemütigt, wann immer er wollte", schluchzte Lydia.

„Gut, dass du gegangen bist. Wie lange seid ihr auseinander?", fragte Isabell.

„Das ist jetzt bald zwei Monate her", antwortete Lydia zitternd, „aber für ihn sind wir immer noch zusammen ..."

„Aber da gibt es doch sicher Mittel und Wege, um ein solches Verhalten zu unterbinden", meinte Frau Evershagen.

„Aber was?", fragte Lydia. „Er findet mich immer."

„Nun, Kindchen, vielleicht solltest du ihn anzeigen und eine Verfügung bei Gericht beantragen."

„Anzeigen?" Lydias große braune Augen wurden noch ein wenig größer.

„Du hast doch gesagt, er hätte dich misshandelt", half Isabell ihr auf die Sprünge.

„Und eine einstweilige Verfügung des Gerichts würde ihn fernhalten", ergänzte Frau Evershagen.

„Er hat viel Geld und viel Macht ...", sagte Lydia niedergeschlagen.

„Das wird ihm auch nicht viel nützen in diesem Fall", erklärte Frau Evershagen stur. „Morgen früh gehen wir beide zusammen zur Polizei und zum Gericht. Ich spreche das gleich mit dem Chef noch ab."

Lydia nickte nur noch stumm. Der Tonfall von Frau Evershagen duldete keinen Widerspruch mehr. So fing alles an. Auch für Celina.

Kapitel IV
Gedanken über Gedanken

Celina schreckte aus dem Schlaf hoch. Sie hatte wohl irgendwas Merkwürdiges geträumt. Ihr Blick fiel auf den Wecker. Es war erst zwei Uhr morgens. Wo war Mikesch? Er lag sonst immer neben ihr. Sie beschloss, sich etwas zu trinken zu holen und gleichzeitig nach ihrem Kater zu sehen.

Nachdem sie ein großes Glas Wasser getrunken und in jedem Zimmer, einschließlich Bad, nachgeschaute hatte, fand sie Mikesch endlich hinter ihrer Couch. Als Celina ihn auf ihre typische sanfte Art rief, kam er sofort zu ihr.

„Du fühlst dich ganz kalt an, Mikesch", sagte sie zu ihm, während sie ihn streichelte. „Warum bist du aber auch aus dem warmen Bett raus?"

Sie nahm ihn in den Arm und trug ihn zurück ins Schlafzimmer. Kaum hatte sie sich dann mit dem Kater aufs Bett gesetzt, schossen ihr ein paar Bilder ihres Traums wieder in den Sinn.

Da war dieser Mann mit dem Anzug, er stand einfach so da. Einen Moment später sah sie, wie er vor einer großen Staffelei stand und malte, diesmal in Jeans und T-Shirt. Er war überall mit Farbe bekleckert, selbst sein blondes Haar.

Seltsamer Traum, fand Celina. An mehr konnte sie sich irgendwie nicht erinnern. Wie war noch der Name, den Lydia genannt hatte? Stimmt, Nico Bartels hatte sie gesagt.

Der Besuch ihres Ex in der Apotheke war jetzt ein paar Tage her. Frau Evershagen war tatsächlich mit Lydia zur Polizei gewesen und zum Gericht, gleich am Dienstag. Danach wirkte Lydia zwar immer noch ein wenig ängstlich, jedoch vergleichsweise zu vorher beinahe entspannt.

Jetzt war Samstagmorgen, Celina schaute auf den Wecker, genau 2.45 Uhr, und sie war irgendwie hellwach. Sie hatte diesen Samstag frei und konnte eigentlich ausschlafen. Um 10

Uhr wollte Kathi vorbeischauen zum Frühstücken. Sönke musste heute arbeiten. Bis dahin war noch lange Zeit zum Schlafen.

Celina murmelte sich wieder in ihre Bettdecke ein und machte die Augen zu. Wieder fingen ihre Gedanken an zu kreisen. Dieser Mann, der dort in der Apotheke gestanden hatte, er war so ein richtig schlechter Mensch? Ein Monster? Er hatte gar nicht so auf sie gewirkt. Vielleicht arrogant, ja. Er hatte zweifellos viel Geld. Aber das? Was ihr immer noch seltsam vorkam, war dieser komische Zufall, dass sie alle drei, Frau Evershagen, Isabell und sie selbst auch, wortwörtlich den gleichen Gedanken hatten, als sie aus dem Fenster geschaut hatten. „Der stinkt ja vor Geld!" war normalerweise eher nicht die Ausdrucksweise von Frau Evershagen. Es war schon irgendwie gruselig die gleichen Gedanken zu haben wie diese Frau.

Celina versuchte die Gedanken alle beiseite zu schieben und drehte sich anders hin. Mikesch hatte sich angekuschelt und sie kraulte sein Fell, was er mit einem zärtlichen Schnurren beantwortete.

Was für eine Art Mensch war das? Was ging in jemandem vor, der eine Frau nur als Besitz betrachtete und sich das Recht herausnahm, sie zu misshandeln wie es ihm beliebte?

Wieder versuchte Celina ihren Kopf endlich leer zu bekommen. Mit solchen Gedanken war an Schlafen nicht einmal ansatzweise zu denken. Müde fiel ihr Blick auf den Wecker: 3.20 Uhr! Genervt setzte sie sich auf, stand dann auf und ging in die Küche, um im Schrank nach Schokolade oder sowas zu suchen. Nachdem sie fündig geworden war, huschte sie nochmal zum Klo und kuschelte sich wieder ins Bett.

Sie würde jetzt nicht mehr versuchen zu schlafen, sondern einfach nur noch ein wenig ausruhen, das war ihr Plan. Und das war auch ihr letzter Gedanke, als sie nun doch ins Reich der Träume segelte.

Celina erwachte, weil Mikesch sie immer wieder anstupste.

„Hast du schon Hunger?", murmelte sie verschlafen und blinzelte zum Wecker hinüber. „Ach du Scheibenkleister ..." Ganz offensichtlich hatte sie ihren Wecker nicht gehört. Es war bereits 9.40 Uhr. In zwanzig Minuten würde Kathi schon da sein! Und Kathi war manchmal echt überpünktlich!

Kaffee kochen und Kater füttern machte sie irgendwie gleichzeitig. Dann wetzte sie ins Bad und wusch sich unter dem Wasserhahn die Haare. Duschen musste ausfallen, aber ungewaschene Haare gingen gar nicht. Während sie sich ihre schulterlangen braunen Haare mit dem Handtuch durchwuschelte, suchte sie schon aus dem Schrank ein paar Klamotten zum Anziehen zusammen. Sie war gerade in ihre Jeans geschlüpft, als es schon an der Tür klingelte. Ein Blick auf den Wecker bestätigte, was sie befürchtet hatte. Kathi war glatt 10 Minuten zu früh dran. Schnell streifte sie ihr T-Shirt über und wickelte sich das Handtuch um die feuchten, immer noch ungebürsteten Haare, bevor sie die Tür öffnete.

Es war tatsächlich Kathi mit einer Brötchentüte.

„Verschlafen?", fragte sie mit einem Grinsen.

Celina zog eine Grimasse als Antwort.

„Okay, ich kümmere mich um den Kaffee und deck den Tisch", sagte Kathi knapp.

Celina verschwand im Bad und bürstete erst einmal ihre widerspenstigen Haare.

Der Blick in den Spiegel zeigte ihr eindeutig, dass sie immer noch nicht wirklich wach war. Was war das nur für eine seltsame Nacht gewesen? Sie war tatsächlich doch noch eingeschlafen und sie war sich sicher, dass da wieder so merkwürdige Träume gewesen waren. Allerdings waren nur ein paar Bildfetzen da, an die sie sich erinnerte: Ein Bild von einem Schiff auf hohen Wellen, das er gerade malte, sein Gesicht, ganz ernst, mit Tränen, die ihm über die Wangen liefen, blutige Tränen.

„Ist alles in Ordnung?", fragte Kathi besorgt, als Celina ins Wohnzimmer kam, wo der Tisch schon fast fertig zum Frühstücken gedeckt war.

„Ja", antwortete Celina und holte die Kaffeebecher, die noch fehlten.

„Du bist ganz blass!", sagte Kathi, als Celina sich nun setzte.

„Hab nicht so gut geschlafen", erklärte Celina. „Das war eine sehr seltsame Woche ..."

Und sie erzählte Kathi von Lydia, von dem Besuch ihres Ex in der Apotheke und dass sie vollkommen aufgelöst gewesen war, von Frau Evershagens Reaktion und von ihrer Begleitung für Lydia bei Gericht und Polizei.

Kathi hörte sich alles ruhig an, ohne zu unterbrechen. Erst als Celina soweit geendet hatte, fragte sie: „Warum regt dich das aber alles so sehr auf, dass du nicht gut schläfst? Erstens gibt es bestimmt tausende solcher Typen und zweitens ist doch alles gut jetzt. Er wird sie bestimmt nun in Ruhe lassen."

„Ich weiß es nicht", sagte Celina schulterzuckend. „Ich hatte einfach nur einen merkwürdigen Traum."

„Du glaubst, dass Träume eine Bedeutung haben?", fragte Kathi.

„Ja, manchmal schon", gab sie zu.

„Dann versuchen wir es doch mal mit Traumdeutung", meinte Kathi grinsend. „Erzähl mal!"

Und Celina erzählte von der letzten Nacht, von Mikeschs seltsamem Verhalten und von den Traumbildern, an die sie sich noch erinnerte.

Als sie geendet hatte, schwieg Kathi eine Weile, dann meinte sie: „Wenn ich das deuten sollte, würde ich wahrscheinlich sagen, dass du ihn in irgendeiner Form für unschuldig hältst. Die blutigen Tränen könnten ein Sinnbild dafür sein. Das mit Mikesch könnte eine Reaktion auf dein unruhiges Schlafen sein. Vielleicht war ihm das nicht geheuer."

Celina zuckte nur mit den Schultern.

„Hast du mal geguckt, ob er bei Facebook ist? Nun bin ich ja ein wenig neugierig.“
„Auf die Idee bin ich noch gar nicht gekommen. Okay, schauen wir mal ...“
Da klingelte es an der Tür.
Celina ging hin, war aber schon nach wenigen Minuten zurück.
„War nur der Postbote, er hatte ein Päckchen für meinen neuen Nachbarn“, erklärte sie. „Lass uns jetzt wirklich mal bei Facebook gucken, ob es ihn dort gibt.“
Gesagt, getan. So saßen Kathi und Celina schon bald vor Celinas Computer und suchten bei Facebook.
„Da ist er tatsächlich!“, stellte Celina fest, als sie auf ein Profil mit einem Urlaubsfoto stieß, das einen relativ gut aussehenden Mann so um die dreißig lässig an eine Palme gelehnt zeigte. Einige weitere öffentlich freigegebene Fotos waren Fotografien von seinen Bildern.
„Da sind ja wirklich Bilder von Schiffen und vom Meer mit dabei!“ Kathi schaute Celina mit einem sehr schrägen Seitenblick an. „Das ist gruselig ...“
„Ja ... manchmal bedeuten Träume eben doch etwas ...“

Kapitel V
Ein Plan wird geschmiedet

Celina und Kathi quatschten noch eine ganze Weile über Gott und die Welt. Der Frühstückstisch war gerade abgeräumt und Celina verstaute die Teller im Geschirrspüler, als es an der Tür klingelte.

„Gehst du mal?", rief sie Kathi zu.

Kathi guckte erstmal durch den Spion.

„Da steht ein echt interessanter Mann vor der Tür", flüsterte sie Celina zu.

„Das ist bestimmt mein Nachbar", meinte die schmunzelnd, schob Kathi beiseite und öffnete.

„Hi", begrüßte sie den Davorstehenden. „Eric Simonsen, nehme ich an?"

„Ähm ja, du, ähm, Sie haben ein Päckchen für mich?" Der Mann, den Kathi interessant fand, hatte strohblonde, strupsige Haare und stahlblaue Augen.

„Du ist schon in Ordnung. Ich heiße Celina", stellte sie sich vor und reichte ihm das kleine Päckchen, das zu groß für den Briefkasten gewesen war.

„Okay", sagte er mit einem Lächeln und nahm es ihr ab. „Könnte sein, dass da noch ein paar von kommen."

„Wenn ich da bin, kein Problem", antwortete sie.

„Na, mit dem bist du ja gleich ganz vertraut", meinte Kathi, als er weg war.

„Stimmt", grinste Celina. „Hab ihn schon ein paarmal flüchtig gesehen. Er ist in Ordnung."

„Das weißt du? Einfach so?"

„Ja, irgendwie schon. Manchmal weiß man das einfach." Celina musste über Kathis ungläubigen Blick einfach nur lachen.

„Du bist aber vielleicht auch leichtsinnig", meinte Kathi dazu.

„Ja, auch das bin ich manchmal", gab Celina ihr augenzwinkernd Recht.

Wieder klingelte es. Kathi drängelte sich neugierig zum Spion.

„Hm, helles Blond ... aber ansonsten kleiner als dieser Eric und weiblich", erzählte sie.

„Wer ...?" Celina erwartete niemanden.

„Deine Arbeitskollegin Isabell, glaube ich." Kathi hatte Isabell schon mal kurz bei Celina gesehen.

Die öffnete ein wenig irritiert die Tür.

„Ach gut, dass du da bist!", meinte Isabell und schneite förmlich herein.

„Was ist los?", fragte Celina.

„Lydia ..."

„Die neue Arbeitskollegin ...", warf Kathi ein.

„Sie weiß Bescheid", erklärte Celina Isabell knapp. „Hab ihr alles von letzter Woche erzählt."

„In Ordnung ..." Isabell musste sich erst einmal setzen und durchschnaufen.

Dann erklärte sie: „Dieser Mann, der ihr nachstellt, gibt wohl anscheinend kein Ruhe. Heute hat Lydia von ihm eine SMS gekriegt, die sie total aus der Bahn geworfen hat. Sie ist heulend zusammengebrochen. Richard kümmert sich gerade um sie ..."

„Wegen einer SMS?", fragte Celina ungläubig nach. „Was zum Geier stand denn da drin?"

„Ich habe sie gelesen. Lydia hat sie allen gezeigt. Da stand wortwörtlich: Ich freu mich drauf, dich wiederzusehen und meine Zähne in deine zarte Haut zu graben."

„Na, das hört sich ja so richtig nett an!", meinte Kathi mit extrem sarkastischem Unterton. „So viel dann zum Thema unschuldig ..."

„Hä?" Isabell schaute von Kathi zu Celina und wieder zurück.

„Vergiss es einfach", sagte Kathi.

„Wir müssen etwas tun!", sprudelte Isabell einfach weiter hervor. „Es kann doch nicht sein, dass so ein mieser Kerl einfach ungestraft eine Frau fertigmachen darf, die sich nicht wehren kann.“

„Wenn es denn so ist …“, wandte Celina ein. „Ich weiß, dass es genau so aussieht, trotzdem gibt es etwas, das mich stört.“

„Was denn?“, fragte Isabell neugierig.

„Sie hat von ihm geträumt!“, erklärte Kathi und verdrehte dabei die Augen. „Sorry, Celina, aber das sieht echt so aus, als wenn er einfach nur ein ganz abartiges Schwein ist.“

„Ach, denkt doch, was ihr wollt!“, sagte Celina ärgerlich.

Kathi schaute betreten zu Boden, während Isabell nun erst richtig neugierig wurde.

„Du hältst es für möglich, dass dieser Kerl unschuldig ist? Wie soll das gehen?“

„Ich weiß es nicht“, antwortete Celina, „aber ich finde Lydias Reaktionen einfach ein bisschen zu dramatisch. Der Typ ist gar nicht an sie herangekommen und sie hat gezittert wie Espenlaub. Und jetzt rastet sie vollkommen wegen ner SMS aus?“

Isabell erklärte daraufhin: „Sie hat erzählt, er hätte sie immer wieder gebissen, so richtig heftig, und daran seine sadistische Freude gehabt.“

„Ich find’s trotzdem total übertrieben!“, ließ Celina sich nicht von ihrer Meinung abbringen.

„Und nun?“, mischte sich Kathi ein. „Was wollt ihr oder was wollen wir nun machen?“

„Detektiv spielen!“, schlug Celina vor.

„Und wie?“, wollte Isabell wissen.

„Ich schreib ihn bei Facebook an? Wäre das ne Idee?“, fragte Celina.

Isabell und Kathi kriegten große Augen. „Aber nicht als du! Das ist viel zu gefährlich!“, fand Kathi.

„Er ist bei Facebook?“ Isabell guckte ein wenig verwirrt.

„Ja, wir haben ihn vorhin gefunden“, erklärte Celina.

So hingen nun drei Nasen vor Celinas PC und schauten sich dieses Profil an.

„Er wirkt wirklich nicht so …“, fand Isabell.

„Das kann täuschen!“, war Kathis Meinung.

„Kann er das nicht sehen, dass du geguckt hast?“, fragte Isabell vorsichtig nach.

Kathi und Celina antworteten gleichzeitig: „Nee, kann man nicht sehen.“

Wenig später gab es einen neuen Facebookaccount und zwei Zusatzaccounts als Unterstützung. Celina würde als Cora auftreten, Isabell sie als Caroline und Kathi sie als Christoph begleiten, indem sie ab und zu etwas bei ihr mit Gefällt-mir-Klicks bedachten oder posteten, damit ihr Profil glaubwürdiger erscheinen würde. Sie hofften inständig an alles gedacht zu haben, denn weder Kathi noch Isabell gefiel das mögliche Risiko, das Celina eingehen wollte.

„Was soll denn passieren?“, versuchte Celina die beiden zu beruhigen.

„Was ist, wenn er wirklich so gefährlich ist, wie Lydia sagt?“, konterte Kathi.

Celina ließ die Bedenken so im Raum stehen, streckte ihre Hand vor und Kathi und Isabell schlugen ein.

„Ein bisschen wie bei den drei Musketieren“, meinte Kathi grinsend, „unser Geheimnis!“

Kapitel VI
Kontaktaufnahme

Erst am Sonntagnachmittag setzte Celina ihren Plan wirklich um, zum einen weil sie erst noch ein bisschen recherchieren wollte, besonders im Bereich Malerei, und zum anderen weil sie das alleine machen wollte, ohne dass ihr die beiden über die Schulter schauen würden. Wie sie herausgefunden hatte, hatte dieser Nico Bartels erst vor kurzem eine kleine Ausstellung seiner Bilder gehabt. Darauf würde sie sich beziehen, um ihn anzuschreiben.

Sie hatte die Nacht zuvor wieder merkwürdige Träume gehabt, auch wenn sie sich wieder nur an Bruchstücke erinnern konnte, so wusste sie dennoch, dass Lydia eine Rolle gespielt hatte.

„Na, dann will ich es mal versuchen ...", meinte sie, als sie sich bei Facebook als Cora einloggte. Mikesch hatte sich neben die Tastatur gelegt und schnurrte zustimmend.

Ihre erste Nachricht an ihn kostete sie fast eine Stunde, bevor sie so einigermaßen zufrieden war, dass sie bereit war, sie abzuschicken: „Hallo, du kennst mich nicht, zumindest noch nicht. Ich war neulich auf der Ausstellung deiner Bilder und war sehr fasziniert. Besonders die Bilder vom Meer fand ich wunderschön, vielleicht auch wegen der ungewöhnlichen Farben, die du teilweise dafür verwendest. Ich male selber auch ein bisschen, aber nur als Hobby. Trotzdem habe ich da ab und zu mal eine Frage und würde mich freuen, mich mit jemandem austauschen zu können. Es wäre schön, eine Antwort von dir zu erhalten. Liebe Grüße, Cora."

Als sie auf die Enter-Taste drückte, hoffte sie inständig, dass der Text, den sie verfasst hatte, gut genug sein würde. Außerdem setzte sie noch einen oben drauf, indem sie Nico Bartels gleichzeitig einen Freundschaftsantrag schickte, damit er auf sie aufmerksam werden würde.

Sie fand seine Bilder tatsächlich toll und gemalt hatte sie auch mal, wenn sie das auch sehr selten mal tat. So hatte sie als Profilbild für diesen Account ein Bild gescannt, das sie aus einer alten Mappe hervorgekramt hatte. Es war die Bleistiftzeichnung einer Katze, die zwar schon ein paar Jährchen älter war, aber die sie immer noch für relativ gelungen hielt. Ein paar weitere Bilder, teilweise auch farbig, hatte sie ebenfalls hochgeladen und ein kleines Album dafür angelegt.

Ungefähr eine halbe Stunde, nachdem sie die Nachricht abgeschickt hatte, kam eine Antwort: „Hallo unbekannte Cora, natürlich gibt es die Möglichkeit sich auszutauschen, dein Profilbild sieht ganz gut aus, aber vielleicht gibt es die Möglichkeit mal ein Foto von dir selbst zu sehen? LG Nico."

„Ach du Sch...!", fluchte Celina. Daran hatte sie überhaupt nicht gedacht. Er würde sehen, dass sie die Nachricht gelesen hatte und dementsprechend eine Antwort erwarten.

Fieberhaft fing sie an, im Internet nach irgendeinem Bild von einer einigermaßen gut aussehenden Frau zu suchen, besser noch nach mehreren Fotos, kam ihr in den Sinn. Also durchforstete sie irgendwelche Modelseiten.

Gleichzeitig antwortete sie Nico Bartels: „Ja sicher gibt es die Möglichkeit, aber ich muss mal eben meine Speichersticks nach einem brauchbaren durchsuchen, ja?"

Zeit schinden war das einzige, das ihr dazu einfiel. Sie klickte sich durch eine Modelagentur und stutzte für einen Moment. Da war eine Frau, die auf den ersten Blick aussah wie Lydia. Sie war es eindeutig nicht, aber dennoch war die Ähnlichkeit verblüffend.

„Kann ich nicht nehmen, die ist ihr von Typ her viel zu ähnlich. Dann riecht er den Braten sofort!", dachte sie laut. Mikesch maunzte zustimmend, so dass Celina lachen musste. „Ja, du hast Recht", sagte sie und kraulte ihn.

„Schon ein Foto von dir gefunden?", fragte Nico nach.

Er wurde offenbar ungeduldig. In dem Moment stieß Celina

auf ein Model, das relativ natürlich wirkte. Es waren mehrere Fotos da und fast alle schienen in alltäglichen Situationen aufgenommen worden zu sein.

„Ja, ich habe gerade den richtigen Stick gefunden", antwortete sie ihm und schnitt sich die Bilder dieses Models zurecht. Dann wählte sie eines dieser Bilder aus und schickte es ihm.

Die Frau war recht hübsch, brünett und hatte blaue Augen.

Als Antwort bestätigte Nico Bartels ihre Freundschaftsanfrage.

„Sie scheint ihm zu gefallen", murmelte Celina vor sich hin, was Mikesch wiederum mit einem Maunzen bedachte.

„Was möchtest du denn genau wissen?", kam auf einmal von ihm.

„Alles mögliche aus dem Bereich Malerei", antwortete Celina schnell, „z.B. ob du Ölfarbe oder Acrylfarbe bevorzugst."

„Ich male meistens eher ganz klassisch mit Öl und du?"

„Ich eher mit Acryl, weil es bei Öl so lange dauert, bis es durchgetrocknet ist." Celina hatte sich, mal abgesehen von ihrem wenigen Wissen über Malerei, einigermaßen vorbereitet. So fachsimpelte sie mehr oder minder gekonnt mit Nico Bartels über dieses Thema.

Auf einmal fragte er: „Bist du schon mal gemalt worden?"

„Ähm nein ..." Sie war irritiert.

„Denk mal darüber nach, ja? Ich würde das sehr gerne tun, wenn ich darf. Ich muss jetzt nochmal weg, würde mich freuen, wenn wir in den nächsten Tagen mal wieder schreiben."

Damit verabschiedete er sich erst einmal.

Kaum war er offline, klingelte das Telefon und Kathi war dran.

„Hast du ihm schon geschrieben?", wollte sie wissen.

Celina erzählte ihr die Kurzfassung.

„Was für eine blöde Anmache!", meinte Kathi dazu. „Er will dich malen ..."

Celina konnte sich bildlich vorstellen, wie sie zu diesen Worten eine Grimasse zog.

„Das war keine Anmache, sondern sehr nett gemeint",

widersprach Celina. Ohne dass sie es hätte erklären können, wusste sie, dass es genau so war, wie sie gerade gesagt hatte.

„Ach nö, lass dich bloß nicht einlullen von ein paar billigen Komplimenten!", seufzte Kathi.

Ärger kroch in Celina hoch. „Ich habe durchaus noch genug Verstand um zwischen billiger Anmache und wirklich netter Aufmerksamkeit zu unterscheiden!"

„Ist ja in Ordnung", lenkte Kathi ein. „Ich find's toll, dass du das tatsächlich soweit hingekriegt hast, obwohl ich mir nicht vorstellen kann, wie du etwas herausfinden willst."

"Weiß ich auch noch nicht", gab Celina zu. „Mal abwarten!"

Kapitel VII
Was passiert nur mit Isabell?

Isabell hatte nicht übertrieben, als sie am Samstag gesagt hatte, Richard würde sich um Lydia kümmern. Genau das tat er, wie Celina am Montag feststellte, und das mehr als fürsorglich. Er war schon immer nett und zuvorkommend gewesen, aber das, was nun geschah, wirkte irgendwie seltsam, fand sie.

„Darf ich dir das abnehmen, Lydia?", fragte er mehr als einmal und „Kann ich dir helfen?" schien schon seine Standardfrage zu werden. Das kam nicht nur Celina mit der Zeit merkwürdig vor.

Irgendwann am späten Nachmittag, als Richard Lydia mal wieder einen Karton aus der Hand nahm, platzte Isabell genervt heraus: „Ist jetzt langsam gut, Richard?"

„Wieso? Was meinst Du?", fragte er irritiert.

„Mir geht dieses Arschgepudere echt auf den Keks!" Mit diesen Worten ließ sie beide stehen, machte auf dem Absatz kehrt und ging in den Verkaufsraum, in den gerade ein Kunde gekommen war.

Celina, die diese Szene mitbekommen hatte, konnte Isabells Reaktion gut nachvollziehen, zumal sie sich sicher war, dass Isabell insgeheim ein wenig für Richard schwärmte. Und Richard wirkte wirklich wie ein verliebter Gockel, jedesmal wenn er Lydia ansah.

Auf seinen vollkommen erstaunten Gesichtsausdruck achtete Celina jedoch kaum, sie fand Lydias Verhalten sehr viel interessanter.

„Aber ich habe doch gar nichts gemacht ...", sagte sie und in ihren Augen standen Tränen. Ihre eine Hand hielt sie dabei hinter dem Rücken. Celina konnte diese Hand allerdings sehen, weil Lydia vor der Glasscheibe eines Schrankes stand, in der sie sich spiegelte. Ihre Hand war heimlich zu einer Faust geballt.

Celina hatte keine Zeit, lange darüber nachzudenken, denn ein Aufschrei aus dem Verkaufsraum schreckte sie auf. Isabell schrie wie am Spieß!

Sie alle liefen nach vorne. Der Kunde war schon weg und Isabell stand einfach da und schrie, während sie auf ihre Hand und eine offene Schublade starrte.

„Was ist los, Isabell?", fragte Celina und rüttelte sie leicht am Arm.

„Eine Spinne, eine riesige Spinne ...", stammelte sie.

„Eine Spinne?", fragte Richard ungläubig. „Deshalb schreist du so?"

„Sie hat eine Spinnenphobie", erklärte Celina knapp.

„Ich wollte die Probentütchen zurück in die Schublade legen", erzählte nun Isabell, „da kam auf einmal eine riesige Spinne raus und ist mir direkt über die Hand gekrabbelt und dann auf den Boden gesprungen." Suchend schaute sie sich um. „Sie muss noch irgendwo sein."

Celina mochte Spinnen auch nicht besonders und sah sich ebenfalls um.

„Wie groß war sie denn?", wollte Richard wissen.

„So ..." Isabell zeigte die Größe einer Vogelspinne an.

„So große gibt es hier doch gar nicht, du übertreibst!", meinte Richard schmunzelnd.

„Ich übertreibe nicht!", antwortete Isabell gereizt. „Ich weiß, was ich gesehen habe, sie war so groß und sie war pechschwarz."

„Dann suchen wir hier besser alles ab", schlug Celina vor und bewaffnete sich mit einer Zeitschrift, die sie aufrollte. „In welche Richtung ist sie abgehauen?"

Isabell zeigte grob auf die rechte Raumhälfte.

„Geh nach hinten, Isabell, und beruhig dich, wir machen das schon", sagte nun auch Richard und zog eine große Taschenlampe aus einer anderen Schublade. „Damit können wir jeden Winkel ausleuchten."

Lydia beteiligte sich ebenfalls an der Suche, während Isabell das wirklich lieber den anderen überließ. So machten sie sich im Verkaufsraum zu dritt auf die Suche nach der Riesenspinne. Sie nahmen jeden kleinen Kasten beiseite, schoben jedes Regal ein Stückchen weiter und leuchteten in jede Ecke. Als sie mit der rechten Seite des Raumes fertig waren, nahmen sie sich die linke vor. Aber nirgends war auch nur eine winzige Spinne zu entdecken.

„Das gibt es doch gar nicht!", meinte Richard. „Selbst wenn die Spinne nicht so groß war, müsste doch wenigstens irgendeine da sein."

„Stimmt, sehe ich auch so", fand auch Celina.

„Vielleicht hat sie sich das nur eingebildet?", kam von Lydia.

Celina gefiel dieser Gedanke nicht und auch Richard schien das nicht zu mögen. „Glaub ich nicht!", meinte er nur dazu.

Isabell wirkte jedoch recht mitgenommen, als sie wieder nach hinten gingen.

„Hey, was ist?", fragte Celina.

„Weiß auch nicht, Kopfschmerzen irgendwie!", antwortete Isabell.

Lydia warf einen bedeutsamen Blick zu Richard, den Celina allerdings mitbekam.

Tröstend legte sie den Arm um Isabell. „Ist ja bald Feierabend. Was hältst du von einer Kopfschmerztablette?"

„Du hast hier fast die freie Auswahl", meinte Richard grinsend, „ich spendier dir welche."

Isabell nahm dankend an, doch am nächsten Tag kam sie nicht zu Arbeit, sondern meldete sich krank. Celina rief mittags mal an, um sich zu erkundigen, aber Isabell ging nicht ans Telefon. Erst abends erreichte sie Isabell. Wie sich herausstellte, war aus den Kopfschmerzen eine heftige Migräne geworden, so schlimm, dass der Arzt Isabell für drei Tage krankgeschrieben hatte.

„Ich habe so etwas noch nie gehabt", sagte Isabell kläglich, als sie mit Celina telefonierte. „Und ihr habt die Spinne wirklich nicht gefunden?", fragte sie noch nach.

„Nein, wir haben alles abgesucht", antwortete Celina bedauernd.

„Sie war aber wirklich da!", beteuerte Isabell. „Ich habe sie auf meiner Hand gespürt, als sie ..." Celina konnte bildlich vor sich sehen, wie Isabell sich schüttelte. Dann fuhr Isabell fort: „Sie war unglaublich schnell und ist irgendwo zwischen die Regale gelaufen."

„Wir haben aber leider nichts gefunden", wiederholte Celina noch einmal.

„Das ist gruselig!", fand Isabell und sprach damit das aus, was Celina gerade dachte.

Kapitel VIII
Ein aufschlussreiches Gespräch

Nachdem Celina das Telefongespräch mit Isabell beendet hatte, ließ sie ihren PC hochfahren. Vielleicht hatte sie Glück und Nico Bartels wäre online. Am Tag zuvor war er das leider nicht. Sie konnte gar nicht sagen, was es war, aber sie mochte es einfach, mit ihm zu schreiben, auch wenn es bisher nur ein eher flüchtiger Eindruck war.

Kaum hatte sie sich eingeloggt, da sah sie, dass er tatsächlich online war!

Bevor sie überhaupt wusste, was sie schreiben sollte, begrüßte er sie schon: „Hallo Cora, na hast du schon drüber nachgedacht?"

„Auch hallo, was meinst du?", fragte sie nach.

„Ich würde dich immer noch sehr gerne malen!", schrieb er.

„Kannst du doch, wenn du willst, du hast doch das Foto von mir", konterte sie.

Er schickte ihr als Antwort einen Zunge-rausstreck-Smiley. „Ich meine live!"

Celina wusste sehr wohl, dass er persönlich meinte, aber genau das ging ja nun nicht.

„Ich weiß noch nicht", antwortete sie deshalb. „Was machst du sonst so außer Frauen malen?"

„Mit Zahlen jonglieren", schrieb er zurück. „Ich bin Finanzmakler."

„Ist das nicht ein bisschen langweilig?", fragte Celina nach.

„Deswegen male ich zum Ausgleich", erklärte er. „Was machst du denn so?"

Celina hatte diese Frage erwartet und sie wusste, dass sie keinesfalls schreiben konnte, sie würde in einer Apotheke arbeiten, denn sicherlich wusste er, dass Lydia das tat und würde eine Verbindung herstellen. Deshalb antwortete sie: „Ich arbeite im Büro einer Versicherung, also auch ganz

langweilig."
„Dann weißt du ja, wie das ist mit dem Malen", meinte er.
„Ja stimmt", gab sie ihm Recht. „Kleinen Moment, ich schmeiß mir mal eben eine Pizza in den Ofen." Sie merkte nämlich, dass ihr Magen ganz furchtbar zu knurren anfing.
Als sie den Backofen angemacht hatte und wieder am Computer saß, stellte sie fest, dass Nico bereits etwas dazu geschrieben hatte: „Tiefkühlpizza?"
„Ja, ich bin keine gute Köchin", gab sie zu. „Außerdem macht es keinen Spaß, nur für mich alleine zu kochen."
„Ich koche gerne ab und zu", meinte er. „Es macht aber wirklich keinen Spaß, nur für sich selber zu kochen. Vielleicht könnten wir das einfach mal gemeinsam machen, vorausgesetzt, du hast Lust dazu." Er zögerte kurz, dann schrieb er jedoch: „Im Moment geht das aber leider noch nicht, bin auf Schonkost. Aus irgendeinem unerfindlichen Grund spielt mein Magen in letzter Zeit ein wenig verrückt. Aber sobald es mir besser geht, ja?"
Das versetzte Celina einen heftigen Stich, weil sie wusste, dass das nicht gehen würde.
„Das ist eine gute Idee!", schrieb sie trotzdem. „Du bist Single?"
„Ja, schon eine ganze Weile", antwortete er.
„Was ist bei dir eine ganze Weile?", fragte Celina neugierig und hatte Lydias Angaben genau im Kopf. Sie war sechs Monate mit ihm zusammen gewesen und seit zwei Monaten getrennt, hatte sie erzählt.
„Na, du willst es aber genau wissen", meinte er und setzte wieder den Zunge-rausstreck-Smiley dahinter.
Celina antwortete einfach nur mit einem grinsenden Smiley.
„Ungefähr ein Jahr müsste es jetzt sein", schrieb er. „Und du?"
Das passte ganz eindeutig nicht zu Lydias Aussage! Jetzt wollte Celina es genau wissen! So antwortete sie: „Seit ein paar Monaten, aber er lässt mich nicht in Ruhe und stalkt mich."
Nun war Celina gespannt, wie er reagieren würde.

„Was? Sowas geht ja gar nicht“, kam prompt von ihm. „Kannst du ihn nicht anzeigen?“

„Nein, möchte ich nicht!“ Das war das, was ihr spontan dazu einfiel.

„Was macht er denn?“, fragte Nico nach.

„Er schickt mir zum Beispiel dauernd eindeutige SMS ...“

„Dann hol dir doch einfach eine andere Handynummer, dann kann der Idiot dich nicht nerven!“, schlug er vor.

„Gute Idee! Da hab ich irgendwie gar nicht drüber nachgedacht!“, beendete Celina schnell das Thema. Sie hatte genug gelesen!

Nicht nur ihr Gefühl, sondern auch ihr Verstand sagte ihr, dass dieser Mann nicht so war, wie Lydia ihn beschrieben hatte. Außerdem war Nicos Vorschlag gar nicht von der Hand zu weisen. Warum hatte Lydia sich nicht einfach eine andere Handynummer zugelegt?

„Meine Pizza ...“, schrieb sie, weil die Backuhr dauerpiepste. Sie hatte keine Lust auf dunkelcrosse Pizza. Leicht verschmortes Essen passierte ihr öfters.

Während sie ihre Pizza aus dem Ofen rettete, überlegte sie sehr genau, was sie wie noch fragen konnte, um der Sache auf den Grund zu gehen, aber ihr fiel in dem Moment nicht mehr dazu ein.

Stattdessen beschloss sie, einfach so noch ein bisschen mit ihm zu schreiben, zumal sie wusste, dass dies ihren Eindruck noch verstärken würde, dass dieser Mann nicht das angebliche Monster war, sondern ein sehr netter, aufgeschlossener Mensch.

Kapitel IX
Albträume

Ein Maunzen weckte Celina. Sie schlug die Augen auf und starrte auf die dunkle Zimmerdecke. Ihr Gesicht war nass. Celina rieb sich über die Wange. Das war kein Schweiß sondern Tränen. Vollkommen aufgewühlt setzte sie sich auf. Dann machte sie die kleine Leselampe an.

Was war passiert? Was hatte sie geträumt? Mikesch kam schnurrend und kuschelnd bei ihr an. Er wusste immer, wenn es ihr nicht so gut ging.

Langsam formten sich aus ein paar Bruchstücken Bilder. Sie war in der Apotheke. Mitten im Verkaufsraum war ein Riss im Boden, der immer größer wurde. Auf einmal war es ein richtiges Loch im Boden und im nächsten Moment sah dieses Loch wie eine Art Strudel aus. Das lag daran, dass sich etwas aus dem Loch heraus bewegte und auch wieder hinein. Es war etwas Schwarzes. Dann wusste Celina plötzlich, was das Schwarze war: Es waren unzählige Spinnen, die sich alle ähnlich bewegten. Frau Evershagen war da und die Spinnen krabbelten auf ihr herum und zogen sie in das Loch wie in einen Sog. Celina schaute sich in der Apotheke um. Richard stand da an der Seite. Überall auf ihm liefen Spinnen herum, die ihn langsam zu dem Loch schoben. Sein Gesichtsausdruck war panisch. Celina wollte ihm helfen, streckte ihm die Hand hin, aber schon wurde er von ihr fortgerissen. Da bemerkte sie, dass auf dem Boden jemand lag, über und über mit diesen Spinnen bedeckt. Nur ganz kurz konnte sie das vollkommen geschockte Gesicht sehen. Es war Isabell. Celina wollte zu ihr laufen, aber sie war wie festgeklebt am Boden.

In dem Moment kam jemand in die Apotheke, auch jemand, auf den sich die Spinnen sofort stürzten. Es war Nico. Nun wurden Isabell und Nico fast zeitgleich zum Loch gezogen. Celina versuchte freizukommen und ihnen die Hände hinzustrecken, aber sie konnte nur zusehen, wie die beiden von der Schwärze verschlungen wurden. Das war der Traum. Celina wusste wieder alles. Allein die Erinnerung ließ neue Tränen über ihre Wangen rollen. Sie hatte all das nicht nur gesehen, sondern auch gefühlt: Diese Hilflosigkeit, diese Angst, die Panik von Richard, Isabell und Nico, die Verzweiflung.

„Ich muss mich beruhigen!", sagte sie laut. „Es war nur ein Traum!" Mikesch stimmte ihr mit einem Maunzen zu.

Sie stand auf und ging in die Küche, um sich etwas zu trinken zu holen. Die Phantomspinne, die Isabell gesehen hatte, war ein paar Tage her, genau vier Tage. Celina schaute auf die Uhr, die in der Küche hing. Es war drei Uhr morgens am Freitag.

Isabell würde heute und morgen wieder arbeiten, genau wie sie selber. Diesen Samstag hatte Lydia frei. Am Samstagabend wollte Celina sich mit Kathi und Isabell treffen, einfach nur so zum Dauerklönen.

Ihre Gedanken wanderten wieder zu dem Traum. Da waren ein paar Abstufungen drin, über die sie zuerst gar nicht gestolpert war. Als Frau Evershagen in den Sog gezogen wurde, hatte sie nichts gefühlt, bei Richard fand sie das wirklich schlimm, aber am schlimmsten war, als es Isabell und Nico traf. Sie hatte ohne Zweifel ein super Verhältnis zu Isabell, die nicht nur Arbeitskollegin, sondern inzwischen auch Freundin war. Wie passte das allerdings mit Nico? Eigentlich, genau betrachtet, kannte sie ihn doch kaum.

Mikesch riss sie aus ihren Gedanken, indem er sich an ihrem Bein hochstreckte und ein klein wenig seine Krallen spüren ließ.

„Ja, Mikesch!", meinte Celina lachend. „Wenn ich schon in der Küche bin, muss auch ein Leckerli für dich drin sein."

Nach dem Leckerli kuschelte sich Celina mit Mikesch wieder ins Bett, um noch ein wenig zu schlafen. Wider Erwarten schlief sie sofort ein.

Als sie erwachte, stellt sie fest, dass der Wecker schon eine ganze Weile versucht hatte, sie zu wecken. Das hieß: Echte Eile war angesagt!

Sie kam aber gerade noch pünktlich bei der Apotheke an. Isabell war fast gleichzeitig da, mindestens ebenso abgehetzt wie Celina.

„Verschlafen", murmelte sie nur und warf ihre Jacke auf einen der Garderobenhaken.

„Du siehst immer noch furchtbar aus", sagte Celina besorgt. „Geht es dir wirklich besser?"

„Ja, ich habe nur nicht so gut geschlafen", antwortete Isabell ein wenig ausweichend.

„Wie jetzt?", hakte Celina nach.

„Schlecht geträumt ...", erklärte Isabell und setzte ein wenig verlegen hinzu: „Es mag albern klingen, aber tatsächlich von Spinnen."

Celina ahnte Böses. „Sehr viele schwarze Spinnen, die Menschen in eine Art Strudel gezogen haben?"

Isabell riss überrascht und erschrocken die Augen auf. „Woher weißt du das?"

„Erklär ich dir später!", raunte Celina ihr schnell zu, denn schon waren die anderen Kollegen in Sicht- und Hörweite. „Sag niemandem etwas davon."

Isabell nickte nur.

Erst viel später, als beide zusammen ihre Mittagspause verbrachten und niemand in der Nähe war, sprach sie Celina darauf an: „Woher wusstest du, was ich geträumt habe? Wie geht das?"

„Ich war genauso erstaunt wie du", begann Celina ihre Erklärung. „Ich hatte letzte Nacht nämlich auch einen Albtraum und offenbar den gleichen oder zumindest einen sehr ähnlichen wie du."

„Das ist echt gruselig, wie kann das sein?" Isabell schauderte.

„Keine Ahnung! Aber ich habe einen Verdacht!", meinte Celina.

„Wir reden morgen Abend mal mit Kathi darüber. Mal sehen, was sie dazu sagt."

Kapitel X
Mikesch dreht durch

Kaum hatte Celina am Samstagmittag Feierabend, da klingelte schon ihr Handy.

„Soll ich noch was mitbringen?", war Kathis erste Frage am Telefon.

Celina antwortete: „Nee, brauchst du nicht ... außer Zeit. Wir müssen ein bisschen was besprechen."

„Stimmt, Du hast ja gestern Abend am Telefon schon angedeutet, dass es irgendwas Neues gibt. Ich bin gespannt!"

Als nächstes kaufte Celina schnell ein, bevor sie endlich zu Hause ankam. Sie wollte schließlich noch ein klein wenig aufräumen. Mikesch begrüßte sie mit seinem üblichen schmeichelnden Schnurren.

„Du Meister aller Bettler!", lachte Celina und gab ihm sein Begrüßungsleckerli.

Gleich nachdem er es verschlungen hatte, schnupperte er neugierig an der Einkaufstüte.

„Da ist nichts für dich drin", sagte Celina zu ihm. „Aber wahrscheinlich riechst du die Baldriankapseln, die ich aus der Apotheke mitgebracht habe ... für den Fall der Fälle, falls ich mal wieder schlecht schlafe."

Als es genau in dem Moment an der Tür klingelte, zuckte Celina zusammen. „Ja, und für mein angespanntes Nervenkostüm auch ...", setzte sie noch hinzu, drehte sich um und öffnete die Wohnungstür.

„Hi!" Mit einem breiten Grinsen stand ihr Nachbar Eric vor der Tür und streckte ihr eine Packung „Merci" hin. „Weil du so oft Pakete für mich annimmst!"

„Das ist nett!", freute sich Celina.

Plötzlich hörten beide ein Poltern und ein Fauchen aus der Küche. Bevor Celina irgendwie reagieren konnte, schoss Mikesch an ihr und Eric vorbei in den Hausflur.

„Was ... oh shit ... Mikesch!", rief Celina.

„Deine Katze ist nach oben zum Dachboden hoch gelaufen", meinte Eric ganz verdattert.

„Kater ...", erklärte Celina knapp und rannte schon die Treppen hoch, dicht gefolgt von Eric.

Die Tür zu den Bodenräumen stand offen und von Mikesch war nichts zu sehen.

„Da hat schon wieder jemand die Bodentür aufgelassen!", seufzte Celina genervt.

„Warum lässt man die offen?", fragte Eric, der bereits neben ihr stand.

„Weil Frau Müller aus dem Erdgeschoss findet, das Treppenhaus müsste mehr gelüftet werden!", erklärte Celina augenrollend. „Sprich sie besser gar nicht darauf an, sonst wird sie dir wegen jedem Kleinkram ein Gespräch ins Ohr drücken."

Suchend schaute sie sich auf dem Dachboden um. Hier waren mehrere Holz- und Drahtverschläge für die einzelnen Mieter des Hauses.

„Dein Kater muss ja hier oben sein, dann mache ich jetzt aber die Tür zu, damit er nicht wieder durch das Treppenhaus ganz abhauen kann!", meinte Eric.

„Gute Idee!", fand Celina und ging in die Hocke, um das Sichtfeld von Mikesch nachzuempfinden.

Während dessen hatte Eric die Tür geschlossen und ging nun jeden einzelnen Verschlag ab.

„Also hier draußen auf dem Gang läuft er nicht herum", stellte Eric fest. „Normalerweise kann er aber auch nicht in die einzelnen Abteilungen kommen. Da ist alles fest verschlossen. Außer dieser hier ..." Eric bückte sich bei einem der Verschläge.

„Schau, hier ist ein Loch im Drahtgitter, nicht sehr groß, aber bestimmt groß genug für eine Katze ... sorry ... Kater natürlich."

Überrascht blickte Celina zu ihm. „Das ist meiner ..." Eilig wühlte sie in ihren Taschen nach ihrem Schlüsselbund. Als sie den passenden Schlüssel gefunden und aufgesperrt hatte, war ein abgrundtiefes Knurren zu hören.

„Was ist das?", fragte Eric verwundert.

„Das ist Mikesch, mein Kater ... das macht er fast nie ..."

Vorsichtig näherte sie sich dem Knurren. In einer Ecke standen ein paar Kisten und Kartons mit einer Decke darüber, unter der sich etwas ganz leicht bewegte. Ganz langsam zog Celina die Decke herunter. Hinter einer Kiste von der Größe ungefähr zweier Schuhkartons kauerte Mikesch. Sein ganzer Körper wirkte sehr angespannt.

„Mikesch, hey ...", sagte sie zärtlich, ging in die Hocke und streckte ihre Hand hin.

Plötzlich schnellte seine Tatze vor und aus dem Knurren wurde ein Fauchen. Celina starrte wie vom Donner gerührt auf ihren Arm, auf dem sich ein langer Kratzer abzeichnete, der sich langsam rot färbte. Ein Blutstropfen lief ihren Unterarm hinunter und fiel auf den Boden.

„Lass mich das machen", sagte Eric, der auf einmal neben ihr stand und sie beiseite zog.

Sein Blick fiel auf die Kiste, hinter der sich Mikesch verkrochen hatte. Oben auf dem Deckel war ein fünfzackiger Stern, ein Pentagramm, eingebrannt.

„Interessante Kiste ...", meinte er, „dein Kater scheint zu wissen, dass das ein Schutzsymbol ist ..."

Celina schaute ihn erstaunt an. Nicht nur, dass Mikesch sich tatsächlich genau hinter dieser Kiste versteckte, Eric schien zu wissen, was das für ein Symbol war. Das war eher selten, wie sie wusste.

Eric lächelte ihr kurz zu und konzentrierte sich dann auf den verschreckten Kater. Seine Hand tastete nach der Decke, die halb auf der Kiste lag. Mit einer blitzschnellen Bewegung warf er die Decke über den Kater und packte zu. Eine Mischung aus Knurren und Fauchen machte sehr deutlich, was Mikesch davon hielt, aber Eric hatte ihn fest gepackt, so dass er nicht ausbüxen konnte.

„Schnell nach unten!", sagte Eric. „Lange kann ich ihn so nicht halten! Der Bursche hat Kraft!"

„Ja, natürlich ..." Celina war überrascht von Erics schnellem Erfolg, stolperte hinter ihm her, ließ noch schnell das Schloss von ihrem Verschlag einrasten und lief dann mit ihrem inzwischen heftig blutenden Arm hinter ihm die Treppe hinunter.

In ihrer Wohnung blieb Eric auf dem Flur unsicher stehen.

„Wohin?" Mikesch hatte sich halb losgezappelt.

„Schlafzimmer", gab Celina die Anweisung und zeigte ihm wo.

Eric warf die Decke samt Kater auf das Bett und schloss schnell die Zimmertür.

Wie Celina dann sah, hatte auch er ein paar kleinere Kratzer an den Armen abbekommen.

„Desinfektionsspray für Verletzungen ist im Badezimmer", sagte sie und war schon auf dem Weg dorthin. Das Pflaster war leider im Schlafzimmer. Da weder Eric noch Celina es für sinnvoll hielten, die Tür zu früh zu öffnen, ging Eric in seine Wohnung, um welches zu holen. Gleich darauf kam er mit einem Verbandskasten wieder.

„Dreht er öfters mal so durch?", fragte er, während er Celina ein großes Pflaster auf den Arm pappte.

„Nein, nie ...", antwortete sie.

„Irgendetwas muss ihn aufgebracht haben", meinte er.

„Er war zuletzt in der Küche", sagte sie und warf dort einen Blick rüber.

Auf dem Boden lag die umgekippte Einkaufstasche. Eine kleine Papiertüte aus der Apotheke lag daneben. Das war die Tüte mit den Baldriankapseln. Lydia hatte ihr die herausgesucht und hineingetan. Mit großen Buchstaben stand darauf: Gute Besserung!

Lydias Schrift. Warum nur hatte sie das da drauf geschrieben?

„Ich denke mal, das vielleicht?" Eric nahm die Apothekentüte hoch. „Ein seltsamer Geruch vielleicht.“

„Das ist nur Baldrian, normalerweise stehen Katzen da eher drauf“, erklärte sie.

„Austesten!“, schlug Eric vor.

Celina nickte. Nun wollte sie auch wissen, ob es das war.

Vor der Schlafzimmertür hielt er sie zurück und meinte: „Lass mich … wenn ich darf!“

„Ja, ist okay!“, gab sie ihre Zustimmung.

Eric ging hinein und schloss die Tür gleich wieder hinter sich. Celina wartete auf dem Flur. Kurz darauf hörte sie etwas Poltern und eine Art Aufjaulen. Gerade wollte sie nachsehen, ihre Hand lag schon auf der Klinke, da wurde die Tür wieder geöffnet und Eric schlüpfte schnell wieder hinaus.

„Mach gleich wieder zu!“, sagte er und drückte schon selbst die Tür ins Schloss.

„Was war?“, fragte sie nach.

„Nun, offenbar war es weniger der Baldrian, der ihn aufgeregt hat“, erklärte er und drückte ihr die Tablettenschachtel in die Hand. „Es war das hier!“ Eric hielt die total zerfetzte Papiertüte hoch. Das „Gute Besserung“ war glatt in der Mitte zerteilt worden.

Kapitel XI
Gegenwart und Vergangenheit

Als abends Kathi und Isabell eintrafen, hatte sich Mikesch wieder beruhigt. Er war sogar sehr zahm und kuschelbedürftig, hatte Celina den Eindruck.

Während sie Celinas selbstgemachten Nudelauflauf aßen, berichtete erst Isabell von der Spinne, der Migräne und ihren Albträumen, dann Celina den beiden vom Nachmittag. Schweigend und kauend hörten beide zu, bis Celina alles soweit erzählt hatte. Nur den Aufdruck auf der Kiste hatte sie weggelassen ...

„Du hast deinen Nachbarn in dein Schlafzimmer gelassen?", meinte Kathi amüsiert.

Celina streckte ihr die Zunge heraus.

Isabell schaute besorgt zu Mikesch. „Er ist wieder ganz normal?", fragte sie unsicher.

„Ja, ist er!", sagte Celina mit Nachdruck. „Er ist eher ein totales Kuschelmonster!"

„Auf die Tüte hatte Lydia geschrieben?", fragte Isabell nach.

„Ja, warum auch immer", bestätigte Celina.

„Das macht mir alles Angst!", sagte Isabell und die Angst war ihr tatsächlich ins Gesicht geschrieben.

„Wir sollten das Ganze mal ganz logisch durchdenken", meinte Kathi dazu. „Also: Die Spinne kann vielleicht in irgendeine Ritze gekrochen sein, so dass ihr sie nicht mehr gefunden habt. Migräne kommt manchmal vor, insbesondere bei Frauen, und Albträume hat auch jeder mal."

„Aber auch zwei Leute mit ähnlichen Albträumen?", wandte Isabell ein.

„Ungewöhnlich ... zugegeben ... aber vielleicht hat euch beide das mit der Spinne so sehr beschäftigt, dass ihr deshalb von Spinnen geträumt habt. Dass Mikesch so durchgedreht ist, finde ich auch seltsam, aber vielleicht war an der Tüte irgendein Geruch, den er wahrgenommen hat.“

„Klingt schon alles sehr logisch, Kathi“, stimmte Celina zu, „aber dann wäre da noch das mit Nico. Warum sollte seine Version dieser Beziehung oder vielmehr Nicht-Beziehung zu Lydia eine vollkommen andere sein? Er hat mir erzählt, er wäre Single und das schon länger. Das passt überhaupt nicht zu Lydias Version.“

„Warum erzählt ein Mann wohl, er wäre Single?“, meinte Kathi augenrollend.

Da gab Isabell zu Bedenken: „Aber wenn er wirklich total hinter Lydia her wäre, würde das doch gar keinen Sinn ergeben.“

„Stimmt auch wieder!“, gab Kathi zu.

„Und dann das Verhalten von Richard!“, setzte Isabell noch hinzu. „Er benimmt sich total bescheuert!“

„Vielleicht ist er verknallt!“, sagte Kathi.

Der Gedanke schien Isabell überhaupt nicht zu gefallen. Trotzig meinte sie: „Selbst dann benimmt sich ein Mann nicht so affig! Außerdem habe ich gestern zufällig was mitbekommen, das habe ich euch noch gar nicht erzählt. Lydia hat ihm irgendeine SMS gezeigt und dann zu ihm gesagt, der Absender würde es wohl gut finden, sie zu demütigen. Sie hat bestimmt von dem Nico Bartels gesprochen. Sie versucht Richard aufzuhetzen.“

Celina fügte hinzu: „Frau Evershagen benimmt sich auch seltsam! Ich habe sie die ganzen zwei Jahre, die ich nun da bin, noch nicht so erlebt. Sie verhätschelt Lydia richtig.“

„Lydia ist eine Hexe oder sowas!“, platzte Isabell heraus.

„Du glaubst nicht wirklich an sowas?“, fragte Kathi ungläubig.

Alle schwiegen. Schließlich sagte Isabell: „Ich glaube, dass es Menschen mit außergewöhnlichen Fähigkeiten gibt und dass viele sich dieser gar nicht bewusst sind. Aber manche eben schon. Und davon gibt es sicherlich eben auch welche, die diese nicht nur für gute Sachen einsetzen.“

„Hm ... kommt drauf an, was du unter solchen Fähigkeiten verstehst ...“, meinte Kathi.

Isabell runzelte nachdenklich die Stirn. „Weiß nicht, ich kenn mich damit nicht so aus. Aber ich denke, dass es zum Beispiel durchaus Wahrsager gibt, die eine sehr hohe Trefferquote haben. Damit meine ich nicht irgendwelche Kartenlegerinnen im Fernsehen. Oder wie vielleicht in diesem Fall, dass es Menschen gibt, die andere manipulieren können, und das auf schon unnatürliche Art.“

„Die anderen Menschen Albträume schicken können?“ Kathis Gesichtsausdruck verriet, dass sie diese Idee ziemlich abwegig fand.

„Ja auch!“, sagte Isabell. „Über Gedankenkraft irgendwie vielleicht.“

Kathi fasste zusammen: „Sie beeinflusst Menschen in eurer Umgebung wie Frau Evershagen oder Richard. Das scheint festzustehen. Sie nimmt es möglicherweise mit der Wahrheit auch nicht so genau wie bei diesem Nico Bartels ...“

„Und diejenigen, die sie kritisieren wie ich, oder die sie vielleicht nicht so manipulieren kann, wie sie will, denen geht es schlecht“, ergänzte Isabell.

„Ich habe mich bisher nie mit solchen übersinnlichen Sachen beschäftigt“, gab Kathi zu.

„Ich auch nicht!“, bestätigte auch Isabell.

Beide schauten nun zu Celina, die sehr still geworden war. Erst jetzt fiel es ihnen auf, dass sie nichts dazu gesagt hatte. Celina starrte das Colaglas in ihrer Hand an.

„Celina?“, sprach Kathi sie an.

Celina schaute erst Kathi an, dann Isabell. Dann starrte sie wieder auf ihr Glas.

„Es ist ein paar Jahre her ... eine Freundin von mir hat sich für sowas interessiert ... und ich mich auch“, begann sie stockend zu erzählen. „Manchmal haben wir das eine oder andere zusammen gemacht ... sie war unglaublich.“ Celina holte tief

Luft, nahm einen Schluck Cola und fuhr fort: „Sie war verheiratet. Ihr Mann war so ein richtig cholerisches Arschloch, der sie dauernd zusammengeschrien hat. Ich hab ihr geholfen von ihm wegzukommen, ihr und ihrer kleinen Tochter. Alles schien gut. Bald darauf hat sie dann jemanden kennengelernt. Sie waren ein wirklich süßes Paar."

Celina brauchte noch einen Schluck Cola, um den Kloß in ihrem Hals wieder runterzuspülen. Weder Kathi noch Isabell sagten etwas, sie warteten einfach nur ab.

Schließlich erzählte Celina weiter: „Diese Freundin ... oder vielmehr ehemalige Freundin ... sie hatte ein unglaubliches Talent, sich in finanzielle Schwierigkeiten zu bringen, sie konnte irgendwie überhaupt nicht mit Geld umgehen. Ihr Freund war jedenfalls nicht reich, ihr Ehemann aber schon. Da er das dickere Portemonnaie hatte, ging sie zu ihm zurück."

„Was für eine blöde Kuh!", platzte Isabell heraus.

„Ja!", bestätigte Celina. „Aber das war längst nicht alles! Sie wollte ihren Freund trotzdem nicht aufgeben."

„Als Geliebten nebenbei, oder wie?", fragte Isabell. „Das hat er doch sicher nicht mitgemacht?"

„Doch, zumindest eine Weile schon ...", antwortete Celina. „Sie hatte sehr merkwürdige Fähigkeiten, die ihn zwar erschreckt, aber gleichzeitig auch fasziniert haben. Sie konnte ihm zum Beispiel spätabends, wenn sie heimlich telefoniert haben, sagen wo er war, was er gedacht oder gefühlt hatte."

„Wie geht das denn?", hakte nun Kathi nach.

„Gute Frage!", fand Celina. „Das gehört in den Bereich Telepathie, würde ich sagen. Als ich ihr gesagt habe, was ich von all dem halte, hatte ich sehr merkwürdige Träume, die nicht meine zu sein schienen. Das ist schwierig zu beschreiben. Sie haben sich einfach irgendwie falsch angefühlt. Komischerweise war in den Träumen diese ehemalige Freundin immer ein absolut lieber Mensch ..."

„Sie hat deine Träume manipuliert?", fragte Isabell.

„Ja, das denke ich zumindest. Einmal, als ich aufgewacht bin, habe ich sie sogar direkt vor meinen Augen gesehen. Das glaube ich jedenfalls." Celina strich sich eine Haarsträhne aus dem Gesicht und schaute Kathi und Isabell an. „Ich weiß, dass sich das verrückt anhört. Diese ehemalige Freundin hat versucht, mich zu manipulieren, und ihren Freund noch viel mehr. Es war ihr egal, wem sie schadet, wie es mir, ihrem Freund oder ihrer kleinen Tochter mit all dem geht. Hauptsache, sie hatte es schön bequem."

„Und dann?", wollte Kathi wissen.

„Dann haben sich unsere Wege getrennt. Ich wollte mit ihr nichts mehr zu tun haben. Außerdem wusste sie, dass ich ihre Manipulationen bemerkt hatte und auch was ich davon hielt. Ich habe noch einmal etwas in dieser Richtung gemacht, etwas, um mich zu schützen, und dann habe ich alles, was mit dem Bereich zu tun hatte, in eine Kiste gepackt und nicht wieder angerührt."

„Aus Enttäuschung, richtig?", fragte Isabell nach.

Celina nickte und erklärte: „Ja, vor allem aus Enttäuschung über diese Freundin und auch aus Entsetzen darüber, was anscheinend in diesem Bereich möglich ist und was sie mit ihren Fähigkeiten gemacht hat."

Kapitel XII
Die Hexenkiste

„Und ich habe dich immer für einen rationalen und realistischen Menschen gehalten“, meinte Kathi, nachdem alle eine Weile einfach nur geschwiegen hatten. Sie grinste und zwinkerte Celina aufmunternd zu.

„Ich finde es ganz schön gruselig, sich mit solchen Sachen zu beschäftigen“, meinte Isabell und schüttelte sich.

Celina zuckte nur mit den Schultern.

„Mit was genau habt ihr euch denn so beschäftigt?“, fragte Kathi. „Und wie intensiv?“

„Wir waren neugierig auf alles mögliche, wie Karten legen, Pendeln, magische Wirkungen von Kräutern oder Steinen, aber auch Telepathie, Traumdeutung oder Hexerei, wie magische Rituale für Schutz oder Glück“, zählte Celina auf.

„Das ist eine ganze Menge“, fand Kathi.

„Ja, schon“, gab Celina zu, „aber Interesse und sich mit solchen Themen beschäftigen heißt nicht, dass man gleich von allem viel Ahnung hat. Wir haben halt mal das eine oder andere ausprobiert.“

„Gibt es diese Kiste noch?“, fragte Kathi nun.

Celina nickte nur.

„Lass mich raten ... sie befindet sich auf dem Dachboden?“, vermutete Kathi.

„Ja“, bestätigte Celina, „und wie du dir vielleicht schon gedacht hast, hat sich Mikesch genau hinter dieser Kiste versteckt gehabt.“

„Und nun bist du am Überlegen, diese Kiste wieder hervorzuholen, stimmt’s?“, meinte Kathi.

Wieder nickte Celina stumm.

„Sie ist noch oben?“, fragte Kathi.

Als Celina wieder nur nickte, sagte diesmal Isabell etwas dazu: „Dann lass sie uns holen! Wenn Lydia wirklich sowas wie eine

Hexe ist, die nichts Gutes im Sinn hat, dann müssen wir uns schützen."

„Außerdem bin ich ja ein wenig neugierig, muss ich zugeben", fügte Kathi grinsend hinzu.

So ließen sie das Essen stehen und gingen zu dritt auf den Dachboden. Als Celina ihren Verschlag betrat und die Kiste dort vor sich stehen sah, zögerte sie.

„Soll ich sie nehmen?", fragte Kathi.

„Ich mach schon!", meinte Celina und hob die Kiste hoch. Sie war schwerer als sie sie in Erinnerung hatte, aber irgendwie fühlte es sich gut an, sie in den Händen zu halten, fand Celina.

Zurück in der Wohnung stellte sie die Kiste erstmal auf dem Fußboden ab.

„Lasst uns erst alles abräumen!", schlug sie vor und schaute auf den Tisch mit Schüsseln und Tellern.

„Gute Idee!", meinte Isabell, stopfte sich schnell die restlichen Nudeln von ihrem Teller in den Mund und jonglierte die Nudelauflaufschale, Teller und Gläser irgendwie alles auf einmal in die Küche.

„Da hat es jemand eilig!" Kathi grinste und nahm das restliche Geschirr mit.

Dann stand sie endlich mitten auf dem Tisch: die geheimnisvolle Kiste.

„Mach sie auf!", flüsterte Isabell Celina andächtig zu.

Celina lächelte. Dann sagte sie: „Macht ihr sie auf und schaut einfach hinein!"

Kathi nickte Isabell zu und sie öffnete den Deckel der Kiste. Ihnen entgegen strömte die Duftwolke einer Mischung aus Kräutern und ätherischen Ölen.

„Ui!", quiekste Isabell überrascht und schreckte ein wenig zurück. „Das ist ja eine halbe Apotheke, zumindest, was die Kräuter angeht."

Zwischen einer Unmenge an Tütchen und Gläschen mit verschiedenen Kräutern und anderen Pflanzenteilen gab es auch ein paar Fläschchen mit Ölen, die, obwohl sie verschlossen waren, sehr exotisch rochen. Isabell zog eines heraus. Darauf war, wie auf allen Tüten und Tiegelchen, ein kleines Etikett. Auf diesem stand „Schutz".

„Das passt ja!", meinte sie.

„Wofür ist das?", fragte Kathi und nahm ein etwas größeres Glas aus der Kiste, das offenbar mit feinem Sand gefüllt war.

„Das ist zum Räuchern!", erklärte Celina. „Man tut den Sand in das Räuchergefäß und dann darauf die Räucherkohle. Das ist dafür, damit das Gefäß nicht zu heiß wird."

„Dieses hier?", fragte Isabell und zog eine flache Schale aus Messing hervor, die ungefähr die Größe eines kleinen Frühstückstellers hatte.

„Ja, genau die", bestätigte Celina. „Wenn die Kohle glüht kann man darauf alles mögliche an Kräutern und solchen Dingen räuchern."

„Solche Dinge?", hakte Isabell nach. „Du meinst Harze wie dieser Weihrauch?" Sie hatte mehrere Röhrchen mit verschieden farbigem Weihrauch gefunden.

„Sind das Tarotkarten?", warf Kathi eine Frage da-zwischen. Sie hatte ein Päckchen mit Karten gefunden.

„Beides ja", beantwortete Celina gleich beides.

„Kannst du das?", fragte Kathi und hielt die Karten hin.

Celina zuckte mit den Schultern. „Ich denke schon ... zumindest konnte ich das mal ganz gut."

„Lass es uns mal ausprobieren", schlug Kathi vor.

Celina mischte die Karten, dann ließ sie Kathi einmal abheben und fächerte die Karten, so dass die Rückseiten zu Kathi zeigten.

„Zieh einfach mal eine für die jetzige Situation", meinte sie.

Kathi zögerte nur kurz und zog dann eine Karte aus dem Fächer.

Als sie sie umdrehte und dort das Bild einer Frau zu sehen war, erklärte Celina: „Das ist die Königin der Schwerter. Sehr passend wie ich finde. Sie zeigt dich als diejenige, die mit ihrem Verstand Probleme löst. Du bist sehr scharfsinnig und denkst alles immer genau durch. Du verlässt dich selten auf dein Gefühl oder deine Intuition. Du bist sehr kritisch und ich glaube, das ist genau das, was wir brauchen, jemand, der alles mit Logik betrachtet."

„Das verstehe ich nicht ... warum Logik?", fragte Isabell nach.

„Weil es bei solchen Sachen wichtig ist, den Verstand nicht abzuschalten", sagte Celina, „denn sonst verliert man leicht den Boden unter den Füßen."

„Stimmt sogar soweit, denke ich", fand Kathi. „Jetzt du, Isabell!"

Wieder mischte Celina die Karten gut durch. Schon beim Abheben zitterte Isabells Hand und beim Ziehen noch viel mehr. Ihre Karte stellte jemanden dar, der aufrecht im Bett saß mit den Händen vor dem Gesicht, über dem Bett waren Schwerter.

„Das sieht nicht gut aus", sagte Isabell ängstlich.

Celina lächelte. „Die Karte zeigt die Situation. Es sind die neun Schwerter, die Karte der schlaflosen Nächte. Sie zeigt, dass du schlecht schläfst, dass du dir Sorgen machst, dass Albträume dich plagen und du Angst hast. Also passt sie doch haargenau."

„Gruselig!", fand Isabell.

„Sie zeigt nur das, was ist", beruhigte Celina sie. „Zieh mal eine dafür, ob wir tatsächlich einen Schutzzauber machen sollten!"

Diesmal zog Isabell eine mit der Abbildung einer Frau, die aus einer Quelle Wasser schöpfte, über ihr mehrere Sterne, darunter ein sehr großer. Tatsächlich stand unten auf der Karte sogar „Der Stern".

„Na also!", meinte Celina. „Der Stern bedeutet, dass dies die richtige Entscheidung ist, dass sie unter einem guten Stern steht, könnte man sagen. Es ist sogar eine Schutzkarte."

„Die Karte sieht schön aus!", war ganz einfach Isabells Meinung dazu.

„Ja, das ist sie!“, bestätigte Celina.
„Dann lass uns das jetzt machen, wie auch immer man das macht“, war auch Kathi dafür.

Kapitel XIII
Schutzzauber

„Irgendwo in der Kiste muss ein kleines Notizbuch sein", sagte Celina, „da stehen ein paar Sprüche drin, die meisten hatten wir selber gedichtet."

Kathi fing an, alles, was in der Kiste durcheinander gefallen war, herauszunehmen und sorgfältig auf dem Tisch zu sortieren: zu der Räucherschale den Sand, die Räuchermischungen zusammen in eine Ecke, die Öle daneben, zu den Tarotkarten das Pendel, das sie zwischen all dem fand.

„Da ist ein kleines Buch!", verkündete sie und zog es unter ein paar Kräutergläschen hervor. Das Notizbuch war mit einem Seidenband zusammengebunden.

„Darf ich?", fragte Kathi und zeigte auf die Schleife.

„Ja sicher, mach nur!", sagte Celina. Isabell rutschte ein wenig zu Kathi heran, um auch gleich einen Blick in das Buch erhaschen zu können.

Langsam blätterte Kathi das Notizbuch durch. Es befanden sich darin sehr viele Sprüche, die wie kleine Gedichte wirkten, dazu oftmals Zeichnungen von Kerzen, Engeln oder Symbolen. Die letzten Seiten waren allerdings leer. Nachdem sie es einmal mehr oder minder flüchtig durchgesehen hatte – manchmal blieb ihr Blick doch an der einen oder anderen Seite hängen, ging sie zurück zur ersten Seite.

„Das klingt wirklich schön!", meinte Kathi.

Celina wusste noch sehr genau, was auf der ersten Seite stand.

„Das sind zwei sehr wichtige Sprüche", erklärte sie. „Man spricht den ersten laut oder einfach nur in Gedanken, bevor das eigentliche Zaubern beginnt, und den zweiten als Abschluss."

Isabell reckte ihren Hals, um mitlesen zu können, da las Kathi es ihr schon vor, nachdem Celina ihr Einverständnis mit einem Kopfnicken signalisiert hatte:

„Meine Engel und Schutzgeister kommt herbei,
helft mir bei meiner kleinen Zauberei,
damit sie werde wirklich gut
und schenke Hoffnung und neuen Mut.
Lasst mich dabei weise sein
zu bringen ins Rollen den richtigen Stein."

Sie zögerte kurz, dann las sie den zweiten Spruch:

„Meine Engel und Schutzgeister, ich lass Euch los,
ich weiß, Eure Taten sind sehr groß,
tauscht das Schlechte gegen Glück,
lasst Frieden und Harmonie für mich zurück.
Habt Dank für Eure Hilfe nun
und lasst mich alles richtig tun."

„Sind die von euch gedichtet?", fragte Isabell.
Celina nickte. Dann atmete sie tief ein, schaute Isabell und
Kathi an und meinte: „Wenn ihr euch sicher seid, dass ihr das
wollt, dann sollten wir wohl mal loslegen!"
Und so legten die drei tatsächlich los. Celina suchte aus den
ganzen Kräutern diejenigen heraus, die sie für passend hielt.
Kathi räumte den Tisch ein wenig frei von dem, was sie nicht
benötigten. Isabell stellte das Räuchergefäß in die Mitte und
füllte ein wenig Sand hinein. Dann nahm Celina ein paar
Kerzen und Teelichter aus einem Schrank.
„Nimm das Schutzöl, das du vorhin in der Hand hattest und
tue in jedes der Teelichter einen Tropfen, ja?", forderte sie
Isabell auf.
Genau so machte es Isabell und stellte dann zusammen mit
Celina die Teelichter im Kreis um das Räuchergefäß.
Währenddessen entzündete Kathi die Räucherkohle.
„Sei vorsichtig, die Kohle sprüht ein wenig Funken!", warnte

Celina, weil erste kleine Funken nach oben stoben.

„Macht nichts!", meinte Kathi und legte die Kohle in den Sand.

Celina holte noch ein bisschen Papier und drei Bleistifte, dann zündete sie die Teelichter und anderen Kerzen an und schaltete das Deckenlicht aus.

„Das ist schön so", flüsterte Isabell ehrfürchtig.

„Was nun?", fragte Kathi.

Celina erklärte kurz den Ablauf: „Erst kommt der erste Spruch, dann schreiben wir unsere Wünsche, z.B. nach Schutz, auf die kleinen Zettel und verbrennen sie im Räuchergefäß zusammen mit der entsprechenden Mischung. Ihr dürft nichts Böses wünschen, nur Gutes, und vermeidet negative Worte wie „nicht" oder „kein", also immer positiv formulieren und am besten so spontan wie es euch einfällt. Zum Schluss kommt der zweite Spruch dann."

Nachdem Kathi den ersten Spruch vorgelesen hatte, schrieben sie alle drei eifrig auf die Zettelchen. Immer abwechselnd verbrannten sie diese dann im Räuchergefäß und warfen etwas von den Kräutermischungen dazu. Ein würziger Geruch erfüllte den Raum. Alle drei nahmen mehrere der Zettel, denn einmal angefangen, fiel ihnen doch immer wieder etwas dazu ein.

Auf einmal fragte Isabell: „Darf ich auch Schutz für jemand anderen wünschen?"

„Du meinst Richard", vermutete Celina und sah an Isabells verlegenem Lächeln, dass sie richtig lag. „Ja, natürlich!"

Sie selbst war auch gerade im Begriff gewesen, Schutz für Nico zu erbitten. Sie musste es den anderen ja nicht gerade auf die Nase binden, insbesondere nicht der kritischen Kathi. Eigentlich konnte sie nicht einmal sagen, warum sie sich so sicher war, aber sie wusste einfach, dass er nicht so war, wie Lydia behauptete. Und sie war felsenfest davon überzeugt, dass er mehr Schutz benötigte als sie alle zusammen.

Als Kathi mit dem Lesen des zweites Spruches das kleine

Ritual schließlich beendete, fühlte Celina sich endlich besser.
„Ich glaube, das war gut!", bestätigte auch Isabell ihr Gefühl.

Kapitel XIV
Magie und Wirkung?

Als Celina irgendwann am Sonntag erwachte, stellte sie mit einem vorsichtigen Blinzeln zum Wecker fest, dass es bereits mittags halb eins war. Ihr Schädel brummte ziemlich und das ohne einen Tropfen Alkohol! Da fiel ihr auf, dass Mikesch sie gar nicht geweckt hatte, wie er das meistens tat, weil er Frühstück wollte. Leicht panisch schreckte sie hoch, aber zwei Dinge ließen sie gleich wieder ins Kissen zurücksinken: Das eine war, dass Mikesch ruhig am Fußende schlief, das andere, dass sie das Gefühl hatte, ihr Kopf würde zerspringen.

Es war spät geworden in der letzten Nacht, weil Kathi, Isabell und sie noch sehr lange gequatscht hatten. Sie versuchte, sich das eine oder andere in Erinnerung zu rufen, aber in diesem Zustand war sie nicht denkfähig.

„Ich brauch ne Kopfschmerztablette!", murmelte sie groggy und bewegte sich in die Küche, wobei sie darauf achtete, möglichst nirgendwo gegenzulaufen, obwohl sie kaum die Augen aufbekam. Nachdem sie gleich zwei Stück geschluckt hatte, drückte sie den Knopf der Kaffeemaschine, die sie glücklicherweise vorbereitet hatte. Jetzt Kaffeelöffel zählen, wäre ein bisschen schwierig gewesen! Als sie wieder zurück ins Bett wollte, versperrte ihr allerdings Mikesch den Weg.

„Ja, ich weiß, wenn ich schon mal hier bin, willst du auch dein Futter ...", seufzte sie. Irgendwie kriegte sie auch das noch hin, Mikesch zu versorgen. Dann nahm sie sich einen großen Becher vom frischen Kaffee mit ins Schlafzimmer, kuschelte sich in ihre Decke und versuchte, wirklich wach zu werden.

Schon kurze Zeit später wirkten die Kopfschmerztabletten und Celina erinnerte sich an den gestrigen Abend in allen Einzelheiten. Isabell und Kathi hatten akzeptiert und verstanden, warum Celina sich mal mit diesem Bereich beschäftigt hatte und es nun wieder tat. Kathi stand dem

Ganzen eher skeptisch gegenüber, während Isabell ein bisschen ängstlich war. Aber trotzdem hatte sie zusammen mit den beiden nach langer Zeit mal wieder … sie zögerte, selbst in Gedanken, das Wort zuzulassen… sie hatte gehext. Hexe war so ein Wort, das mit so viel Negativem behaftet war oder das für die meisten Menschen einfach nur vollkommen esoterisch abgehoben klang. Und doch war es irgendwie das passende Wort.

„Na, dann werde ich wohl mal in die Socke kommen und hier ein bisschen aufräumen und so!", versuchte sie, sich selbst zu motivieren und warf die Bettdecke weg. Wie so oft machte sie dann alles fast gleichzeitig: den Kopf unter den Wasserhahn zum Klarwerden und Haarewaschen, in die Klamotten schlüpfen, die Gläser, die noch im Wohnzimmer standen, wegräumen, den PC hochfahren, das Bett machen, auf ihr Handy schauen … da war eine SMS!

Vor bereits zwei Stunden hatte Isabell ihr geschrieben: „Juhuuuu, ich habe endlich mal wieder eine Nacht wirklich gut geschlafen!"

Das war doch endlich mal eine gute Nachricht. Sie antwortete schnell und schaute dann nach E-Mails und loggte sich bei Facebook als Cora ein. Nico Bartels war tatsächlich wieder online! Dienstag hatte sie ihn zuletzt erwischt und heute war schon Sonntag.

„Hallo, da bist du ja mal wieder", schrieb sie ihn an.

Er antwortete nach wenigen Minuten: „Hallo Cora, ja endlich bin ich mal wieder online. Ich war krank, die Magenprobleme wurden immer schlimmer. Da hatte ich nicht einmal Lust an den PC zu gehen. Habe die ganze Zeit fast nur geschlafen. Aber seit heute Morgen geht es endlich wieder."

„Dann hast du es jetzt auskuriert? Oder die richtige Medizin gefunden?", fragte sie nach.

„Weiß auch nicht, ist einfach so besser geworden", antwortete er.

Celina musste fast automatisch an den Schutzzauber vom Abend zuvor denken. Schnell verwarf sie den Gedanken. Das war bestimmt nur Zufall!

„Jetzt muss nur der Rest auch noch wieder alles klappen“, meinte Nico.

„Was meinst du?“, wollte Celina wissen.

„Ach, beruflich hab ich momentan ein wenig Pech an den Fingern, könnte man sagen“, erklärte er.

„Inwiefern?“

„Ich habe ein paar falsche Entscheidungen getroffen und Geld verloren, ich hatte ganz einfach das eine oder andere Risiko übersehen.“

„Ich stell mir das sehr schwierig vor, solche Art Entscheidungen zu treffen“, meinte Celina dazu.

„Da ist dein Job einfacher oder nicht?“, fragte er.

Celina überlegte kurz. Sie hatte ihm erzählt, sie würde im Büro einer Versicherung arbeiten. „Ja, das stimmt, einfach nur viel Papierkram!“, antwortete sie deshalb.

„Und dann bist du in deiner Freizeit auch noch am PC?“, meinte er.

„Das ist etwas anderes“, schrieb sie ihm.

„Weil du dann mit mir schreiben kannst?“, war seine Antwort.

Sie musste schmunzeln. Irgendwie mochte sie seine direkte Art. „Oder du mit mir!“, konterte sie keck.

„Stimmt, das ist wichtig!“, schrieb er. „Ich habe das wirklich die paar Tage vermisst.“

Celina las das mehrere Male hintereinander. Was sollte sie darauf schreiben? Sie hatte das auch vermisst und nicht nur wegen Lydia und weil sie sich Gedanken gemacht hatte. Sie mochte es einfach, mit ihm zu schreiben, egal worüber.

„Wann sehen wir uns?“, schrieb er auf einmal.

Celina hatte einen Kloß im Hals. Sie würde ihn niemals kennenlernen können, obwohl sie das Gefühl hatte, ihn schon so lange zu kennen. Tränen stiegen ihr in die Augen.

„Ich weiß noch nicht", antwortete sie. „Werde doch erstmal richtig gesund."

„Bin ich doch schon fast", kam sofort von ihm.

„Aber nur fast!", gab sie zurück und setzte einen Zungerausstreck-Smiley dahinter. Dabei beließen sie es erst einmal und unterhielten sich einfach weiter über alles mögliche und Celina versuchte einfach erst einmal auszublenden, dass sie für ihn Cora war.

„Ich würde dir gerne etwas zeigen", meinte er plötzlich. „Bevor ich krank geworden bin, habe ich noch ein Bild fast fertig gemalt. Eigentlich fehlten nur noch ein paar Pinselstriche. Vorhin habe ich es nun endlich fertig bekommen. Möchtest du es sehen? Du wärst die erste, die es sehen darf."

Sie fühlte sich geschmeichelt und gleichzeitig war sie sehr neugierig. „Ja sehr gerne", antwortete sie.

„Ok, die Farbe ist noch nicht ganz trocken und die Qualität des Fotos, das ich gerade gemacht habe, ist nicht so toll, aber ich würde es dir trotzdem gern schicken", schrieb er. „Ich möchte es allerdings nicht über Facebook senden. Hast du eine E-Mail-Adresse für mich?"

Celina gab ihm die Adresse, mit der sie Cora bei Facebook angemeldet hatte. Gespannt wartete sie dann ab, was ankommen würde. Und tatsächlich gab es kurz darauf einen Posteingang. Nico hatte ein Bild angehängt. Sie öffnete es und war überwältigt. Vor sich sah sie offenbar ein Ölgemälde. Es zeigte ein Schiff auf dem Meer. Das Wasser war aufgewühlt und sehr düster, dunkle Farben ließen die Wellen bedrohlich wirken, die sich teilweise hoch auftürmten. In der Mitte des Bildes lag ein Dreimaster beinahe friedlich und hell leuchtend auf den tosenden Fluten. Dieses Schiff strahlte eine unglaubliche Ruhe aus. Die Farben, mit denen er es gemalt hatte, waren sehr untypisch für ein Schiff, es waren nur warme Erdfarben wie ein gedecktes Gelb oder ein tiefes Rot.

„Es ist wundervoll!", schrieb sie ihm. „Vielen Dank, dass ich es

sehen darf. Du malst fantastisch.“
„Schmeichlerin“, meinte er und sie konnte förmlich sein
Grinsen vor sich sehen.
Er hatte das Bild heute vollendet. Vielleicht war der Zusam-
menhang mit dem Schutzzauber doch nicht ganz so zufällig?
Wie auch immer, er war ein großartiger Künstler.

Kapitel XV
Zufälle, Einbildung oder Realität?

Am Montagmorgen bei der Arbeit kam Isabell gleich auf Celina zu.

„Lydia hat sich krank gemeldet", sagte sie und fügte im Flüsterton hinzu: „Haben wir das gemacht?"

Celina war so überrascht, sowohl über die Krankmeldung, wie auch über Isabells Schlussfolgerung, dass sie erst zögerte, etwas zu sagen, dann allerdings erst einmal keine Gelegenheit für eine Antwort hatte. Frau Evershagen kam nämlich gerade um die Ecke und verkündete: „Lydia ist krank, irgendwas mit Magen-Darm. Der Chef wird selber für sie einspringen."

Celina und Isabell machten sich an die Arbeit und es dauerte eine Weile, bis Celina die Möglichkeit hatte, Isabell etwas dazu zu sagen. „Vielleicht ist das nur ein Zufall", erklärte sie. „Wir haben ja nichts gegen sie gemacht, sondern nur uns und andere geschützt. Das ist schließlich ein Unterschied."

„Ja stimmt", meinte Isabell, „aber komisch ist es trotzdem!"

Aber der Tag versprach noch komischer zu werden ...

Kurz danach bekam Celina zufällig ein Gespräch zwischen Frau Evershagen und Richard mit.

Frau Evershagen sagte gerade: „Aber die Kleine benötigt ein wenig Unterstützung!", als Celina hellhörig wurde. Damit konnte doch nur Lydia gemeint sein! Ansonsten hatte sie noch nie so etwas wie Mitgefühl bei Frau Evershagen bemerkt.

„Aber Sie müssen zugeben, dass Lydia manchmal dazu neigt, ein wenig zu dramatisieren", erwiderte Richard.

„Dieser Mann, der ihr nachstellt, ist jedoch eine Tatsache", stellte Frau Evershagen fest. „Ich selbst habe Lydia zur Polizei und zum Gericht begleitet. Die Arme wirkte ja so verloren. Natürlich geht so etwas ganz furchtbar auf die Psyche."

„Was hat die Polizei denn zu ihr gesagt? Hatten die keinen Rat für sie?", wollte Richard wissen.

„Das weiß ich nicht. Ich habe draußen vor der Tür gewartet. Es war ihr ja auch so unangenehm genug."

„Und beim Gericht?", fragte Richard nach.

Die Antwort fiel aus, wie Celina sie in diesem Moment auch erwartete, denn Frau Evershagen erklärte: „Auch dort habe ich draußen gewartet."

Was Richard dazu sagte, konnte sie nicht mehr hören, denn sie musste dringend nach vorn in den Verkaufsraum, weil dort schon eine kleine Gruppe an Kunden stand. Aber sie hatte erst einmal genug mitgekriegt. Frau Evershagens Begleitung für Lydia ging offenbar immer nur bis vor die Tür, so dass Lydia drinnen alles mögliche hätte erzählen können. Irgendwie verwunderte sie dies nicht. So etwas in der Art hatte sie sich schon gedacht. Was sie jedoch viel bemerkenswerter fand, war, dass Richard plötzlich nicht mehr wirkte wie ein verliebter Gockel. Er betrachtete Lydia und ihre Situation anscheinend endlich auch mal kritisch. Sollte der Schutz für ihn funktioniert haben?

All diese Gedanken wuselten auch später noch in ihrem Kopf herum, als sie in den Lagerraum in den Keller ging. Auf der Treppe traf sie Isabell, die gerade ein paar leere Fläschchen geholt hatte. „Richard ist wieder normal!", sprudelte sie hervor und strahlte Celina an. Dann erzählte sie gleich die Kurzfassung, warum: „Lydia hat vorhin kurz angerufen, um Bescheid zu sagen, dass sie noch bis einschließlich Mittwoch krankgeschrieben ist. Er war am Telefon und er hat ganz normal mit ihr gesprochen. Nicht dieses total Übertriebene, du weißt schon, was ich meine." Sie zwinkerte verschmitzt, raunte Celina noch ein „Danke!" zu und lief dann nach oben.

Es war Isabell also auch aufgefallen!

Im Keller suchte Celina nach einem Karton mit Tüten für Tees. Eine Kundin hatte eine spezielle Teemischung bestellt und oben waren keine Papiertüten mehr. Irgendwo war aber noch ein Karton ...

Während sie ganz unten in einem Regal danach suchte, fröstelte sie auf einmal. Es war ganz schön kalt im Keller! Dann irritierte sie etwas, ohne dass sie hätte sagen können, was genau. Sie schaute hoch. In genau diesem Moment ging plötzlich das Licht aus! Nach der ersten Schrecksekunde überlegte Celina, warum. War die Glühbirne durchgeknallt oder war es die Sicherung? Da sah sie jemanden in der Tür stehen, nicht sehr deutlich aber doch eine Person, die klein und zierlich war.

„Isabell?", fragte Celina ins Dunkel hinein.

Von der Gestalt kam allerdings keine Reaktion.

Celina rappelte sich vom Boden hoch, wo sie gehockt hatte, und wollte gerade auf die Person zugehen, als das Licht wieder anging. Da war niemand mehr!

Auf der Treppe hörte sie Isabell in den Keller kommen, denn sie rief: „Celina? Alles in Ordnung bei dir?"

„Äh, ja", antwortete sie und fragte auch gleich: „Was war das denn?"

„Die Sicherung ist rausgesprungen", erklärte Isabell und betrat den Raum. „Ist wirklich alles in Ordnung?"

„Ja, warum?"

Isabell runzelte nachdenklich die Stirn. „Weil du aussiehst, als wenn du ein Gespenst gesehen hättest!", erklärte sie. „Du bist weiß wie die Wand!"

„Alles okay", antwortete Celina ein wenig verlegen, suchte schnellstens nach den Tüten, die sie nun auch fand, und hoffte, dass Isabell nicht noch weiter fragen würde. Sie hatte keine Ahnung, was sie hätte sagen sollen, zumal sie nicht einmal wusste, was sie da wirklich gesehen hatte. War das nur eine optische Täuschung gewesen oder ein Schatten von irgendwas? Sie verwarf den Gedanken. Es war eindeutig eine menschliche Gestalt gewesen. Isabell musste davon aber nichts wissen, zumindest vorerst nicht. Glücklicherweise fragte sie auch nicht mehr. Sie wollte Isabell nicht beunruhigen, insbesondere deshalb nicht, weil es nur eine Person gab, zu der die Silhouette passte und das war Lydia.

Kapitel XVI
Lydia und die Männer

Die nächsten zwei Tage verliefen ruhig und friedlich. Isabell wirkte unglaublich ausgeglichen und gut gelaunt. Sie nutzte die Lydia-freie Zeit, um tatsächlich ein wenig mit Richard zu flirten. Dabei war es ihr sogar egal, dass Frau Evershagen dies auffiel und sie mit missbilligenden Blicken bedachte. Richard schien diesem Flirt durchaus nicht abgeneigt. Er ignorierte Frau Evershagen genauso wie Isabell es tat. Übermütig bewarf er Isabell immer wieder mit einer zusammengeknüllten, kleinen Papiertüte, die Isabell, wann immer sie sie erwischte, ebenfalls zurückfeuerte. Das nervte Frau Evershagen irgendwann so sehr, dass sie sich nur noch vorn im Verkaufsraum aufhielt.

„Das müsst ihr öfters mal so machen", sagte Celina dazu breit grinsend.

Richard guckte ein wenig verwundert, aber Isabell wusste sofort, was sie meinte und grinste fast ebenso breit zurück. Dieses Spiel zogen die beiden tatsächlich die zwei Tage durch, ohne dass es ihnen langweilig zu werden schien.

Am Donnerstag war Lydia dann wieder da. Sie wirkte noch ein wenig abgespannt und müde. Trotzdem versicherte sie auf Frau Evershagens Nachfrage hin, dass es ihr gut gehen würde. Celina versuchte so normal zu sein wie immer, während Isabells Laune in den Keller rauschte, als Lydia Richard sehr vertraut und herzlich mit einem gehauchten Kuss auf die Wange begrüßte. Der erwiderte den Kuss zwar nicht, schien das jedoch auch nicht als unangenehm zu empfinden, zumal er Lydia ein freundliches Lächeln schenkte.

Wenig später verzog Isabell sich in den hintersten Lagerraum, wo Celina sie kurz darauf zwischen Kästen, Tüten und der Waage fand. Sie war dabei Salbei, Kamille und Brennnessel als Tee abzufüllen.

„Du machst das? Ich dachte, du findest gerade das immer so nervig?", meinte Celina verwundert.

„Hauptsache ich muss mir das nicht angucken ...", grummelte Isabell, wobei sie das „das" mit einem Augenverdrehen betonte.

„Verstehe ...", antwortete Celina und verzog sich dann. Wenn Isabell schlechte Laune hatte, wollte sie eh nur alleine sein. Und sie konnte wirklich verstehen, dass Isabell das mit Richard und Lydia ärgerte.

Nur kurz danach war sie doppelt froh, dass Isabell gerade nicht da war, denn Lydia erzählte offenbar Richard ganz leise irgendetwas, woraufhin er sie tröstend in den Arm nahm. Das hätte Isabell vollkommen auf die Palme gebracht. Sie selber versuchte, das zu ignorieren und ging an den beiden vorbei nach hinten in den Aufenthaltsraum. Sie brauchte jetzt einen Tee, fand sie.

Da sah sie auf dem Tisch ein Handy liegen, das gerade stumm vibrierte. Anscheinend kam gerade eine SMS an. Es war Lydias, dessen war sie sich sicher. Celina schaute sich um. Die Tür zu den anderen Räumen stand offen und so konnte sie sehen, dass Richard und Lydia immer noch bei den Medikamentenschränken standen, wenn auch inzwischen wieder ohne Umarmung. Sie streckte schon die Hand nach dem Handy aus, als sie sich in Gedanken selber zurechtwies. Wie konnte sie nur? Es war Lydias Handy und ihre Privatsphäre und es ging sie überhaupt nichts an! Aber andererseits stimmte etwas mit Lydia nicht ...

Celina war sich sicher, dass sie das Blaue vom Himmel log. Plötzlich kam Celina dieses Bild vom Engelchen und Teufelchen in den Sinn, die einem auf den Schultern sitzen. Sie musste unwillkürlich lächeln. Das passte so sehr! Das Engelchen erklärte ihr gerade, dass man grundsätzlich keine fremden Handys in die Hand nimmt und schnüffelt, während das Teufelchen dem Engelchen schließlich einen über die Rübe haute und Celina klarmachte, dass dies die einzigartige Gelegenheit war, endlich mal ein paar Fakten herauszubekommen.

Nach einem kurzen weiteren Blick aus der Tür – die Situation draußen war unverändert – schnappte sie sich das Handy und schaute nach. Da war eine SMS angekommen mit Absender Nico.

Eilig öffnete sie diese und las: „Schön, dass du dich gemeldet hast. Ich würde dich wirklich gern mal wiedersehen."

Demnach hatte sich Lydia bei ihm gemeldet! Sie suchte den Kontakt, obwohl dieser Mann sie angeblich so sehr bedrängte? Sie hatte keine Zeit, weiter darüber nachzudenken.

Celina konnte gerade hören, wie Lydia zu Richard sagte: „Ich habe hinten noch Taschentücher, danke." Sie war auf dem Weg in den Aufenthaltsraum und sie war offenbar schon ganz nah ... und sie würde sehen, dass die SMS schon geöffnet war.

Es gab nur eine Möglichkeit: Kurzentschlossen löschte Celina diese SMS, drückte die Tastensperre wieder rein und legte das Handy genau so auf den Tisch, wie sie es vorgefunden hatte. Dann ging sie zum Wasserkocher und setzte Wasser für den Tee auf. Als Lydia den Raum betrat, nahm Celina gerade einen Becher und Teebeutel aus dem Schrank.

„Möchtest du auch einen Tee?", fragte sie höflich.

„Ja, danke, das wäre lieb", antwortete Lydia und putzte sich leicht schniefend die Nase.

„Ist alles in Ordnung?", fragte Celina nach.

„Ja, es geht schon", sagte Lydia, warf einen Blick auf ihr Handy und erklärte: „Mein Ex-Freund setzt mir nur immer noch zu. Das macht mich manchmal richtig fertig."

„Wie setzt er dir denn zu?", hakte Celina nach.

„Indem er anruft oder dauernd SMS schreibt und mir droht zum Beispiel." Lydia griff wieder zu den Taschentüchern.

Celina atmete tief ein. Diese Lügnerin ... Gerade wollte sie Lydia so einiges an den Kopf werfen, da rief Frau Evershagen vom Verkaufsraum aus nach hinten: „Frau Schmitz, könnten Sie bitte mit nach vorn kommen? Wir benötigen ein wenig Unterstützung!"

So sagte Celina einfach nur: „Der Tee muss warten!"

Ohne Lydia weiter anzusehen ging sie in Richtung Verkaufsraum, als Frau Evershagen schon weiter drängelte: „Wo bleiben Sie denn, Frau Schmitz? Hier ist auch noch jemand, der unbedingt nur Sie sprechen möchte."

Celina verkniff sich eine Antwort, denn die wäre alles andere als freundlich ausgefallen, und betrat den Verkaufsraum. Wie zu erwarten war, brannte noch nicht die Hölle, sondern es waren lediglich zwei Kunden, die warteten, wovon Richard gerade den einen nach seinen Wünschen fragte. Der andere Kunde war Sven!

„Ja, hallo, was machst du hier?", begrüßte Celina ihn.

„Ich hatte Sehnsucht nach dir", sagte er und zwinkerte ihr zu.

Celina blinzelte irritiert.

Da meinte Sven verschmitzt grinsend: „Ich habe für meine Mutter ein Rezept vom Arzt geholt und da ist eine Salbe drauf, die erst hergestellt werden muss. Das würde ich gerne vertrauensvoll in deine Hände legen." Wieder zwinkerte er ihr zu.

Celina konnte die neugierigen Blicke von Frau Evershagen in ihrem Rücken förmlich spüren.

„Mach ich doch gern", antwortete sie, „aber das dauert ein bisschen. Willst du es später abholen?"

„Sie können das auch gleich fertigmachen, wenn der Kunde so lange warten möchte", mischte Frau Evershagen sich ein. „Ich rufe einfach Lydia mit nach vorn, dann haben Sie die Ruhe dafür."

„Ja, das ist gut, ich warte einfach", stimmte Sven dem Vorschlag zu.

„Gut, dann machen wir es so", meinte Celina mit einem Blick auf der Rezeptur, „so kompliziert ist das auch nicht."

Sie ging mit dem Rezept in einen abgeschirmten Bereich des Verkaufsraumes, in dem sie Salben, spezielle Öle und dergleichen herstellten. Hier konnte sie die Kunden zwar nicht sehen, aber hören.

Deshalb bekam sie auch mit, dass nun Lydia ebenfalls vorne bediente. Als es wieder ruhiger war, ging sie allerdings nicht nach hinten, sondern begann eine Unterhaltung mit Sven.

„Sie warten?", fragte sie höflich.

„Ja, ihre Kollegin und gute Freundin von mir, Celina, rührt mir eine spezielle Salbe an", erklärte er.

„Das kann aber ein paar Momente dauern", sagte Lydia nun. „Ist es schlimm, wenn ich Ihnen so lange Gesellschaft leiste?"

Celina fiel beinahe vor Schreck der Spatel aus der Hand, mit dem sie gerade etwas Zinkoxidpulver aus einem Gefäß zum Abwiegen nahm.

Sven antwortete prompt: „Was sollte daran schlimm sein? Ich wusste gar nicht, dass Celina eine so charmante Kollegin hat."

„Ist Celina Ihre Partnerin oder nur Ihre Freundin?", fragte Lydia neugierig.

Celina hatte das Gefühl, ihr würden sich die Nackenhaare querstellen. Was wollte sie von Sven?

„Nur eine gute Freundin", sagte er. „Ich bin Single!"

„Ach ja?" Bei Lydias interessiertem Tonfall konnte Celina sich bildlich vorstellen, wie Lydias Rehaugen immer größer wurden.

Sie versuchte sich auf das Talkumpuder zu konzentrieren, das sie gerade dem Zink hinzufügte. Für die Salbengrundlage hatte sie schon gelbe Vaseline abgewogen, nun musste nur noch verrührt werden. Je schneller sie fertig wurde umso besser …

Das Gespräch zwischen den beiden war eh leiser geworden und auch ein wenig vertraulicher, hatte Celina den Eindruck. Sie wurde wieder darauf aufmerksam, als Lydia wieder etwas lauter sagte: „Das finde ich total nett von dir. Du magst also meine Idee."

Sie waren doch eben noch beim Sie und jetzt schon beim Du? Celina musste sich echt beeilen.

„Ja, ich finde deine Idee wirklich schön", meinte Sven, „das machen wir doch!"

Das Gespräch wurde wieder leiser. Diesmal bemühte sich Celina allerdings ein bisschen zu lauschen. Sie redeten anscheinend über Filme ...

Celina füllte die fertige Salbe in eine Kruke. Jetzt fehlte nur noch das Etikett. Fein säuberlich schrieb sie jede Zutat darauf, sowie den Namen und das Datum der Herstellung.

Als sie nun endlich die Salbe übergeben konnte, strahlte Sven Lydia geradezu an. Seine Verabschiedung traf Celina wie ein Schock. Während er Celina nett zuwinkte, sagte er zu Lydia: „Bis heute Abend dann, ich freu mich!"

Kapitel XVII
Alles läuft schief

Kaum hatte Celina endlich Feierabend und war zu Hause, hängte sie sich schon ans Telefon. Normalerweise war Telefonieren nicht ihr Ding, aber jetzt befand sie sich in Krisenstimmung. Sie hatte noch versucht Isabell anzusprechen, aber die hatte es sehr eilig.

„Lass uns morgen in Ruhe reden", meinte sie. „Ich muss noch ein paar Sachen erledigen." Und weg war sie.

Als Celina nun Kathis Nummer wählte, hoffte sie inständig, dass die mehr Zeit hätte.

„Oh hi Celina, du ich hab nicht viel Zeit ...", wurde sie allerdings enttäuscht. „Ich muss gleich zu einem Geburtstag", erklärte Kathi kurz.

„Lydia hat sich mit Sven verabredet!", platzte Celina heraus.

„Mit Sven? Wie das?", fragte Kathi nach.

„Er war heute in der Apotheke ..."

„Und dann haben die sich gleich verabredet?", hakte Kathi verwundert nach.

„Ja ..." Celina fühlte wie allmählich die Panik in ihr wuchs. Was würde Lydia mit ihm anstellen? Würde sie ihm auch das Gehirn vernebeln wie bei Richard?

„Bist du irgendwie eifersüchtig?", fragte Kathi neugierig.

„Nein, aber ich will nicht, dass ausgerechnet Lydia ihn sich schnappt", antwortete Celina. Sie hatte den Eindruck, dass Kathi nicht verstand, dass da gerade mächtig was schief lief.

„Ach, Süße, er ist ein erwachsener Mann. Er weiß schon was er tut." Kathis Antwort war niederschmetternd. „Ich muss jetzt los, mach dir nicht zu viele Gedanken." Mit diesen Worten legte Kathi auf.

Celina starrte den Telefonhörer an. Tränen schossen ihr in die Augen. Sie mochte Sven und auch wenn es kein Mögen auf diese Weise war, so wollte sie doch keineswegs, dass er in sein

Unglück rannte. Was sollte sie tun? Was konnte sie überhaupt tun? Die Worte von Kathi klangen ihr in den Ohren: „…Er ist ein erwachsener Mann. Er weiß schon was er tut." Nein, eben nicht! Hatte Kathi überhaupt begriffen, was Lydia machte? Nein, hatte sie ganz offensichtlich nicht!

„Was mach ich bloß?", dachte Celina laut, woraufhin Mikesch schnurrend bei ihr ankam. Da musste sie lächeln. „Ja, Mikesch, ich weiß, du möchtest Futter. Kriegst du sofort. Ich wünschte, mir würde eine Lösung für mein Problem einfallen. Irgendwie sieht keiner außer mir, wie diese Frau tickt."

Sie versorgte Mikesch mit einer Portion von seinem Lieblingsfutter und machte für sich selbst erstmal einen Tee. Gedankenverloren starrte sie aus dem Fenster. Es nieselte leicht. Eine Frau mit Regenschirm auf der anderen Straßenseite telefonierte gerade mit ihrem Handy …

Irgendwo hatte sie Svens Handynummer, vielleicht sogar in ihrem Handy gespeichert. Es war schon eine ganze Weile her, dass er sie ihr mal gegeben hatte. Sofort fing sie an, das Adressbuch ihres Handys zu durchstöbern und sie wurde fündig. Hoffentlich gehörte er nicht zu denen, die ständig ihre Handynummer wechselten! Sie drückte auf Nummer wählen.

„Ja?", meldete er sich sehr schnell. Sie hatte keine Ahnung, was sie ihm sagen sollte …

„Oh … hey, Sven", stammelte sie nervös. „Hier ist Celina. Du sag mal, habe ich das vorhin richtig mitbekommen? Du hast dich mit meiner Arbeitskollegin verabredet?"

„Ja, richtig, warum?", fragte er zurück.

„Ähm … wieso? Ich meine …" Sie wusste nicht mehr weiter.

„Na, du wolltest doch nicht mit mir ins Kino, oder?", meinte er.

Celina fiel ein, dass das leider stimmte. Sven hatte sie tatsächlich mal vor ein paar Wochen … oder waren es Monate? … gefragt, ob sie mit ihm ins Kino gehen würde.

„Ins Kino … ja stimmt", gab sie zu.

„Siehste! Ich muss jetzt los, will ja nicht beim ersten Date zu spät kommen!", sagte er.

„Beim ersten Date ...", wiederholte Celina schluckend.

„Eifersüchtig?", fragte er frech.

„Nein ... ähm ...", stotterte sie.

„Dann ist's ja gut! So, hab keine Freisprecheinrichtung fürs Handy und muss jetzt fahren. Küsschen!" Damit beendete er das Gespräch.

„Verdammt!", fluchte Celina und raufte sich die Haare. Jetzt würde Sven bestimmt sonst was denken! Und gebracht hatte das gar nichts, außer dass sie jetzt wusste, dass die beiden ins Kino wollten. Da hätte sie aber auch so drauf kommen können, denn schließlich hatte sie irgendwas von Filmen mitgekriegt. Na ja, jetzt wusste sie es wenigstens sicher. Eine Information, die ihr auch nicht weiterhalf!

Frustriert ließ sie ihren PC hochfahren. Ganz in Gedanken meldete sie sich bei Facebook an und ging dann in die Küche, um sich irgendwas zum Naschen zu holen. Mit einer Tafel Schokolade kam sie zurück. Das brauchte sie jetzt! Verwundert stellte sie dann fest, dass sie eine Nachricht von Nico hatte. Da erst wurde ihr bewusst, dass sie sich ja als Cora angemeldet hatte!

„Hallo Cora, schön, dass du online bist. Ich mag es, mit dir zu schreiben. Trotzdem würde ich dich viel lieber endlich sehen. Meinst du nicht, dass wir uns endlich mal treffen sollten? Oder möchtest du das nicht?", stand da.

Celina saß einfach nur da und starrte auf diese Worte. Ja, sie würde ihn gerne wirklich kennenlernen. Doch sie wusste, dass das natürlich nicht ging. Er würde die schöne Cora erwarten und nicht eine Celina, die ihm etwas vorgelogen hatte. Der Kloß in ihrer Kehle wurde schier unerträglich. Sie schob die Schokolade weg und versuchte den Kloß mit Tee herunterzuspülen, aber auch das half nicht. Er wartete ganz sicher auf eine Antwort ...

„Doch das möchte ich", schrieb sie ihm. Das war die Wahrheit.

„Aber gib mir bitte etwas Zeit. Ich muss erst ein paar persönliche Dinge klären." Etwas besseres fiel ihr nicht ein.

„Probleme?", fragte er nach.

„Ja, sowas in der Art, erkläre ich dir irgendwann", antwortete sie, obwohl sie wusste, dass sie ihm das niemals würde erklären können.

„Na gut", meinte er dazu. „Ich will dich auch nicht weiter damit nerven, habe noch eine Verabredung für das Kino. Bin dann erstmal weg."

Celina war wie vom Donner gerührt. Nicht nur, dass sie seine Enttäuschung förmlich spüren konnte, er wollte mit jemandem ins Kino! Konnte das Zufall sein? Oder steckte Lydia dahinter? Aber Celina hatte seine SMS doch gelöscht ... Doch hatte sie damit wirklich eine weitere Kontaktaufnahme verhindert? Wenn sie Lydia inzwischen richtig einschätzte, dann gab es wahrscheinlich weitere SMS. Wenn das alles tatsächlich so war, wie Celina annahm, stellte sich nur noch eine Frage: Was hatte sie davon, sich mit zwei Männern gleichzeitig zu verabreden?

Kapitel XVIII
Alleingang

Nachdem Celina eine ganze Weile auf und ab gelaufen war und dann versucht hatte sich abzulenken, griff sie zum Telefon und wählte die Nummer von Isabell. Vielleicht würde sie Isabell ja doch erreichen. Aber leider hatte sie Pech, denn es ging nur die Mailbox ran.

„Nun reicht es!", meinte sie da. „Ich muss was tun! Keine Ahnung, was passieren wird, aber ich fahr da jetzt hin!"

Mikesch legte den Kopf schief und stupste sie an. Er schien sie immer zu verstehen. Celina gab ihm schmunzelnd noch ein Leckerli, bevor sie sich schnell Schuhe und Jacke überstreifte, ihre Tasche griff und losging. Es war ein bisschen frisch draußen. Sie machte die Jacke zu und stieg in ihr Auto. Es gab nur ein Kino, das gemeint sein konnte.

Als Celina auf den total überfüllten Parkplatz des Kinos fuhr, sah sie Blaulicht von einem Polizeiauto direkt vor dem Kino. Mehrere Leute standen dort. Ein blonder Mann hatte die Hände auf dem Dach des Polizeiwagens und wurde offenbar gerade durchsucht. Celina fuhr langsam an der Szenerie vorbei. Neben einem Polizisten stand Lydia zusammen mit Sven. Er hatte beide Arme schützend um sie gelegt. Der blonde Mann, dem nun gerade Handschellen angelegt wurden, bevor er hinten ins Polizeiauto einsteigen musste, war Nico! Was war passiert?

„Na, toll! Da bin ich anscheinend gerade im richtigen Augenblick hergekommen!", murmelte Celina. Was nun? Als erstes suchte sich Celina einen Parkplatz, was nicht einfach war. Schließlich fand sie eine Stelle, wo sie ihr Auto abstellen konnte, ohne dass irgendjemand davon behindert werden würde. Ein richtiger Parkplatz war es nicht, aber das war ihr gerade egal. Dann atmete sie dreimal tief ein und aus, schloss ihr Auto ab und ging schnurstracks auf den Eingang des Kinos zu, vor dem immer noch Lydia und Sven standen. Der Polizeiwagen mit Nico war inzwischen abgefahren.

„Hallo, ihr zwei, was ist hier denn passiert?", sprach sie die beiden an und gleich noch als Erklärung hinterher: „Ich hab von weitem das Blaulicht gesehen."

„Dieser furchtbare Mensch …", schluchzte Lydia und presste sich eng an Sven.

Celina unterdrückte ein verächtliches Schnauben und gab sich weiterhin freundlich: „Du meinst deinen Ex? Was hat er getan?"

„Er stalkt mich …", schniefte Lydia. „Er hat mich hierher verfolgt und mich bedroht."

„Dich bedroht?", fragte Celina nach. Sie hoffte, dass ihr Tonfall einigermaßen besorgt oder wenigstens neutral klang.

„Dieser Kerl hat sie am Arm gepackt und angeschrien!", mischte sich Sven ein.

„Und dann?", fragte Celina nach.

„Dann habe ich ihm fast eine verpasst, aber ein paar Leute vom Kino sind dazwischen gegangen und haben die Polizei gerufen", erklärte Sven.

„Und Lydias Ex? Wie hat er reagiert?" Celina konnte sich die Szene geradezu bildlich vorstellen.

„Er meinte, sie hätte sich mit ihm hier verabredet!", antwortete Sven und sein Gesichtsausdruck ließ keinen Zweifel daran, wie unglaubwürdig er diese Aussage fand.

„Lügen, alles Lügen …", schluchzte Lydia.

In Celina stieg unbändige Wut hoch. Diese verlogene … Nein, sie musste jetzt ruhig bleiben! So sagte sie möglichst sachlich: „Aber wenn es so wäre, wie er sagt, müsste er das doch beweisen können."

Sven lachte bitter. „Natürlich kann er das nicht! Angebliche SMS, die er von ihr bekommen haben will, gibt es gar nicht. Sie wären angeblich schon gelöscht."

„Was passiert jetzt?", fragte Celina nun.

„Wenn Lydia sich ein bisschen beruhigt hat, fahren wir nachher zur Polizeiwache und machen unsere Aussagen", antwortete Sven.

In Celinas Kopf arbeitete alles auf Hochtouren. Nico konnte das mit der Verabredung nicht beweisen. Wahrscheinlich war er sauer, weil er hier im Kino geschnallt hatte, dass sie ihn verarscht hatte. Auf seinem Handy war nichts mehr drauf von den SMS. Aber wenn sie ihm welche geschickt hatte, waren die vielleicht noch auf ihrem …

„Komm, Lydia, wir gehen jetzt mal zum Klo, du wäschst dir die Tränen ab und danach trinkst du mit Sven in Ruhe einen Kaffee oder sowas", schlug Celina vor und zog Lydia mit sich hinein ins Kinogebäude direkt in Richtung der Toiletten. Damit überrumpelte sie Lydia, so dass diese brav mitging.

Lydia wusch sich kurz das Gesicht und ging dann noch zum Klo.

„Ich halte die solange", sagte Celina und nahm ihr ihre Tasche einfach aus der Hand. Dann machte Celina den Wasserhahn an, damit Lydia nicht noch womöglich hörte, wie sie den Reißverschluss der Tasche aufzog. Dort lag das Handy griffbereit vor ihr! Sie zögerte kurz. Das war Diebstahl, was sie jetzt tun würde … Leider sah sie keine andere vernünftige Möglichkeit. Sie schnappte sich das Handy, steckte es in ihre Jackentasche und machte den Reißverschluss schnell wieder zu. Lydia würde es ja wiederbekommen, beruhigte sie sich. Mit einem netten Lächeln brachte sie Lydia dann zurück zu Sven und verabschiedete sich eiligst.

Als sie wieder in ihrem Auto saß, pochte ihr das Herz bis zum Hals. Sie startete und fuhr los. Einfach erstmal weg! In einer Seitenstraße hielt sie an. Wie war ihr Plan? Sie musste das Handy zur Polizei bringen, was richtig Ärger für sie bedeuten würde, weil sie das Eigentum von Lydia hatte mitgehen lassen. Wie auch immer, wenn das helfen würde, Nico zu entlasten und Lydias Geschichten einen Riegel vorzuschieben, würde sie es tun. Zuerst würde sie aber nun mal nachsehen, ob noch eindeutige SMS da waren. Glücklicherweise war das Handy nicht extra mit einem Pin-Code gesichert. So stöberte sie sich durch die neuesten SMS. Da waren eine Menge ...

Ein paar Namen von Absendern kannte sie nicht, sie suchte nach Nico. Er hatte ihr einige geschrieben. Die letzte lautete: „Bis gleich im Kino."

Die Frage war, ob von ihrer Seite auch welche an ihn gegangen waren. So suchte sie im Ordner „Gesendete Objekte". Erstaunt riss sie die Augen auf. Lydia hatte mindestens doppelt so viele an ihn geschrieben wie er an sie.

Sie öffnete die letzte. „Ich freu mich auf dich!" Das war ja interessant. Die zweitletzte lautete: „Ich war so lange nicht mehr im Kino und kann mir nichts Schöneres vorstellen, als mit dir einen Film zu gucken und zu kuscheln!"

Das sollte eigentlich schon als Beweis genügen. Es waren nur an diesem Tag allein – wenn sie richtig gezählt hatte – 22 SMS von Lydia an Nico gesendet worden. Trotzdem pickte sich Celina noch eine heraus, die dritte von diesem Tag und landete einen Volltreffer: „Was hältst du vom Kino? Wir könnten uns dort treffen und danach etwas essen." Lydia hatte ihm das Kino sogar vorgeschlagen!

Sorgfältig verstaute Celina das Handy wieder und fuhr zur Polizei.

Etwas unsicher meldete sie sich auf der Wache. „Hallo, ich möchte eine dringende Aussage machen." Von Lydia und Sven war noch nichts zu sehen.

Der Polizist zog eine Augenbraue hoch und fragte: „In welcher Angelegenheit bitte?"

„Sie haben vorhin einen Mann beim Kino verhaftet, einen Nico Bartels, ich möchte dazu eine Aussage machen", erklärte Celina. Celina zitterten die Knie und auch die Stimme, aber sie hoffte, einigermaßen selbstbewusst zu wirken.

„Mein Kollege bearbeitet den Fall gerade, Moment", sagte der

Polizist und ging in einen der hinteren Räume.

Nach einer gefühlten Ewigkeit, die aber wahrscheinlich nur 5 – 10 Minuten gedauert hatte, kam er mit seinem Kollegen zurück.

„Sie waren Zeugin der Geschehnisse im Kino?", fragte der andere Polizist freundlich.

„Nein", antwortete Celina, „aber es ist trotzdem wichtig. Das, was Lydia Jansen behauptet, ist eine Lüge und ich kann das beweisen."

Nun zog der erste Polizist überrascht beide Augen-brauen hoch, während der zweite Celina mit einer einladenden Handbewegung den Weg nach hinten in sein Büro zeigte.

Celina folgte ihm einen langen Flur entlang. Vor einer der Türen blieb er stehen, öffnete und bat sie einzutreten. In diesem Büro saß noch eine Polizistin und Nico Bartels. Celina schluckte.

„Würden Sie bitte kurz draußen warten", forderte er Nico auf. Er sah ziemlich niedergeschlagen aus, fand sie. Für einen Moment schaute er sie an, ohne eine Miene zu verziehen, und ging dann hinaus.

„So, setzen Sie sich bitte!", sagte der Polizist dann, als die Tür geschlossen war. „Ihr Name bitte und dann erzählen Sie mal, was sie zu diesem Fall wissen!"

Celina nannte ihren Namen, dann räusperte sie sich, zog das Handy von Lydia aus der Tasche und legte es vor den beiden Polizisten hin. Die Polizistin nahm es neugierig in die Hand.

Da sprudelte Celina los: „Dieses Handy gehört Lydia Jansen, der Frau, die behauptet, dieser Nico Bartels würde sie stalken, nicht in Ruhe lassen und sie bedrohen. Bitte schauen Sie sich die letzten SMS an, die sie an Nico Bartels geschrieben hat. Sie hat sich dort im Kino mit ihm verabredet und ihn dahin gelockt, obwohl sie auch mit einem Freund von mir, Sven Wohlfarth, dort ebenso verabredet war."

„Woher haben Sie das Handy?", fragte der Polizist. Celina lief rot an.

Die Polizistin fing an, auf dem Handy herumzutippeln.

„Ich habe es aus Lydias Tasche genommen", gestand Celina.

„Warum?", hakte der Polizist nach. „Weil Sie es stehlen wollten? Oder gab es einen anderen Grund?"

„Weil ich genau das angenommen habe, nämlich dass sie lügt!", erklärte Celina.

„Sie kennen Lydia Jansen näher?", fragte der Polizist nun.

„Ja, sie ist meine Arbeitskollegin!", sagte Celina.

„Schau mal!", mischte sich die Polizistin ein und hielt ihrem Kollegen das Handy genau vor die Nase.

Sehr viel länger konnten sie nicht reden, denn schon bald klopfte es an der Tür. Der Kollege von der Wache war da und meldete, dass Lydia Jansen in Begleitung einer männlichen Person da wäre.

„Sie soll vorne noch warten. Wir sind hier gleich soweit!", sagte der Polizist, dann schaute er seine Kollegin an und nickte ihr zu.

„Sie kommen mal eben mit nach nebenan", meinte diese zu Celina und ging mit ihr auf den Flur, wo Nico Bartels wartete. „Und Sie kommen auch mit!", sagte sie zu ihm.

Sie lotste die beiden in das Büro nebenan und erklärte beiden: „Es muss ja nicht sein, dass Sie Lydia Jansen über den Weg laufen!" Nico schaute ein wenig neugierig zu Celina, die jedoch den Blick gesenkt hielt.

Nachdem ein paar Türen geklappt hatten, meinte sie dann: „Sie können gehen, Herr Bartels, Ihre Personalien und Ihre Aussage haben wir ja. Frau Schmitz, Ihre Aussage nehme ich eben noch zu Protokoll."

Nico Bartels erhob sich und schaute Celina noch ein wenig neugieriger an. Er sah aus, als wenn er etwas sagen wollte, ließ es dann aber doch. Ganz kurz trafen sich ihre Blicke, dann ging er.

Der Rest war Routine. Celina musste noch einmal alles

erzählen. Sie ließ natürlich Cora und alles, was irgendwie seltsam klang, weg. Aber auch so formte sich ein Bild von Lydia, das nicht gerade für sie sprach. Offenbar gab es vor diesem Abend keine Anzeige gegen Nico Bartels, also auch nicht als sie mit Frau Evershagen bei der Polizei gewesen war. Allerdings erinnerte sich die Polizistin daran, dass Lydia sich hatte beraten lassen, was man eventuell gegen einen Stalker unternehmen könnte.

Die Polizistin versicherte, Lydia nicht gerade Celinas Namen auf die Nase zu binden, allerdings war Celina sich vollkommen darüber im Klaren, dass Lydia wissen würde, wie ihr das Handy abhanden gekommen war. Das würde von nun an offene Feindschaft bedeuten!

Kapitel XIX
Eskalation

Wie Celina am nächsten Tag bei der Arbeit feststellte, wusste Lydia nicht, dass Celina das Handy genommen hatte. Sie erzählte nämlich bei der Arbeit Frau Evershagen, Richard und jedem, der es hören oder auch nicht hören wollte, dass der böse Nico Bartels sie nicht nur bedroht, sondern ihr auch noch das Handy entwendet hätte, um es dann zu manipulieren, damit er unschuldig aussehen würde.

Wut stieg in Celina hoch, so viel Wut, dass sie sich kaum noch beherrschen konnte. Inzwischen hatten sich alle um Lydia versammelt, die einfach immer weiter redete. Als sie jedoch Celina in ihre Geschichte mit hineinband, indem sie fragte: „Hast du noch gesehen, wie mein Ex verhaftet wurde?", riss Celina der Faden.

„Ja, Lydia, ich habe gesehen, wie er ins Polizeiauto eingestiegen ist, nachdem du ihn mit deinen Lügengeschichten selber ins Kino gelockt hattest! Du lügst, sobald du den Mund aufmachst! Du hast dich selber dort mit ihm verabredet! Du hast ihn gar nicht angezeigt gehabt! Warum auch? Er hat dir schließlich nie was getan. Er ist nicht mal dein Ex, sondern nur jemand, den du haben wolltest!"

Es wurde so still, dass man die berühmte Stecknadel hätte hören können, wie sie auf den Boden fällt. Lydias Augen wurden groß, noch größer als sowieso schon. Der Kiefer war ihr einfach heruntergeklappt. Schließlich schien sie sich wieder zu fassen und setzte zu einer Antwort an.

Doch bevor sie nur ein Wort sagen konnte, ergriff wieder Celina das Wort: „Ich habe dein Handy genommen und es zur Polizei gebracht, weil die SMS darauf eindeutig waren! Du bist eine Lügnerin! Ich weiß nicht, warum du diese Spielchen spielst, vielleicht, um dich interessant zu machen oder weil du deine sadistische Freude daran hast, mit Menschen herumzuspielen. Für mich ist das einfach nur krank!"

Dann drehte sich Celina um und ging nach vorn in den Verkaufsraum, in dem mittlerweile zwei Kunden standen.

Einen kleinen Augenblick später stand Isabell neben ihr und bediente den zweiten Kunden. Kaum waren beide weg, sagte Isabell: „Das war klasse! Endlich! Sie hat sich übrigens heulend auf dem Klo eingeschlossen."

„Da sollte sie besser auch bleiben!", meinte Celina grimmig.

„Sie hat sich gestern übrigens nicht nur an Richard hier herangemacht, sondern sich auch noch ganz frech mit Sven, einem Freund von mir, getroffen."

„Wie jetzt?", fragte Isabell nach.

„Sven war gestern hier in der Apotheke wegen eines Rezepts und sie hat sich gleich nett mit ihm unterhalten, obwohl sie ihn vorher nicht kannte, und sich mit ihm im Kino verabredet."

„Hammer!", stieß Isabell hervor. „Deswegen wolltest du mir gestern noch was sagen ..."

Celina nickte und erzählte Isabell schnell die kürzeste Kurzfassung, die möglich war, zumal schon neue Kunden die Apotheke betraten.

Eine Weile waren sie so beschäftigt, schließlich kam auch Richard nach vorne und bediente Kunden. Als endlich wieder alles ruhig war, kam Frau Evershagen zu ihnen und sagte: „Ich habe im Einvernehmen mit dem Chef Frau Jansen zum Arzt geschickt. Sie hat offenbar einen Nervenzusammenbruch."

Dabei schaute sie Celina schnippisch und vorwurfsvoll an.

Celina hatte jedoch genug von ihrer Arroganz, genauso wie von Lydias Lügen.

„Schön! Der Arzt kann sie gleich einweisen lassen! Und Sie, Frau Evershagen, können sich ihren überheblichen Tonfall schenken! Was ich gesagt habe, ist wahr. Lydia hat diese Stalker-Geschichte einfach nur erfunden. Sie hat Sie genauso verarscht wie jeden hier, denn als Sie mit ihr bei der Polizei waren, hat sie sich dort nur mal unverbindlich erkundigt und keine Anzeige gemacht. Das hat mir die Polizistin gestern Abend selber gesagt." Mit diesen Worten ließ sie auch Frau Evershagen stehen und ging nach hinten, um sich dort um irgendwas anders zu kümmern, bloß nicht um diese Frau.

Bis zum Feierabend sprach Frau Evershagen Celina nicht mehr an, auch die anderen ließen Celina in Ruhe, die hinten im Lager aufräumte und das Regalsystem neu ordnete.

Nur Isabell schaute mal kurz um die Ecke. „Alles gut?", fragte sie.

Celina nickte stumm. Dann fragte sie: „Vorne auch?"

„Ja, mach dir keine Gedanken", antwortete Isabell und verschwand wieder.

So konnte Celina ein wenig durchatmen. Eigentlich war diese Eskalation, sowohl mit Lydia wie auch mit Frau Evershagen längst überfällig gewesen. Sie fühlte sich befreit, egal was jetzt passieren würde.

Als Celina zum Feierabend hin die Apotheke verließ, stand Sven dort und wartete offensichtlich.

„Hi Sven, Lydia ist nicht da", begrüßte Celina ihn.

„Ich warte ja auch auf dich ...", sagte Sven. Sein Tonfall war sehr ernst, ebenso wie seine Miene. „Was hast du mit Lydia gemacht? Sie ist völlig verzweifelt."

„Ich weiß nicht, was sie dir erzählt hat ...", antwortete Celina ausweichend.

„Dass von dir sehr viele böse Worte gefallen sind und viele Anschuldigungen ..."

„Ja, das stimmt!", gab Celina zu. „Berechtigte Anschuldigungen ..."

„Warum?", fragte Sven. Nun war sein Gesichtsausdruck nicht einfach ernst sondern richtig wütend. „Weil sie letzte Nacht bei mir war? Weil sie mich wollte? Warst du eifersüchtig oder was?" Sven wurde immer lauter.

Irritiert ging Celina einen Schritt zurück. „Nein ...", antwortete sie. „Sven, beruhig dich!"

„Ich will mich nicht beruhigen! Lass sie einfach in Ruhe! Ich bin mit ihr zusammen. Also lass uns in Ruhe!", schrie er.

„Ach du Sch...!", stieß Celina hervor. Offenbar waren Sven und Lydia ein Paar und sie hatte ihm auch noch das Hirn verdreht.

Sven drehte sich halb weg und wollte gehen, da hielt Celina ihn auf. Sie griff nach seinem Arm, doch er schüttelte ihre Hand ärgerlich ab.

„Hat sie dir das von ihrem Handy erzählt?", startete sie einen letzten Versuch für ein vernünftiges Gespräch.

„Sie hatte es verloren, warum?", sagte er. „Was hat das damit zu tun?"

„Verloren? Oh, noch eine neue Version ...! Sie lügt, Sven, und das in einer Tour!", erklärte Celina, obwohl sie den Eindruck hatte, überhaupt nicht zu ihm durchzudringen.

Sven schüttelte den Kopf. „Lass uns einfach in Ruhe!", meinte er und ging.

„Du kennst sie nicht!", rief Celina ihm hinterher.

Dann stand sie da. Eine Träne lief ihr die Wange hinunter. Sie hatte gerade einen Freund verloren.

„Was hat sie nur mit ihm gemacht!", sagte jemand entsetzt hinter ihr. Sie drehte sich um und sah Isabell, die dort genauso fassungslos wie sie selber stand. Beide schauten sich einfach nur an.

„Ich hab alles gehört", sagte Isabell. „Ich wollte nicht lauschen oder sowas, aber ..."

Eine zweite Träne lief Celina herunter, so dass Isabell nichts mehr sagte und sie stattdessen in den Arm nahm.

Kapitel XX
Unerwartete Klärung

Als am nächsten Morgen Celinas Wecker klingelte, war sie wie gerädert. Sie hatte irgendwie kaum geschlafen, weil ihr ständig irgendwelche Gedanken im Kopf herum kreisten. Sie hatte Nico vielleicht vor Lydia gerettet, dafür hatte die jetzt Sven an der Angel. Dazu kam, dass sie nicht den blassesten Schimmer hatte, wie das mit Nico weitergehen sollte. Sie hatte ihn einfach sehr gern und sie hasste es, ihn anzulügen. Doch was konnte sie tun? Einfach Cora verschwinden lassen?

Sie hielt den Kopf unter den Wasserhahn und drehte das Wasser möglichst kalt, damit sie endlich wach werden würde. Aber auch das nützte nicht besonders viel. Vielleicht würde der Kaffee was bringen. Nebenbei versorgte sie noch Mikesch mit Futter und suchte schon mal Klamotten zusammen. Glücklicherweise war Samstag, so dass sie nur bis mittags arbeiten musste. Einen Moment zögerte sie. Musste sie wirklich? Konnte sie sich nicht einfach krank melden? Aber das konnte sie Isabell nicht antun. Sie und Frau Evershagen womöglich alleine? Richard hatte frei. Und ob Lydia da sein würde, war zweifelhaft. Celina hatte keine Ahnung wie das Arbeitsklima sich irgendwie normalisieren könnte, sowohl was Lydia betraf, wie auch Frau Evershagen, wobei sie mit der noch eher klarkommen würde. Das Thema hatte sie ja nun schon zwei Jahre.

Was wäre, wenn sie einfach kündigen würde? Sie verwarf den Gedanken gleich wieder, denn dann hätte Lydia freie Bahn und Frau Evershagen würde ebenfalls so weitermachen wie bisher. Also alles nur schlechte Ideen! Wenn sie es genau betrachtete, war das Arbeitsklima vorher schlimmer. Jetzt lagen die Karten wenigstens offen.

Die paar Stunden heute würde sie aushalten. Entschlossen zog sie sich an und schlürfte dann einen heißen Kaffee. Sie hoffte einfach mal, dass ihre Motivation anhalten würde. Auf alle Fälle musste sie nach der Arbeit mit Kathi reden und sie auf den neuesten Stand bringen. Vielleicht konnte sie oder Sönke auf Sven einwirken.

Als Celina bei der Apotheke ankam, wartete Isabell schon draußen auf sie. „Lydia ist wieder da und drinnen!", sagte sie mürrisch.

„Na dann ...", meinte Celina und atmete tief ein. Sie wollte schon hineingehen, da hielt Isabell sie auf.

„Warte ... was tun wir jetzt?"

„Lydia ganz klar die Stirn bieten, würde ich sagen!", antwortete Celina.

Isabell nickte und beide gingen hinein.

Die Stimmung drinnen wirkte merkwürdig und gedrückt, doch Celina ließ sich nicht beirren. Sie grüßte freundlich aber reserviert. Richard war doch da, wie sie verwundert feststellte.

„Hallo die Damen!", grüßte er herzlich. „Ja, ich bin hier, man sollte es nicht glauben, freiwillig auf einem Samstag. Da liegt noch so viel Papierkram, der erledigt werden muss."

Celina hatte den Eindruck, dass das nicht der einzige Grund war, warum er da war, aber sie behielt das erstmal für sich. Eine Weile später stellte sie fest, dass Lydia und Frau Evershagen sich in einen hinteren Teil des Lagers verzogen hatten und leise tuschelten. Sie mochte nicht einmal ansatzweise darüber nachdenken, was es nun dieses Mal sein konnte. Auch Isabell bekam das mit, als sie ein paar Päckchen Tee von dort holte. Mit Grimasse und augenverdrehend kam sie aus dem Lager.

„Nanu? Was machst du mit deinem hübschen Gesicht?", meinte Richard locker grinsend.

„Ach nichts!", sagte Isabell und wollte schon weitergehen, doch Richard hielt sie auf. „Was ist los?", fragte er und schaute sie beinahe prüfend an.

„Ach nur die Schludertaschen ...", antwortete Isabell.

„Da hinten im Lager?", hakte Richard nach und sein Blick

wurde ernst.

„Ja …“ Isabell kam nicht dazu, mehr zu sagen, denn Richard marschierte in Richtung Lager. Celina und Isabell sahen sich verwundert an. Was passierte nun?

„Ich muss das jetzt wissen …“, flüsterte Isabell und schlich hinterher, dicht gefolgt von Celina, die mindestens genauso neugierig war.

„So meine Damen!“, hörten sie sehr deutlich Richards energischen Tonfall. „Mit diesem Herumgeschludere ist jetzt Schluss hier! Frau Evershagen, Ihnen hätte ich ein wenig mehr an Menschenkenntnis und Lebenserfahrung zugetraut. Sie sollten wissen, dass ein solches Verhalten nicht gerade zu einem guten Betriebsklima beiträgt. Und Frau Jansen … dass Sie auch gerne mal die Wahrheit verbiegen, ist spätestens seit gestern wohl jedem hier klar oder sollte zumindest klar sein …“

„Das war garantiert ein Seitenhieb für Frau Evershagen …“, raunte Isabell Celina zu.

„… Gestern hat Celina Ihnen bereits sehr deutlich gemacht, was vom Wahrheitsgehalt Ihrer Aussagen zu halten ist. Also unterlassen Sie hier irgendwelche abenteuerlichen Geschichten! Ansonsten werde ich ein Wörtchen mit meinem Vater reden …“, fuhr Richard fort.

Celina und Isabell schauten sich überrascht an. Dann beeilten sie sich, dort schnellstens zu verschwinden, denn sie hörten die trippelnden Schritte von Frau Evershagen auf sie zukommen.

Den Rest des Vormittags sprachen sowohl Lydia wie auch Frau Evershagen kaum ein Wort. Auch Isabell und Celina sagten nichts. So war die allgemeine Stimmung geprägt von Schweigen. Erst mittags nach Feierabend redeten Isabell und Celina in Ruhe über Richards Durchgreifen.

„War das nicht super?“, strahlte Isabell wie ein Honigkuchenpferdchen.

„Ja, das kann man wohl sagen und sowas von überfällig“,

meinte Celina erleichtert.

„Das fand ich auch und deswegen hab ich gestern Abend was gemacht ...“, deutete Isabell an.

„Wie jetzt?“, fragte Celina nach.

„Ich habe das gemacht, was du uns gezeigt hast, mit hexen und so“, erklärte Isabell ein wenig verlegen. „Ich wusste zwar den Spruch nicht mehr so genau und ich hatte nichts von diesem Räucherkram, aber ich habe das dann so ähnlich gemacht.“

„Was genau hast du gemacht?“ Celina wusste nicht, was sie denken sollte.

„Keine Angst, ich habe Richard nur Klarheit für seinen Kopf gewünscht, dass er alles so sieht wie es wirklich ist, sonst nichts!“, beruhigte Isabell sie. „Ich würde ihn niemals manipulieren wie deine frühere Freundin das gemacht hat oder wie Lydia das wohl tut. Sowas finde ich nämlich falsch!“

„Du bist super!“, meinte Celina erleichtert. „Ich weiß zwar nicht, ob das jetzt der Auslöser heute war, aber geschadet hat es sicherlich nicht.“ Beide grinsten sich an. „Bist ne gute Hexe!“, sagte Celina lächelnd mit einem Zwinkern, als sie sich von Isabell verabschiedete.

Sie hatte mit Kathi per SMS ausgemacht, dass sie nach der Arbeit vorbeikommen würde und beeilte sich nun.

Kapitel XXI
Wieder ein Alleingang

Bei Kathi war alles zunächst sehr entspannt und gemütlich. Sie hörte Celina aufmerksam zu, die ihr von dem Abend beim Kino und auf der Polizeiwache berichtete. Nur ab und zu fragte sie nach. Schließlich erzählte Celina von Lydias Version in der Apotheke, ihrem angeblichen Nervenzusammenbruch und Svens Auftritt nach Feierabend.

„Vielleicht solltest du Sven einfach sein Glück gönnen!", meinte Kathi dazu.

„Wie bitte?" Celina schaute Kathi ungläubig an.

„Ach Süße, für Eifersucht ist es ein bisschen zu spät", erklärte Kathi.

Celina glaubte sich verhört zu haben. „Eifersucht? Es geht nicht um Eifersucht. Es geht um Lydia ..."

„Ja, ich finde, du solltest die beiden einfach in Ruhe lassen. Wie konntest du ihnen nur zum Kino folgen? Lass sie doch einfach."

„Sag mal, hast du mir überhaupt wirklich zugehört?", fragte Celina. Sie hatte irgendwie den Eindruck, komplett im falschen Film zu sein.

„Aber sicher habe ich dir zugehört!", meinte Kathi ein wenig spitz.

„Du hast aber schon begriffen, was Lydia so ganz offensichtlich mit Männern anstellt?", fragte Celina.

„Das mit diesem Nico könnte doch so sein, wie sie sagt", fand Kathi.

„Sie hat gelogen! Sie lügt nur! Ich habe die SMS in ihrem Handy gesehen. Diese Frau versucht, mit Männern zu spielen, Menschen gegeneinander aufzubringen und manipuliert in einer Tour!" Eine Mischung aus Wut, Unverständnis und Schockzustand gab Celina das Gefühl, den Boden unter den Füßen zu verlieren.

„Ich finde, du übertreibst ...“ Kathi zog missbilligend die Augenbrauen hoch.

„Ich übertreibe nicht!“, schnaubte Celina. „Und ich werde nicht tatenlos zusehen, wie diese Frau Sven, Nico oder wen auch immer ins Unglück stürzt!“

Kathi holte Luft, wollte wohl noch etwas sagen, aber Celina war bereits aufgestanden, hatte ihre Tasche und ihre Jacke gegriffen und war mit wenigen Schritten aus der Wohnungstür. Sie hatte Kathis Kommentare einfach nur satt. Es war doch noch gar nicht so lange her, dass sie zusammen gehext hatten und dass Kathi all das zu verstehen schien. Oder hatte sie sich so sehr getäuscht? Sie hätte nicht einmal sagen können, was sie am meisten nervte. Waren es Kathis unüberlegte Bemerkungen? Oder dass sie den Eindruck hatte, Kathi hätte nichts von alldem begriffen, was sie ihr die letzten Wochen erklärt hatte? Wahrscheinlich war es zumindest ein Hauptfaktor, dass Kathi ihr so etwas wie Menschenkenntnis in Bezug auf Lydia aber auch bei Nico überhaupt nicht zutraute. Hielt Kathi sie für so unsensibel oder einfach für dumm? Oder nahm Kathi Celina nicht ernst?

Celina blendete die Gedanken aus, als sie sich nun ans Steuer setzte und nach Hause fuhr. Sie musste sich konzentrieren.

Erst in ihrer eigenen Wohnung versuchte sie alles möglichst ruhig zu durchdenken. Es konnte nicht an ihr selber liegen, denn andere hatten das mit Lydia durchaus verstanden, wie Isabell oder Richard oder die Polizistin. Es konnte aber auch nicht sein, dass irgendeine Hexerei von Lydia dahinter steckte, denn sie kannte Kathi gar nicht. Bei Sven war das allerdings wahrscheinlich, dass Lydia ihm auf diese Weise das Hirn verdreht hatte. Celina erinnerte sich an die alte Geschichte. Ihre Freundin damals hatte auch ihren Partner manipuliert. Sie schüttelte sich.

Was konnte sie jetzt tun? Dagegen hexen? Sie würde auf keinen Fall Sven manipulieren! Dann wäre sie nicht besser als

Lydia. Aber vielleicht konnte sie ihn schützen. Als sie mit Kathi und Isabell zusammen den Schutzzauber gemacht hatte, ging es danach nicht nur Isabell besser, sondern auch Richard wirkte befreit und Nicos Magenschmerzen waren auf einmal weg ... Das war also zumindest mal einen Versuch wert.

Sie holte die Hexenkiste unter ihrer Couch hervor, unter die sie sie erst einmal geschoben hatte. Ein besserer Platz war ihr nicht eingefallen. Dann begann sie alles herauszusuchen, was sie brauchen könnte. Sie wollte es so ähnlich machen wie eine Woche zuvor mit Kathi und Isabell.

Sie schluckte den Kloß im Hals wegen Kathi herunter. Es half gar nichts, wenn sie sich jetzt hängen ließ. Konzentration war gerade jetzt äußerst wichtig.

Ein Foto von Sven wäre jetzt sehr hilfreich, überlegte sie. Bei Facebook hatte er ja welche. Sie schaltete den PC an und loggte sich bei Facebook ein. Was wäre, wenn er sie dort inzwischen blockiert hätte? Sie verwarf den Gedanken. Bloß keine Panik, sondern alles Schritt für Schritt! Sie hatte Glück, alles war so wie immer. Sie suchte das Bild heraus, das am typischsten für ihn war, wie sie fand, speicherte es und druckte es aus. Sie fuhr den PC wieder herunter und zündete die Kerzen an.

Sie wählte aus den ganzen Kräutern und Räuchermischungen eine für Schutz und dazu Lavendel, um sich zu beruhigen und klare Gedanken fassen zu können, und Rosmarin für Klarheit, Klärung und Kraft. Nachdem sie die Vorbereitungen abgeschlossen hatte, schloss sie die Vorhänge, setzte sich hin und versuchte, ruhig zu werden. Sie streute etwas Lavendel auf die Kohle, atmete tief ein und schloss die Augen. Als sie endlich etwas ruhiger wurde, nahm sie das Notizbuch mit den Sprüchen zur Hand und las den zur Herbeirufung ihrer Engel und Schutzgeister.

Das Gefühl der inneren Ausgeglichenheit verstärkte sich. Sie legte das Buch neben sich und streute etwas Schutzmischung ins Gefäß. Plötzlich rutschte das Büchlein von der Couch.

Celina war ein wenig irritiert, denn ihr war nicht aufgefallen, dass sie dagegen gekommen wäre. Gerade wollte sie es aufheben, da fiel ihr auf, dass es aufgeschlagen auf dem Boden lag. Als sie es nun hochnahm, warf sie einen Blick darauf. Die Seite war genau bei einem sehr passenden Spruch aufgeschlagen:

Sieh hin und erkenne die Wahrheit,
Deine Gedanken mögen geben Klarheit
für Dich und Dein Leben
und wohin Du willst streben.

Sie musste unwillkürlich lächeln. Genau diesen Spruch schrieb sie nun auf die Rückseite des Bildes von Sven. Dann zündete sie es an wie sonst die Zettelchen, um es an ihn zu schicken, ließ es in der Räucherschale verbrennen und warf ein bisschen Rosmarin mit dazu.

Auf einen weiteren kleinen Zettel schrieb sie noch ein paar gute Wünsche für Sven und auch ein paar für Nico. Sie zögerte kurz, dann schrieb sie noch Klarheit und Verständnis für Kathi mit darauf und verbrannte auch dieses Papier zusammen mit der Schutzmischung. Mit dem Abschlussspruch ließ sie ihre Schutzwesen wieder ziehen und hoffte inständig, etwas bewirkt zu haben. Sie war so unsicher und doch fühlte sie sich nun ein wenig gelassener. Wenn Lydia tatsächlich über solche Fähigkeiten verfügte, dass sie Sven derart manipulieren konnte, dann musste es auch die Möglichkeit geben, etwas dagegen zu tun. Vielleicht hatte sie nicht solche starken Kräfte wie Lydia, aber dafür kamen die ihren aus vollem Herzen.

Kapitel XXII
Nächtlicher Besuch

Nachdem sich Celina nun um einiges besser fühlte, beschloss sie, sich auch noch ein Entspannungsbad einzulassen. Sie hatte gerade den Wasserhahn aufgedreht, als sie bemerkte, dass ihr Handy vibrierte. Verwundert schaute sie nach. Es war eine SMS von Kathi, die offenbar schon vorher versucht hatte, anzurufen. Celina zog eine Grimasse. Ihr Handy war auf lautlos wie meistens. Auch etwas, das Kathi eigentlich wusste.

„Es war sehr unhöflich einfach zu gehen! Du bist vollkommen fixiert auf diese Frau und siehst Probleme, die nicht da sind!" stand dort.

Celina packte das Handy beiseite. Kathi hatte nichts geschnallt. Was sollte sie darauf noch antworten? Sie kümmerte sich weiter um ihr Schaumbad, machte die Heizung an und legte Handtücher bereit. Da klingelte es an der Tür. Hoffentlich nicht Kathi ...

Celina schaute durch den Spion und sah einen Paketpostboten. Erleichtert öffnete sie und nahm mal wieder ein Paket für ihren Nachbarn Eric an. Diesmal war es ziemlich groß und schwer, so dass sie es kaum anheben konnte, aber der Bote war so nett und stellte es ihr in den Flur.

Bevor sie nun in die Wanne stieg, antwortete sie Kathi doch noch, auch auf die Gefahr hin, dass es nun eine endlose Diskussion per SMS geben würde.

„Du bist diejenige, die das eigentliche Problem nicht erkennt.", schrieb sie und setzte dann noch hinzu: „Aber ich habe keine Lust darüber zu diskutieren und es ist mir egal, ob ich unhöflich bin." Sollte Kathi doch denken, was sie wollte! Und damit sie bei ihrem Bad nicht genervt werden würde, steckte sie das Handy in ihre Handtasche, die an der Garderobe hing, damit sie bestimmt kein Vibrieren mitkriegen würde.

Sie nahm noch ein kleines Duschradio mit ins Bad für leise

Musik und dann hieß es einfach nur entspannen …

Celina war kalt. Die Musik im Radio war irgendwie nervig. Warum war das Wasser so eisig? Der Schaum war vollkommen verschwunden. Celina zitterte und war plötzlich hellwach! Sie war anscheinend in der Wanne eingenickt.

„Es ist 20 Uhr, Sie hören die Nachrichten!" kam aus dem Radio. Ungefähr eine Stunde! Sie konnte sich noch daran erinnern, dass es schon kurz vor 19 Uhr gewesen war, als der Postbote an der Tür war. Kein Wunder, dass das Wasser so kalt war! Sie ließ es aus der Wanne und stellte sich die Dusche möglichst heiß ein. Dann wärmte sie sich unter dem Wasserstrahl auf. Erst als das Zittern wirklich vorbei war, stellte sie es aus.

Sie war gerade dabei sich abzutrocknen, als es an der Wohnungstür klingelte. Das konnte eigentlich nur Eric sein, der sein Paket abholen wollte. Sie schlang sich ein Handtuch um den Kopf und schlüpfte in ihren Bademantel. Mit leisen Schritten ging sie zur Tür und lugte durch den Spion. Es war Sven!

Er stand dort halb schräg vor ihrer Wohnungstür mit gesenktem Kopf. Sie konnte nicht einmal seinen Gesichtsausdruck einschätzen. Hatte Lydia ihn wieder aufgehetzt? Gerade wollte sie wieder davonschleichen, da klingelte er erneut.

Sie wich ein paar Schritte von der Tür zurück. Was sollte sie tun? Wirklich öffnen?

„Bitte, Celina, mach auf!", rief er durch die Tür und unterstrich seine Worte noch durch ein heftiges Klopfen. Es schien wirklich wichtig.

„Ich bin gleich da!", rief sie zurück, denn – egal was der Grund war – sie wollte ihm so wie sie war nicht die Tür aufmachen. Sie rannte zum Schlafzimmer, streifte dabei den Bademantel ab und begann sich etwas anzuziehen.

Wieder klingelte er. „Bitte Celina!" Was hatte er an „gleich" nicht verstanden?

Sie schlüpfte in ihre Jeans, riss sich das Handtuch vom Kopf und zog ein T-Shirt an. Dann wickelte sie das Handtuch auf dem Weg zur Tür wieder um.

Als sie die Tür öffnete, stolperte er ihr schon fast entgegen, weil er wohl wieder klopfen wollte. Eine Alkoholfahne hing in der Luft.

„Puh!", meinte sie und wedelte herum. „Hast du eine Schnapsbrennerei überfallen?"

„Tut mir leid!", sagte er, was ein bisschen genuschelt klang. „Celina, ich möchte mich enschui … enschuilgen …" Das Nuscheln war eindeutig eher ein Lallen.

„Oh man, Sven!", stöhnte Celina auf. „Wie viel hast du getrunken? Und was ist passiert?" Ohne eine Antwort abzuwarten, zog sie ihn hinein und bugsierte ihn ins Wohnzimmer zur Couch, wo er sich hinsetzte.

„Es tut mir leid", wiederholte er sich. „Du haddes Recht … Lydia is nur am Lügen."

„Ich weiß …", meinte Celina nur dazu. „Schau mich mal an!"

Er sah sie an und Celina erkannte an seinem glasigen Blick, dass er wirklich reichlich getrunken haben musste.

„Ich mach einen Kaffee!", sagte sie knapp. In diesem Zustand konnte Sven eh nichts Sinnvolles erzählen. Er nickte und sie kümmerte sich um die Kaffeemaschine und ihre Haare, die geradezu nach einer Bürste schrien. Dann zog sie sich noch einen Pulli über und ging zurück ins Wohnzimmer.

Sven war inzwischen auf der Couch zur Seite gekippt und hatte die Augen geschlossen.

Sie überprüfte seine Atmung, die ruhig und gleichmäßig war. Er war tatsächlich eingeschlafen. Lächelnd schüttelte sie den Kopf. Sie holte eine Wolldecke, mit der sie ihn zudeckte, nachdem sie seine Beine hochgepackt und ihm die Schuhe ausgezogen hatte.

„Na, dann trink ich den Kaffee wohl alleine", murmelte sie schulterzuckend und holte sich einen Becher. Da kam Mikesch auf einmal an. Er folgte ihr auf Schritt und Tritt.

„Oh, ja, überhaupt!", sagte sie zu ihm und kraulte ihm den Kopf. „Dein Futter natürlich ..."

Celina versorgte Mikesch, räumte noch das Badezimmer auf und setzte sich dann im Wohnzimmer in den Sessel. Sven schlief tief und fest.

Da fiel ihr ein, dass sie noch gar nicht auf ihr Handy geschaut hatte. Möglicherweise, nein, höchstwahrscheinlich hatte ihr Kathi geschrieben. Tatsächlich bestätigte sich diese Vermutung.

„Du benimmst dich unmöglich! Lass die Frau und Sven doch in Ruhe! Er ist erwachsen!" stand da.

Sie musste unwillkürlich kichern. Wenn Kathi wüsste ... grinsend schaute sie zu Sven rüber. Besonders erwachsen wirkte er gerade nicht. Trotz dieser Situation beschloss sie, Kathi nicht zu antworten. Sie hatte keine Lust, ihr zu erzählen, dass Sven bei ihr war und warum.

Stattdessen machte sie es sich einfach im Sessel gemütlich und schaltete den Fernseher ein. Sven bekam davon eh nichts mit. Es war schon fast Mitternacht, als Celina zu Bett gehen wollte. Sven würde sie einfach schlafen lassen. Doch da regte er sich plötzlich und wollte aufstehen.

„Hey, bleib ruhig liegen!", sagte sie zu ihm. „Schlaf weiter!"

„Klo ...", murmelte er.

Verschlafen wankte er in die angegebene Richtung. Kurz darauf saß er wieder ihr gegenüber auf der Couch. Er sah so fertig aus, dass Celina ihn gar nicht los nach Hause schicken mochte.

„Du kannst hier weiter schlafen, wenn du willst", schlug sie vor. Er nickte und sagte leise: „Danke!"

Sie half ihm noch aus der Jacke, die er immer noch anhatte, holte ihm ein Kopfkissen und eine zweite Wolldecke, dann ging sie selber zu Bett. Beim Blick zurück stellte sie fest, dass er schon wieder eingeschlafen war.

Sie war sehr müde. Trotzdem hatte sie das Gefühl, dass sie nicht würde schlafen können, denn sobald sie im Bett lag, fingen ihre Gedanken an zu kreisen. Aber über all das wollte sie erst morgen nachdenken, wenn sie mit Sven geredet hatte. Jetzt war Zeit auszuruhen! Irgendwann schlief sie dann doch ein.

Sie hatte einen sehr leichten Schlaf. Deshalb schreckte sie sofort hoch, als sie ein Geräusch hörte. Es war eine Stimme ...

Sie griff nach dem Pulli, den sie eilig überstreifte. Dann ging sie nachsehen. Jemand redete im Wohnzimmer. Vorsichtig schaute sie um die Ecke, ohne Licht zu machen. Das spärliche Mondlicht musste genügen. Sven lag auf der Couch und schien zu schlafen, aber trotzdem war er derjenige, der redete. Sie näherte sich ihm behutsam und lauschte.

„Lass mich!“, sagte er sehr deutlich, danach noch etwas Genuscheltes, das sie nicht verstehen konnte. Celina ging ganz nah zu ihm heran. Seine Augenlider zuckten im Schlaf. Offenbar träumte er schlecht, denn Schweißperlen standen auf seiner Stirn. Ganz sanft legte sie ihre Hand auf seine Schulter. Er wachte nicht auf, aber er schien sich ein wenig zu beruhigen.

Nach einer Weile nahm sie die Hand wieder weg und wollte wieder zurück ins Bett gehen, da redete er wieder: „Nein, bitte!“ Wieder war er sehr unruhig.

Celina seufzte: „Ich hol mir ne Decke!“ Sie hatte beschlossen, sich doch noch etwas ins Wohnzimmer zu setzen, allerdings mit Decke und warmen Socken, denn ihr war sehr kalt.

So rückte sie leise den Sessel etwas zur Couch heran, damit sie ihn mit der Hand erreichen konnte, kuschelte sich dort mit der Decke hinein und wartete erst einmal ab. Seine Atmung schien wieder ruhiger zu werden.

Ihre Augen brannten vor Müdigkeit und sie schloss sie auch für eine Weile ...

Sie war schnell wieder hellwach, als Sven sich bewegte und

irgendwas murmelte. Wieder stand Schweiß auf seiner Stirn. Dabei war es jedoch furchtbar kalt im Wohnzimmer. Etwas war anders als sonst, seltsam irgendwie. Celina schaute von Sven weg zum Fenster. Da stand sie!
Es gab gar keinen Zweifel! Dort am Vorhang direkt neben dem Fenster war eine Gestalt. Sie war nicht sehr deutlich, aber doch deutlich genug. Lydia schaute direkt zu Sven, der sich inzwischen unruhig auf der Couch hin- und herwälzte.
Dem ersten Schock wich Wut. Wie konnte sie es wagen?
„Verschwinde hier!", sagte Celina mit fester Stimme. Lydia wandte den Kopf ein wenig zu Celina, dann verflüchtigte sich die Erscheinung.

Kapitel XXIII
Ein ernstes Gespräch

Am nächsten Morgen wurde Celina von Sven geweckt.

„Hey, Celina!", sagte er und strich ihr über die Wange.

Sie schlug die Augen auf. Eigentlich hatte sie gar nicht schlafen wollen, um Wache zu halten, damit Lydia nicht wieder erscheinen würde. Aber irgendwann hatte dann wohl doch die Müdigkeit gesiegt. Sie hockte eingerollt in der Decke auf dem Sessel, wodurch sie sich ziemlich verknotet fühlte.

„Sven", meinte sie lächelnd. „Geht es dir besser?"

„Nicht wirklich!", antwortete er. „Ich glaube, ich habe noch nie im meinem Leben einen solchen Kater gehabt."

„Möchtest du Aspirin, Ibuprofen oder lieber was anderes?", fragte Celina, während sie sich aus der Decke wuselte. Sie hatte tatsächlich noch gefroren trotz der molligen Decke, dem Pulli, den dicken Socken und der Jogginghose.

„Mir war kalt!", erklärte sie knapp und ging in Richtung Küche, um ihm was zu holen. „Was möchtest du denn nun?"

„Keine Ahnung. Alles?", meinte er.

Celina brachte ihm gleich zwei Tabletten, die er bereitwillig schluckte. Er sah immer noch vollkommen fertig aus. Dann setzte sie einen Kaffee auf.

„Gleich gibt es Kaffee, dann wird es besser", sagte sie zu ihm. „Bin gleich wieder da."

Ihr erster Weg führte ins Bad zum eiligen Waschen, ihr zweiter ins Schlafzimmer zum Anziehen. Sie wollte sich wenigstens ein bisschen fit fühlen, wenn sie ihn gleich ausquetschen würde, was passiert war. Sie würde ihm allerdings nichts von dem nächtlichen Besuch oder seinen Albträumen erzählen, fand sie. Erst einmal sehen, was er zu berichten hatte!

Als sie ihm einen Kaffee brachte, wirkte er schon ein wenig frischer. Sie setzte sich in ihren Sessel und schaute ihn einfach nur an. Er schaute ein wenig betreten zurück.

„Celina, es tut mir leid", begann er. „Ich habe mich bestimmt noch nie in einem Menschen so getäuscht wie in Lydia. Wie konnte ich nur? Ich versteh mich selber nicht."

„Was genau ist passiert?", fragte sie nach.

„Ist das wichtig?", wich er aus.

„Ja, ist es!", blieb sie stur. „Sven, sie manipuliert Menschen. Und das hat sie nicht nur mit dir getan."

„Hättest du mich nicht warnen können?", fragte er.

„Das hab ich versucht ..."

„Stimmt!", gab er zu und schaute zu Boden. Dann schwieg er.

„Sven, bitte ..."

„Bist du dir sicher, dass du das wissen willst?", seufzte er.

„Ja!"

So begann er zu erzählen: „Nachdem wir bei der Polizei waren am Donnerstag, da war sie so fertig und wollte unbedingt mit zu mir kommen, weil sie nicht alleine sein wollte. Und na ja ... kannst dir den Rest vielleicht denken ..." Er wirkte sehr verlegen.

„Und weiter?", bohrte Celina nach.

„Du willst jetzt keine Details, oder?" Sven guckte sie mit großen Augen an. „Also das ging von ihr aus, ich meine, sie wollte unbedingt ..."

„Okay, okay, diese Details darfst du gerne weglassen", wiegelte sie schnell ab.

„Sie wollte mit mir zusammen sein, also fest, so hat sie es gesagt", berichtete er weiter. „Und als sie dann gestern heulend von der Arbeit bei mir ankam und mir gesagt hat, du hättest sie wüst beschimpft vor lauter Eifersucht, da hab ich ihr geglaubt. Sie meinte, du wärst sauer gewesen, weil ich mit ihr zusammen bin und deswegen würdest du ihr das Leben bei der Arbeit nun zur Hölle machen und außerdem würdest du mir nicht gönnen, wenn ich glücklich bin."

„So?", meinte Celina nur. Es war schon beinahe faszinierend, wie Lydia die Wahrheit verdrehte, fand sie.

„Ich war so wütend, keine Ahnung, wieso ich so ausgerastet bin ... ich habe so viele Sachen gesagt ..." Sven knetete verlegen seine Hände. „Ich verstehe nicht, wie das passieren konnte, es tut mir leid."

Celina überging die Entschuldigung erstmal. Sie wollte zunächst verstehen, was, wie und warum geschehen war. „Und weiter?", meinte sie daher.

„Ich bin wieder zurück zu ihr und na ja ..." Sein Gesichtsausdruck sprach schon wieder Bände.

„Die Details darfst du gerne weglassen!", unterbrach sie ihn schnell.

Er guckte noch ein wenig verlegener. Dann räusperte er sich.

„Also kurz danach habe ich an ihrem Oberarm einen großen blauen Fleck entdeckt und sie darauf angesprochen. Da ist sie vollkommen ausgerastet. Sie meinte, ich wäre das gewesen ..." Sven schaute Celina direkt an. „Ich war das nicht! Ich schwör's!"

„Da war ein Bluterguss und sie hat dir sofort dafür die Schuld gegeben?", hakte sie nach.

„Ja ... aber ich hab ihr nicht wehgetan!", antwortete er. „Trotzdem ist sie total hysterisch geworden. Sie hat sich ihre Sachen geschnappt und ist einfach weg."

„Normal ist sie irgendwie nicht!", meinte Celina augenverdrehend.

„Sehe ich auch so!", stimmte Sven zu.

„Und dann hast du dir Mut angetrunken, um dich bei mir zu entschuldigen?", fragte Celina weiter.

„Nein ... ich weiß nicht ...", meinte er zögernd.

„Wie? Du weißt es nicht?" Sie war irritiert und schaute ihn prüfend an.

„Ja, ich habe was getrunken", gab er zu, „aber eigentlich gar nicht viel, soweit ich mich erinnere. Verrückterweise kann ich auch gar nicht sagen, warum eigentlich. So bin ich normal gar nicht." Er raufte sich seine eh schon strubbeligen, dunklen

Haare. „Ich weiß nicht einmal, wie ich hierher gekommen bin ...“

„Du bist doch nicht gefahren, oder?“

„Nein, ich glaube nicht!“, meinte er kleinlaut.

„Moment ...“, sagte sie, stand auf und ging zum Küchenfenster.

„Da draußen steht nirgendwo dein Auto!“, berichtete sie nach einem kurzen Blick hinaus.

„Schon mal gut ... ich glaube ich bin zu Fuß gelaufen ... aber richtig erinnern kann ich mich nicht.“

Nach dem dritten Becher Kaffee fühlte Sven sich soweit fit genug, um nach Hause zu gehen. Vorher fragte er jedoch noch etwas, das ihm offenbar auf der Seele brannte: „Celina, bist du mir böse? Ich meine, weil ich dich vor der Apotheke so saublöd angeblubbert habe und weil ich hier so sturzbetrunken aufgetaucht bin. Es tut mir wirklich leid. Beides!“

„Ist schon okay!“, lenkte sie ein. „Aber versprich mir, dass du dich von ihr fernhältst. Bitte!“

Sven nickte lächelnd. Dann ging er.

Kapitel XXIV
Frühstück

An der offenen Wohnungstür verabschiedete er sich mit einer flüchtigen Umarmung. In dem Moment kam Eric gerade die Treppe hoch. Er starrte Sven an und schaute dann zu Celina, wobei sein Blick Überraschung zeigte. Mehr konnte Celina darin nicht lesen, denn er wandte sich ab und ging in seine Wohnung, bevor sie mehr als ein „Hallo!" zu ihm sagen konnte. Er erwiderte die Begrüßung zwar, war aber zu schnell weg, als dass sie noch die Gelegenheit hatte, ihm von dem Paket in ihrem Flur zu berichten.

Sie zog sich erst einmal in ihre Wohnung zurück und trank ihren Kaffee aus. Es war so viel passiert, gestern und letzte Nacht, dazu das offene Gespräch mit Sven. Sie mochte ihn sehr, auch wenn sie nicht verliebt war oder irgendwas in diese Richtung. Was war das bloß eben mit Eric? Dachte er womöglich ...? Ein Lächeln huschte über ihre Lippen. Irgendwie war das ja süß ...

Ihr Blick fiel auf das Paket. Nun würde sie es ihm endlich bringen, bevor etwas dazwischen kam oder er wieder weg wäre. Als sie den Karton anheben wollte, stellte sie allerdings fest, dass er wirklich sehr schwer war. So ging sie erstmal bei ihm klingeln.

„Hi Eric, du warst eben so schnell weg ...", begrüßte sie ihn, als er die Tür öffnete.

„Ich wollte nicht stören!", sagte er knapp.

„Das war nicht ...", wollte Celina erklären, doch Eric sagte schnell: „Das geht mich nichts an!"

Celina schwieg dazu, räusperte sich dann und sagte: „Es ist gestern Abend noch ein Paket für dich angekommen. Das ist sehr schwer."

„Gestern Abend noch?", meinte Eric überrascht. „Na, die Postboten sind aber manchmal echt spät unterwegs hier auf der Ecke.“

„Ja!“, bestätigte sie. „Magst du es dir abholen? Ich krieg das nicht geschleppt.“

„Ja sicher!“

Celina fiel auf, dass er Augenkontakt vermied. Er folgte ihr bis auf ihren Wohnungsflur und wollte gerade das Paket anheben, als sein Blick ins Wohnzimmer fiel. Dort lagen noch das Kopfkissen und die Wolldecken auf der Couch. Er stutzte, zögerte und sah erst Celina an und dann doch wieder weg.

Während er das Paket nun anhob, meinte er betont locker: „Das hätte doch dein Freund mal eben bei mir abliefern können ...“

„Der hatte andere Probleme“, sagte sie dazu, „und er ist nicht mein Freund sondern ein Freund.“ Sie betonte die Worte „mein“ und „ein“ besonders. „Du verstehst den Unterschied, hoffe ich.“

Er schaute ein wenig verlegen zu Boden und musste doch grinsen, was Celina nicht entging. „War es so offensichtlich, was ich gedacht habe?“

Als Antwort grinste sie ihn an. Nun mussten beide lachen.

Er hatte das Paket schon wieder abgestellt. „Das sind übrigens Autoteile, falls du dich gewundert hast“, erklärte er. „Du, sag mal, diese Kiste oben auf dem Dachboden ... die, hinter der sich dein Kater versteckt hatte ... hast du die da weggenommen?“, fragte er dann.

„Ähm ja“, sagte sie und ihr fiel auf, dass sie Mikesch noch gar nicht gesehen hatte. „Verdammt! Wo ist er denn jetzt wieder?“ Sie warf sofort einen Blick ins Treppenhaus. „Er ist nicht rausgelaufen, oder?“

„Dein Kater? Nein, ganz sicher nicht, wäre mir aufgefallen.“

„Ich hab ihn noch gar nicht gesehen. Normalerweise maunzt er mich sofort nach Futter an, sobald er merkt, dass ich wach bin.“

Celina musste an die letzte Nacht denken und die Erscheinung, die sie gesehen hatte. Wenn Mikesch jetzt etwas passiert war ... Panisch fing sie an, nach ihm zu suchen.

Sie schaute ins Bad. Fehlanzeige! Im Schlafzimmer vielleicht? Weder im Bett noch darunter war er. Im Schrank? Auch nicht.

„Er ist hier!", rief Eric auf einmal aus dem Wohnzimmer.

Als Celina dahin kam, sah sie wie Eric der Länge nach unter dem Tisch lag und mit einer kleinen Taschenlampe unter die Couch leuchtete.

„Woher hast du die Lampe?", fragte sie neugierig, während sie ebenfalls unter den Tisch krabbelte.

„Hab ich immer in der Tasche", antwortete er. „Schau, da ist er!"

Mikeschs Katzenaugen funkelten im hellen Licht. Er hatte sich halb hinter der Kiste versteckt. Schon wieder dort, musste Celina spontan denken.

Eric zog die Kiste hervor. Überrascht schaute er Celina an, die direkt neben ihm auf dem Teppich lag. „Die Kiste vom Dachboden?", fragte er.

Sie wollte seinem Blick ausweichen, konnte es aber nicht.

„Ja, genau die!", sagte sie.

„Dein Kater scheint einen Narren an ihr gefressen zu haben", meinte er. „Ist der Inhalt so interessant?"

„Für ihn wohl schon", antwortete sie ausweichend. „Ich ... ähm ... ich hole mal ein Leckerli für ihn, damit er da rauskommt."

Tatsächlich schien sein Lieblingsfutter zu wirken, denn Mikesch kam ein bisschen verschlafen hervorgekrochen, als Celina ihm etwas davon vor die Nase hielt. Sie kraulte sein wuscheliges Fell und er maunzte selig.

„Scheint ja alles okay zu sein", meinte Eric, während er wieder unter dem Tisch herauskrabbelte. Sein Blick fiel auf die Couch, doch er sagte nichts zu Decken und Kissen. Dann schaute er auf die Kaffeebecher, die noch auf dem Tisch standen.

„War das dein Frühstück? Nur Kaffee?", fragte er.

„Ja, warum?“, stellte sie die Gegenfrage.

„Kein Hunger?“

Sie zuckte mit den Schultern als Antwort.

„Also ist das ein Ja?“, meinte er grinsend. „Dann frühstücken wir gleich zusammen? Ich hab vorhin nämlich gerade Brötchen geholt. Das passt doch denn.“

Sie musste lachen. „Das ist ja mal ne Einladung!“ Dann nickte sie. „Okay, nehme ich an!“

Kurz darauf saß sie in Eric Simonsens Wohnzimmer und schaute sich um, während er Teller, Tassen, Kaffeekanne, Aufschnitt und ein Glas Honig von der Küche ins Wohnzimmer balancierte.

„Ich könnte dir helfen ...“, bot sie an.

„Nix da! Ich mach das!“, lehnte er fröhlich ab.

Ihr Blick fiel auf eine Vitrine mit Pokalen und Automodellen. Sie stand auf und schaute genauer hin. Alle Pokale waren von irgendwelchen Paintballturnieren.

„Du spielst Paintball?“, fragte sie ihn.

„Ja, wird auch Gotcha genannt. Leider eine Sportart, die sehr vielen Vorurteilen ausgesetzt ist.“

„Stimmt“, sagte sie. „Ist doch mit vielen Dingen so ...“

„Wie der Inhalt deiner geheimnisvollen Kiste, nehme ich an“, wagte er einen Schuss ins Blaue.

Sie musste grinsen. „Ja stimmt!“, bestätigte sie.

„Meine Schwester beschäftigt sich ein bisschen mit Esoterik“, erklärte er. „Da kriegt man so ein bisserl was mit.“

„Ich habe mich mal mit solchen Sachen beschäftigt“, gab Celina zu, nach einigem Zögern ergänzte sie: „Eigentlich wollte ich das nicht mehr, aber manchmal zwingen einen die Umstände dazu.“

„Oh ja!“, gab Eric ihr Recht. „Meine Schwester hat allerdings eher Angst vor Dingen in dieser Richtung. Du solltest sie mal kennen lernen. Vielleicht kannst du ihr ein wenig dieser Angst nehmen.“

„Und du?“, hakte Celina nach.

„Mich lehrt nichts so schnell das Fürchten. Da gehört schon was zu. Allerdings gibt es natürlich auch so manches, was mir eine Gänsehaut über den Rücken treiben würde.“

Celina musste wieder grinsen.

„Also falls du mal einen Geisterjäger brauchst ...“ Er grinste noch breiter als sie.

Kapitel XXV
Eine unruhige Nacht

Als Celina an diesem Sonntagabend zu Bett ging, fühlte sie sich so richtig gut. Das Gespräch mit Sven, das einiges erklärt hatte, hatte ihr schon deshalb gefallen, weil sie noch nie vorher so ernsthaft mit ihm hatte reden können. Sie mochte ihn als Freund und nur als das, egal wie sehr Kathi vorher versucht hatte, sie zu verkuppeln. Das mit Kathi ließ sie vorerst ungeklärt, denn sie hatte keine Lust gehabt – weder per SMS noch per Telefonieren oder sonst wie – ihr irgendwas zu erklären. Kathi hatte komplett falsch gelegen und dazu noch versucht, sie vollkommen zu bevormunden. Das musste sie nicht haben, schon gar nicht in dieser Art und Weise. Also würde sie sie einfach erstmal zappeln lassen. Vielleicht würde Sven ja ihr oder Sönke was erzählen.

Das Frühstück mit Eric war einfach toll. Sie mochte seine Spontaneität und seine offene Art. Er schien überhaupt kein Problem mit Esoterik oder Hexerei zu haben, obwohl sie ihm kaum etwas dazu gesagt hatte. Für Celina war das Thema nun mal ein wenig schwierig. Trotzdem hatten sie fast den ganzen Vormittag herumgeflachst und geredet, als wenn sie sich schon ewig kennen würden. Einfach nur schön! Mit einem Lächeln auf den Lippen schlief sie ein.

Irgendwann weckte ein hohes Fiepsen Celina. Sie war sofort hellwach. Sie kannte dieses Geräusch. Mikesch fiepste nur dann in dieser Tonlage, wenn etwas nicht in Ordnung war. Er lag am Fußende ihres Bettes und schlief allerdings, doch bei genauer Betrachtung stellte sie fest, dass er offenbar träumte, denn er bewegte seine Tatzen und zog sogar Grimassen. Sie streichelte ihn beruhigend, wobei er ein klein wenig wach wurde und sich anders zusammenrollte. Erleichtert legte sie sich auch wieder hin. Ein letzter Blick auf den Wecker zeigte ihr, dass es kurz vor eins war.

Ihr nächster Blick zeigte bereits kurz nach halb drei an. Sie war wohl eingenickt, wie sie verwundert feststellte. Ihr T-Shirt war verschwitzt, obwohl es nicht sehr warm war sondern eher kalt. Sie ging ins Bad, machte sich ein bisschen frisch und nahm ein neues Shirt aus dem Schrank. Es war wirklich kalt im Schlafzimmer, fand sie. Merkwürdig war es schon, dass sie überhaupt nicht den Eindruck hatte, sie hätte geschlafen. Bevor sie sich wieder hinlegte, schaute sie noch einmal zu Mikesch, der ruhig zu schlafen schien. Wie gut, dass sie diesen Montag frei hatte, weil sie einiges erledigen wollte, besonders ihren Personalausweis verlängern lassen. Da konnte sie morgens ein bisschen länger schlafen ...

Celina suchte ihren Ausweis ... er war weder in der Brieftasche noch in der Handtasche ... auch nirgendwo in der Jacke ... die Frau im Rathaus guckte sie streng mit riesengroßen Augen an ... große, braune Rehaugen ... Sven saß dort auf einem Stuhl im Wartebereich ... ihm liefen Tränen über die Wangen ... Isabell lief hektisch durch den Flur dort ... der Flur war riesig mit unheimlich vielen Türen ... eine der Türen öffnete sich und Richard trat ein ... als die Frau mit den braunen Augen ihn ansah, ging er rückwärts wieder hinaus ... dann kam Nico auf den Flur ... er hatte eines seiner Bilder unter dem Arm ... auf einmal rutschte es weg und fiel auf den Boden ... es zerschellte ihn tausende kleine Splitter als wäre es aus Glas ... einer der Splitter flog durch die Luft und bohrte sich in Celinas Knie ...

Celina schrie auf. Was für ein Schmerz! Verwundert schaute sie sich um. Sie saß im Bett. Mikesch guckte sie mit großen Augen an. Ihr Knie schmerzte tatsächlich ganz furchtbar. Was hatte sie damit gemacht? Hatte sie es im Schlaf verdreht? Irgendwo hatte sie noch Sportgel, wahrscheinlich im Bad. So rieb sie sich mitten in der Nacht ihr Knie ein. Der Wecker zeigte Viertel vor vier an.

Es war schwierig, mit diesen Schmerzen wieder einzuschlafen, doch irgendwann war die Müdigkeit stärker ...

Celina versuchte, den großen Splitter aus ihrem Knie zu ziehen ... er ragte ungefähr zwei Zentimeter aus der Haut ... als sie ihn berührte, schnitt sie sich sofort und Blut rann ihren Finger und ihre Hand hinunter ... sie musste eine Pinzette suchen ... irgendwo in der Apotheke war sicherlich eine ... sie schaute in einer Schublade nach ... aber da war nur eine große, schwarze Spinne ... entsetzt nahm sie Abstand ... in der nächsten Schublade war auch eine Spinne und in der nächsten auch ...

Celina schlug die Augen auf. War sie wirklich wach? Sie kniff sich vorsichtshalber. Ja, sie war wach. Sie schaute sich im relativ dunklen Schlafzimmer um. Durch das Mondlicht war es nicht stockfinster. War Lydia womöglich da ebenso wie in der Nacht zuvor? Verpasste sie nun Celina Albträume? Es war nichts zu sehen, kein Schatten, der da, wo er war, nicht hingehörte. Keine Gestalt, nichts!

Dafür spürte Celina die Schmerzen in ihrem Knie mehr als deutlich. Die waren in der Tat sehr real! Was auch immer sie mit dem Knie gemacht hatte, sie musste noch ein bisschen schlafen – und das ohne Schmerzen und ohne Albträume!

Erst einmal stand sie auf, was nicht so einfach war, denn Auftreten war schwierig. Sie humpelte in die Küche und nahm ein Schmerzmittel, dann ins Bad und machte sich ein bisschen frisch. Zurück im Schlafzimmer schüttelte und stopfte sie die Kissen zurecht, eines extra fürs Knie, um es ein wenig abzustützen. Das Deckenlicht war ihr zu hell, aber sie beschloss, die Nachttischlampe anzulassen. Vielleicht würde das die Albträume vertreiben. Seufzend schaute sie auf den Wecker. Es war kurz nach fünf. Sie stellte die Weckzeit von acht auf neun Uhr um, weil sie fand, sie könnte sich angesichts der Umstände ruhig noch eine Stunde mehr gönnen. Und sie schlief wirklich noch einmal ein – tief und traumlos.

Kapitel XXVI
Coras Ende

Es dauerte fast eine Stunde bis der Wecker es endlich schaffte, Celina wach zu bekommen. Ihr Kopf dröhnte, aber dennoch fühlte sie sich einigermaßen ausgeruht. Die Schmerzen in ihrem Knie hatten aufgehört. Lediglich ein leichtes Ziepen war noch zu spüren. Nach einer schnellen Dusche, beeilte sie sich, die Dinge, die sie sich vorgenommen hatte, noch zu erledigen. Beim Rathaus klappte alles reibungslos – nicht, wie in ihrem Traum. Das beruhigte sie etwas, obwohl sie auf der Eingangstreppe leider ein wenig umknickte, weil ihr Knie irgendwie nicht ganz so stabil war, wie es sein sollte. Ein heftiges Ziehen war die Folge. Sie ignorierte das so gut es ging, denn schließlich wollte sie noch einiges mehr schaffen. Ihre nächste Station war der Schuster, denn ihre Lieblingsschuhe brauchten neue Absätze. Sie hoffte, das würde noch machbar sein, was der Schuster mit einem zuversichtlichen Lächeln bestätigte.
Fröhlich und guter Dinge verließ sie den Laden. Als sie auf den Parkplatz lossteuerte, stutzte sie jedoch. Dort, zwei Autos neben ihrem, stand ein ziemlich neuer, dunkelblauer BMW, der ihr sehr bekannt vorkam. Das konnte doch nicht sein! Nico Bartels fuhr so einen Wagen, wie sie sich erinnerte. Sie hatte gesehen, wie er in solch einen BMW eingestiegen war, nachdem er vor ungefähr drei Wochen in der Apotheke gewesen und Lydia so ausgeflippt war. Sie warf einen Blick auf das Kennzeichen. Da waren tatsächlich die Initialen NB drin enthalten. Viele Leute suchten sich das Autokennzeichen so aus, überlegte sie. Nervös schaute sie sich um. Wenn sie sich nicht vollkommen täuschte war er das, der in ungefähr dreißig bis fünfzig Metern Entfernung mit einer Einkaufstüte in der Hand auf den Parkplatz zuging!
Einen Moment lang fühlte sie sich wie gelähmt. Sie wusste, dass er sich wünschte, Cora endlich kennenzulernen und er

war ihr so nah. Es kam ihr so einfach vor, auf ihn zuzugehen und „Hallo!" zu sagen und doch war es vollkommen unmöglich! Tränen schossen ihr in die Augen. Sie musste das beenden ...

Aber jetzt musste sie erst einmal zusehen, dass sie so schnell wie möglich hier wegkam, denn er hatte sie schon bei der Polizei gesehen und würde sie womöglich ansprechen. Hastig wühlte sie nach ihrem Autoschlüssel. Als sie ihn hatte, versuchte sie, ihn ins Schloss zu stecken, doch ihre Hände zitterten und deutlich sehen konnte sie auch nichts, weil die Tränen ihren Blick verschleierten. Er würde gleich da sein ...

Ärgerlich über sich selbst wischte sie die Tränen weg, kriegte die Tür endlich auf. Sie stieg ein, ohne sich weiter umzusehen, steckte den Schlüssel ins Zündschloss und startete.

Als sie gerade aus der Parklücke fuhr, entdeckte sie ihn wieder – nur ein paar Meter entfernt. Er hatte überrascht die Augenbrauen hochgezogen, weil er sie offenbar erkannt hatte. Sie ignorierte das, konzentrierte sich aufs Fahren und wollte nur noch weg dort.

Erst zu Hause ließ sie ihren Tränen freien Lauf. Es war alles so falsch gelaufen! Cora war falsch! Warum nur hatte sie das getan? Sie hätte gleich mit offenen Karten spielen müssen. Wenn sie ihn gleich als Celina, als sie selbst, angeschrieben hätte, das wäre fair gewesen.

Das Telefon klingelte. Celina starrte es einfach nur an. Sie konnte unmöglich jetzt mit irgendjemandem reden. Als es aufgehört hatte zu klingeln, raffte sie sich auf, hängte Jacke und Handtasche an die Garderobe, putzte sich die Nase und ging ins Bad, um sich das Gesicht zu waschen. Ihr Knie schmerzte immer noch, wie sie leider bemerkte. Kaum hatte sie sich abgetrocknet, hörte sie wieder das Telefon. Sie räusperte sich und ging dann ran.

„Hallo Celina, hier ist Isabell", meldete sich ihre Arbeitskollegin und Freundin. „Ich habe gerade Mittagspause und wollte mal nachfragen, ob es was Neues gibt."

„Oh, hey", sagte Celina überrascht. „Alles okay bei dir?"

„Ja, hier schon, aber du klingst gar nicht gut!", meinte Isabell.

„Ach, geht schon!", winkte Celina.

„Wirklich?"

„Ja, ich werde nachher Cora löschen ... das ist alles!"

„Ist was passiert?", fragte Isabell nach.

„Jein, ich hab Nico vorhin in der Stadt gesehen, zufällig und auch nur aus der Ferne. Es war falsch! Ich hätte das niemals tun dürfen!" Celina hatte Mühe, ihre Stimme ruhig zu halten.

„Ich fand es nicht so falsch!", sagte Isabell. „Du konntest da noch nicht wissen, ob Lydias Geschichte nicht vielleicht doch gestimmt hat. Er hätte auch genauso gut ein Monster sein können, so einer von diesen gefährlichen Stalkern."

„Das Risiko hätte ich eingehen müssen!", meinte Celina dazu.

„Ich finde nicht!", blieb Isabell stur.

„Ich finde doch!", gab Celina zurück. „So wie es jetzt ist, kann ich ihn nämlich niemals wirklich kennen lernen, verstehst du?"

„Würdest du das denn wollen?", fragte Isabell.

„Ja, als guten Freund schon ..." Wieder lief eine Träne über ihre Wange. Ärgerlich wischte sie sie weg. Sie selber hatte Mist gebaut und nun hatte sie eben den Salat! „Aber es gibt auch anderes zu berichten: Ich habe mich mit Kathi gestritten. Gute Neuigkeiten gibt es auch! Sven ist geheilt!"

„Erzähl!", forderte Isabell sie auf.

So erzählte Celina ihr von ihrem Besuch bei Kathi und ihrem Streit, von Samstagnacht, als Sven da war, von der Erschei-nung, die sie gesehen hatte, und auch das Frühstück mit Eric erwähnte sie kurz.

„Mensch, da ist ja wirklich viel passiert!", sagte Isabell schließlich. „Wegen dieser merkwürdigen Erscheinung solltest du lieber was machen, irgendwas aus der Kiste, meine ich."

„Ja, werde ich wohl", antwortete Celina, zumal sie die Idee

wirklich gut fand. Vielleicht hatte sie deswegen in der letzten Nacht so schlecht geschlafen.

Dann beendeten die beiden eilig das Gespräch, denn Isabells Mittagspause würde nicht ewig dauern.

Isabell hatte Recht. Sie musste irgendwie ihre Wohnung und sich selber schützen. Noch so eine Nacht wie die letzte wollte sie nun wirklich nicht. Also kramte sie wieder ihre Hexenkiste hervor und suchte in dem kleinen Notizbuch nach etwas Passendem, was sie allerdings nicht fand. Nun ja, sie beschloss, einfach noch einmal ein wenig Schutz zu zaubern.

Während sie nun also ein wenig der Räuchermischung abbrennen ließ, überlegte sie, dass es vielleicht gut wäre, dies überall in ihrer Wohnung zu tun. Sie warf etwas Weihrauch in die Schale und ging damit von Raum zu Raum. Dazu sagte sie laut: „Ich wünsche, dass Lydia Jansen dieser Wohnung fernbleibt!"

Als sie alles fertig hatte und die Kerzen ausblies, fühlte sie sich zumindest ein Stück besser und sicherer als vorher.

Nun stand noch die schwerste Aufgabe überhaupt an. Sie musste das mit Cora beenden. Es war schon sehr seltsam, dass ihr das so viel ausmachte, aber es war nun einmal so. Sie hatte Nico wirklich liebgewonnen und fand es schön, mit ihm zu schreiben. Und wieder ärgerte sie sich über sich selbst, dass sie Cora überhaupt erfunden hatte.

Sie machte ihren PC an. Sollte sie Cora einfach löschen? Nein, das konnte sie nicht. Wenigstens ein paar Zeilen wollte sie ihm hinterlassen, auch wenn sie nicht den blassesten Schimmer hatte, was sie ihm schreiben könnte.

Er war gerade nicht online. Glücklicherweise! Schnell schaltete sie den Chat aus, damit er sie nicht sehen konnte, selbst wenn er sich anmelden würde. Sie konnte nicht mehr mit ihm als Cora schreiben. Der Kloß in ihrer Kehle war furchtbar. Dann begann sie die Suche. Wie löschte man seinen Account? Sie fand Deaktivieren, aber das wollte sie nicht. Cora sollte ganz weg! Sie ging auf „Hilfe" und gab „Account löschen" ein. Da endlich wurde sie zu einem Link weitergeleitet. Dort hieß es, der Account würde erst zwei Wochen deaktiviert sein, um einem die Möglichkeit zu geben, ihn wieder zu reaktivieren und dann wäre alles gelöscht. Das war das, was sie wollte. Jetzt fehlte nur noch die Nachricht an Nico.

„Hallo Nico", schrieb sie, „ich muss hier weg. Bitte sei mir nicht böse." Ja, das wünschte sie sich, wusste aber, dass es eigentlich keinen Sinn machte, das zu schreiben. Sonst noch etwas? Nein! Sie schickte es so ab. Bevor er womöglich doch da sein würde, löschte sie den Account. Sie würde ihn sehr vermissen. Es fühlte sich an, als wenn sie einen Freund verloren hätte.

Kapitel XXVII
Dies und das

Die nächsten Tage verliefen für Celina sehr gemischt. Lydia hielt sich sehr zurück, ja man konnte sogar sagen, sie sprach bewusst kein Wort mehr mit ihr und ging ihr geradezu aus dem Weg.

Isabell fand es gut, dass Celina „Cora" gelöscht hatte und löschte auch ihre „Caroline".

„Es ist besser so!", versuchte sie Celina aufzumuntern, weil ihr auffiel, wie ernst sie war.

„Ich weiß", sagte Celina nur. Ja, es war besser, aber weh tat es trotzdem.

Kathi rief am Mittwochabend an und entschuldigte sich halbwegs. Allerdings hatte sie mal wieder alles falsch verstanden oder wollte alles anders verstehen, als es war.

„Sven hat Sönke und mir erzählt, dass er am Wochenende bei dir übernachtet hat!", meinte sie. „Also warst du doch auf Lydia eifersüchtig ..."

„Ähm, nein!", erwiderte Celina. Was sollte das denn werden?

„Na ja, wenn ihr doch jetzt zusammen seid ...", spann Kathi den Faden weiter.

„Wer erzählt das denn?", fragte Celina. Sie hoffte inständig, dass Sven nicht irgendeine wilde Geschichte erzählt hatte.

„Ja, niemand ...", meinte Kathi zögernd. „Bist nur so mit ihm zusammen gewesen?"

„Was hat Sven erzählt?", fragte Celina nun sehr direkt.

„Er hat gesagt, es ging ihm nicht gut, weil das mit Lydia alles falsch war, und deshalb war er in der Nacht bei dir und ihr hättet super miteinander geredet."

„Sonst noch was?", hakte Celina weiter nach.

„Wieso?", stellte Kathi die Gegenfrage.

„Weil mir das gerade echt zu blöd ist!", konterte Celina. „Ich muss da mal was klären!" Celina legte auf und wählte Svens

Nummer.

„Hey, Celina“, begrüßte er sie freudig.

„Hi Sven, du sag mal, was hast du Sönke und Kathi über Samstagnacht gesagt?“, kam sie sofort zum Thema.

„Dass du mir geholfen hast, warum?“ Sven wirkte sehr überrascht.

Als Celina ihm nun erklärte, was der Grund für ihren Anruf war, war Sven mindestens ebenso entsetzt wie sie.

„Ich hab das nicht mal ansatzweise so dargestellt, als wäre was zwischen uns gewesen!“, meinte er. „Ganz ehrlich, Celina, ich hätte bestimmt nicht nein gesagt, wenn du was von mir gewollt hättest, aber mir war so ziemlich von Anfang an klar, dass du das nicht möchtest. Ansonsten hättest du bestimmt schon neulich bei dem DVD-Abend irgendwas angedeutet, oder nicht?“

„Stimmt ...“, gab Celina ihm Recht.

„Siehste!“, fand er. „Und nun werde ich das bei Kathi mal richtig stellen! Sowas geht nämlich gar nicht!“

„Okay, mach das!“, sagte Celina erleichtert. „Bist ein Schatz! ... Ähm ... freundschaftlich gemeint.“

Sven musste lachen, bedankte sich und legte dann auf.

Erst am nächsten Tag meldete sich Kathi wieder telefonisch.

„Hallo, wie geht’s denn so?“, begrüßte sie Celina.

Celina hatte keine Lust, einen auf Schönwetter zu machen, und fragte sogleich: „Hi Kathi, hat Sven mit euch gesprochen und alles erklärt?“

„Ich hab’s kapiert!“, sagte Kathi mit sehr trotzigem Unterton. „Obwohl ich finde, dass ihr ein bisschen überreagiert habt. Und das nur, weil ich da was vermutet habe ...“

„Ich mag solche Vermutungen nun einmal nicht!“, meinte Celina knapp und wechselte das Thema: „Ich habe übrigens „Cora“ gelöscht. Wäre also gut, wenn du deinen „Christoph“ auch verschwinden lässt.“

„Wieso das denn?“, fragte Kathi. „Ich hatte Christoph doch

noch nicht einmal angemeldet."

„Ja, dann kann er ja auch weg!", sagte Celina dazu und ging auf Kathis Frage nach dem Grund gar nicht erst ein.

„Gut, mach ich!", kam noch von Kathi und dann beendete sie auch recht schnell das Gespräch. Celina seufzte tief. Kathi war in letzter Zeit anstrengend. Es war, als würde sie Celina einfach nicht mehr verstehen.

Dafür verstand sie sich mit Isabell in letzter Zeit einfach großartig. Deswegen war Celina auch nicht verwundert, als Isabell am Freitagmittag eine spezielle Bitte hatte: „Du, Celina, kannst du einer Freundin von mir einen Gefallen tun und ihr mal die Karten legen?"

„Ja, kann ich!", sagte sie gleich zu, fragte dann aber doch vorsichtshalber nach: „Ähm, was hast du ihr denn so gesagt?"

„Ach nur, dass du dich mit Tarotkarten beschäftigst, mehr nicht", meinte Isabell augenzwinkernd.

„Das ist gut!", fand Celina. „Mehr muss auch so keiner wissen. Karten legen ist okay für mich, alles andere ist irgendwie eher mit Vorsicht zu genießen."

So verabredeten sich Isabell und Celina für den nächsten Tag.

An diesem Freitagnachmittag hatte Celina nämlich noch einen Arztbesuch vor sich. Da ihr Knie immer noch teilweise sehr schmerzte, hatte sie sich diesen kurzfristigen Termin besorgt.

„Tja", meinte der Arzt mit einem ratlosen Stirnrunzeln schließlich nach Röntgen und Untersuchung. „Wir haben das jetzt von allen Seiten durchleuchtet, ich kann da allerdings nichts drauf sehen. Die Beweglichkeit scheint trotzdem eingeschränkt zu sein. Ich tippe mal auf eine Überreizung beziehungsweise Überanstrengung. Ich würde auf alle Fälle jedoch eine Kernspintomographie vorschlagen, also die berühmte Röhre, um zu sehen, ob es der Meniskus ist. Das sieht nämlich leider genau danach aus. Die Überweisung dafür bekommen Sie gleich von mir mit. Machen Sie bitte einen Termin deswegen."

„Und was mache ich jetzt erstmal?“, fragte Celina genauso ratlos.

„Können Sie damit arbeiten?“

„Ja sicher, das geht schon“, antwortete sie, „aber das ist so irgendwie kein Zustand.“

„Ich würde zum Schonen raten, viel hochlegen und ein paar Schmerzmittel, ich schreibe Ihnen was auf. Am besten wäre eine Krankmeldung, damit Sie nicht so viel herumlaufen.“

Celina lehnte ab. „Ich versuch's erstmal noch so!“ Der Gedanke, Lydia in der Apotheke ein freies Spielfeld zu bieten, weil sie nicht da wäre, gefiel ihr nämlich überhaupt nicht.

Kapitel XXVIII
Karten legen

Am Samstagnachmittag kam Isabell – wie abgesprochen – mit ihrer Freundin Veronica vorbei. Sie war sehr schlank, ein paar Zentimeter größer als Isabell und Celina und hatte kurzes, pechschwarzes Haar.

„Hallo …", sagte sie schüchtern und reichte Celina die Hand.

„Hi", meinte Celina lächelnd und spürte sofort eine tiefe Traurigkeit, die von Veronica auszugehen schien. Dieses Gefühl wurde beim Karten legen tatsächlich auch bestätigt.

„Muss ich sagen, warum ich das möchte?", fragte sie leise, als Celina die Tarotkarten mischte.

„Nein", antwortete Celina. „Es hilft zwar etwas, wenn ich weiß, worum es geht, aber du brauchst mir nichts sagen."

Veronica nickte, dann schaute sie unsicher zu Isabell. „Ich habe ihr nichts erzählt!", sagte die.

„Hat sie wirklich nicht, bis eben wusste ich nicht einmal deinen Namen!", bestätigte Celina.

Sie fächerte die gemischten Karten auf dem Tisch und bat Veronica, genau neun davon zu ziehen und verdeckt abzulegen. Als Celina nun diese neun Karten auslegte, schaute Veronica bereits bei der ersten Karten sehr schockiert. Es war die Karte „5 Kelche". Darauf zu sehen, war eine Person mit gesenktem Kopf, vor der drei umgekippte Kelche lagen, hinter ihr standen noch zwei aufrecht. Die ganze Karte wirkte sehr düster.

„Diese Karte beschreibt deine Situation", erklärte Celina ruhig. „Etwas, das dir viel bedeutet hat, ist zerbrochen. Du bist enttäuscht und traurig. Meistens bezieht sich das auf den persönlichen Bereich, geht um Freundschaften oder Beziehungen oder manchmal auch Herzenswünsche, die man hatte. Die Karte sagt aber auch, dass man nicht länger auf das Zerstörte schauen sollte, sondern dass es an der Zeit ist, sich umzudrehen und die schönen Seiten des Lebens wieder zu entdecken – in Form der zwei stehenden Kelche dargestellt."

Veronica nickte zustimmend. Die zweite Karte, die quer darüber lag, hieß „Der Gehängte". Auch diese machte eher einen unerfreulichen Eindruck. Veronica schluckte.

„Die braucht dir keine Angst machen", beruhigte Celina sie. „Wie du siehst ist darauf ein Galgen zu sehen, an dem jemand hängt, allerdings ist die Schlinge an seinem Fuß festgemacht, so dass dieser dort mit dem Kopf nach unten baumelt. Das bedeutet, dass du zur Zeit festhängst. Irgendwie schaffst du es nicht, etwas zu bewegen oder zu verändern. Du muss anders denken und zwar vollkommen anders. Wenn man diese Karte um 180° dreht, sieht der Gehängte aus, als würde er tanzen." Celina drehte die Karte auf den Kopf und tatsächlich wirkte die Karte auf einmal vollkommen anders.

„Wenn du also deine Situation einfach ganz anders betrachtest, würdest du daran etwas wirklich Gutes sehen", erklärte sie.

„Ich weiß nicht, was man daran Gutes sehen könnte ...", meinte Veronica.

Isabell schaute hilfesuchend zu Celina, sagte aber nichts dazu.

„Dies hier zum Beispiel!" Celina deutete auf die Karte, die über den beiden lag. „Der Bube der Stäbe zeigt als Haupteinfluss von außen, wie neue Impulse auf dich zukommen. Es sind Vorschläge oder Einladungen oder so etwas in der Art, auf jeden Fall Dinge, die du interessant findest."

Ein Blick zu Isabell zeigte Celina, dass sie offenbar den Nagel auf den Kopf getroffen hatte, denn Isabell lächelte erleichtert.

„Daneben liegt die Königin der Schwerter als gerade vergangen", fuhr sie fort. „Eine Frau hatte großen Einfluss, war dabei aber sehr verstandesorientiert und manchmal vielleicht auch unsensibel."

„Die Karte hatte neulich doch auch Kathi, oder?", fiel Isabell ein.

„Ja, stimmt", bestätigte Celina. „Der Verstand ist wichtig, aber manchmal verdrängt er auch das Gefühl und die Intuition. Die richtige Mischung macht's eigentlich."

„Und die andere Karte daneben?", fragte Veronica nun.

„Auf der anderen Seite vom Buben der Stäbe liegt die 10 Münzen. Sie zeigt den zukünftigen Einfluss und bedeutet, dass viele Dinge gelingen werden, große und kleine. Dir werden diese Sachen auffallen und dein Blick für all die schönen Kleinigkeiten wird geschärft."

Celina schaute zu Veronica, die inzwischen viel entspannter wirkte.

Dann fuhr sie fort: „Neben den beiden Anfangskarten liegen links und rechts zwei Karten, die für die Dunkelheit, das, was man nur spürt, und für das Licht, das was offensichtlich ist, stehen. Ich erkläre mal erst das klar Erkennbare, also die Lichtseite. Da liegt die Karte 9 Schwerter oder auch die Karte der schlaflosen Nächte genannt."

Celina deutete auf die Schwertkarte, die eine aufrecht sitzende Person in einem Bett darstellte, die die Hände vor das Gesicht geschlagen hatte. Über dem Bett waren 9 Schwerter.

„Sorgen, Ängste oder sehr viele traurige Gedanken quälen dich und lassen dich nachts nicht schlafen. Es geht dir zur Zeit nicht gut. Auf der Seite der Dunkelheit liegt eine Erklärung dazu, denn dort haben wir den Eremiten. Diese Karte bedeutet, dass man sich sehr viele Gedanken macht, die Einsamkeit sucht und mit sehr viel Grübeln versucht, eine Lösung zu finden. Der Eremit ist aber auch gleichzeitig das Zeichen dafür, dass man die Lösung des Problems findet, dargestellt auf der Karte als Laterne, die er in der Hand hält."

„Das trifft es sehr genau," bestätigte Veronica, „nur dass ich keine Lösung sehe."

„Du wirst sie aber finden", sagte Celina dazu. „Deine Karte für die Zukunft ist der Stern, man könnte auch sagen, es würde alles unter einem guten Stern stehen, was du tun wirst, dein Glücksstern eben."

„Und was ist mit der verdeckten Karte?", fragten Isabell und Veronica fast aus einem Munde. Isabell deutete auf die einzige Karte die dort mit der Rückseite nach oben lag.

„Diese Karte ist das geheime Wissen, sie bedeutet etwas, wenn es eine der großen Karten wie der Eremit oder der Stern ist, ist es eine der Münz-, Stab-, Kelch oder Schwertkarten bedeutet sie manchmal etwas", erklärte Celina.

„Oder wie der Gehängte?", fragte Veronica.

„Ja oder wie der", bestätigte Celina. Dann drehte sie die Karte um. Es war „Die Mäßigkeit".

„Also eine große, richtig?", wollte Isabell wissen.

Celina nickte. „Die Mäßigkeit bedeutet tiefe Harmonie und inneres Gleichgewicht. Das ist die Lösung des Problems und gleichzeitig das Ziel. Sie sagt, dass es für alles das richtige Maß gibt, etwas zu tun oder nicht zu tun."

„Ich habe mir zu viel zugemutet?" Veronica starrte nachdenklich auf die Karten, die vor ihr lagen. „Und ich muss umdenken?"

„Ähm, ja, das wäre die Kurzfassung ...", bestätigte Celina. „Dazu kommt diese Enttäuschung." Sie zeigte auf die erste Karte.

„Die Enttäuschung war sie!" Veronica hielt die Schwertkönigin hoch. „Eine sehr logisch denkende Frau und lange Zeit meine beste Freundin. Sie hat mich oft verletzt, hat mich nicht ernst genommen und hat mich viel zu viel beansprucht." Grübelnd betrachtete sie die Karten auf dem Tisch, „Sie würde das ganze hier für absoluten Humbug halten."

„Die Frage ist eher, was du davon hältst ...", meinte Celina.

„Ich finde es überwältigend!", war ihre Antwort.

„Ja, wirklich?", fragte Isabell und strahlte.

„Ja, tatsächlich ... wie viele Karten sind das insgesamt?"

„78 sind es, davon 22 große Arkana und 56 kleine", sagte Celina.

„Und aus all den Karten habe ich genau diejenigen gezogen, die anscheinend vollkommen passen ...“

Veronica und Isabell waren noch eine ganze Weile da. Auch Isabell hatte Tarot in dieser Ausführlichkeit vorher noch nicht erlebt und auch ihr legte Celina noch die Karten. Wie sich herausstellte, hatten die Karten bei Veronica wirklich ins Schwarze getroffen, denn der Bruch mit ihrer Freundin war nicht nur ein Verlust, den sie immer noch im Kopf hatte und der sie nachts nicht schlafen ließ, sondern auch – so krass das irgendwie war – ein Schritt in vollkommen andere Richtungen, die sie vorher ganz sicher nicht gegangen wäre. So etwas Unlogisches wie Karten legen zum Beispiel wäre schon einfach deswegen nicht in Frage gekommen, weil diese Freundin das für furchtbar gehalten hätte. Doch Veronica interessierte sich schon länger für Esoterisches, denn es gab wohl Dinge in ihrem Leben, die kaum andere Erklärungen zuließen, auch wenn sie darüber nicht so reden mochte, sondern dies nur andeutete.

Als die beiden gingen, fühlte Celina sich sehr gut. Sie war offenbar nicht allein mit seltsamen Phänomenen, anscheinend gab es noch andere, die manchmal merkwürdige Träume oder Erlebnisse hatten.

Kapitel XXIX
E-Mails mit Nico

Als sie sich nun an den PC setzte und sich bei Facebook einloggen wollte, waren ihre Gedanken sofort wieder bei Nico. Wie es ihm wohl ging? Ließ Lydia ihn in Ruhe? Kam er damit klar, dass Cora so plötzlich weg war?

Sie schaute als Celina auf sein Profil. Viel war allerdings nicht zu sehen, weil sie ja nicht auf seiner Freundesliste war. Tja … sie seufzte tief. Da fiel ihr ein, dass der E-Mail-Account von Cora noch existierte. Auch den musste sie noch löschen. So rief sie diesen auf. Da waren ein paar neue Mails, alles Werbung bis auf eine …

Nico hatte ihr eine E-Mail geschrieben:

„Hallo Cora, ich verstehe das nicht. Warum hast du dich gelöscht? Habe ich irgendwas falsch gemacht? Dann erkläre es mir bitte. Ich dachte wirklich, es würde so etwas wie eine Freundschaft mit dir entstehen. Wenn es nicht an mir liegt, erkläre es mir bitte auch. Bitte sei ehrlich zu mir, egal was es ist. So, nun hoffe ich, dass wenigstens diese E-Mail-Adresse noch funktioniert und dass du antwortest. LG Nico"

Celina starrte auf diesen Text. Sie hatte das Gefühl, ihre Kehle wäre wie zugeschnürt. Sie schloss die E-Mail und stand auf. Es gab keine Antwort für Nico und doch wusste sie, dass sie ihm schreiben musste.

Erst einmal versuchte sie, vollkommen abzuschalten und schnappte sich den Staubsauger. Putzen war jetzt genau das Richtige! Danach wurde die Küche aufgeräumt. Doch trotz dieser Ablenkung arbeiteten die Gedanken in ihrem Kopf einfach weiter.

Sie hatte gar nicht mehr daran gedacht, dass er die E-Mail-Adresse ja wusste, weil er ihr dieses Bild von dem Schiff geschickt hatte. Das Foto von dem Gemälde war auf ihrem PC gespeichert. Es war so wunderschön! Er war wirklich ein toller

Maler und sie hatte sich geehrt gefühlt, dieses Bild sehen zu dürfen.

Als sie Cora gemacht hatte, schien es richtig zu sein, und doch war es grundlegend falsch. Natürlich hatten auch die Bedenken ihren Sinn gehabt. Er hätte schließlich ein Monster sein können. Aber andererseits war da ihr Bauchgefühl, auf das sie hätte hören sollen. Wenn sie ihm aber als Celina geschrieben hätte, wäre das auch nicht ehrlich gewesen. Schließlich hätte sie ihm wohl kaum den wahren Grund schreiben können. Hätte sie denn gleich fragen sollen, ob er ein durchgeknallter Stalker wäre? Das war so verzwickt!

Celina stellte die Spülmittelflasche hin. Die Gedanken ließen sie eh nicht los. Irgendwie musste sie ihm antworten. So setzte sie sich an ihren PC und versuchte ein paar Worte zu finden:

„Hallo Nico, ja, diese E-Mail-Adresse funktioniert noch. Trotzdem weiß ich nicht, wie ich dir irgendwas erklären soll. Du hast nichts falsch gemacht sondern ich. Ich habe einen Fehler gemacht, den ich nicht mehr ändern kann. Ich wünschte, ich könnte es. LG C."

Sie wählte mit Absicht als Absender nur das C, denn es stand schließlich auch für ihren eigenen Namen. Außerdem wollte sie den Namen Cora einfach nicht mehr benutzen. Einen Moment zögerte sie. Wahrscheinlich war das jetzt auch wieder falsch, ihm überhaupt zu antworten und doch konnte sie nicht anders. Dann klickte sie auf „Senden", loggte sich aus und fuhr den PC runter.

Ein Blick auf die Uhr zeigte ihr, dass sie sich ein wenig beeilen musste, wenn sie noch ein paar Sachen einkaufen wollte. So verdrängte sie sämtliche anderen Gedanken, ganz besonders diese.

Erst als sie wieder zu Hause war und alle Einkäufe ausgepackt hatte, wagte sie nachzusehen, ob er geantwortet hätte. Er hatte, wenn auch nur mit zwei Sätzen:

„Ich will wissen, was los ist. Meinst du nicht, dass ich ein bisschen Fairness und Ehrlichkeit erwarten kann?"

Diese Frage traf Celina mitten ins Herz. Ja, er hatte Recht. Das schlechte Gewissen kroch in ihr hoch, so dass sie wahrscheinlich rot bis zum Haaransatz war. Sie schaute aber lieber nicht in den Spiegel. Diesmal grübelte sie nicht mehr lange darüber, wie sie ihm schreiben sollte oder konnte.

„Ich hatte Angst, dich mit der Wahrheit zu verletzen. Deshalb wollte ich einfach so verschwinden. Natürlich hast du ein Recht auf Ehrlichkeit. Also werde ich versuchen dir zu erklären, warum ich getan habe, was ich getan habe. Es gibt da eine Frau, die eine Menge über dich erzählt hat, besonders was für ein schlechter Mensch du wärst. Ich wusste nicht, ob oder was ich ihr glauben kann. Daher ist Cora entstanden. Ich weiß jetzt, dass du ganz anders bist, als sie behauptet hat und es tut mir leid, dass ich nicht den Mut hatte, von Anfang an ehrlich zu dir zu sein. Vielleicht kannst du das irgendwann verstehen."

Sie wusste, er würde sehr enttäuscht von ihr sein, als sie die Nachricht abschickte. Trotzdem wollte sie fair sein. Wahrscheinlich würde er sie jetzt für einen furchtbar schlechten Menschen halten, aber sie hatte das Gefühl auch nichts anderes zu verdienen. Der dicke Kloß in ihrem Hals war weg, aber dafür hatte sie irgendwie tonnenweise Steine auf dem Herzen liegen. Seufzend schloss sie den E-Mail-Account. Sie würde später nachschauen, ob er noch einmal geschrieben hatte.

Das tat sie auch. Den ganzen Abend schwankte sie zwischen Ablenken und Nachschauen, doch diesmal kam keine Antwort mehr, egal wie oft sie schaute.

Sie war sich sicher, dass er ihre Mail gelesen hatte, auch wenn sie dies nicht wie bei Facebook sehen konnte. Vielleicht würde er am nächsten Tag doch noch schreiben. Doch auch am Sonntag wartete sie vergeblich.

Kapitel XXX
Nico in der Apotheke

Erst einige Tage später hatte sie die Gelegenheit, mit Nico ein paar Worte zu wechseln, wenn auch vollkommen anders als sie geahnt hätte.

Es war am Mittwochnachmittag in der Apotheke. Celina hatte sich hinten kurz hingesetzt, denn ihr Knie schmerzte wieder schrecklich. Da kam Isabell zu ihr.

„Irgendwas ist im Busch", raunte sie ihr zu. „Lydia und Frau Evershagen tuscheln im Lager herum."

„Wie? Worüber?", fragte Celina nach. Beide gingen ihr und auch Isabell immer noch weitestgehend aus dem Weg.

„Ich weiß nicht, nur dass Lydia da mal wieder am Herumheulen ist, glaube ich", antwortete Isabell, „und ich habe gesehen, dass sie Frau Evershagen irgendwas auf ihrem Handy gezeigt hat."

„Okay …", meinte Celina nachdenklich. „Die Frage ist, was sie genau vorhat. Richard ist vorne?"

„Ja, was machen wir nun?", wollte Isabell wissen.

„Ich geh mal nach vorne, vielleicht kann ich Richard nach hinten ins Lager kriegen, damit er das Getuschel mitkriegt. Du versuchst, ein bisschen zu lauschen. Ist das okay für dich?", schlug Celina vor.

„Wird gemacht!", meinte Isabell knapp und war schon weg.

Noch während Celina nach vorne humpelte, war sie allerdings schon wieder da.

„Lydia hat gerade gesagt, jemand würde hierher kommen, mit viel Geheule mal wieder!", berichtete sie.

„Wer weißt du nicht? Sven oder Nico oder noch jemand anders?", fragte Celina nach, doch Isabell schüttelte bedauernd den Kopf.

„Gut, ich bin vorne!", sagte Celina und verschwand im Verkaufsraum.

Richard bediente gerade einen Kunden und ein zweiter betrat die Apotheke.

„Das passt ja, perfektes Timing", meinte er.

Celina lächelte ihm zu und antwortete so ganz nebenbei: „Lydia und Frau Evershagen sind ja mal wieder beschäftigt ..." Sie hoffte, er würde den Unterton verstehen.

Sein Blick sagte ihr, dass er sehr gut verstanden hatte, denn er verzog sein Gesicht zu einer grimmigen Grimasse, änderte diese aber gleich wieder zu einem netten Lächeln, um den Kunden zu bedienen. Kaum hatte dieser jedoch bezahlt, wollte er schon nach hinten gehen, als bereits der nächste die Apotheke betrat. So ging es eine ganze Weile, bis plötzlich Nico auftauchte. Er steuerte direkt auf Richard zu und fragte höflich nach Lydia Jansen.

Celina stockte der Atem. Sie hatte gehofft, es wäre Sven, den Lydia wahrscheinlich hergelockt hätte. Da wäre ein Einschreiten einfacher gewesen. Was konnte sie nun tun? Für den Moment waren ihr leider die Hände gebunden, denn ihre Kundin konnte sich einfach nicht entscheiden, welche Halsschmerztabletten sie wollte.

„Sie ist hinten, ich hole sie eben", erklärte Richard freundlich und ging.

Während Nico wartete, schaute er sich um und bemerkte ganz offensichtlich Celina. Neugierig beobachtete er sie. Celina versuchte, sich auf die Kundin zu konzentrieren, was ihr aber nur halbwegs gelang. Da kam Isabell nach vorn.

„Entschuldigung!", rief sie der Kundin zu und zog Celina ein Stück zurück, um ihr etwas zu sagen. Dabei warf sie Nico einen kurzen Blick zu, der nun noch neugieriger schaute.

„Lydia macht hinten einen Aufstand und Frau Evershagen hat gerade die Polizei angerufen!", flüsterte Isabell aufgeregt, aber dennoch so leise, dass niemand außer Celina es hören konnte.

„Kümmere dich um meine Kundin, bitte!", sagte Celina leise zu ihr, was Isabell mit einem Nicken bestätigte. Dann atmete sie tief ein, schluckte einmal und ging direkt auf Nico zu.

„Du musst hier verschwinden, und zwar schnell!", sagte sie leise zu ihm, damit die Kundin das nicht mitbekam.

„Wie jetzt? Kennen wir uns?", fragte er. „Du bist doch die Frau von der Polizeiwache."

„Ja, bin ich", bestätigte sie und wurde drängender: „Die Polizei ist unterwegs, also geh jetzt!"

„Wieso? Ich ..."

„Geh! Ich erklär es dir später!", sagte sie nachdrücklich.

„Wann?", fragte er und bewegte sich kein Stück.

„Bitte!", drängte sie, doch er blieb hartnäckig dort stehen.

„Ich schreib dir heute Abend bei Facebook, wenn du jetzt gehst!", versprach sie.

„Gut!", meinte er, nickte und verließ mit schnellen Schritten die Apotheke.

Als ungefähr zehn Minuten später die Polizei eintraf, war er schon lange weg.

Natürlich fragten die Polizisten nach Nico Bartels, weil Frau Evershagen seinen Namen erwähnt hatte. Lydia saß mal wieder zitternd hinten, vollkommen neben sich selbst.

Richard bestätigte, dass er da war, doch bevor er mehr sagen konnte, mischte sich Celina ein: „Der Herr wollte nur ein paar Halsschmerztabletten, sonst nichts."

Richard schaute sie einen Moment an, warf einen kurzen Blick zur aufgelösten Lydia und bestätigte dann: „Ja, stimmt, er wurde von meiner Kollegin bedient!" Er deutete mit einem tiefgründigen Lächeln auf Celina.

Isabell hatte Mühe sich das Grinsen zu verkneifen, Celina jedoch blieb todernst.

So zog die Polizei wieder ab, allerdings mit einer Ermahnung für Frau Evershagen, sich beim nächsten Mal zu überlegen, ob die Polizei denn vonnöten wäre. Die lief daraufhin den Rest des Tages mit einer peinlich berührten Miene herum und vermied jedes überflüssige Wort.

Auch Lydia war bis zum Feierabend extrem still. Sie hatte sich von einem Moment auf den anderen beruhigt, als die Polizei da war. Von ihr kam kein einziges Wort. Allerdings beobachtete sie Celina nach ihrer Erklärung den Polizisten gegenüber mit Argusaugen, etwas, das die sehr wohl bemerkte.

Kapitel XXXI
Kontakt und Unterbrechung

Celina war froh, als sie endlich Feierabend hatte. Die Blicke von Lydia irritierten sie. Wer weiß, was sie wieder ausheckte? Dass Lydia irgendwelche Kräfte hatte, die in Richtung paranormal gingen, war Celina leider mehr als klar, spätestens seit der Nacht, als Sven dagewesen war.

Eigentlich wollte sie noch ein paar Worte mit Isabell wechseln und die auch mit ihr, hatte sie den Eindruck. Da jedoch Lydia in ihrer Nähe war, verabredeten sie sich, später zu telefonieren.

Als sie zu Hause die wichtigsten Handgriffe erledigt hatte, wie insbesondere Mikesch füttern, setzte sie sich mit einem sehr mulmigen Gefühl an den PC. Sie hatte Nico versprochen, ihm zu schreiben. Wenn sie das nicht tun würde, stände er am nächsten Tag bestimmt wieder in der Apotheke. So schätzte sie ihn jedenfalls ein. Nachdem sie sich bei Facebook eingeloggt hatte, versuchte sie ein paar Zeilen zu formulieren, aber sobald sie diese fertig hatte, löschte sie sie auch gleich wieder. Es gab irgendwie nicht die passenden Worte.

So griff sie erst einmal zum Telefon, um mit Isabell zu reden. Die war auch sofort dran.

„Na, war ja ein Ding!", sagte sie. „Wenn ich das hinten richtig mitgekriegt habe, hat sie bei Frau Evershagen wieder geheult, dass er sie stalken würde. Und als er dann wirklich da war, hat die die Polizei gerufen. Bestimmt hat sie ihn zur Apotheke gelockt."

„Das denke ich ebenso, auch wenn ich nicht verstehe, warum er da aufgetaucht ist", meinte Celina. „Eigentlich müsste er nach der Kinogeschichte doch inzwischen schlauer sein."

„Ja, sollte man denken!", fand auch Isabell. „Andererseits haben wir ja auch gesehen, wie sie Frau Evershagen und Richard immer wieder eingelullt hat. Glücklicherweise hat er bei uns mitgezogen! War doch klasse!"

„Ja!", stimmte Celina zu.

„Habe ich das richtig mitgekriegt? Du hast ihm versprochen, ihm zu schreiben? Und du hast ihn einfach geduzt?"

„Ja, hast du", gestand Celina. „Über das Duzen habe ich gar nicht nachgedacht. Ich wollte nur, dass sich das mit der Polizei nicht wiederholt und dass er schnell geht. Deswegen habe ich ihm gesagt, ich würde ihm schreiben."

„Und hast du schon?", fragte Isabell.

„Nein, noch nicht ..."

„Dann hoffe ich, dass du das hinkriegst. Wir sehen uns ja morgen."

Ja, das hoffte Celina auch!

Sie startete den nächsten Versuch: „Hallo, ich bin die Arbeitskollegin von Lydia, wir haben heute kurz in der Apotheke gesprochen." Der Anfang war schon mal okay. Bisher hatte sie es vermieden, ihn beim Vornamen anzusprechen oder ihn zu duzen, aber irgendwie würde sich das nicht so recht vermeiden lassen. So fuhr sie fort: „Ich nehme mal an, dass Lydia dich zur Apotheke gelockt hat, weil du sie sprechen wolltest. Allerdings war die Polizei schon unterwegs. Es wäre schwierig gewesen nach der Geschichte im Kino zu erklären, warum du ihr schon wieder „nachstellst", jedenfalls ist das ihre Version."

Sie hatte mit Absicht das Kino erwähnt, denn er hatte sie schließlich als die Frau, die er auf der Polizeiwache gesehen hatte, wiedererkannt. Auch die Tatsache, dass Lydia ihn als jemanden darstellte, der sie nicht in Ruhe ließ, war wichtig. Nach einem letzten prüfenden Blick, schickte sie die Nachricht so ab.

Schon wenige Minuten später war eine Antwort da: „Hallo, da bist du ja. Ich danke dir für deinen Einsatz, sowohl heute wie auch vor zwei Wochen, als du bei der Polizei eine Aussage gemacht hast. Du hast anscheinend keine sehr gute Meinung von deiner Arbeitskollegin. Du liegst übrigens richtig. Lydia wollte mit mir über diese Aktion im Kino reden. So hat sie es jedenfalls am Telefon gesagt. LG Nico."

Celina fühlte sich unsagbar erleichtert, zum einen weil er geantwortet hatte, zum anderen, weil sie nun ein Fünkchen Hoffnung hatte, dass es vielleicht doch einen normalen Kontakt zu ihm geben könnte.

Sie wollte schon antworten, da kam noch eine Freundschaftsanfrage hinterher. Doch bevor sie diese annehmen konnte, knallte es auf einmal. Celina sah noch im Augenwinkel, dass die Glühbirne aus der Lampe im Flur herausschoss und klirrend zu Boden fiel. Das letzte konnte sie allerdings nur noch hören, denn es war stockdunkel. Offenbar hatte es einen Kurzschluss gegeben und die Sicherung war herausgesprungen.

„So ein Mist!", fluchte sie. Irgendwo war noch eine Taschenlampe ...

Sie tastete sich über den Flur, weil sie kaum etwas sehen konnte. In der Schublade der Kommode war eine, aber leider nützte die ihr gar nichts, weil die Batterien leer waren, wie sie feststellen musste. So wollte sie einfach die Sicherung wieder einschalten. Der Sicherungskasten war im eingebauten Wandschrank auf dem Flur, der allerdings abgeschlossen war. Sonst steckte der Schlüssel immer. Nun jedoch nicht! Das durfte echt nicht wahr sein! Sie brauchte Licht! Leider fiel ihr ein, dass die Streichhölzer ebenfalls im Wandschrank waren. Ein unangenehmes Gefühl kroch in ihr hoch ...

Sie öffnete kurzerhand die Wohnungstür und machte Licht im Treppenhaus. Schon besser! Und nun?

Vielleicht war Eric zu Hause. Mit ein bisschen Glück passte sein Wandschrankschlüssel auch zu ihrem, zumal die Schränke vom Vermieter eingebaut waren. Nachdem sie geklingelt hatte, wartete sie eine ganze Weile leider vergeblich. Sie spielte schon mit dem furchtbaren Gedanken nach unten zur nervigen Frau Müller zu gehen und sie nach einer

Taschenlampe zu fragen, als doch noch die Tür aufging. Vor ihr stand Eric mit offenem Hemd und gerade dabei, sich die nassen Haare mit einem Handtuch durchzuwuscheln.

„Hi Celina", begrüßte er sie mit einem Grinsen. „Sorry, war nicht so schnell!"

„Oh, hi, hab ich dich gestört?", fragte sie ein bisschen irritiert.

„War gerade fertig mit Duschen", erklärte er, schaute ihr in die Augen und fragte dann: „Ist was nicht Ordnung?"

„Bei mir ist die Sicherung rausgeflogen und alles dunkel und der Schlüssel vom Wandschrank ist weg und da ist doch der Kasten drin und die Batterien in meiner Taschenlampe sind auch leer ...", sprudelte Celina los.

„Du zitterst ja!", unterbrach er sie. „Komm erstmal rein!"

Celina schaute unsicher zu ihrer offenen Wohnungstür.

„Hast du einen Wohnungsschlüssel dabei?", fragte er.

„Ähm ja ..."

„Dann mach die Tür einfach zu, damit dein verrückter Kater nicht wieder abhaut!", schlug er vor. „Ich muss mal eben eine Taschenlampe suchen."

„Okay", antwortete sie und wollte die Wohnungstür schließen, doch sie bleib mitten in der Bewegung stehen, den Arm schon zur Tür ausgestreckt. Eine Welle von Hass schlug ihr entgegen! So fühlte es sich jedenfalls an. Sie wich zurück. Was war das? Da war Eric schon neben ihr. Auch er zögerte kurz, schloss dann aber die Tür. Sanft zog er sie noch weiter zurück.

„Komm!", meinte er nur.

Kapitel XXXII
Mysteriöses Chaos

Während Celina bei Eric im Wohnzimmersessel saß und versuchte sich zu beruhigen, war er mit seinem Handtuch ins Bad abgezogen. Was war das eben gewesen? Sie hatte sich das definitiv nicht eingebildet. Es hatte sich so unglaublich böse angefühlt. Hatte Eric davon etwas mitbekommen? Irgendwie hatte das schon so gewirkt, als ob er wusste oder ahnte was passiert.

„Na, ist's besser?", fragte er, als er nun ins Wohnzimmer kam. Er hatte seine nassen Haare gekämmt und knöpfte gerade sein Hemd zu, was Celina für einen Moment sehr schade fand, weil er wirklich gut aussah. Sie hoffte, dass ihr das nicht gerade auf der Stirn geschrieben stand.

„Ja, danke!", sagte sie. „Ich habe mir gedacht, dass der Schlüssel von deinem Einbauschrank ja vielleicht auch bei mir passt. Keine Ahnung, wo meiner abgeblieben ist, sonst steckt der immer."

„Ist doch immer so, wenn man sowas braucht, ist es garantiert gerade nicht da", meinte Eric. „Was hast du denn angestellt, dass die Sicherung rausgeflogen ist?"

„Nix!", antwortete sie. „Ich war am PC. Ich hab noch mitgekriegt, dass eine Glühbirne im Flur mit einem Knall aus der Lampe geflogen ist, dann war alles dunkel."

„Dann wollen wir doch mal nachsehen", schlug er vor und drückte ihr eine kleine Taschenlampe, kaum größer als ein Kugelschreiber, in die Hand. Er selbst hatte auch eine. Als Celina sie anknipste, war sie überrascht, wie hell sie war. Eric schien ihre Gedanken erraten zu haben, denn er erklärte: „Da sind LEDs drin, viel heller als normale Leuchtmittel."

Gemeinsam betraten sie Celinas Wohnung, wobei Eric darauf bestand vorzugehen, ohne dass er dies irgendwie begründete. Alles schien ruhig. Eric leuchtete den gesamten Flur ab. Auf dem Boden lagen die Glassplitter der Glühbirne.

„Hoffentlich ist Mikesch da nicht reingetreten", sagte Celina leise. Sie hoffte, dass er in Ordnung war und das nicht nur wegen der Splitter.

Eric steuerte auf den Wandschrank zu. Sein Schlüssel passte tatsächlich. Während er aufschloss, meinte er: „Das ist hier ganz schön kalt bei dir!"

Das fand Celina allerdings ebenso. „Dann werde ich wohl gleich mal die Heizung anmachen, sobald wieder Licht ist."

In dem Moment klickte Eric den Sicherungsschalter wieder hoch und im Wohnzimmer wurde es hell.

„Super!", sagte Celina erleichtert. „Jetzt muss ich nur noch die Scherben wegsaugen, eine neue Birne reinschrauben, gucken, wo sich Mikesch versteckt hat und meinen PC zum Laufen kriegen. Der ist nämlich dabei abgeschmiert."

„Das mit der Glühbirne ist nicht ganz so einfach", sagte er jedoch mit einem prüfenden Blick zur Lampe. „Die Fassung ist noch drin." Er zog aus der Schenkeltasche seiner Hose eine kleine Zange, schaltete den Lichtschalter um und schraubte die Überreste vorsichtig raus.

Während dessen schaute sich Celina nach Mikesch um. Sie brauchte allerdings nicht lange suchen, denn der Kater kam kurz darauf unter der Couch hervorgekrochen. Schnurrend schmiegte er sich an sie.

„Ja, ich bin wieder da! Alles ist gut!" Sie kraulte ihm den Kopf, weil er sie heftig damit anstieß.

„Da ist er ja!", meinte Eric. „Hast du irgendwo Leuchtmittel?"

Er schraubte eine neue Glühbirne in die Lampe und wollte ihr sogar noch beim Scherben beseitigen helfen, aber Celina hatte den Staubsauger schon in der Hand.

„Gut, dann geh ich mal wieder rüber", sagte er ein wenig verlegen.

„Ich danke dir! Du hast mir super geholfen. Ich war so froh, dass du da warst!", verabschiedete sich Celina von ihm.

„Bitte gerne!“, antwortete er. „Die Taschenlampe lass ich dir erstmal hier, falls was ist. Und wenn irgendwas nicht in Ordnung ist, dann klingel gerne wieder.“

Kaum war er in den Hausflur hinausgetreten, da ging plötzlich in Celinas Wohnung wieder das Licht aus.

„Das darf doch echt nicht wahr sein!“, stöhnte sie.

Eric, der das mitbekommen hatte, denn schließlich war die Wohnungstür noch nicht einmal geschlossen gewesen, machte sofort auf dem Absatz kehrt.

„Diesmal ist das Leuchtmittel in der Lampe geblieben“, stellte er fest, indem er mit der Taschenlampe hochleuchtete. „Aber es scheint trotzdem nicht in Ordnung zu sein oder deine Lampe ist kaputt.“

„Jetzt hab ich keine Glühbirne mehr. Dann bleibt die Lampe eben aus!“, meinte Celina.

„Ich hab noch welche. Bin gleich wieder da!“, verkündete Eric.

In der Zwischenzeit wollte Celina den Schalter der Sicherung wieder umlegen, als ein Geräusch sie zusammenzucken ließ. Etwas im Bad hatte ziemlich laut gescheppert. Hatte Mikesch etwas angestellt?

„Was war das?“, fragte Eric. Er war gerade in dem Augenblick hereingekommen.

„Weiß ich nicht!“, antwortete Celina. „Du warst schnell!“ Und sie schaltete die Sicherung wieder ein. Es wurde hell. Sofort fühlte sie sich beruhigt. Ihr behagte die Dunkelheit zur Zeit gar nicht.

„Ich hatte die bei mir gleich vorne im Flur liegen“, erklärte er, während Celina schon auf dem Weg ins Bad war, um nachzusehen. Aber bevor sie das Bad überhaupt betrat, schreckte sie schon zurück. Eine derart intensive Duftwolke, dass es ihr die Tränen in die Augen trieb, ließ sie erahnen, was passiert war. Offenbar war ihr teures Parfüm auf dem Boden zerschellt. Ein paar Splitter im Türeingang bestätigten dies.

„Mist!“, fluchte sie.

„Was …“ Eric kam zu ihr. „Oh, wow. Tolles Parfüm! Aber ein bisschen viel …“

„Ich brauche Küchenpapier und den Staubsauger.“ Celina dachte praktisch, das Parfüm war eh hin. „Mikesch muss den Flakon heruntergeworfen haben. Ich hoffe, er hat nichts abgekriegt.“

„Dein Kater sitzt im Wohnzimmer, da war er auch die ganze Zeit …“ Eric schaute Celina direkt an. „Ich war nur ganz kurz bei mir drüben und er saß da eben immer noch so!“, fügte er hinzu.

Kapitel XXXIII
Chaosbeseitigung und Erklärungsversuche

Die Scherben und das Parfüm waren schnell beseitigt, doch obwohl Celina kräftig lüftete, dauerte es einige Tage, bis der intensive Geruch endlich weg war. Viel schwieriger war es, eine Erklärung dafür zu finden, warum oder wie der Flakon auf den Boden gefallen war, denn es gab keine plausible.

Die Glühbirne, die Eric in die Lampe geschraubt hatte, hielt endlich und verursachte keinen seltsamen Kurzschluss mehr. Auch der PC lief wieder, wenn es auch zwei Anläufe gebraucht hatte. Nico war natürlich längst offline, als Celina noch einmal hineingeschaut hatte. Sie beschloss, ihm erst am nächsten Tag in Ruhe zu antworten. Nur die Freundschaftsanfrage nahm sie sofort an.

Am Donnerstagvormittag stand dann erst einmal der Arztbesuch wegen des Knies an. Es war immer noch nicht besser und sie hatte glücklicherweise einen schnellen Termin für die Kernspintomographie bekommen. Das Endresultat war, dass es nicht der Meniskus war, was sie erleichtert aufatmen ließ. Trotzdem blieben die Schmerzen im Knie. Der Arzt erklärte es als Verschleiß, allerdings mit viel Ratlosigkeit im Blick.

Für Celina war da immer noch der Gedanke an diesen merkwürdigen Traum, der jedoch nicht wiedergekehrt war. Sie hatte in dieser Nacht, nachdem die seltsamen Kurzschlüsse waren und dazu das Parfümfläschchen zerschellt war, zwar irgendwas Verwirrendes geträumt, aber sie erinnerte sich nur an Bruchstücke wie Scherben und sich bewegende Schatten.

Sie nahm das dennoch wie auch die Ereignisse als Anlass, dass sie sich fest vornahm, am Abend nochmals ihre Wohnung auszuräuchern. Am Nachmittag fragte auch Isabell an, ob sie für ihre Wohnung Vorsichtsmaßnahmen solcher Art treffen könnten.

„Du willst eine Art Schutz für deine Wohnung? Ist etwas passiert?", fragte Celina nach.

Isabell nickte und schaute sich um. Schließlich waren sie bei der Arbeit und sie wollte nicht, dass Lydia etwas mitbekam. „Ein paar Bücher sind einfach so aus dem Regal gefallen. Das war richtig gruselig!"

„Nachher telefonieren?", raunte Celina Isabell zu, denn Frau Evershagen kam gerade um die Ecke.

„Aber klar!", sagte Isabell grinsend mit einem Seitenblick.

Frau Evershagen hatte in letzter Zeit auch ihre Ohren besonders gespitzt. Celina und Isabell waren sich beide sicher, dass sie alles, was sie aufschnappen konnte, brühwarm zu Lydia trug. Lydia selbst hielt sich zurück, beobachtete aber beide manchmal geradezu penetrant.

Während Celina am Abend bei Isabell anrief, loggte sie sich auch gleichzeitig bei Facebook ein. Sie musste unbedingt noch eine Antwort für Nico schreiben. Sie hatte tatsächlich eine Nachricht von ihm: „Schade, dass du nicht mehr schreibst. Aber danke, dass du die Freundschaftsanfrage angenommen hast."

Noch während das Telefon bei Isabell klingelte, schrieb sie ein paar Zeilen: „Ich hatte hier ein kleines technisches Problem. Deswegen konnte ich nicht antworten.

Was deine Vermutung Lydia betreffend angeht: Stimmt, ich habe eine sehr schlechte Meinung von ihr und ich habe mir leider gedacht, dass sie dich in die Apotheke gelockt hat. Keine Ahnung, was du ihr getan hast, jedenfalls hasst sie dich anscheinend abgrundtief."

Sie hatte die Nachricht gerade abgeschickt, da ging Isabell ans Telefon. Das passte!

Isabell kam gleich zum Thema: „Ich würde gerne am Samstag bei mir auch Schutz räuchern, wenn du Zeit hast. Das war hier sehr seltsam mit den Büchern und ich habe ein sehr komisches Gefühl."

Celina erzählte ihr von den Kurzschlüssen und dem mysteriösen Zerschellen des Flakons.

„Oh, man!", seufzte Isabell. „Das wird immer gruseliger! Wenn das Lydia war, dann muss sie ja unglaubliche Kräfte haben."

„Ja, sehe ich auch so!", stimmte Celina zu. „Auch wenn ich immer wieder versuche, normale Erklärungen für solche seltsamen Dinge zu finden, einiges ist einfach total mysteriös. Klar machen wir das Samstag, wenn du das möchtest!"

„Da wäre mir wirklich wohler bei!", meinte Isabell erleichtert. „Du, sag mal, wäre das okay, wenn Veronica dabei wäre?"

Celina zögerte kurz, der Vorschlag war eigentlich ganz gut.

„Wenn du ihr das erklärst, was wir machen und warum", sagte sie dann. „Sie schien sehr aufgeschlossen für solche Sachen."

„Ist sie auch!", bestätigte Isabell. „Sie hat sich neulich irgendwo mit einer Freundin getroffen und die haben wohl ein Ouija-Brett benutzt, falls du weißt, was das ist."

„Klar weiß ich das. Ich habe sowas auch schon gemacht ... damals mit meiner Freundin. Leider ist es gerade bei diesen Ouija-Brettern immer ganz schwer einzuschätzen, ob man selber die Planchette schiebt oder ob es ein Geistwesen ist. Deswegen hab ich es dann eher nicht so gemocht und wir haben das wenig gemacht."

„Ich könnte mir vorstellen, dass ihr das aber gefallen würde, bei einem Schutzzauber dabei zu sein", meinte Isabell.

„Dann frag sie!", fand Celina. „Ich glaube, ein bisschen Verstärkung könnte nicht schaden!"

„Gut, das glaube ich auch!", sagte Isabell. „Hast du eine Erklärung für all diese merkwürdigen Sachen? Ich meine, wenn es Lydia ist, wie macht sie das dann?"

„Ich weiß es nicht", gab Celina zu. „Sagt dir Telekinese etwas?"

„Du meinst das Bewegen von fester Materie durch Gedankenkraft?" Isabell klang, als hätte sie gerade in einem Lexikon gelesen, was sie auch gleich selbst bestätigte: „Habe ich gerade gelesen. Muss man dafür den Gegenstand nicht sehen können?“

„Ja, soweit ich weiß, schon ... ich kann sowas nicht ... ist nur das einzige, was mir dazu einfällt“, antwortete Celina zögerlich.

„Wer weiß, was sie noch so alles kann, na wir werden sehen ...“ Isabell seufzte hörbar. „Bis morgen dann erstmal.“

Nachdem Celina aufgelegt hatte, seufzte auch sie. „Wir werden das wirklich noch sehen, fürchte ich ...“

Sie schaute kurz nach, ob schon eine Antwort von Nico da wäre, aber da war nichts, dann machte sie sich daran, die Sachen aus der Hexenkiste zu holen und mit Weihrauch und einer Schutzmischung zu räuchern. Während sie dies tat, nahm sie eine schlichte Kerze und rieb diese über dem Rauch mit einem ätherischen Schutzöl ein. Sie nahm sich vor, diese immer dann anzuzünden, wenn ihr unwohl sein würde. Irgendwie musste sie sich einfach selbst ein Gefühl von Sicherheit verschaffen.

Als sie dann spätabends noch einmal nachschaute, ob Nico geantwortet hätte, war da tatsächlich eine Nachricht: „Hallo Celina, ich habe leider inzwischen auch den Eindruck gewonnen, dass Lydia mich ziemlich hassen muss. Ich verstehe nicht warum. Eigentlich habe ich ihr gar nichts getan. Falls du magst, würde ich gerne mit dir telefonieren. LG Nico.“

Sollte sie ihm ihre Telefonnummer geben? Ihr fiel kein Grund ein, warum sie das nicht tun sollte, und so schickte sie sie ihm mit einem netten Gruß.

„Darf ich dich jetzt noch anrufen?“, fragte er auf einmal. Nico war wohl noch online.

„Ja, okay“, antwortete sie nur. Worüber konnte sie mit ihm reden? Warum wollte er sie unbedingt sprechen? Doch bevor Celina in wirkliche Panik verfallen konnte, klingelte das Telefon bereits. Sie musste rangehen, obwohl sie nervös zögerte.

„Hallo ...“, meldete sie sich und versuchte dabei, sich ihre Unsicherheit nicht anmerken zu lassen.

„Hallo Celina ... oder sollte ich besser Cora sagen?“, begrüßte er sie.

Celina wusste nicht, was sie dazu sagen sollte.

„Ich habe Recht, oder?“, hakte er nach.

Es hatte keinen Sinn, etwas abzustreiten. Das wollte sie auch nicht. Sie wollte endlich ehrlich zu ihm sein.

„Es tut mir leid!“, sagte sie deshalb.

„Bitte erklär es mir“, bat er freundlich.

„Bitte entschuldige, es tut mit wirklich leid. Ich wollte dich nicht anlügen“, begann sie. „Lydia hat so viel Mieses über dich erzählt, dass ich einfach wissen wollte, ob das stimmt.“

„Und da konntest du mich nicht direkt fragen?“ Er klang traurig und enttäuscht.

„Aber wie denn?“, stellte sie die Gegenfrage mit einem dicken Kloß im Hals.

„Weiß ich nicht“, gab er zu. „Trotzdem war das einfach nicht fair ...“

„Das weiß ich!“, sagte sie.

„Vielleicht hättest du dich nicht einmischen sollen“, meinte er.

„Dann hätte ich nicht gewusst, dass sie dich zum Kino lockt und wäre da nie hingefahren.“

„Stimmt!“ Er zögerte kurz. „Na ja, trotzdem irgendwie doof ... So, ich will dich auch nicht länger aufhalten. Schlaf gut.“

„Ja, du auch!“, antwortete sie. Es tat weh, dass er sie so abwürgte. Trotzdem war sie erleichtert, dass dieser Punkt nun endlich geklärt war.

Kapitel XXXIV
Geisteraustreibung am Samstagnachmittag

Am nächsten Tag fühlte Celina sich relativ frisch, obwohl sie erst sehr spät überhaupt eingeschlafen war. Das Telefongespräch mit Nico hatte ihre Gedanken nicht zur Ruhe kommen lassen. Einerseits war sie froh, dass er jetzt endlich wusste, dass sie Cora war – er hatte wirklich gut geraten oder vielleicht auch eine gute Portion menschliches Gespür. Andererseits war sie traurig, weil sie seine tiefe Enttäuschung bemerkt hatte. Vielleicht würde er ihr irgendwann verzeihen können ...

Ihrem Knie ging es um einiges besser als die Tage zuvor. Die Schmerzen waren fast weg und sie konnte normal gehen ohne zu humpeln. Fast automatisch musste sie an die Schutzräucherung denken, aber das war bestimmt nur Zufall. War es das wirklich? Sie hatte keine Ahnung, ob es so war oder nicht, allerdings fühlte sie sich auch allgemein erholter und stabiler.

Bei der Arbeit musste sie diesmal nicht Lydia aus dem Weg gehen, denn die hatte frei, ebenso am Samstag. Soweit sie wusste, wollte sie irgendwo hinfahren und hatte das deshalb so geplant. Der Grund war ihr auch egal, Hauptsache, sie konnte mal wieder durchatmen. Frau Evershagen war in letzter Zeit eh sehr zurückhaltend und dementsprechend gut war ihre und auch Isabells Laune.

Am Samstagnachmittag wollte sie zu Isabell. Sie hatte ein bisschen Räucherkram zusammengepackt und freute sich auf ein bisschen Hexen mit Veronica und Isabell. Zweimal war sie bereits bei Isabell in der Vergangenheit gewesen, so dass sie das Mehrfamilienhaus problemlos fand. Vor dem Haus standen die beiden auch schon und schienen sie zu erwarten.

„Gut, dass du da bist!“, meinte Isabell, wobei sie Celina hilfesuchend anschaute. Veronicas beunruhigter Blick bestätigte Celinas Ahnung, dass irgendwas passiert sein musste.

„Was ist los?", fragte sie.

Isabell guckte sich um, ob auch niemand irgendwo auf der Straße in Hörweite war, dann sagte sie: „Bei mir in der Wohnung ist eine Selterflasche umgekippt und das war sehr gruselig."

„Aus Glas oder Plastik?", hakte Celina nach, weil ihr spontan das Parfümfläschchen einfiel. „Und was ist daran gruselig?"

„Plastik!", antwortete Isabell. „Es gab einfach keinen vernünftigen Grund ..."

„Die Flasche fing erst an zu vibrieren, das war ganz seltsam", erzählte nun Veronica. „Dann fiel sie einfach um und rollte vom Tisch auf den Teppich. Das war aber noch nicht alles! Auf einmal, nachdem sie dort ganz still gelegen hatte, rollte sie wieder los und zwar direkt auf Isabell zu!"

Isabell bestätigte das durch ein Nicken, während sie ihre dünne Strickjacke enger um sich schlang. „Dabei hat sie sogar eine Kurve gerollt ...", ergänzte sie. Ihre Stimme knickte dabei ein bisschen weg, so dass offensichtlich wurde, wie sehr sie das mitnahm.

„Bleib ruhig, das ist das Wichtigste", meinte Veronica und legte den Arm um sie.

„Ich kann nicht mehr in meine Wohnung ..." Isabell rollte eine Träne über die Wange. Sie sah aus wie ein Häufchen Elend.

„Das werden wir jetzt aber!", sagte Celina jedoch fest entschlossen. Sie wühlte in ihrer Tasche und zog ein Fläschchen mit einem Öl hervor. „Jeder von euch ein paar Tropfen auf die Haut!"

Beide schauten auf das Etikett des Öls: „Schutz" stand da. Veronica tat sich etwas davon auf ihr Handgelenk und dann auch auf Isabells. Celina tupfte sich ebenfalls ein paar Tropfen auf Hände und Stirn. Selbst wenn das nicht schützen würde, dachte sie sich, so war es wenigstens gut, um Isabell und Veronica ein bisschen Mut zu machen.

„Und nun sehen wir nach, was in deiner Wohnung los ist!“, sagte sie und hoffte, dass sie selber mutig genug klang.

Alle drei marschierten nun ins Haus. Isabells Wohnung lag im 1. Stock. Mit zitternden Händen wollte sie den Schlüssel ins Schloss stecken, als sie plötzlich zurückzuckte. „Ich habe gerade einen elektrischen Schlag bekommen!“

„Das muss nichts bedeuten!“, beruhigte Celina sie, nahm den Schlüssel und versuchte es ebenfalls. Auch sie bekam eine kleine elektrische Entladung zu spüren. Dennoch ließ sie sich nicht beirren und sperrte die Tür auf. Sie hatte den Eindruck, als wenn ihr Kälte entgegen schlagen würde, verscheuchte den Gedanken aber sofort. Sie brauchte ganz dringend einen klaren Kopf!

So betrat sie den Flur, Isabell und Veronica folgten ein wenig zögerlich. Auf der linken Seite war erst das Bad, dann die Küche. Beide Türen standen weit offen, so das sie einen kurzen Blick hineinwerfen konnten.

„Ich hatte die Badezimmertür vorhin zugemacht“, flüsterte Isabell den anderen beiden zu.

„Sicher?“, fragte Celina nach.

„Ganz sicher!“, beharrte Isabell.

„Okay, dann schauen wir dort zuerst nach!“, fand Celina und ging schnurstracks hinein. Isabell guckte auch ganz vorsichtig um die Ecke.

„Ist irgendwas verändert?“, wollte Celina wissen.

Isabell schüttelte den Kopf. „Ich sehe nichts …“

„Dann weiter!“ Celina schob sich an den beiden vorbei und betrat wieder den Flur.

Das Wohnzimmer lag auf der rechten Seite, Isabells Schlafzimmer geradeaus am Ende des schmalen Korridors. Irgendetwas war seltsam, irgendwie anders, ohne dass Celina hätte sagen können, was. Es war ein komisches Gefühl, als sie nun weiterging, das sich mit jedem Schritt noch verstärkte. Sie war noch knapp zwei Meter vom Eingang zum Wohnzimmer entfernt, da rollte plötzlich eine Selterflasche auf den Flur. Ganz langsam kullerte sie von rechts kommend gegen die linke Wand des Flurs und blieb dort liegen. Celina bleib wie angewurzelt stehen, dann drehte sie sich halbwegs zu Isabell und Veronica um. Auch die beiden standen stocksteif da. Isabell hatte entsetzt die Hände vor den Mund geschlagen.

Es war also Celinas Aufgabe, das Was-immer-es-auch-war zu beenden. So atmete sie tief ein, streckte sich etwas, damit sie hoffentlich selbstbewusst genug wirkte, und sagte laut: „Jetzt ist Schluss mit den Spielchen!"

Dann ging sie zwei Schritte vor und hob die Flasche einfach vom Boden auf. Nichts passierte, außer dass sie den Eindruck hatte, ein eisiger Schauer würde ihr den Rücken herunterjagen und auch wieder hinauf. Trotzdem versuchte sie, sich nichts davon anmerken zu lassen, denn Isabell war auch so schon ängstlich genug. Als nächstes ging sie ins Wohnzimmer, stellte ihre Tasche auf den Tisch und begann auszupacken: die Räucherschale, eine kleine Tüte mit Sand, ein paar Kerzen, das kleine Notizbuch mit den Sprüchen und drei kleine Gläser mit verschiedenem Räucherwerk. Sie hatte eine Schutzmischung dafür ausgewählt, sowie Weihrauch und Alantwurzel.

Auch Isabell und Veronica hatten das Wohnzimmer betreten. Zuerst beobachteten sie einfach nur stumm, was Celina machte, doch auf einmal räusperte sich Veronica hörbar. Celina warf ihr einen kurzen Blick zu und folgte dann dem ihren. Isabell und sie starrten auf einen kleinen Beistelltisch, wo ein paar Zeitschriften lagen. Die oberste rutschte ganz langsam vom Stapel. Alle drei schauten erst wie gebannt dorthin und dann trafen sich ihre Blicke. Celina sah Angst bei Isabell und auch Veronica wirkte sehr beunruhigt.

„Zündest du die Kerzen an, Veronica?", forderte Celina sie auf und versuchte beiden damit zu verstehen zu geben, dass sie das durchziehen mussten.

Veronica nickte, konzentrierte sich nur darauf, was sie tat, und half Celina dabei, alles aufzubauen, auch wenn ihre Hände ein wenig zitterten, als sie mit dem Feuerzeug die Kerzen anmachte. Währenddessen stand Isabell mit Tränen in den Augen möglichst dicht bei ihnen. Sie konnte ihren Blick nicht vom Zeitschriftenstapel abwenden. Mittlerweile war schon die dritte Zeitschrift heruntergerutscht und auf dem Boden gelandet, wo sie aufgeschlagen liegenblieb. Celina beobachtete dies im Augenwinkel, ließ sich jedoch nicht irritieren. Sie wusste, dass sie verloren hatten, wenn sie jetzt ängstlich flüchteten. Als sie nach dem Buch mit den Sprüchen greifen wollte, rutschte auch dies genau vor ihren Fingern vom Tisch. Isabell quiekste erschrocken auf.

„Dann eben so!", sagte Celina mit fester Stimme und begann den Spruch zum Rufen der Schutzgeister aufzusagen. Sie war zwar unsicher mit dem Text, doch wann immer sie hakte, sprach Isabell inzwischen ein wenig mutiger weiter, so dass sie ihn gemeinsam – wenn auch ein wenig holperig – zusammenbekamen. Danach entzündete Celina die Räucherkohle und legte als erstes etwas Alantwurzel obenauf.

„Zum Vertreiben von allem Schlechten", erklärte sie. Veronica und Isabell taten es ihr gleich. Der würzige Geruch von Alant erfüllte schon bald das gesamte Wohnzimmer.

„Sollten wir uns nicht setzen?", schlug Veronica vor, weil sie immer noch an der einen Seite des Tisches standen.

„Gleich", meinte Celina. „Erst sollten wir damit jeden Raum ausräuchern, denke ich."

„Ja bitte!", fand Isabell.

Gemeinsam gingen sie in jedes Zimmer und verteilten dort den Rauch. So machten sie es genauso mit dem Weihrauch und der Schutzmischung. Mit der Zeit legte sich die Anspannung und sie setzen sich ruhig hin. Selbst Isabells Zittern hörte nun auf und die ganze Atmosphäre war friedlicher.

„Bilde ich mir das ein oder ist dieses böse Gefühl nun weg?", sprach Veronica nach der letzten Räucherunde das aus, was auch Celina dachte.

„Ich habe auch den Eindruck!“, stimmte sie zu.

Isabell nickte und sagte: „Es bewegt sich auch nichts mehr, was sich eigentlich nicht bewegen kann. Das letzte war vorhin das Buch. Nachdem ihr den Spruch aufgesagt habt, war nichts mehr.“

„Okay, dann gefällt dem Wesen zumindest nicht das, was wir hier gemacht haben“, spekulierte Celina.

„Es kann doch nur Lydia sein!“, meinte Isabell. „Zum einen war hier vorher nie was und zum anderen war doch bei dir auch was. Solche Zufälle gibt es doch nicht!“

„Bei dir auch?“, fragte Veronica nach.

So erzählte Celina ihr auch, was bei ihr Merkwürdiges geschehen war.

Nachdem sie damit fertig war, ergänzte Isabell noch: „Und wir haben ihr oft genug in die Suppe gespuckt ... Richard, Sven, Nico ... alles Männer, die sie haben wollte.“

„Haben?“ Veronicas Gesicht sah aus wie ein Fragezeichen.

„In Form von Manipulieren ...“, erklärte Celina.

Kapitel XXXV
In der Disco

Celina blieb noch fast zwei Stunden da. Isabells Anspannung war verschwunden.

„Es fühlt sich hier wieder gut an!", drückte sie dies aus, was auch Veronica bestätigte. Trotzdem wollte Veronica dort sicherheitshalber übernachten, falls doch noch etwas wäre.

„Das ist alles so verrückt", meinte sie. „Diese Freundin, die ich erwähnt habe, würde solche Sachen niemals glauben."

„Sie hat sie eh nie für das interessiert, was für dich vielleicht mal wichtig war", sagte Isabell dazu.

„Die logisch denkende Freundin aus den Karten?", fragte Celina nach.

„Ja, genau die ..." Veronica sah einen Moment lang sehr traurig aus. „Es war immer, als hätte sie nie wirklich zugehört ..."

Celina kam das für einen Augenblick sehr bekannt vor. Kathi schien auch nie richtig zuzuhören. Trotzdem wollte sie ihre beste Freundin, falls man sie als das bezeichnen konnte, nicht einfach so aufgeben. Sie beschloss, sie einfach mal wieder anzurufen, denn sie hatte sich seit der Geschichte mit Sven nicht mehr gemeldet. Das war jetzt ungefähr 1 ½ Wochen her, als sie das letzte Mal telefoniert hatten. Danach war Funkstille, was sehr untypisch für Kathi war.

Als sie zu Hause war, startete sie also einen Anrufversuch – leider vergeblich. Daher packte sie erstmal ihre Tasche aus. Ein bisschen nachdenklich betrachtete sie die Sachen vor sich. Es war wirklich verrückt, wie Veronica gesagt hatte. Am verrücktesten fand sie aber, dass ihre Hexereien tatsächlich zu funktionieren schienen, denn als sie bei Isabell damit begonnen hatten, waren die seltsamen Aktivitäten dort vorbei. Bei ihr zu Hause das gleiche! Als sie Schutzzauber für Personen gemacht hatten, ging es Nico auf einmal besser und Richard konnte sich Lydias Einfluss entziehen. Sehr krass war auch, dass Sven vor der Tür gestanden hatte, nachdem sie ihm ein wenig Schutz geschickt hatte. Alles nur Zufälle? Es gab sicherlich zum Teil auch irgendwelche logischen Erklärungen, aber wenn man alles zusammen betrachtete, war das schon ein sehr mysteriöses Bild, das sich da formte.

Eine leichte Gänsehaut kroch ihr über die Arme. Sie sollte vielleicht lieber auf Nummer sicher gehen, dachte sie sich, und baute die Räucherschale und die Kerzen auf. Es konnte nicht schaden, auch für ein bisschen zusätzlichen Schutz zu sorgen, gerade nach dem, was sie an diesem Nachmittag erlebt hatte.

Gleich danach versuchte sie nochmal bei Kathi anzurufen – diesmal mit Erfolg. Kathi wirkte sehr froh, dass Celina anrief, und sie verabredeten sich spontan.

„Ich hol dich in einer halben Stunde ab, ja?", fragte sie.

„Ja, ist gut!", stimmte Celina zu. Dann beeilte sie sich, dass sie fertig wurde. Mikesch musste noch sein Futter haben und andere Klamotten waren auch passender. Schließlich wollte Kathi unbedingt in eine Disco.

Als Kathi klingelte, war sie soweit. Es fehlten nur noch die Schuhe.

„Hallo Süße!", begrüßte Kathi sie, warf dann einen Blick auf ihre Füße und meinte: „Ich dachte, du wärst fertig!"

„Bin ich auch", antwortete Celina. „Nur noch die Schuhe. Das sind zwei Minuten ..."

Kathi zog missbilligend die Augenbrauen hoch, was Celina einfach ignorierte. Sie wollte sich nicht schon wieder über Kathi ärgern.

Während Celina die Schuhe und die Jacke überstreifte, schnüffelte Kathi ein wenig in der Luft.

„Hast du geräuchert?", fragte sie.

„Ja, vorhin", bestätigte Celina und schnappte sich ihre Handtasche.

„Findest du nicht, dass du das ein bisschen übertreibst?", fragte Kathi. „Ich kann mir nicht vorstellen, dass das gut ist."

„Nein, finde ich nicht!“, antwortete Celina. Jetzt war sie doch richtig angenervt. „Es gibt Gründe, warum ich das tue, und wenn du mir mal irgendwann wirklich zugehört hättest, wüsstest du, warum ich das tue.“

Kathi blinzelte irritiert.

„Wenn du nun fertig bist mit deinem Kritisieren, können wir dann fahren?“, fragte Celina gleich hinteran.

„Was bist du in letzter Zeit bloß empfindlich!“, fand Kathi.

„Lass uns einfach losfahren, ja?“, kommentierte Celina diese pikierte Äußerung. Sie hatte keine Lust auf irgendwelche blöden Diskussionen, sondern wollte nur noch ein bisschen vom verrückten Tag abschalten.

Kathi zog zwar eine Schnute, sagte aber nichts weiter.

Die Disco, die Kathi ausgewählt hatte, war nicht sehr groß und wirkte sehr gemütlich – eigentlich genau nach Celinas Geschmack. Kathi bestellte zwei Cocktails und meinte: „Ich geb einen aus!“

Sie schauten sich ein wenig um, während sie beide ihren Mai Tai schlürften.

„Ui, der ist ganz schön stark!“, fand Celina.

„Ja!“, stimmte Kathi grinsend zu. „Damit du mal ein bisschen lockerer wirst.“

Celina seufzte genervt, sagte aber nichts weiter dazu.

Nach einer Weile, als Kathi ausgetrunken hatte, griff sie nach einer Cocktail-Karte und fragte Celina: „Welchen nehmen wir nun?“

„Du weißt schon, dass wir mit deinem Auto hier sind?“, erinnerte Celina sie.

„Ach, ist doch egal, dann fahren wir eben mit einem Taxi“, antwortete sie und bestellte zwei Pina Colada.

Celina verdrehte die Augen. Sie hatte ihren Mai Tai noch nicht einmal ausgetrunken, da stellte der Barkeeper schon den Nachschub hin. Obwohl sie eigentlich gar kein Problem damit hatte, auch mal einen Cocktail zu trinken, war ihr das

Trinktempo doch ein wenig zu heftig. Deshalb ließ sie sich einfach Zeit. Als sie den ersten Schluck von ihrem Pina Colada probierte, hatte Kathi ihren schon halb aus.

„Sitzt Sönke jetzt eigentlich alleine zu Hause?", versuchte Celina mal ein Thema anzuschneiden.

„Nein, der ist zum Skat spielen", antwortete Kathi knapp und wippte mit den Füßen zum Takt der Musik. „Was hältst du von Tanzen?"

„Mach doch!", meinte Celina.

„Nee, du auch!", sagte Kathi mit Bettelblick, so dass Celina sich breitschlagen ließ und kurze Zeit später beide auf der Tanzfläche waren. Ziemlich aus der Puste kehrten sie zu ihrem Platz zurück, wo Kathi das Glas mit dem Rest von ihrem Pina Colada mit einem Zug leerte.

„Gibst du jetzt einen aus?", fragte sie.

„Ja, such dir was aus", meinte Celina.

„Jetzt möchte ich einen Zombie", sagte sie grinsend.

Celina nahm einen kräftigen Schluck von ihrem Pina Colada, so dass das Glas noch ungefähr knapp halb voll war, dann bestellte sie den Zombie für Kathi und für sich selber eine Cola.

„Was wird das denn?", fragte Kathi beleidigt.

„Wenn ich meinen Cocktail ausgetrunken habe, hab ich für heute erstmal genug", erklärte Celina.

Missmutig starrte Kathi auf ihr leeres Glas. „Spielverderber ...", meinte sie.

Da Celina keine Lust hatte, mit einer angetrunkenen Kathi zu diskutieren, ignorierte sie ihre Bemerkung einfach. Sie beobachtete lieber die Tänzer und hörte gute Musik. Auch Kathi schaute ein wenig in der Gegend herum. Auf einmal stieß sie Celina an und fragte: „Sag mal, ist das nicht dein Nachbar da?"

„Wie? Wo?" Celina versuchte Kathis Blick zu folgen, was nicht so einfach war, denn inzwischen war es in der Disco richtig voll.

„Na da hinten in der Nähe vom Eingang, der mit der hübschen Freundin ...“, erklärte Kathi. Ihre Worte fühlten sich an wie ein Schlag in die Magengrube. Eric hatte eine Freundin?

Da sah sie ihn auch! Seine weibliche Begleitung war wirklich recht attraktiv. Er hatte locker den Arm um sie gelegt und führte sie durch das Gedränge am Eingang in eine etwas ruhigere Ecke und damit in ihre Richtung. Celina drehte sich weg. Ihr Herz raste wie wild. Was war denn bloß los mit ihr? Irgendwie wollte sie nur noch weg. Sie war schon im Begriff aufzustehen, als Kathi meinte: „Hast du irgendwas? Du siehst gerade nicht gut aus.“

Sie wollte nicht mit ihr darüber reden – ganz besonders nicht mit ihr!

„Nein, alles in Ordnung!“, sagte sie deshalb schnell. „Ich bin nur nicht so viel Alkohol gewohnt.“

Kathi kicherte. „Ach so ... ich dachte schon wegen deines Nachbarn. Mal ganz ehrlich, der ist doch auch nichts für dich. Ich finde Sven immer noch viel besser.“

Eric war nichts für sie? Celina fiel auf, dass sie eigentlich nie darüber nachgedacht hatte. Wieso wollte sie überhaupt weg? Sie war verwirrt. Lag das am Mai Tai und am Pina Colada? Sonst trank sie eher selten mal was.

„Hallo Celina!“, hörte sie plötzlich Eric sagen.

„Oh hallo!“, begrüßte sie ihn, während sie sich zu ihm drehte.

Er strahlte über das ganze Gesicht. Im Arm hielt er die hübsche, blonde Frau.

„Darf ich dir meine Schwester Jenny vorstellen?“, meinte er.

Kapitel XXXVI
Jenny

„Oh, hi!", stammelte Celina verdutzt. Die Frau ihr gegenüber war vielleicht gerade 20. Ihre Gesichtszüge ähnelten tatsächlich denen von Eric, nur dass sie viel weicher waren. Ihr schulterlanges Haar war nicht ganz so hell wie seins, ihr Lächeln wirkte sehr schüchtern, aber am meisten faszinierten Celina ihre Augen. Sie waren von einer undefinierbaren Farbe, wahrscheinlich grün. Genau konnte Celina das nicht erkennen, zum einen, weil das Disco-Licht alles ein wenig verfälschte, und zum anderen, weil sie von Jennys Blick irritiert war. Es fühlte sich an, als würde sie direkt in die Seele schauen, wenn sie Celina ansah.

„Ist's okay, wenn wir uns zu euch setzen?", fragte Eric.

„Ja klar!", antwortete Celina und ignorierte Kathis Schmollschippe.

„Dann kannst du ja gleich noch ne Runde spendieren", meinte sie leicht trotzig und trank ihren Zombie aus.

„Gute Idee!", fand Celina. „Was trinkt ihr?"

„Einen Caipirinha hatte ich noch nicht!", stellte Kathi fest. Celina verdrehte leicht die Augen, bestellte für Kathi aber das Gewünschte. Jenny wollte auch einen probieren, während sich Eric für eine Cola entschied, ebenso wie Celina selbst.

„Ich muss noch fahren!", erklärte er. „Außerdem sind Cocktails nicht so ganz das richtige für mich."

„Du trinkst schon wieder ne Cola!", maulte Kathi. Inzwischen wirkte sie doch reichlich angetrunken.

„Ja, stell dir vor, es gibt auch noch Leute, die lieber einen klaren Kopf haben!", konterte Celina.

In dem Moment waren ihre Getränke da und Kathi stürzte sich sofort auf ihr Glas.

„Sie ist sonst nicht so", erklärte Celina Eric und seiner Schwester, weil ihr das schon unangenehm war.

„Manchmal braucht man das vielleicht", meinte Eric nachsichtig lächelnd.

Celina grinste ihn an. Während dessen nippte Jenny vorsichtig an ihrem Caipirinha, woraufhin sie ihre Nase kraus zog. „Der ist ganz schön sauer!", fand sie.

„Das kommt von den Limetten da drin", sagte Eric, dann wurde er sehr ernst. „Du wolltest Celina etwas fragen, Jenny ..."

Verwundert schaute Celina erst zu Eric, dann zu Jenny.

„Ich habe da ein paar Sachen angedeutet ...", meinte er mit einem entschuldigenden Lächeln. „Ich meine da zum Beispiel so eine gewisse Kiste ..."

„Oh!" Celina senkte ein bisschen verlegen den Blick.

„Ich weiß nicht, wie ich das sagen soll", sagte Jenny ein wenig hilflos.

„Trau dich!", forderte Eric sie auf.

„Also Eric meinte, du kennst dich vielleicht mit solchem komischen Kram aus ...". begann sie, wusste dann erstmal nicht weiter, aber nach einer Pause fuhr sie fort: „Manchmal passieren mir so Sachen, die nicht normal sind."

„Was für Sachen?", fragte Celina direkt.

Jenny schaute unsicher zu ihrem Bruder, der ihr aufmunternd zunickte.

„Ich sehe manchmal was, was nicht da sein kann ... eigentlich", sagte sie leise.

„Und was ist das?", hakte Celina nach.

„Sowas wie Geister ..."

„Ich weiß nicht, ob ich mich wirklich mit so etwas auskenne ...", sagte Celina vorsichtig, „... aber ich denke, dass so etwas durchaus da sein kann. Mir passieren auch manchmal seltsame Dinge ..."

Jenny bedachte sie mit einem hoffnungsvollen Blick.

Deshalb fuhr Celina fort: „Ich glaube, dass fast jedem Menschen schon mal was in dieser Richtung passiert ist, aber viele denken, sie würden sich so etwas einbilden. Leider sind

Talente im esoterischen Bereich – wie z.B. die Fähigkeit, Geister zu sehen, oder Telepathie, Telekinese oder vorausschauende Träume – etwas, das schwierig zu beherrschen ist, und daher oft eher belastet als nützt."
In Jennys Augen standen Tränen der Erleichterung.
„Ja, das stimmt!", sagte Jenny leise.
Kathi stöhnte auf. „Nicht schon wieder das Thema Hexerei ..."
„Ach halt doch die Klappe!", riss Celina nun endgültig der Geduldsfaden.
Kathi guckte sie mit großen Kulleraugen an und Celina setzte noch hinteran: „Ja, ich meine das so! Trink deinen Cocktail und lass mich einfach in Ruhe!"
Kathi öffnete den Mund, als wenn sie etwas sagen wollte, ließ es dann aber doch.
„Tschuldigung", sagte Celina etwas verlegen zu Eric und Jenny.
„Du beschäftigst dich mit Hexerei?", fragte Jenny etwas überrascht.
„Ja, irgendwie mehr oder minder zwangsläufig", antwortete Celina. Im Augenwinkel sah sie, dass Kathi sich mit ihrem Caipirinha beschäftigte. Sie mochte Kathi, nur ihre Eigenheiten gingen ihr in letzter Zeit einfach auf den Keks, jedenfalls dann, wenn sie meinte, in irgendeiner Form über die Lebensweise anderer bestimmen zu wollen, insbesondere Celinas.
„Kannst du mir ein bisschen zeigen, wie sowas geht?", fragte Jenny nun.
„Ähm, ja, ich denke schon!", meinte Celina.
Eric grinste breit. „Damit ist dein Schicksal jetzt besiegelt! Du hast meine kleine Schwester an den Backen!"

Kapitel XXXVII
Ruhige Zeiten?

Der Rest des Samstagabends verlief ruhig und friedlich. Kathi bemühte sich um Freundlichkeit trotz ihres hohen Alkoholgehalts. Eric und Jenny blieben noch eine knappe Stunde und fuhren dann weiter ins Kino ein paar Straßen weiter, aber nicht ohne eine feste Verabredung zwischen Celina und Jenny für den folgenden Samstagnachmittag.

Nach einem weiteren Cocktail – Celina hatte keine Ahnung, wie Kathi auch den noch trinken konnte – machten sich die beiden auf den Weg nach Hause, allerdings per Taxi.

Der Sonntag war ebenfalls sehr entspannt. Celina hatte nicht einmal Kopfschmerzen, ganz im Gegensatz zu Kathi, mit der sie kurz telefonierte. Wie war sie doch froh, dass Kathi ihr Grinsen nicht sehen konnte, als die am anderen Ende der Leitung am Jammern war. Bei der Unmenge an Alkohol wäre es eher merkwürdig gewesen, wenn dies keine Spuren hinterlassen hätte.

Irgendwie freute sich Celina schon auf das kommende Wochenende und das Treffen mit Jenny, auch wenn sie keine Ahnung hatte, wohin das führen würde. Jenny hatte etwas unglaublich Faszinierendes und schien gleichzeitig so voller Angst. Vielleicht brauchte sie auch nur, dass ihr jemand zuhören würde, bei dem sie nicht befürchten musste, für verrückt erklärt zu werden – ein Gefühl, das Celina nur zu gut kannte.

Bei Kathi wusste sie nicht recht, inwieweit die ihr glaubte, bei Isabell war sie sich sicher, ihr vertrauen zu können, und bei Veronica hatte sie ebenfalls den Eindruck, frei und offen darüber reden zu können, obwohl sie sie erst so kurz kannte. Bei Isabell in der Wohnung hatte sie sich sehr mutig gezeigt.

Wie auch schon die Male zuvor, schwankte Celina darin, ob ihre Hexereien nun erfolgreich waren oder alles nur Zufälle.

Tatsache war jedenfalls, dass sie sich gut fühlte und ihr Knie überhaupt nicht mehr schmerzte. Auch Mikesch wirkte wesentlich entspannter, nachdem sie noch einmal geräuchert hatte. Wie es wohl Sven ging? Und erst Nico? Gerade auf ihn hatte Lydia es offenbar abgesehen.

Sie wollte einfach mal ganz vorsichtig und unverbindlich nachfragen ... Deshalb loggte sie sich bei Facebook ein und schrieb beide an, Sven mit den Worten: „Hi Sven, alles gut bei dir? Hat Lydia sich noch mal gemeldet oder lässt sie dich jetzt in Ruhe?", und Nico mit dem ähnlichen Text: „Hallo Nico, ist alles in Ordnung bei dir? Lässt Lydia dich jetzt in Ruhe?".

Schon wenige Minuten später hatte sie eine Antwort von Sven: „Ja klar ist alles gut. Die hat mich tatsächlich nochmal angesimst, ob wir uns nicht wieder treffen wollen, aber ich habe gar nicht drauf reagiert. Geht es dir auch gut? Hat Kathi sich wieder eingekriegt?"

„Hast du gut gemacht. Einfach nicht antworten. Mir geht's gut. Kathi spinnt zur Zeit einfach ein bisschen, aber ist mir auch egal!", schrieb sie ihm zurück.

Er schickte ein paar Smileys und sie ein paar zurück. Bei ihm war also alles okay. Jetzt fehlte nur noch Nico. Sie ließ den PC an und schaute ab und zu mal nach, ob er schon geantwortet hatte.

Nach einer Stunde kam wirklich eine Antwort: „Ja, danke der Nachfrage. Ich habe von ihr nichts mehr gehört." Das klang doch beruhigend, wenn auch leider sehr zurückhaltend, beinahe förmlich, fand sie. Aber sie war froh, dass er geantwortet hatte. So schickte sie ihm noch einen Smiley und machte dann den PC aus, weil darauf keine weitere Nachricht mehr kam.

Am Montag folgte dann eine Überraschung. Lydia hatte sich krank gemeldet.

„Seltsam!", fand Isabell. „Wir hexen Schutzzauber und blocken sie damit ab und sie wird krank. Das hatten wir doch schon mal.“

„Stimmt!“, gab Celina ihr Recht, gab aber dennoch zu bedenken: „Es könnte allerdings wie so oft auch einfach nur Zufall sein.“

„Ich muss zugeben, ich find’s sehr erholsam, wenn sie nicht da ist“, gestand Isabell leise, damit niemand anders das hören konnte, zumal Frau Evershagen gerade vorbeigegangen war.

„Klingt vielleicht nicht nett, ist aber so“, sagte Celina dazu.

Kurz vor Feierabend trommelte Richard Frau Evershagen, Isabell und Celina zusammen: „Ich muss euch noch was Wichtiges sagen: Wir kriegen Verstärkung für unser Team! Nächste Woche fängt eine neue Pharmazeutisch-technische Assistentin an, die uns tatkräftig – insbesondere im Verkauf vorne – unter-stützen wird. Außerdem bekommen wir einen Praktikanten, also einen angehenden Apotheker, der hier den praktischen Teil seiner Ausbildung absolvieren will.“

Celina und Isabell strahlten. Endlich ein paar neue Gesichter und vielleicht ein bisschen Arbeit weniger! Gerade wenn jemand krank war oder Urlaub oder auch nur einen Tag frei hatte, artete die tägliche Arbeit oft genug in Stress aus. Frau Evershagen verzog wie so oft keine Miene, hatte allerdings eine Frage: „Was ist mit Lydia?“

Richard seufzte, dann erklärte er: „Nun ja, sie ist wieder krank. Sie hat etwas von Magenproblemen erzählt, also gehe ich mal ganz optimistisch davon aus, dass sie nächste Woche wohl wieder da sein wird. Erstmal geht ihre Krankmeldung bis Mittwoch einschließlich.“

„Dann ist ihr Arbeitsplatz nicht von der neuen Kollegin und dem Praktikanten bedroht?“, fragte Frau Evershagen nach.

„Nein, vorerst nicht, wir waren eh zu wenige“, antwortete er. „Ich hoffe ja, dass häufige Krankmeldungen bei ihr kein Dauerzustand werden.“

„Aber sowas kann doch mal vorkommen!“, meinte Frau Evershagen. Isabells und Celinas Blicke trafen sich und ihnen war klar, dass sie gerade haargenau das Gleiche dachten, nämlich dass ihr das in Bezug auf sie beide nie eingefallen wäre.

„Ich entscheide das sowieso nicht sondern mein Vater“, sagte er nur noch dazu und zuckte mit den Schultern.

Die Stimmung in der Apotheke blieb auch am Dienstag sehr harmonisch, am Mittwoch schien sich das Blatt jedoch plötzlich zu wenden. Das Telefon in der Apotheke klingelte und Richard ging ran – wie so oft.

Celina und Isabell räumten gerade die Medikamentenlieferung ein und hörten daher zufällig mit.

„Oh, hallo Lydia!“, sagte er. „Noch länger krankgeschrieben? Wie geht es dir?“

Sein Tonfall war bei diesen wenigen Worten in einen sehr besorgten umgeschlagen.

Isabell schaute Celina mit einem alarmierten Blick an, während die ihr per Gestik bedeutete, ruhig zu bleiben.

„Oh man, das klingt ja gar nicht gut! Gib mir mal die Medikamente von deinem Rezept durch, ja?“, sprach er weiter. Er kritzelte eilig etwas auf einen Zettel. „Aber klar doch, mach dir keine Sorgen. Ich komme nachher persönlich vorbei und bringe dir deine Medizin!“ Mit diesem Versprechen beendete er das Telefonat.

Der Ausdruck in Isabells Gesicht war zur blanken Panik geworden!

„Sie wird ihn um den Finger wickeln und dann mit ihm im Bett landen, so wie mit Sven ...“, flüsterte Isabell und Tränen schimmerten in ihren Augen.

„Das weißt du doch gar nicht!“, versuchte Celina sie zu beruhigen.

„Doch, das weiß ich und du weißt es auch!“, sagte Isabell niedergeschlagen.

Kapitel XXXVIII
Ungewöhnliche Maßnahmen

Egal, wie sehr Celina sich selber versuchte einzureden, dass Richard nur die Medikamente abliefern würde, sie wusste, es würde anders sein. Isabell hatte da leider Recht. Insofern konnte sie ihre Verzweiflung sehr gut verstehen. Trotzdem sagte sie zu Isabell: „Lydia ist krank. Da wird nichts passieren ..."

Aber Isabell schaute sie nur traurig an.

Was konnte sie tun? Einfach nur Richard fahren lassen und hoffen? Es musste eine Möglichkeit geben.

Als er in diesem Moment gedankenversunken, auf seinen Zettel in der Hand starrend an ihnen vorbeiging, sprach Celina ihn an: „War das eben Lydia, die angerufen hat?"

Richard guckte hoch und ihr genau in die Augen. Er wirkte verwirrt.

„Ja, ähm, ich muss die Medikamente für sie raussuchen", sagte er und wandte sich schon wieder ab.

„Dann ist sie noch weiter krank?", hakte Celina nach, um das Gespräch nicht abreißen zu lassen.

„Ja, es wurde eine schwere Magenschleimhautentzündung diagnostiziert ..." Richard zog eine Schublade aus dem Schrank und nahm eine Packung Tabletten heraus.

„Holt sie die Tabletten nachher ab?", fragte Celina, obwohl sie die Antwort schon kannte.

„Es sind verschiedene Medikamente", erklärte er und tat diese Packung, sowie eine weitere in eine Tüte. „Sie ist zu krank, um sie abzuholen. Ich fahre nachher hin und bringe sie ihr."

Richard ging zum nächsten Schrank, um etwas von der Liste herauszuholen. Celina sah, dass es mindestens fünf verschiedene Arzneien auf seinem Zettel waren.

„Du wirst doch aber hier gebraucht!", wandte Celina ein. „Ich kann da eben hinfahren."

Wieder trafen sich Celinas und seine Blicke und wieder hatte sie den Eindruck, er wäre irgendwie vollkommen neben sich selbst.

„Ich mache das gerne, auch wenn ich mich mit ihr nicht immer super verstanden habe", bekräftigte sie ihren Vorschlag.

Richard wirkte, als wenn er einen Moment lang aus dem Konzept geriet. „Ja ... ähm nein, das mache ich schon!"

Mit diesen Worten wandte er sich endgültig ab und ging nach vorn in den Verkaufsraum. Kaum war die Tür hinter ihm zugeklappt, kam von Isabell ein unterdrückter Schluchzer. Celina sah noch ihr trauriges Gesicht, bevor sie in Richtung Klo verschwand.

„Shit!", fluchte Celina. Sie schaute sich um. Niemand hatte das mitbekommen. Frau Evershagen war auch vorne. Während sie nach hinten ging, überlegte sie fieberhaft, was sie tun konnte. Es gab nichts, was Isabell trösten würde. Und nein, diesmal war sie sich sicher: Dieser Blick und diese Verwirrung von Richard ... das war nicht mehr der normale Bereich! So oft sie auch am Zweifeln war zwischen Einbildung und Realität, dieses Mal nicht!

Es gab eine Möglichkeit ... eine wahnwitzige leider ... sie musste ihn daran hindern loszufahren ...

„Isabell!" Sie klopfte energisch an die Klotür. Als Antwort kam allerdings nur ein Schniefen. „Komm schon! Mach schnell! Ich hab ne Idee!"

Isabell öffnete mit verheultem Gesicht, doch trotzdem neugierig.

„Schnell, wasch dir das Gesicht! Du musst Schmiere stehen!", drängelte sie und schaute in Richtung Verkaufsraum, ob jemand kam.

„Wieso? Was?" Isabells Gesichtsausdruck war ein einziges Fragezeichen.

„Mach und frag nicht!" Es kam niemand von vorne, Richard und Frau Evershagen waren anscheinend beschäftigt.

Obwohl Isabell nicht wusste, was Celina vorhatte, folgte sie ihren Anweisungen. Für sie war es ein Hauch Hoffnung.

„Du gehst wieder zurück und sortierst weiter die Medikamente ein. Dann müssen die, wenn sie nach hinten wollen, direkt an dir vorbei!", erklärte Celina. „Falls sie nach mir fragen, ich bin zum Klo. Du lässt sie auf alle Fälle nicht bis nach hinten durch! Du hältst sie auf und wenn du dafür in Ohnmacht fällst! Alles klar?"

Isabell nickte und wollte zu einer Frage ansetzen, doch Celina unterbrach sie: „Später bitte!"

Dann schlüpfte Celina aus der Hintertür, während sich Isabell mit fragendem Gesicht wieder brav um die Lieferung kümmerte. Sie wusste nicht, wie viel Zeit sie hatte, geschweige denn, ob ihre Idee überhaupt funktionieren würde. Draußen ging sie eiligst zu den dort auf dem Hinterhof geparkten Autos, ihrem eigenen und auch dem von Richard, die direkt nebeneinander standen. Sie wühlte in ihrer Kitteltasche, weil sie nach einem Bleistift oder Kugelschreiber suchte. Ihre Hände zitterten, denn das, was sie vorhatte, war im höchsten Maße illegal, wie sie selber fand. Manchmal war das wirklich ein sehr schmaler Grat. Sie wollte nichts kaputtmachen und ihn doch am Losfahren hindern. Also fiel ihr nur eine verrückte Möglichkeit ein: Sie drückte die Spitze ihres Kugelschreibers genau ins Ventil des Vorderreifens der Fahrerseite, die Seite, die vom Gebäude abgewandt war. Ein lautes Zischen verriet ihr, dass sie getroffen hatte. Nervös blickte sie zur angelehnten Hintertür. Wenn jetzt jemand käme, wäre das eine absolute Katastrophe! Deshalb riskierte sie dies nur so lange, bis der Reifen halb platt war, also zwar noch Luft hatte, aber Richard es hoffentlich nicht wagen würde, damit zu fahren. Dann lief sie schnellstmöglich zurück, schlich sich wieder hinein und schloss die Tür.

„Wo ist denn Celina?", hörte sie gerade Richard sagen.

„Nur eben zum Klo", antwortete Isabell, wie sie sollte.

Demonstrativ ließ Celina die Toilettentür laut ins Schloss fallen und ging dann mit einem netten Lächeln zurück an die Arbeit.

„Ach, da bist du ja!“, meinte Richard. „Ich wollte nur Bescheid sagen, dass ich eben zu Lydia fahre. Das werdet ihr hier schon so lange ohne mich schaffen.“

Isabells Gesichtsausdruck wechselte wieder zu leichter Panik, aber Celina sagte freundlich: „Gut, bis nachher dann!“

Beinahe hätte sie „gleich“ statt „nachher“ gesagt, aber glücklicherweise dann doch noch die Kurve gekriegt. Isabell wollte etwas sagen, öffnete den Mund, doch Celina fragte sie schnell: „Sind von den Voltaren Tabletten dieses Mal auch die mit 25 mg mitgekommen?“

„Äh ja ...“, antwortete Isabell verdattert.

Erst als Richard bereits aus der Tür war, raunte Celina ihr zu: „Wart’s ab! Und kein Wort!“

Isabell nickte und sortierte weiterhin zusammen mit Celina geschäftig Tabletten, Tropfen, Zäpfchen und Säfte in die Schränke, zumal Frau Evershagen gerade nach hinten kam.

„Na, wie weit sind die Damen?“, fragte diese. „Kann jemand vorne übernehmen, während ich mir einen Tee koche?“

„Aber klar, machen wir!“, sagte Isabell.

In diesem Augenblick kam Richard wieder zur Tür hereingestürmt. „Ich muss den blöden Reifen nachher erstmal wechseln oder zur Tankstelle fahren oder ich weiß auch nicht!“, schimpfte er vor sich hin.

„Was ist denn passiert?“, fragte Celina scheinheilig.

Richard erklärte mit viel Fluchen und Meckern, wie er sein Auto vorgefunden hatte und dass er so natürlich nicht fahren konnte.

Über Isabells Lippen huschte der Hauch eines Lächelns, dann schlug sie vor: „Vielleicht könnte Celina dann doch die Medikamente wegbringen!“

Mit ernstem Gesicht, was ihr wirklich schwer fiel, nickte Celina und meinte: „Das ist doch eine gute Idee!"

„Ja, mach mal!", stimmte Richard zu und drückte ihr die Tüte in die Hand. Bevor er sich das noch anders überlegen konnte, warf Celina ihren Kittel auf einen Stuhl, griff nach Handtasche und Jacke und beeilte sich loszukommen.

Wenig später fuhr sie bei der Adresse vor, wo Lydia wohnte. Sie parkte vor einem sehr edel aussehenden Mehrfamilienhaus. Den Klingelschildern nach zu urteilen wohnte sie im Erdgeschoss. Celina wollte gerade draufdrücken, da kamen ein paar junge Leute aus dem Haus, so dass sie einfach hinein konnte. So klingelte sie erst an der Wohnungstür.

Nachdem sie eine ganze Weile gewartet hatte, hörte sie Schritte und die Tür wurde geöffnet. Lydia lächelte freundlich und zuvorkommend, doch als sie Celina sah, was sie ganz offenbar nicht erwartet hatte, wechselte ihr Gesichtsausdruck zu einem bösen Funkeln.

„Wieso bist du hier?", zischte sie.

„Ich bringe dir deine Medikamente!", antwortete Celina mit einem höflichen Lächeln und ohne ihrem Blick auszuweichen.

„Wieso du?", fragte sie.

„Wieso nicht ich?", konterte Celina. „Ich weiß, du hast Richard erwartet, aber der ist anderweitig beschäftigt. Er hat keine Zeit für dich!"

Kapitel XXXIX
Verflucht?

An diesem Abend war Celina mit sich sehr zufrieden. Natürlich gefiel es ihr nicht, dass sie sich an Richards Auto vergriffen hatte, aber andererseits war ihr in dem Moment keine andere Lösung des Problems eingefallen. Isabell hatte glücklicherweise schnell geschaltet, so dass letztendlich Celina Lydia den Besuch abstatten konnte. Inzwischen war das Auto von Richard auch schon wieder in Ordnung. Am besten an all dem war jedenfalls, dass sie Lydia ein Schnippchen geschlagen hatte und ihre Pläne, die sie ganz offensichtlich gehabt hatte, vereitelt hatte. Besonders krank hatte sie nämlich nicht ausgesehen, als sie so vor Celina gestanden hatte.

Trotzdem schlief sie mit einem unguten Gefühl ein ...

Irgendwann wurde sie geweckt. Es war ein heftiger Schlag gegen ihren Rücken – sie hatte auf der Seite gelegen. Verwirrt kam sie hoch und schaute sich um. Der Blick auf den Wecker verriet ihr, dass es erst kurz vor vier war. Warum nervte Mikesch dann schon? Mikesch? Er war nicht da! Sie knipste das Licht der Nachttischlampe an. Mikesch war wirklich nicht im Zimmer. Was war das dann? Es hatte sich auch nicht wie der Kater angefühlt, der hätte sie höchstens angestupst. Sie musste ihn suchen, denn er war sonst nachts immer bei ihr im Schlafzimmer. Fröstelnd zog sie sich eine Strickjacke über. Es war sehr kalt, fand sie.

Sie schaute im Bad nach, danach im Wohnzimmer und in jeder Ecke des Flurs. Nirgendwo war er! Nicht einmal unter der Couch neben der Kiste, wo er sich sonst so gern versteckte! Panik stieg in ihr hoch. Da kam er ein wenig müde und zerzaust aussehend aus der Küche.

„Mikesch!" Erleichtert nahm sie ihn hoch und drückte ihn an sich. Wieso hatte sie dort nicht nachgeschaut? Irgendwie war sie verwirrt, was ja aber in Anbetracht der Uhrzeit auch nicht verwunderlich war. Sie guckte zur Uhr, die im Flur hing. Es war gleich fünf Uhr. Hatte sie Mikesch eine ganze Stunde gesucht? Sie ging zurück ins Schlafzimmer und schaute dort auf den Wecker. Der zeigte die gleiche Uhrzeit an! Merkwürdig ...

Sie legte sich aufs Bett, um noch ein bisschen auszuruhen oder sogar zu schlafen, aber aus irgendeinem unerfindlichen Grund raste ihr Herz. Es war, als würde sie ihr Herz klopfen hören, immer lauter und lauter ...

Jeder Versuch sich zu beruhigen, schien das Gegenteil zu bewirken. Schließlich setzte sie sich auf, zog die Bettdecke bis zum Kinn, weil es immer noch so furchtbar kalt war, und überlegte, was sie als nächstes tun könnte. Vielleicht unter die Dusche? Oder lieber einen Kaffee kochen? Da spürte sie ein heftiges Brennen in der Magengegend, das sehr unangenehm war. Ein paar Tränen liefen ihre Wangen hinunter. Warum weinte sie? Nicht einmal das konnte sie sich selbst erklären! Verzweiflung kroch in ihr hoch. Was war geschehen? Was geschah nun gerade mit ihr? Das Brennen im Magen wurde zu einem starken Stechen. Sie wollte aufstehen, doch auf einmal kamen noch Bauchkrämpfe hinzu. Aufstöhnend setzte sie sich wieder. Tränen liefen unaufhörlich über ihr Gesicht. Sie hatte Kathi verloren und auch Nico ... so fühlte es sich zumindest an. Kathi hatte sich so sehr verändert. Und Nico? Er würde einer Freundschaft niemals eine Chance geben. Die Wege, die sie ging, waren das wirklich ihre? Ihre Freundin von damals, die, mit der sie gehext hatte, auch sie war fort ...

Sie brauchte ein Taschentuch und ein zweites und ein drittes. Was passierte gerade? Warum war alles so hoffnungslos? Der Schmerz in ihrem Magen war inzwischen unerträglich! Was hatte sie geweckt? War es irgendein Wesen, das sie warnen wollte, oder war es Lydia selbst? Bei diesen Schmerzen funktionierte nicht einmal das Denken!

In ihrem Medikamentenschränkchen in der Küche waren noch Magentabletten. Diese Schmerzen mussten einfach aufhören!

Aber Aufstehen ging nicht ... sie sackte vor ihrem Bett auf den Boden. Celina zog sich am Bett hoch. Sie musste in die Küche! Langsam, Schritt für Schritt, ging sie dorthin. Sie konnte die Tabletten durch die Milchglastür des Schränkchens sehen ... Wieder fühlte es sich an, als würde jemand ein Messer in ihren Bauch stoßen ...

Keuchend fiel sie auf die Knie! Schweißperlen liefen ihr von der Stirn und vermischten sich mit weiteren Tränen. Die Tabletten waren so weit weg ... Kathi würde sie niemals verstehen ... Nico würde sie hassen und verachten und sie hatte daran selbst Schuld ... Lydia war so stark, dass sie immer ein Schlupfloch finden würde, um anderen zu schaden ...

Sie atmete tief ein und aus ... sie musste hoch! Als sie wieder stand, nahm sie die Tabletten aus dem Schränkchen, dann eine Tasse aus einem Hängeschrank, ließ Leitungswasser hineinlaufen und schluckte gleich zwei von denen. Ein paar Tränen fielen auf die Arbeitsplatte, an der sie sich festhielt und darauf wartete, dass der Schmerz endlich vergehen würde.

Nach einer Weile spürte sie, wie die Krämpfe und das Stechen endlich ein wenig erträglicher wurden. Zwei feste Gedanken formten sich in ihrem Kopf: Sie brauchte einen Arzt und sie konnte so nicht arbeiten! Ihr Hausarzt war in der Nähe der Apotheke, wo sie arbeitete. Ein Blick zur Uhr auf dem Flur verriet ihr, dass es bereits halb sieben war. In ungefähr einer halben Stunde würde Richard wahrscheinlich in der Apotheke sein, weil er meistens schon so früh da war. Ihr Arzt war immer gegen acht da, dann wenn sie normalerweise selber anfing zu arbeiten. Aber heute war nichts normal ...

Irgendwie schaffte sie es, sich etwas anzuziehen und in der Apotheke anzurufen, um Bescheid zu geben. Richard war zwar nicht begeistert, klang aber dennoch besorgt – nicht so sehr wie bei Lydia, aber immerhin. Zur Zeit war es nun mal sehr problematisch, wenn jemand ausfiel, aber das würde sich ja nun ab nächste Woche mit zwei Neuen ändern. Dann machte sie sich auf den Weg in die Arztpraxis. Vorher schluckte sie noch eine weitere Magentablette, denn sie hatte vor, dort auch anzukommen. Trotzdem standen ihr die Schweißperlen auf der Stirn, als sie den Wagen dort parkte.

Lange musste sie glücklicherweise nicht warten. Der besorgte Blick des Arztes sagte ihr, dass sie wohl wirklich krank aussah. Zu Hause hatte sie nur sehr flüchtig in den Spiegel geschaut, als sie sich das Gesicht gewaschen hatte.

Nachdem sie ihm das Problem geschildert hatte, wobei sie natürlich das Anstoßen sowie ihre Heulattacken weggelassen hatte, veranlasste er ein paar Untersuchungen wie Blutentnahme und Sonografie. Als er wenig später auf den Monitor des Ultraschallgerätes schaute, schüttelte er allerdings ratlos den Kopf.

„Hier ist nichts Ungewöhnliches, alles in Ordnung!"

„Wie kann das sein?", fragte Celina.

„Ganz ehrlich, ich weiß es gerade nicht", antwortete er. „Ich hätte jetzt auf sowas wie Gallensteine getippt, die machen manchmal solche heftigen Symptome. Wir müssen wohl erstmal die Ergebnisse der Blutuntersuchung abwarten, die haben wir morgen."

So wurde Celina den Rest der Woche krankgeschrieben, ihr viel Ruhe verordnet und ein Rezept für ein magenberuhigendes Medikament ausgestellt.

„Und morgen telefonieren wir und sollte das schlimmer werden, gehen Sie ins Krankenhaus. Versprochen?", mahnte er zum Abschied eindringlich.

Celina nickte nur, fragte dann aber doch noch: „Und wenn es diese Tage nun nicht besser wird?" Hoffnungslosigkeit keimte schon wieder in ihr auf.

„Dann schreibe ich Sie weiter krank und wir sehen uns Montag, falls sich morgen etwas herausstellt eventuell auch früher", antwortete er.

Vom Arzt aus fuhr Celina zur Apotheke rüber. Müde und

niedergeschlagen, mit einem leichten Stechen und einem heftigen Brennen im Magen ging sie hinein.

Isabell riss entsetzt die Augen auf und Richard, der ebenfalls vorne war, sagte nur: „Oh man, Celina, du siehst echt nicht gut aus."

Sie legte ihm nur stumm die Krankmeldung hin und das Rezept dazu.

„Die Frage, wie es dir geht, erübrigt sich wohl …", meinte Isabell und nahm das Rezept, um das Medikament zu holen.

„Du fährst gleich nach Hause und packst dich hin, ja?" Richard schaute sie besorgt an.

„Ja, mach ich!", versprach Celina.

Als sie die Rezeptgebühr bezahlen wollte, stellte sie fest, dass sie kein Geld mit hatte, nur ihre EC-Karte. Doch beim Eintippen der Geheimzahl stutzte sie. Die erste war doch … oder doch nicht? Sie tippte weiter. Da zeigte das Gerät „Pin falsch" an. Sie konnte sich beim besten Willen nicht an die Zahlen erinnern. Das war ihr definitiv noch nie vorher passiert.

„Mach dir keinen Kopf, ich bezahl das!", sagte Richard. „Und jetzt ab nach Hause mit dir!"

Zu Hause quakte erst einmal Mikesch sie an. Stimmt, er hatte noch gar kein Futter gekriegt. Als das erledigt war, nahm sie brav ihre Medizin, setzte sich dann aufs Bett und ließ ihren Tränen freien Lauf, bis sie irgendwann einschlief …

Kapitel XL
Unerwartete Hilfe

Den Rest des Donnerstags dämmerte Celina vor sich hin zwischen Müdigkeit, Traurigkeit und Magenschmerzen.

Erst am späten Nachmittag wurde sie aus ihrer deprimierten Starre herausgerissen. Es klingelte nämlich an der Tür. Da sie jedoch niemanden erwartete, blieb sie einfach liegen, aber es klingelte wieder. Dann war es wohl wichtig ...

So raffte sie sich auf und ging langsam zur Wohnungstür. Der Blick durch den Spion verriet ihr, dass es Eric war. Eigentlich wollte sie nicht, dass er sie in solchem Zustand sah, aber andererseits war ihr das gerade wirklich egal. Also öffnete sie.

„Hallo Celina, ich wollte dir was vorbeibringen ..." Eric stutzte. „Was ist mit dir?"

„Bin krank, Magenschmerzen", antwortete sie und setzte noch schnell hinterher: „Keine Sorge, nichts Anstecken-des!"

„Hast du schon was gegessen?", fragte er.

Celina schüttelte den Kopf. „Mag nicht!", sagte sie nur.

„Das geht aber gar nicht!", meinte er und versuchte streng zu gucken. „Und wenn ich dir was zu essen mache?"

Celina schaute ihn nur verwundert an.

„Eine Hühnersuppe vielleicht?", schlug er vor.

„Die isst man bei Erkältungen", wandte sie ein, musste aber dennoch schmunzeln.

„Stimmt auch wieder!", gab er ihr Recht. „Also hast du die Wahl zwischen Nudeln oder Kartoffelpüree!"

„Ich kann nichts essen ...", sagte sie traurig, doch das ließ Eric nicht gelten.

„Magst du Schinken-Sahne-Soße ohne Sahne?"

„Wie?" Celinas ratloses Gesicht musste sehr komisch aussehen, denn Eric fing glatt an zu lachen.

„Eine helle Soße mit Schinkenwürfeln, in die man eigentlich auch Sahne tut, in diesem Fall aber nicht, weil das nicht gut für deinen angekratzten Magen wäre", erklärte er grinsend.

Da huschte auch ein Lächeln über Celinas Lippen.

„Das werte ich dann mal als Ja!", sagte er. „Ich werde aber nicht deine Küche schmutzig machen sondern meine. Wenn das Essen dann fertig ist, komme ich rüber, okay?"

„Aber ...", wollte sie noch etwas einwenden, doch Eric ließ keine Widerrede zu.

„Du musst was essen, sonst wird das noch viel schlimmer. Also bitte! Ach ja und das ist für dich oder vielmehr deinen Kater."

Er drückte Celina eine Tüte mit einer Unmenge an Katzenfutterproben in die Hand.

„Woher hast du das denn?", fragte sie erstaunt.

„Ein Freund von mir arbeitet in einem Tierfutterladen. Also bis gleich, so in einer halben Stunde ungefähr."

Celina wusste nicht, was sie denken sollte, als er in seine Wohnung ging. Hatte er das ernst gemeint? Würde er gleich mit Essen wiederkommen? Irgendwie war das richtig toll von ihm, auch wenn sie immer noch keinen Appetit hatte. Sah sie wirklich so krank aus? Ein Blick in den Spiegel zeigte ihr, dass es noch viel schlimmer war, als sie angenommen hatte: Ihr Aussehen war schlichtweg katastrophal! Wenn er tatsächlich gleich mit seiner Kochkunst vor der Tür stehen sollte, musste sie unbedingt wenigstens halbwegs einen Menschen aus sich machen. In Windeseile, jedenfalls so schnell wie es in ihrem Zustand ging, wusch sie sich, steckte den Kopf unter den Wasserhahn und zog sich etwas frisches und einigermaßen Annehmbares an. Dann betrachtete sie sich im Spiegel. Begeistert war sie immer noch nicht. Vielleicht, wenn die Haare trocken sein würden. Also schnappte sie sich den Föhn, doch auch als sie damit fertig war, gefiel ihr ihr Aussehen nicht. Sie hatte allerdings keine Zeit mehr, noch irgendetwas zu verändern, denn es klingelte bereits.

„Das Essen ist fertig! Kommst du?", fragte Eric, sobald sie öffnete. „Ist einfacher, als wenn ich alles hier herüber hole."

„Ich … ähm …“, zögerte sie, nickte dann aber doch. Sie fühlte sich so unsicher, so verloren und ihr war kalt. „Ich hole nur schnell meine Strickjacke.“

Sie ging ins Schlafzimmer, weil sie sie dort zuletzt hingelegt hatte, da kam Mikesch ihr schon entgegengeschossen. Vollkommen panisch rannte er an ihr vorbei aus dem Zimmer. Celina wagte trotzdem einen Schritt hinein. Eine eisige Kälte schlug ihr ins Gesicht, so dass ihr beinahe der Atem gefror. Sie wollte nur noch nach ihrer Jacke greifen, die auf dem Bett lag, doch sie stolperte rückwärts hinaus.

„Was ist da?“, fragte Eric, der auf einmal hinter ihr stand. Er hatte die Augen leicht zusammengekniffen und schaute angestrengt ins Zimmer hinein.

„Meine Jacke … auf dem Bett … ich wollte …“, stammelte Celina.

„Ich hol sie dir!“, sagte er und ging schnurstracks hinein. Plötzlich blieb auch er wie erstarrt stehen. „Was zum Geier …“

Doch seine Starre blieb nur einen Moment, dann streckte er seinen Körper ein wenig und ging langsam zur Jacke, hob sie auf und wanderte weiter zum Fenster.

„Ist es in Ordnung, wenn ich das ein bisschen aufmache?“, fragte er, wobei seine Stimme sehr angespannt klang.

„Ja …“, gab Celina ihre Zustimmung und beobachtete gebannt, was gerade geschah. Er hatte irgendetwas gespürt! Sie hatte sich das nicht nur eingebildet. Betont langsam kam er wieder zurück und gab Celina ihre Jacke.

„Sehr kalt da drinnen, draußen ist es wärmer“, meinte er, „und jetzt ist es höchste Zeit fürs Essen.“

„Mikesch … ich muss ihn suchen …“, sagte Celina voller Sorge um ihren Kater.

„Er ist da vorne, schau!“, antwortete Eric und deutete auf den Flur und die Tasche mit den Katzenfutterproben, die er mitgebracht hatte. „Weißt du was, wir nehmen ihn einfach mit rüber!“, schlug er spontan vor.

Gesagt, getan. Celina nahm ihn auf den Arm und Eric schnappte sich ein paar Proben aus der Tasche, damit Mikesch auch was zu futtern haben würde, wenn sie aßen.

Kaum waren sie bei ihm in der Wohnung, ließ Celinas Frieren und Zittern etwas nach, was nicht daran lag, dass es bei ihm so viel wärmer war. Die Atmosphäre war nur anders. Auch Mikesch fühlte sich sofort wohl und stürzte sich mit viel Appetit auf die Leckerlis, die Eric ihm gab.

„Hunger?", fragte Eric, als Celinas Blick auf den gedeckten Tisch fiel.

„Ja, ein bisschen", gab sie zu.

Zuerst aß sie nur ganz vorsichtig eine kleine Portion von seinen Nudeln mit Spezialsoße, aber ihr Appetit wurde tatsächlich größer beim Essen und so schaffte sie auch noch eine zweite Portion.

„Scheint dir ja zu schmecken", meinte er erfreut, dann schaute er sie nachdenklich an und fragte: „Magst du mir was über dieses Seltsame bei dir erzählen?"

„Dieses Seltsame?", fragte sie zurück.

„Na ja, wenn ich mal so ins Blaue tippen sollte, würde ich glatt sagen, es spukt bei dir!", spekulierte er.

Als sie den Blick senkte, sagte er: „Ich habe Recht, stimmt's? Weißt du, wer der Verstorbene ist?"

„Sie ist nicht tot ...", antwortete sie, „das ist es ja gerade! Es ist eine lebende Person ..."

„Eine Frau also ... aus deinem Umfeld?", fragte er weiter.

Celina nickte nur.

„Du musst mir nichts erzählen, wenn du nicht magst", interpretierte Eric ihr Zögern.

„Doch ... ich möchte nur nicht, dass du mich für vollkommen durchgeknallt hältst ...", sagte sie und sah ihm fest in die Augen.

Er hielt ihrem Blick stand und antwortete nur: „Tue ich nicht!"

Und so erzählte sie ihm von Lydia, von allem Seltsamen, das sie begleitete, angefangen von der Spinnengeschichte bis zu ihrer Erscheinung, als Sven da war, von der Geschichte mit Nico und wie sehr sie ihn enttäuscht hatte, von ihren eigenen Albträumen und Mikeschs absonderlichem Verhalten, sowie ihren eigenen Hexereien alleine oder zusammen mit Isabell. Er unterbrach sie nur selten, eigentlich nur dann, wenn er kurz mal nachfragte, weil er einen Zusammenhang nicht sofort verstand. Schließlich meinte er: „Heftige Sache! Da es die anderen Male ja wohl geholfen hat, wäre es sicherlich gut, deine Wohnung jetzt auch noch mal auszuräuchern!"

Kapitel XLI
Celina schlägt zurück

Celina ging später – es war schon Abend – zusammen mit Eric in ihre Wohnung, um dort alles auszuräuchern. Mikesch störte das Räucherwerk nicht, Eric kriegte jedoch Kopfschmerzen davon. Trotzdem blieb er dort, bis Celina sich wieder einigermaßen sicher fühlte.

In dieser Nacht ließ sie zwar das Licht brennen, weil sie immer noch Angst hatte, es würde wieder etwas passieren, aber wenigstens waren die Magenschmerzen und dieses traurige Gefühl inzwischen erträglich.

Das Telefongespräch am nächsten Tag mit dem Arzt verlief – wie sie schon beinahe erwartet hatte – ohne Ergebnis. „Die Blutuntersuchung zeigte keinen Befund", sagte der Arzt. „Wie geht es Ihnen denn? Ich würde ansonsten einen Termin zur Magenspiegelung vorschlagen."

Celina lehnte dankend ab und versicherte ihm, dass es schon etwas besser wäre, versprach aber auch gleichzeitig, dass sie Montag wieder in der Praxis sein würde, wenn sich der Zustand erneut verschlimmern sollte.

Am Nachmittag schaute Eric kurz rein, um zu sehen wie es ihr ging.

„Du, ist es in Ordnung, wenn ich Jenny was davon erzähle?", fragte Eric. „Also jedenfalls, wenn du die Verabredung morgen überhaupt noch willst."

„Doch klar will ich!", antwortete Celina. „Ja, sag ihr ruhig was."

„Wirklich? Geht es dir gut?", hakte er noch einmal nach.

„Ja, es geht mir besser, zwar nicht supergut, aber besser." Celina lächelte ihn an. „Danke dir!"

In der Nacht zu Samstag fühlte Celina sich jedoch wieder etwas schlechter. Mitten in der Nacht wachte sie auf, weil sie irgendetwas Furchtbares geträumt hatte. Ihr ganzes Gesicht war nass vor Tränen. Ein paar Bruchstücke aus dem Traum kamen ihr in den Sinn: Nico stand vor einer Staffelei mit einem Pinsel in der Hand und Lydia war hinter ihm, ohne dass er sie bemerkt hätte ... Isabell sortierte Medikamente in einen Schrank und über ihre Hände liefen kleine, schwarze Spinnen, doch sie konnte sie nicht sehen ... Richard stürzte die Treppe in der Apotheke zum Keller hinunter und blieb unten verdreht liegen ... Frau Evershagen lief durch die Apotheke, erst durch die hinteren Lagerräume, dann die vorderen, sie marschierte wie in Trance, vollkommen blind und doch immer schneller ... Sven saß mit traurigem Gesicht vor einem Glas Cola ... immer mehr Bilder formten sich in Celinas Kopf.

Sie setzte sich auf und machte das Licht an. Trotzdem waren immer mehr klare Szenen aus ihrem Traum da: Nico malte, doch sein Pinselstrich verrutschte immer wieder, weil Lydia, die er nicht sah, seinen Arm anstieß ... Isabell rieb sich immer wieder die Hand wegen der Spinnen, die dort unsichtbar für sie herumkrabbelten ... Richard kam stöhnend am Fuß der Treppe zu sich ... Frau Evershagens Augen sahen trüb und milchig aus ... Svens Glas veränderte sich in seiner Hand und wurde zu einem Stielglas gefüllt mit blutrotem Wein.

Celina stand auf und ging ins Bad, um sich das Gesicht zu waschen. Was waren das nur schon wieder für Träume? Sie wollte solche Albträume nicht! Schluss damit! Dann machte sie sich in der Küche einen heißen Kakao. Ihr war wieder einmal sehr kalt und so nahm sie ihren Becher einfach mit ins Bett. Dort kuschelte sie sich gemütlich in Kissen und Decke und schlürfte ganz vorsichtig von dem Kakao, der fast zu heiß zum Trinken war. Irgendwann war der Becher leer, eine beruhigende Wärme erfüllte sie und ließ ihre Augenlider schwer werden.

Es war bereits strahlender Sonnenschein, als sie erwachte. Das Licht fiel durch die Ritzen der Vorhänge, so dass ihr Schlafzimmer hell und freundlich wirkte. Die kleine Lampe auf ihrem Nachttisch, die immer noch angeschaltet war, war dagegen nur eine Schummerbeleuchtung.

Celina schaute auf ihren Wecker. Es war tatsächlich schon kurz nach elf! Sie setzte sich auf und wollte schon eiligst aus dem Bett, als ihr klar wurde, dass sie noch immer krankgeschrieben war. Also hatte sie Zeit, denn Jenny wollte so gegen drei da sein. Irgendwie war sie nervös. Was konnte sie ihr erzählen? Warum interessierte sie sich so sehr für Hexerei? Ihre Augen hatten etwas extrem Faszinierendes, aber auch sehr Ängstliches. Konnte sie wirklich Geister sehen, wie sie angedeutet hatte? Oder hatte sie zumindest bereits solche Erfahrungen gemacht? Vielleicht war ihr auch schon so Verrücktes passiert wie gerade jetzt ihr selbst. Celina musste wieder an die seltsamen Träume von der letzten Nacht denken. Sie schüttelte die Erinnerungen ab und beschloss erst einmal Kaffee zu kochen.

Punkt drei Uhr standen Eric und Jenny vor der Tür.

„Hallo“, begrüßte er sie mit breitem Grinsen. „Ich habe mir gedacht, ich begleite mein überängstliches Schwesterchen mal und staube noch einen Kaffee ab, bevor ich mich meinem Auto widme.“

Jenny guckte ihn ärgerlich an, woraufhin er noch etwas mehr grinste.

„Sie war echt total überkandidelt“, erklärte er frech. „Also muss mein Autobasteln noch einen ganz kleinen Moment warten.“

So tranken sie gemütlich Kaffee, während dessen sich Jenny ein wenig schüchtern umschaute.

„Ich hab ihr schon ein kleines bisschen erzählt“, sagte Eric, „besonders über das, was hier bei dir so los war.“

„Geht es dir denn jetzt besser?“, fragte nun Jenny.

„Ja, so einigermaßen, aber so richtig gut noch nicht“, antwortete Celina.

„Kann man da nicht was machen?“, wollte Jenny wissen.

„Hab ich ja schon versucht, aber irgendwie kommt immer wieder Neues!“ Celina zuckte ratlos mit den Schultern.

„Na, euch beiden wird bestimmt eine super Lösung einfallen“, meinte Eric dazu und trank seinen Becher aus. „Ich kümmere mich jetzt jedenfalls um mein armes vernachlässigtes Auto."

Als Jenny und Celina nun alleine waren, schauten sich beide erst einmal etwas verlegen an. Dann tastete sich Jenny etwas unsicher vor: „Eric hat etwas von einer Kiste erwähnt ..."

„Meine Hexenkiste, ja!" Celina musste unwillkürlich lächeln. So interessant fand sie die gar nicht. Trotzdem zog sie sie unter der Couch hervor und stellte sie auf den Tisch. „Kannst gerne reingucken!"

Behutsam strich Jenny über das Pentagramm im Deckel, bevor sie diesen anhob.

„Darf ich?", fragte sie nach, als sie die Räucherschale und ein Glas mit Kräutern nahm.

„Ja, klar, schau dir an, was du magst. Das sind alles Sachen, mit denen man räuchern kann. Manchmal habe ich auf die Etiketten auch draufgeschrieben, wofür man das benutzt."

„Wäre das hier nicht gut?", schlug Jenny vor, die gerade eines der Schildchen studierte. „Da steht: Löst Blockaden, zeigt kreative Lösungen, entgiftet die Psyche, Muskatellersalbei heißt das Kraut."

„Entgiftet die Psyche?" Celina verstand nicht.

„Ist eine Verfluchung nicht irgendwie wie ein Gift?", fragte Jenny.

„Hm, irgendwie schon ...", meinte Celina.

„Oder dies: Alantwurzel, vertreibt negative Energien aller Art, entspannt und harmonisiert Körper und Geist, stärkt das Selbstvertrauen", schlug Jenny vor.

Nun inspizierte Celina selbst die Etiketten der verschiedenen Räucherkräuter etwas genauer. Alant könnte auch hier helfen wie bei Isabell in der Wohnung, überlegte sie.

„Darf ich das auch?", fragte Jenny und hielt das Notizbuch mit den Sprüchen in der Hand.

Celina nickte lächelnd. „Die haben eine ehemalige Freundin und ich zusammen gedichtet."

Nachdem Jenny eine Weile darin geblättert hatte, sagte sie: „Die Sprüche sind wunderschön, aber da fehlt eine Art Fluchbrecherspruch.“

„Na ja, den hab ich bisher nicht gebraucht ...“

„Vielleicht können wir einen erfinden?“ Jennys aufmunterndes Lächeln tat gut, denn Celina hatte den Eindruck, als wenn die Magenschmerzen wieder heftiger wurden.

„Es geht dir gerade nicht so gut, oder?“, vermutete Jenny. „Soll ich lieber gehen?“

„Stimmt ...“, gab Celina zu. „Ich möchte, dass du bleibst, bitte. Und ich finde deine Idee sehr gut! Ich hole Zettel und Stifte, damit wir ein bisschen herumdichten können.“

Über die erste Zeile waren sie sich sehr schnell einig: „Gebrochen sei ein jeder Fluch ...“

„Darauf reimt sich Versuch ...“, meinte Jenny nachdenklich.

„Und wie machen wir das inhaltlich?“, wollte Celina wissen.

„Ich würde sagen zuerst kommt das Brechen des Fluchs, dann schicken wir ihn zurück zum Verursacher und schließlich noch der Wunsch nach Frieden und Schutz oder so“, fand Jenny.

„Aber jemandem etwas Schlechtes wünschen ist nicht gut ...“, wandte Celina ein.

Jenny nickte nachdenklich, dann meinte sie: „Wir schicken nur das zurück, was gesendet wurde. Macht man das nicht so?“

„Ja, ich denke schon. Irgendwann habe ich mal etwas darüber gelesen, ist aber schon lange her. Dann müssen wir aber aufpassen, wie wir das formulieren.“

Grübelnd steckten sie wieder die Köpfe zusammen bis sie nach einer halben Stunde endlich mit dem Ergebnis zufrieden waren:

Gebrochen sei ein jeder Fluch,
ob böser Zauber oder nur der Versuch,
der Schaden sollte bringen
in allen persönlichen Dingen.

Zurück soll er gehen zu der, die ihn sprach aus
und machen derjenigen den Garaus.
Genau so soll es sein
und Frieden einkehren in meinem Heim.

„Und wenn man denkt, der Verursacher wäre ein Mann, kann man das von „der" auf „dem" und von „derjenigen" auf „demjenigen" ändern", stellte Celina zufrieden fest. „Den schreibe ich jetzt so in das Buch mit rein, denn ich finde ihn wirklich gelungen."
„Ich finde ihn auch toll!", stimmte Jenny zu. „Wir sollten ihn auch gleich ausprobieren, auch wenn ich immer noch nicht weiß, wie du das alles machst."
„Zeig ich dir!" Celina begann alles aufzubauen und entschied zusammen mit Jenny, wie das Räucherwerk sein sollte. Sie nahmen – wie von Jenny ursprünglich spontan vorgeschlagen – Muskatellersalbei und Alantwurzel, dazu suchte Celina noch Beifuß heraus, denn auf dem Etikett stand: Beifuß vertreibt Schlechtes, schenkt Schutz und erhöht die Widerstandskraft. Zum Schluss fügten sie ihrer Mischung noch Olibanum, ein helles Weihrauchharz, das auch in Kirchen verwendet wird, hinzu.
Als Celina nun zusammen mit Jenny ihren „Fluchbrecher" hexte, hatte sie das Gefühl, dass nun endlich alles gut werden könnte.

Kapitel XLII
Befürchtungen

Bereits am Samstagabend vergingen Celinas Magen-schmerzen und auch diese tiefe Traurigkeit, die sie immer wieder runtergezogen hatte, ließ endlich nach. Sie genoss den Abend eingekuschelt vor dem Fernseher mit einem großen Becher Tee.

Der Nachmittag mit Jenny war wunderschön gewesen, auch wenn Erics kleine Schwester immer noch sehr schüchtern und zurückhaltend war. Sie hatte nicht sehr viel über sich selbst erzählt, außer dass sie oft Albträume hatte, was Celina sehr bekannt vorkam. Nun nach ihrer gemeinsamen Hexerei würden die hoffentlich auch verschwinden. Jenny hatte auf eine seltsame Weise die gleiche Ausstrahlung wie Eric, obwohl er doch sehr selbstbewusst war und sie eher ängstlich. Trotzdem war da etwas sehr Spezielles, das nur schwer zu beschreiben war. Es schien Celina, als wenn beide ihre Erfahrungen mit übersinnlichen Phänomenen gemacht hatten, nur beide vollkommen verschieden damit umgingen.

In der Nacht zu Sonntag schlief sie ruhig und traumlos – zumindest kam ihr das so vor, denn sie fühlte sich ausgeruht und erholt wie lange nicht mehr. War ihre Hexerei so erfolgreich gewesen? Celina zweifelte, wie sie immer zweifelte. Allerdings war dies genau das, was sie auf dem Boden der Tatsachen festhielt. Vielleicht war es so, dass eine Menge Magie im Spiel war, vielleicht aber auch nicht.

Am Montagmorgen fuhr sie ohne Magenschmerzen zur Arbeit, nachdem sie Isabell noch schnell eine SMS geschickt hatte, dass sie wieder okay wäre. Es regnete in Strömen – eigentlich sehr passend für einen Montag – aber das kratzte Celina nicht. Sie freute sich, dass es ihr endlich besser ging.

„Guten Morgen!", begrüßte sie die Anwesenden, als sie die Apotheke durch den Hintereingang betrat, und sogleich stutzte sie. Richard saß im Aufenthaltsraum mit bandagiertem und hochgelegtem Fuß.

„Was ist passiert?", fragte sie.

„Ich bin auf der Treppe zum Keller gestolpert", erklärte er.

„Wann? Nur gestolpert oder hinuntergestürzt? Was ist mit dem Fuß?", bestürmte sie ihn. Die Bilder ihres Albtraumes schossen ihr nämlich in den Kopf.

„Am Freitag und der Fuß ist nur verstaucht", beruhigte Richard sie. „Ich bin einfach nur ganz blöd gestolpert und dabei umgeknickt."

Also war es nicht ganz so wie in ihrem Traum! Celina war beruhigt.

Die beiden Neuen schienen zumindest auf den ersten Blick schon mal sehr freundlich. Die PTA hieß Judith Bergmann, sie wirkte in allem, was sie tat, ein wenig kühl und sachlich, doch sehr kompetent. Selbst jede Strähne ihres modischen Kurzhaarschnittes saß immer akkurat genau da, wo sie hingehörte. Ihre zumeist in Brauntönen gehaltene Kleidung war perfekt auf ihre Haarfarbe, ein rötliches Dunkelbraun, abgestimmt. Celina schätzte sie auf Mitte vierzig.

Der Praktikant, also angehende Apotheker, war zumindest äußerlich fast das Gegenteil von ihr. Sein Vorname war Gunnar, der Nachname so kompliziert, dass Celina ihn gleich wieder vergessen hatte, was aber nicht weiter schlimm war, denn wie Richard wollte er nur mit dem Vornamen angesprochen werden. Die beiden kannten und verstanden sich offensichtlich gut, hatten wohl teilweise sogar zusammen studiert.

Sein Erscheinungsbild war ein wenig gewöhnungsbedürftig, da er nicht besonders viel Wert auf Äußerlichkeiten legte. Seine Haare in einem mittelmäßigen Straßenköterblond waren länger als Celinas und wurde von einem losen Band als Pferdeschwanz zusammengehalten. Sein Hemd war am Ärmel mehrfach geflickt, aber er zog einfach den Kittel drüber, damit es niemand sah. Das ging bei seinen zerschlissenen Turnschuhen zwar nicht, doch hinter dem Verkaufstresen würde das niemand bemerken, fand er.

Frau Evershagens Reaktionen nach, wie Nase rümpfen oder missbilligend über den Rand ihrer Brille schauen, gefiel ihr Gunnar überhaupt nicht. Das machte ihn schon allein sympathisch, fanden Celina und Isabell.

„Er wirkt ein wenig fusselig, aber nett", war Isabells Meinung über ihn. „Ich bin so froh, dass es dir wieder besser geht. Du hast furchtbar ausgesehen am Donnerstag."

„Ging mir auch nicht gut", gab Celina zu. Als sie Isabell ein paar Tablettenpackungen zum Einräumen reichte, fiel ihr Blick auf deren Handgelenk. Sie trug eine leichte Bandage.

Isabell, die dies bemerkt hatte, erklärte: „Ich glaube, das wird mal wieder eine Sehnenscheidenentzündung, hatte ich schon öfters. Leider ist's die linke Hand, also meine Haupthand." Isabell war Linkshänderin.

Celina musste sofort an ihren Traum mit den Spinnen denken. Auch da war es die linke Hand gewesen, über die sie gekrabbelt waren, allerdings über den Handrücken und nicht über das Gelenk. War das wieder so ein seltsamer Zufall?

„Seit wann hast du das?", fragte sie nach.

„Seit Samstag, warum?" Isabell guckte Celina neugierig an.

„Nur so ..." Es klang einfach zu merkwürdig und weit hergeholt, fand Celina, um davon irgendetwas zu erzählen. „Ich muss dir noch von Jenny berichten, das ist Erics Schwester. Sie interessiert sich auch für Spezielles."

„So wie Veronica?", fragte Isabell.

„Ja, so ähnlich! Reden wir später drüber, ja?" Richard kam gerade mit Gunnar vorbei, so dass sie das Thema lieber nachließen. Als die beiden gerade weg waren – Richard humpelte recht langsam –, fiel Celina noch eine wichtige Frage ein: „Weißt du, wann Lydia wieder-kommt?"

„Soweit ich weiß am Donnerstag", kam prompt die Antwort.

Kaum hatte sie dies ausgesprochen, da klingelte das Telefon und Frau Evershagen ging ran. „Oh, hallo Lydia, wie schön, dich zu hören, Kindchen ...“
Celina und Isabell spitzten die Ohren.
„Das sind doch endlich mal schöne Nachrichten“, sagte Frau Evershagen, nachdem sie eine Weile nur stumm gelauscht hatte, was Lydia am anderen Ende erzählte. „Dann bis Donnerstag. Ja, natürlich werde ich Richard davon in Kenntnis setzen.“ Kaum hatte sie aufgelegt, da eilte Frau Evershagen zu Richard, um ihm fröhlich mitzuteilen, dass Lydia in drei Tagen wieder da sein würde. Danach schien alles, was sie tat, ein bisschen schneller und enthusiastischer zu gehen.
„Die ist ja wohl total aufgeregt, dass sie ihre Lydia zurückbekommt“, fand Isabell kopfschüttelnd. „Sie wirkt wie so eine aufgezogene Puppe, die durch die Gegend düst.“
Ein Schauer lief Celina über den Rücken. Auch das passte zu ihrem Traum! Sie verdrängte den Gedanken und versuchte, sich auf ihre Arbeit zu konzentrieren. Eine Weile funktionierte das auch, doch als Isabell ihre Hand immer wieder rieb, weil sie kribbelte, was sehr untypisch für eine Sehnenscheidenentzündung war, musste Celina fast automatisch an die Spinnen im Traum denken. In diesem Fall betraf es in der Realität allerdings eher das Handgelenk. Bei Richard war der Treppensturz aus dem Traum in der Wirklichkeit nicht so dramatisch und Frau Evershagen war nicht ganz so überdreht. Inwieweit war Lydia für all das verantwortlich? Hatten ihre Träume nur etwas gezeigt, was so oder vielmehr so ähnlich passiert war oder passieren würde? Oder hing das alles mit ihr zusammen?
Was war mit Sven? Trank er womöglich regelmäßig Alkohol? So jedenfalls konnte man den Traum deuten. Und wie ging es Nico? Machte Lydia ihm womöglich auf irgendeine Weise das Leben schwer? Hinderte sie ihn daran zu malen oder kreativ zu sein? Besuchte sie ihn womöglich auch des Nachts und

verpasste ihm Albträume, so wie sie es mit Sven gemacht hatte, als er bei Celina war? Celinas Kopf schwirrte. Bei all dem war nur eines wirklich klar: Es war noch nicht vorbei!

Kapitel XLIII
Celina hakt nach

Als Celina abends zu Hause war, kreisten ihre Gedanken immer noch, allerdings war sie inzwischen zu dem Entschluss gekommen, dass sie irgendwie herauskriegen musste, ob es Sven und Nico gut ging oder ob sich auch bei ihnen zumindest ein Teil der Träume bewahrheitete.

Es war kein Problem, Sven mal anzuschreiben oder anzurufen, das Thema war jedoch ein wenig heikel. Vielleicht würde sie das Gespräch darauf lenken können. So hoffte sie jedenfalls. Also wäre Telefonieren wahrscheinlich einfacher.

Viel schwieriger war es, die richtigen Worte bei Nico zu finden. Sie hatte ihn so sehr enttäuscht, dass er bestimmt nichts mehr von ihr hören wollte. Wieder wünschte sie sich, sie hätte es irgendwie anders gemacht. Warum nur hatte sie ihn nicht direkt gefragt?

Sie entschied sich, zunächst einmal Sven anzurufen und wählte seine Nummer.

„Wohlfarth ...", meldete er sich.

„Hi Sven, hier ist Celina, hast du einen Moment Zeit?", fragte sie als erstes.

„Für dich doch immer", antwortete er sofort.

„Ich würde gerne wissen, ob von Lydias Seite jetzt Ruhe ist", begann sie erstmal.

„Äh ... na ja ... doch eigentlich schon ...", antwortete er zögernd.

„Warum?"

„Was heißt eigentlich?" In Celina kam ein schlimmer Verdacht hoch.

„Wir haben vor ein paar Tagen mal telefoniert ... Freitag, glaube ich. Wieso interessiert dich das?"

Celina unterdrückte ein „Shit!" und sagte möglichst ruhig: „Weil sie nicht gut für dich ist."

„Hör mal, vielleicht ist sie gar nicht so schlimm. Das waren bestimmt alles nur Missverständnisse!“, versuchte Sven zu beschwichtigen.

Celina schloss genervt die Augen. Das durfte doch echt nicht wahr sein! Sie hatte ihn schon wieder zumindest halbwegs eingelullt!

„Missverständnisse und Wahrheit verdrehen ist ein gewaltiger Unterschied!“, gab Celina zu bedenken. „Wollte sie etwas Bestimmtes?“

„Sie hat sich entschuldigt und sie hat geweint. Sie ist doch eigentlich gar nicht so ...“ Wieder benutzte Sven dieses Wort. Eigentlich ...

Was Celina aber in dem Moment noch viel schlimmer fand, war, dass sie ein leichtes Lallen in seiner Stimme gehört hatte. Deswegen fragte sie ihn ganz direkt: „Du, Sven, sag mal, hast du was getrunken?“

„Nur ein paar Feierabendbierchen, sonst nichts!“, antwortete er.

„Ein paar?“ Celina schluckte. Sven hatte wohl doch ein Alkoholproblem und damit stimmte wieder ein Teil ihres Traumes.

„Ja, muss manchmal sein ...“ Nun klang das Lallen noch deutlicher.

„Wenn du meinst!“ Celina hatte Mühe, ihm nicht sofort eine Gardinenpredigt um die Ohren zu hauen.

„Nein, stimmt, du hast Recht ...“ Ein bisschen einsichtig war er dann doch. „Ich weiß ja, dass du Recht hast, aber manchmal bin ich einfach so traurig irgendwie ...“

„Und dann trinkst du was?“, hakte sie nach. Diese Traurigkeit kam ihr bekannt vor ...

„Ja ... bist du jetzt sauer oder so?“

„Nein, aber du weißt, dass gerade dann Trinken echt scheiße ist!“ Nun mussten deutliche Worte sein.

„Ja ...“

„Hast du am Wochenende Zeit?“, fragte sie. Besser er

verabredete sich mit ihr als womöglich mit Lydia, denn das wäre inzwischen wieder im Bereich des Möglichen, schätzte sie.

„Du willst mit mir ausgehen?" Svens Stimme klang nun wirklich verwundert.

„Nur falls du magst und nur rein freundschaftlich", erklärte sie sicherheitshalber.

„Klar, sehr gerne!", stimmte er zu. „Kino?"

„Ja, gut! Samstag?"

„Ja! Lydia wollte das auch, aber ich gehe viel lieber mit dir los!", antwortete er. Celina stellte fest, dass sie mit ihrer Schätzung wohl ins Schwarze getroffen hatte. Ihre Hände zitterten, als sie kurz danach auflegte. Da hatte sie Sven wohl gerade eben nochmal vom Haken gezogen. So allmählich wurde Lydia extrem anstrengend!

Wenn ihr Traum auch in Bezug auf Sven derart zutreffend war, was war dann mit Nico? Eine Gänsehaut lief ihr über Rücken und Arme. Nur in dem Nico-Traum war Lydia als Person wirklich in Erscheinung getreten. Alles andere musste nicht unbedingt etwas mit ihr zu tun haben, obwohl sie das mit den Spinnen und Isabells Hand schon in der Richtung Fluch sehen konnte, Frau Evershagen war auch erst aufgedreht, als sie angerufen hatte und bei Sven hatte sie auch die Finger im Spiel. Wie erging es dann erst Nico?

Ihn so einfach anrufen konnte sie nicht. Also schrieb sie ihm über Facebook: „Hallo Nico, zeichnest du eigentlich auch mit dem Kohlestift? Ist es richtig, dass man das Bild dann, wenn es fertig ist, mit Haarspray fixiert?"

Ein besseres Thema zum Anschreiben fiel ihr nicht ein. Aber da sie ihn im Traum vor seiner Staffelei gesehen hatte, bot es sich an, ihn irgendetwas über Malerei oder Zeichnen zu fragen. Dann machte sie für sich etwas zu essen und versorgte Mikesch mit Futter, damit sie nicht wie gebannt auf eine Nachricht wartete. Nach einer halben Stunde schaute sie mal kurz nach und stellte fest, dass er ihre Fragen gelesen hatte. Jedenfalls wurde es so angezeigt. Eine Antwort gab es jedoch nicht. Hatte er keine Zeit oder war er immer noch sauer auf sie? Sie versuchte, möglichst wenig darüber nachzudenken, denn sie hatte keine Lust auf eine neue Welle dieser tiefen Traurigkeit der letzten Tage. Ihr Essen, ein paar Bratkartoffeln mit Rührei, war gerade fertig und sie setzte sich vor den Fernseher und aß in Ruhe. Dabei setzte sie sich bewusst so hin, dass ihr Blick nicht auf den PC fiel.

Erst als sie alles in der Küche weggeräumt hatte, schaute sie wieder nach. Er war online und er hatte geantwortet: „Ich zeichne nicht mit Kohlestiften, höchstens mal ein paar Skizzen mit Bleistift.“

„Also nur Öl oder so?“, fragte sie nach, um das Gespräch irgendwie am Laufen zu halten und in Richtung Malerei zu lenken.

Nach einer weiteren langen Pause von nochmal einer halben Stunde kam endlich eine Antwort, allerdings eine, die Celina dann doch noch die Tränen in die Augen trieb: „Dir muss klar sein, dass ich nicht so mit dir schreiben kann wie mit Cora. Ich hatte Vertrauen zu ihr ...“

Kapitel XLIV
Lydia ist wieder da

An diesem Abend schrieb Celina nicht mehr zurück. Was hätte sie auch schreiben sollen? Seine Ablehnung tat einfach nur weh, obwohl sie wusste, dass sie das auch irgendwie verdient hatte.

Sie versuchte, diese Gedanken, die sie derart herunterzogen, beiseite zu schieben, als sie am nächsten Tag nach Feierabend antwortete: „Das ist mir klar. Trotzdem hatte ich auf ein einigermaßen normales Verhältnis gehofft, zumal ich dich fragen wollte, ob alles in Ordnung ist, weil ich denke, dass Lydia wieder etwas im Schilde führt."

Sie hatte sich entschieden, ihn mehr oder minder direkt nach Lydia zu fragen, denn alles andere schien keinen Sinn zu machen. Natürlich konnte sie nicht einfach erwähnen, dass sie merkwürdige Träume hatte, aber wenn etwas war, dann würde er – so hoffte sie – das nun wohl auch schreiben.

Während sie auf eine Antwort wartete, telefonierte sie mit Isabell und erzählte ihr von Jenny und ihrem Gegenfluch, wonach es ihr endlich besser ging.

„Ich glaube, ich brauche sowas auch!", meinte Isabell. „Mein Handgelenk wird immer schlimmer und unsere Hexerei hier bei mir mit Veronica hat ja auch geholfen."

„Ja, vielleicht wäre das ganz gut", stimmte Celina zu, ohne ihr etwas von ihren Träumen, die der Realität so nahe kamen, zu sagen. „Für Sven muss ich mir auch was einfallen lassen." Und sie berichtete kurz von ihrem Telefongespräch mit ihm am vergangenen Abend, insbesondere davon, dass Lydia schon wieder den Kontakt zu ihm suchte.

„Blöde Nuss!", fand Isabell. „Kann die sich nicht einfach verziehen?"

Genau der gleichen Meinung war auch Celina. Sie verabredeten sich für den Samstagnachmittag zum Herumhexen, welcher Art auch immer, also noch bevor Celina mit Sven ins Kino gehen würde, am besten gleich für alles, wie Isabell vorschlug.

Celina musste über Isabells Eifer lächeln, als sie schließlich auflegte. Es war beruhigend, wie Isabell inzwischen damit umging, besser als mit Angst wie vor gut einer Woche in ihrer Wohnung.

Ein letzter Blick auf ihren PC, bevor sie ihn ausmachte, zeigte ihr, dass Nico noch nicht geschrieben hatte, ihre Nachricht aber offenbar auch noch nicht gelesen hatte. Nun ja, sie hoffte auf eine Antwort am nächsten Tag, insbesondere weil Lydia am Donnerstag wahrscheinlich wieder bei der Arbeit sein würde und sie dann zumindest vorbereitet sein wollte.

Am Mittwoch war wirklich eine Nachricht da: „Sie hat in der Tat versucht Kontakt aufzunehmen und zwar mit einer SMS, die ich allerdings ignoriert habe. Ich hoffe, das sich das mit ihr nun endlich erledigt hat, zumal ich zur Zeit andere Probleme habe."

Celina saß da und starrte auf das, was er geschrieben hatte. Zu dem normalen Verhältnis, das sie sich wünschte hatte er nichts geschrieben. Das versetzte ihr einen kleinen Stich, den sie allerdings gedanklich beiseite schob. Es gab gerade Wichtigeres ... Sie hatte ihm eine SMS geschrieben wie bei Sven, anscheinend, um wieder an ihn heranzukommen, jedenfalls las sie das so heraus. Er hatte leider nicht geschrieben, was sie genau wollte, aber egal. Er hatte irgendwelche Probleme ... Celina hatte im Traum gesehen, wie er kein Bild zustande kriegen konnte, weil sie seinen Arm immer wieder anstieß.

Im übertragenen Sinne würde das wahrscheinlich bedeuten, dass zur Zeit einiges schief lief bei ihm und er wohl kaum auf die Idee kommen würde, dass Lydia dahinterstecken könnte. Sollte sie diesen Traum ihm gegenüber erwähnen? Nein! Sie verwarf diesen Einfall gleich wieder. Kein guter Plan!

Stattdessen entschied sie sich, einfach mal vorsichtig nachzufragen: „Andere Probleme?" Nur diese zwei Worte, mehr lieber nicht!

Später am Abend sah sie, dass er ihre Frage zwar gelesen hatte, geantwortet hatte er jedoch nicht. „Verdammt! Blöder Sturkopf!", meckerte sie ihren Bildschirm an. „Ich mach mir Sorgen um dich, du Idiot! Wie soll ich dir denn helfen?"

Am nächsten Tag fuhr Celina mit einem sehr mulmigen Gefühl zur Arbeit. Würde Lydia da sein? Ja, sie war tatsächlich da! Sie kam kurz nach Celina und grüßte höflich. Celina grüßte ebenso zurück. Auch Isabell setzte auf Freundlichkeit, ließ Lydia aber keine Minute aus den Augen.

„Ich trau ihr nicht!", raunte sie Celina irgendwann im Vorbeigehen zu.

„Dito!", antwortete Celina ebenso leise.

Doch wider Erwarten passierte nichts. Die Atmosphäre war freundlich und respektvoll. Allerdings bemerkte Celina, dass auch Richard Lydia zu beobachten schien, wobei sie nicht einmal hätte sagen können, ob Misstrauen oder Interesse in seinem Blick war.

Dies hielt auch am nächsten Tag noch an, so dass auch Lydia auffiel, dass er immer mal wieder nach ihr schaute.

„Mache ich etwas falsch?", fragte sie ihn auf einmal ganz direkt und schaute ihn mit ihren großen braunen Rehaugen an.

„Nein, wieso?" Richard war ein wenig irritiert.

„Weil du immer guckst, was ich mache", antwortete sie. Celina, die diese Szene mitbekam, fiel auf, dass ihre Stimme einen sehr warm klingenden Unterton bekam.

„Ich möchte nur, dass es dir gut geht und du dich wohlfühlst", sagte Richard dazu. „Du warst krank und siehst noch ein wenig blass um die Nase aus."

Auch seine Stimme wirkte ein bisschen sanfter als vorher. Celina war sich sicher, dass sie sich nicht täuschte.

„Lieb von dir!", meinte Lydia und schenkte ihm ein süßes

Lächeln. Dann widmete sie sich wieder der Medikamentenlieferung.

Auch am nächsten Vormittag, am Samstag, war soweit alles
friedlich – so ruhig, dass Isabell, als sie nachmittags bei Celina
war, meinte: „Also entweder ist Lydia wie ausgewechselt oder
wir haben uns das alles nur eingebildet."

„Ich trau dem Frieden nicht", sagte Celina. „Ja, ich hab auch oft
darüber nachgedacht, ob das eine oder andere nur Einbildung
war, aber es gibt da ein paar Sachen dazwischen, die definitiv
hundertprozentig echt waren. Nimm alleine nur das Spukige
bei dir oder hier bei mir."

„Aber das muss ja nicht sie gewesen sein", wandte Isabell ein.

„Ich hab sie gesehen, als Sven hier geschlafen hat! Und du hast
gesehen, wie sie Richard manipuliert. Dazu ihre eindeutigen
Lügen, der Müll, den sie über Nico erzählt hat, die Falle, die sie
ihm stellen wollte ..."

„Zwei Fallen, wenn man es genau nimmt, einmal beim Kino
und einmal in der Apotheke", fügte Isabell hinzu. „Ja, du hast
Recht! Vielleicht versucht sie uns nur in Sicherheit zu wiegen
oder auch zu manipulieren. Ich bin schon vollkommen durch
den Wind. Und mein Handgelenk wird auch immer
schlimmer."

„Okay, dann schlage ich vor, wir machen den Fluchbrecher,
den Jenny und ich für mich gemacht haben, auch für dich.
Schaden kann es ja nicht!"

„Ja, finde ich auch!", stimmte Isabell zu.

„Und irgendwas für Sven! Ich will nicht, dass sie ihn
manipuliert oder fertig macht!", bat Celina.

„Vielleicht ein Schutzamulett oder so etwas?", schlug Isabell
vor.

„Ja ... schon irgendwie ...", meinte Celina zögernd, „aber er
muss das nicht wissen."

So beschlossen die beiden, erst einmal für Isabell zu hexen.
Isabell gefiel der Spruch, den Jenny und Celina gedichtet

hatten.

„Ich finde den Gedanken klasse, dass die Person, die mir das verpasst hat, alles zurückbekommt – wenn denn jemand dahintersteckt. Und so wie ihr das geschrieben habt, kann das auch nicht den Falschen treffen.“

„So war es auch gedacht!“ Celina war froh, dass Isabell das auch so sah. „Das Schlechte wird an den Verursacher zurückgeschickt.“

Die beiden zündeten die Kerzen an und riefen erst die Schutzgeister, dann sprachen sie den Fluchbrecherspruch und streuten Alant, Muskatellersalbei, Beifuß und schließlich noch den Weihrauch auf die Kohle.

„Vielleicht sollten wir für Sven einfach erstmal nur Schutz hexen“, schlug Celina vor.

„Ja, gute Idee!“, stimmte Isabell zu. „Ich bin irgendwie total aufgekratzt ... wir könnten auch für Richard noch vorsichtshalber das Gleiche machen.“

„Und für Nico!“, ergänzte Celina.

Zusammen mit ein bisschen Schutzmischung und Weihrauch verbrannten sie also auch noch kleine Zettel mit den Wünschen für Sven, Richard und Nico. Das musste vorläufig reichen.

Kapitel XLV
Mit Sven ins Kino

Isabell verabschiedete sich ungefähr eine Stunde, bevor Celina los musste. Sie hatte mit Sven noch genau verabredet, dass er sie zum Kino abholen und den Film auswählen wollte. Also hatte sie eine Stunde zum Mikesch versorgen, duschen, anziehen, schminken und natürlich noch aufräumen, denn auf dem Wohnzimmertisch stand und lag noch eine wilde Mischung aus Kerzen, Räuchergefäß, Papierschnipseln, winzigen Kräuterstückchen und Kaffeetassen.

Pünktlich um halb acht klingelte Sven. Er sah gut aus mit Jeans, weißem Hemd und frisch vom Friseur gekürzten Haaren. Celina hoffte inständig, dass er ihre Verabredung als das sah, was sie war, nämlich Freunde, die zusammen ins Kino gehen und nicht mehr. Seine Umarmung zur Begrüßung fiel jedenfalls normal aus.

„Ich würde gerne den neuen James Bond mit dir gucken, wenn es für dich okay ist", schlug er vor.

Celina lächelte. Das passte irgendwie zu ihm. Es war zwar nicht gerade das, was sie unbedingt ansehen würde, aber es hätte viel schlimmer sein können.

„Klar doch!", antwortete sie und schlüpfte in Schuhe und Jacke. Mikesch maulte sie an, als wenn er halb verhungert wäre, und sie bestach ihn noch mit einem Leckerli. Dann fuhren sie mit Svens Auto los. Kathi hätte bestimmt was zu meckern gehabt, kam es Celina in den Sinn, alleine schon weil sie noch nicht zu 100 % fertig gewesen war. Aber Sven war eben ein bisschen toleranter.

Im Kino herrschte ein ziemliches Gedränge. Während Sven sich anstellte, um die reservierten Karten abzuholen, kümmerte sich Celina um Cola und Popcorn. Gerade als sie mit allem versorgt war und sich der Schlange vor dem Kartenschalter zuwandte, um zu sehen wie weit Sven schon war, entdeckte sie ihren neuen Arbeitskollegen Gunnar, wie er in Richtung der einzelnen Kinos verschwand. Er trug eine abgewetzte Jeans und ein Jackett mit Ellenbogenpatches. Dann war er wieder aus Celinas Blickfeld verschwunden. Seltsam, dachte sie nur, denn sie konnte sich nicht vorstellen, dass er James Bond gucken würde, aber andererseits wurden ja auch andere Filme gezeigt. Sie schüttelte den Gedanken ab und schaute sich stattdessen lieber nach Sven um. Da kam er auch schon geradewegs auf sie zu, hakte sie unter und zog sie geschickt durch die Menschenmengen zum Kinosaal.

„Ich hab die Karten!", sagte er strahlend.

„Und ich das Popcorn dazu!" Celina grinste ihn an.

„Danke, dass du mitgekommen bist", meinte er, „denn alleine macht das echt keinen Spaß."

Als sie den Kinosaal betraten und nach ihren Plätzen schauten, sah Celina Gunnar wieder. Er war ein paar Meter vor ihnen, weiter unten, und er war in weiblicher Begleitung, Auch Sven hatte ihn oder vielmehr sie gesehen! Er blieb wie angewurzelt stehen.

„Lydia!", stieß er leise hervor, mehr nicht. Obgleich sie das nicht gehört haben konnte, drehte sie sich um, lächelte und grüßte ihn und Celina mit einem Kopfnicken. Sven wirkte wie versteinert.

„Ist doch egal, komm hier ist es!", versuchte Celina ihn abzulenken und zeigte ihm ihre Plätze. In ihrem Kopf schossen auch gerade die Gedanken Purzelbäume, doch trotzdem blieb sie ruhig.

„Sie wusste genau, dass ich hier mit dir bin, weil sie mich gestern Abend noch angerufen hat", erklärte Sven. „Warum tut sie das? Warum kann sie mich nicht in Ruhe lassen? Und wer ist überhaupt der Typ da bei ihr?"

„Sven, schau mich an!", forderte Celina ihn auf, was er tatsächlich tat, wenn auch ein wenig verwundert. Dann fuhr sie fort: „Wir sind hier, um den Film zu sehen, den du die ganze Zeit schon sehen wolltest. Und das tun wir jetzt auch! Vergiss Lydia! Der Typ ist nur unser neuer Arbeitskollege, also alles total uninteressant."

Sven nickte und setzte sich zusammen mit Celina hin. Er starrte auf die Leinwand, wo gerade die Werbung anlief, Celina bemerkte jedoch, dass sein Blick immer mal wieder zu Lydia hinüberschweifte, die weiter vorne saß. Auch als der Film endlich startete, wanderte sein Blick manchmal zu ihr und ihrer Begleitung. Obwohl er versuchte, sich nichts anmerken zu lassen, fiel Celina auf, in welchem Tempo er das Popcorn in sich hinein-schaufelte. So ganz normal war das nicht!

Nach einer Weile guckte sie auch immer mal wieder zu Lydia und Gunnar und glaubte schon bald, ihren Augen nicht trauen zu können. Lydia hatte ihren Kopf an seine Schulter gelehnt! Sie kannte Gunnar erst seit drei Tagen!

Verstohlen riskierte Celina einen Blick zu Sven und musste feststellen, dass er das leider auch gesehen hatte. Er atmete scharf ein, kniff die Augen zusammen und schaute dann ganz bewusst auf die Leinwand.

Sie waren vielleicht gerade annähernd in der Hälfte des Films angelangt, da war der riesige Becher Popcorn leer. Kaum hatte Sven den Rest in den Mund gestopft, als er sich den Pappbecher schnappte und sagte: „Ich hol mal eben Neues!"

Bevor Celina etwas erwidern konnte, war er schon aufge-sprungen und draußen. Sie konnte nur noch mit dem Kopf schütteln und einfach weitergucken. Aber nach einer Weile wunderte sie sich doch. Wo blieb er nur? So eine lange Schlange konnte dort während der Vorstellung gar nicht sein! Kurz entschlossen stand sie auf und folgte ihm. Es ging ihm bestimmt nicht gut ...

Sie fand ihn im Eingangsbereich, wo er sich irgendwelche Kinoplakate anschaute.

„Sven, hey", sprach sie ihn an und legte ihre Hand auf seinen Arm. Von ihm kam keine Reaktion. Stattdessen starrte er die

Plakate an, als wenn sie das Interessanteste von der ganzen Welt wären.

„Möchtest du nicht mehr weitergucken?", fragte Celina, obwohl sie die Antwort längst wusste. Sie rechnete kurz im Kopf nach. Ungefähr vier Wochen war es her, dass Sven und Lydia ein Paar gewesen waren. Offenbar machte ihm das mehr zu schaffen, als er bereit war zuzugeben.

„Warum tut sie das?", stieß er auf einmal hervor. „Was hab ich ihr getan?"

„Nichts!", antwortete Celina sofort und betonte noch einmal: „Du hast ihr nichts getan, Sven. Sie wollte und will nur Aufmerksamkeit. Das ist alles."

Nun schaute er Celina endlich an. „Ich habe gestern Abend noch mit ihr telefoniert", erzählte er. „Da habe ich ihr gesagt, dass ich es schade fand, dass es so zu Ende gegangen ist und dass ich sie eigentlich wirklich sehr gerne mag."

„Und dass du heute mit mir ins Kino gehst", ergänzte Celina.

„Ja, das hat ihr nicht gepasst, sie wurde richtig zickig", bestätigte er.

„Deswegen ist sie hier. Nur um dir wehzutun!", meinte Celina dazu.

„Ja, das denke ich", sagte er mit belegt klingender Stimme. „Weil sie sauer war, obwohl wir, also sie und ich, uns morgen treffen wollten ... eigentlich ... jetzt aber nicht mehr, es reicht einfach."

„Aber sie weiß, dass wir nur Freunde sind?", hakte Celina nach.

„Ja und da habe ich auch keinen Zweifel dran gelassen." Er rang sich zu einem Lächeln durch. „Wirklich!"

Sie knuffte ihn in die Seite. „Und das ist auch gut so!"

„Ich glaube, sie hat wohl gedacht, sie könnte mich damit eifersüchtig machen. Ist das echt nur ein Arbeitskollege?"

„Ja, den sie erst seit Donnerstag kennt!", bestätigte sie.

„Ich brauche keine Frau, die solche Spielchen mit mir spielt!", sagte er mit einem leichten Seufzen. „Wollen wir woanders hin? Ich hab keinen Bock, da wieder rein."

„Sicher?", fragte Celina nach.

„Ganz sicher!" Sven grinste sie an und zog sie mit nach draußen.

Während sie zum Auto gingen, schaute Celina noch einmal zurück. Durch die Glastür konnte sie erkennen, wie Lydia ihnen hinterhersah.

Kapitel XLVI
Freundschaft und Freundschaft?

Der Abend mit Sven wurde noch richtig schön. Zuerst gingen sie in die Disco, in der sie mit Kathi gewesen war, und probierten ein paar von den Cocktails – und zwar die alkoholfreien. Sie erzählte ihm von ihrem Besuch dort zwei Wochen zuvor, von Kathis Benehmen und auch wie sie sich Eric und Jenny gegenüber verhalten hatte, als sie die beiden dort getroffen hatten.

„Kathi eben!", meinte Sven schulterzuckend. „Nimm dir das nicht zu Herzen! Sie muss immer irgendwie im Mittelpunkt stehen."

„Schön, dass ich das nicht alleine so sehe", sagte Celina lächelnd dazu.

Später dann fuhren sie zurück zum Kino und guckten sich James Bond doch noch in der Spätvorstellung an. Sie vertilgten dabei gleich zwei von den Riesenpopcornportionen, mit denen sie sich vor der Vorführung eingedeckt hatten.

Von Lydia war nichts mehr zu sehen, was Celina sehr beruhigend fand. Es war schon sehr merkwürdig, dass sie offenbar bemerkt hatte, dass sie und Sven nicht mehr im Kinosaal waren und dass sie ihnen hinterhergegangen war. Anders war das jedenfalls nicht zu erklären, was sie gesehen hatte, als sie noch einmal zurückgeschaut hatte.

Als Sven sie schließlich nach Hause fuhr, nahm er sie zum Abschied in den Arm und drückte sie. „Danke dir! War toll!", sagte er.

„Ja, wirklich schön!", war Celina der gleichen Meinung.

Am Sonntag stand Celina erst recht spät auf. Sie hatte endlich mal wieder gut geschlafen, ohne irgendwelche seltsamen Träume, jedenfalls keine, an die sie sich hätte erinnern können. Dementsprechend entspannt schaltete sie irgendwann am Nachmittag ihren PC ein. Zuerst schaute sie nach

Nachrichten und stellte fest, dass sie tatsächlich eine von Nico hatte.

„Bitte hilf mir, Celina. Melde dich bitte bei mir, sobald du Zeit hast", schrieb er.

Verwundert und ein bisschen besorgt starrte Celina auf die kurze Mitteilung. Für einen Moment dachte sie grimmig, dass sie wohl gut genug war, wenn er Hilfe brauchte, wischte den Gedanken dann aber fort. Er war ein sehr egozentrischer Mensch, das wusste sie fast vom ersten Moment an, als sie die ersten Worte als Cora mit ihm gewechselt hatte. Und sie wusste auch intuitiv, dass er nur schwer Vertrauen zu anderen Menschen fasste. Es musste sehr dringlich sein, wenn er sie um Hilfe bat.

Natürlich würde sie helfen ...

„Hey, was ist los?", fragte sie.

Es dauerte ungefähr zehn Minuten, dann war er online. Ohne Umschweife erklärte er: „Lydia hat mich angerufen und mir gedroht, meinen Freunden, Arbeitskollegen und allen, die ich kenne, zu erzählen, ich wäre ein Monster und ein Stalker. Ich bin heute in der Tat von einem Arbeitskollegen angeschrieben worden, ob ich diese Dame kennen würde. Sie hatte mit ihm über Facebook Kontakt aufgenommen."

Unzählige Fragen schwirrten durch Celinas Kopf. Sie versuchte, diese ein wenig zu ordnen, und schrieb: „Wann hat sie dich angerufen? Was hast du deinem Kollegen geantwortet? Sie ist bei Facebook? Warum tut sie das? Ist irgendwas vorgefallen?"

Während sie auf eine Antwort wartete, schaute sie schon vorab einmal selbst nach, ob Lydia tatsächlich bei Facebook war. Komischerweise war sie nie auf die Idee gekommen, dass es so sein könnte. Sie fand sehr schnell das Profil „Lydia Jansen". Viel war nicht zu sehen, außer dass sie offenbar gerne reiste, weil es Bilder von Italien, Frankreich und der Schweiz gab, und ihr Profilbild, das sie im Sommer in einem Straßencafé zeigte. Die

Freundesliste konnte sie nicht einsehen.

Sie schaute bei Nico nach. Seine Freundesliste war relativ offen, vielleicht sogar ganz öffentlich zugänglich, das konnte sie leider nicht genau sagen, weil sie selbst ja drauf war. Lydia war jedoch nicht dort. Wenigstens etwas!

„Sie hat mich gestern Nachmittag angerufen", antwortete er, „allerdings habe ich dem keine Bedeutung geschenkt und das Gespräch sehr schnell beendet. Als mich dann aber heute mein Arbeitskollege anschrieb, wurde mir klar, dass sie das wirklich macht. Ja, sie ist bei Facebook, sie war sogar mal eine kurze Zeit auf meiner Freundesliste, aber das ist schon ungefähr ein halbes Jahr her. Ich habe meinem Arbeitskollegen noch nicht geantwortet. Was soll ich ihm auch schreiben?" Auf das Warum ging er nicht weiter ein. Über Celinas Lippen huschte ein trauriges Lächeln bei den Worten, er hätte das Gespräch schnell beendet. Ja, darin war er gut ...

„Wie kommt sie auf deinen Kollegen?", fragte sie als nächstes und bohrte dann weiter nach den Motiven: „Warst du mit Lydia zusammen? Ist irgendwas zwischen euch vorgefallen, dass sie dich so sehr hasst?"

Wieder antwortete er sehr schnell: „Ich weiß nicht, wie sie auf meinen Kollegen kommt. Vielleicht hat sie ihn hier auf meiner Freundesliste gesehen. Ich war nicht mit ihr zusammen, aber wir hatten mal was. Zu der Zeit hatte ich sie auch hier bei Facebook, aber aus irgendeinem Grund hat sie sich dann von meiner Liste gelöscht. Möglicherweise hat sie sich mehr von unserem Zusammensein erhofft, ich weiß es nicht."

Für einen Augenblick war Celina in Versuchung ihn anzurufen, verwarf dies aber gleich wieder. Sie hatte keine Lust, womöglich von ihm abgewürgt zu werden. Allmählich zeigte sich ein klareres Bild von Lydia, je mehr sie über sie erfuhr oder selbst beobachtete. Ganz offensichtlich konnte sie nicht damit umgehen, wenn sie in irgendeiner Form verschmäht wurde oder nicht genug Aufmerksamkeit bekam. Nun ging es aber erst einmal darum, das dringlichste Problem zu lösen ...

„Ist deine Freundesliste offen zugänglich? Wenn ja, dann schließe sie so, dass niemand oder nur deine Freunde sie sehen können!", empfahl sie ihm. „Deinem Arbeitskollegen schreib einfach, sie wäre eine Ex oder sowas, die das Aus nicht ertragen kann und er sollte den Kontakt mit ihr lieber meiden. Hat sie sonst noch jemanden angeschrieben?"

Er schien ein wenig beruhigter. „Gut, das schreibe ich ihm. Wie schließt man die Freundesliste vor der Öffentlichkeit? Ich weiß nicht, ob sonst noch jemand."

Celina suchte kurz, sie selbst hatte ihr Profil und damit auch ihre Freundesliste streng geschützt, sie musste nur noch finden, wie sie das eingestellt hatte, dann erklärte sie es ihm Schritt für Schritt. Nun galt es nur noch herauszufinden, wen sie sonst noch angetextet hatte. Celina hatte zwar noch keine Idee, wie, aber trotzdem schrieb sie ihm: „Ich werde versuchen herauszufinden, ob sie sonst noch Kontakte gesucht hat."

„Ich danke dir!", kam noch von ihm, dann ging er offline.

Na ja, wenigstens bedankte er sich ...

Sie war sich dessen bewusst, dass das Verhältnis zu Nico noch weit von einer wirklichen Freundschaft entfernt war, vielleicht weil sie ihn so sehr enttäuscht hatte und vielleicht auch weil er anscheinend zu sehr mit sich selbst beschäftigt war, um zu verstehen, dass sie den Kontakt zu ihm gesucht hatte, um ihm zu helfen – auch wenn die Art und Weise nicht richtig war. Celina seufzte tief.

Lydia war wirklich anstrengend. Am Freitagabend hatte sie mit Sven telefoniert, versucht, ihn davon abzuhalten, mit ihr, Celina, ins Kino zu gehen. Im Kino war sie dann mit Gunnar. Wann auch immer sie mit ihm angebandelt hatte ... Und am Samstagnachmittag – also noch vor dem Kino – hatte sie Nico angerufen und ihm gedroht und irgendwann dann auch noch seinen Kollegen angeschrieben. Und wer weiß, wen noch?

Sie würde diese Dinge für Nico herausfinden und auch für sich selbst noch das eine oder andere, auch wenn ihr ihre eigene Idee dazu, die ihr inzwischen in den Sinn gekommen war, nicht gefiel ... aber es war die einzig sinnvolle Möglichkeit ...

Kapitel XLVII
Collin

An diesem Sonntag in den Abendstunden entstand „Collin", männlich, 32 Jahre alt, braungebrannt, schulterlange blonde Haare, mit Strahlelächeln und ganz offensichtlich teurer Windsurfing-Ausrüstung. Über den möglichen Beruf, sowie weitere Details machte sich Celina noch keine Gedanken. Sie hasste schon vorher das, was sie tun würde, aber leider waren ihr andere Optionen ausgegangen.

„Oh, Mikesch, was tue ich da?", seufzte sie verzweifelt ihren Kater an, der ihr mit einem beruhigenden Schnurren antwortete. Sie musste lächeln und kraulte ihm den Nacken.

„Ich könnte eine zweite Meinung gebrauchen!", fand sie, ging aber trotzdem mit ihrem „Collin" online und bastelte weiter an dem Profil herum.

Ein paar Minuten später klingelte ihr Telefon. Das Display zeigte Isabells Telefonnummer. „Hi du, dass passt ja!", begrüßte sie Isabell.

„Ja? Ist was passiert?", fragte Isabell sogleich.

Celina erklärte ihr, dass sie gerade zuvor darüber nachgedacht hatte, jemanden – insbesondere Isabell – anzurufen. Ihr Urteil war immer sehr ausgewogen und meistens auch vernünftig.

„Ich wollte dir eigentlich erzählen, dass mein Handgelenk besser ist. Toll, oder?", sagte Isabell freudig. „Aber nun berichte mal, wie es im Kino war und warum du mich anklingeln wolltest."

Also hatte der Fluchbrecher und Schutzzauber gewirkt, jedenfalls schien es zumindest so. Celina atmete erleichtert auf, auch wenn – wie immer – ein bisschen Skepsis blieb. Dann erzählte sie Isabell vom Kino und von Lydias Auftauchen dort und ihrer Begleitung, außerdem davon, dass Nico sie um Hilfe gebeten hatte und von ihrer „Collin"-Idee.

„Dass sie jetzt schon wieder den nächsten Mann an der Angel

hat, ist der Hammer, diesmal also Gunnar!", meinte Isabell, wobei Celina sich sicher war, dass sie gerade ihren Kopf schüttelte, dann kam sie aber gleich zum nächsten Punkt: „Dieser Nico ist schon ein komplizierter Mensch, finde ich. Einerseits geht er eher auf Rückzug, aber Hilfe braucht er dann doch. Na ja, vielleicht begreift er irgendwann, dass du eine sehr gute Freundin sein könntest ..."

„Im freundschaftlichen Sinne!", ergänzte Celina.

„Ja, so wollte ich das auch sagen!" Celina konnte sich Isabells Grimasse wunderbar vorstellen, als sie das sagte. Dann äußerte Isabell ein paar Bedenken zu „Collin": „Hältst du das nicht für gefährlich? Was ist, wenn sie merkt, dass du das bist? Die Frau hat immerhin sehr merkwürdige Fähigkeiten ..."

„Dann kann ich ihn immer noch löschen!", beruhigte Celina sie. „Meine Bedenken sind eher andere ... nachdem ich Nico mit Cora so enttäuscht habe, wollte ich sowas eigentlich nicht mehr machen ..."

„Aber die Situation ist eine völlig andere!", erwiderte Isabell. „Diesmal geht es nicht darum, herauszufinden, ob ein Mensch gut oder böse ist. Wir wissen schließlich, dass sie hinterhältig, verlogen und fies ist. Es geht darum herauszufinden, was diese wirklich boshafte Person vorhat und das eben auch für ihn."

„Stimmt eigentlich ...", meinte Celina nachdenklich. „Na ja, es ist eh die einzig sinnvolle Möglichkeit, die mir einfällt, obwohl ich keine Ahnung habe, ob ich auf diese Weise überhaupt irgendwas rauskriege."

„Mir fällt noch eine ein", sagte Isabell spontan. „Was wäre, wenn wir jemanden bitten, das zu tun? Mein Lieblingscousin würde das garantiert machen, wenn ich ihn frage, oder dein Nachbar Eric. Ihm vertraust du schließlich auch."

Celina zögerte, überdachte kurz Isabells Vorschlag, aber lehnte dann ab: „Nein, besser nicht. Wir wissen schließlich, mit was wir es zu tun haben, zumindest annähernd, und ich möchte nicht, jemand anderen diesem Risiko aussetzen oder da auch nur mit hineinziehen.“

So schrieb Celina Lydia als „Collin“ an, obwohl es ihr nicht gefiel, denn es erinnerte sie daran, dass sie die Freundschaft mit Nico auf genau diese Art schließlich selber versemmelt hatte, auch wenn die Voraussetzungen dieses Mal ganz anders waren.

Nach längerem Hin- und Hergepuzzle hatte sie dann endlich einen Text zusammen: „Hi, ich habe bei deinen Fotos gesehen, dass du gerne reist, besonders Italien scheint es dir angetan zu haben. Ich bin auch Italien-Fan und würde mich freuen, wenn du antwortest. Mit netten Grüßen, Collin.“ Dazu schickte sie einen Freundschaftsantrag.

Nun hieß es, einfach abwarten.

Tatsächlich hatte sie bereits eine halbe Stunde später eine Antwort: „Hallo Collin, ja, ich liebe Italien, reise mindestens einmal im Jahr dahin, leider meistens alleine. Und du? Bist du alleine unterwegs? Ganz liebe Grüße von Lydia.“

„Na, die hat es aber eilig, ihn kennenzulernen!“, fand Celina. „Na gut ...“

„Oh, du bist ja online!“, schrieb sie. „Ich reise leider auch meistens allein. Wohin genau magst du am liebsten reisen? Venedig? Rom? Rimini? Neapel?“

Sie antwortete schon eine Minute später: „Ich mag Neapel sehr gerne. Von dort aus kann man so viel besuchen und der Strand ist herrlich. Du surfst gerne? Die Sonnenbräune steht dir gut.“

Celina raufte sich die Haare. Das Flirt-Tempo von Lydia überraschte sie, obwohl sie das ja eigentlich schon live mit Sven in der Apotheke mitbekommen hatte. Was konnte sie antworten? Wie würde ein Mann schreiben? In Windeseile googelte sie nach Neapel, denn in Wirklichkeit war sie noch nie dort gewesen.

„Warst du schon beim Vesuv?“, fragte sie als Collin, nachdem sie eine gute Seite über Neapel gefunden hatte. „Ich finde, das ist ein tolles Erlebnis dort zu sein. Aber leider war ich da alleine. Das Bild von dir im Straßencafé finde ich schön. Ist das in Italien aufgenommen?“

„Das war in Mailand“, antwortete sie prompt. „Ich liebe es, in Cafés zu sitzen und die Leute auf der Straße zu beobachten. Sowas macht natürlich nur zu zweit Spaß, wie auch Ausflüge zum Vesuv oder nach Capri. Ich muss leider morgen arbeiten und gehe nun schlafen. Es wäre schön, wenn wir morgen wieder schreiben können.“

Celina schrieb ebenso schnell zurück: „Das fände ich auch schön! Schlaf gut und träum süß!“

Danach kam nichts mehr von Lydia. Celina atmete auf! Es war irgendwie doch sehr gruselig mit ihr zu schreiben. Leider hatte sie die Freundschaftsanfrage noch nicht angenommen, aber der Anfang war gemacht. Celina hatte keine Ahnung, wohin sie das führen würde, dennoch war diese Möglichkeit die einzig sinnvolle. Natürlich war auch was an Isabells Vorschlag drangewesen, jemanden darum zu bitten, Detektiv zu spielen, doch dieses Risiko, das von Lydia ausging, wollte Celina lieber selber tragen.

Kapitel XLVIII
Gerüchte und Lügen

Am Montag bei der Arbeit redete Lydia wie üblich kein Wort mit Isabell und Celina – außer einem morgendlichen Gruß. Dieses Mal hatte Celina jedoch das Gefühl, als wenn sie noch mehr auf Abstand war als sonst.

„Liegt bestimmt am Kinobesuch mit Sven", raunte ihr Isabell im Vorbeigehen zu und bestätigte damit ihren Eindruck. Was Gunnar anging, war nichts auffällig. Nichts deutete darauf hin, dass mehr zwischen ihm und Lydia sein könnte als ein normales Arbeitsverhältnis. Zumindest umgarnte sie ihn nicht so wie Richard oder Sven. Schon mal gut!

Davon mal ganz abgesehen, war sie ganz froh darüber, dass Lydia sie kaum beachtete, denn sie befürchtete, sie könnte ihr an der Nasenspitze ansehen, welchen Vorstoß sie gewagt hatte. Die Fortsetzung würde es an diesem Tag noch geben, wenn alles klappte.

Als sie Feierabend hatte und zu Hause war, fuhr sie als erstes den PC hoch. Kaum hatte sie sich als Collin eingeloggt und Lydia ein „Guten Abend, wie war dein Tag?" geschickt, da klingelte das Telefon.

Während sie ran ging, schaute sie aufs Display und stellte fest, dass es Kathi war, die sich auch sogleich meldete: „Hallo Celina, na, hast du Feierabend? Sven war vorhin hier und hat Sönke erzählt, dass ihr beide am Samstag im Kino ward. Das hast du mir ja gar nicht verraten ..." – Celina verdrehte die Augen. Warum nur musste Kathi immer so neugierig sein? – „... Jedenfalls scheint ihm das ja richtig gut gefallen zu haben. Läuft da doch was mit euch?"

„Nein, da läuft gar nichts!", antwortete Celina sofort sehr strikt, weil sie keine Lust auf die nächsten Gerüchte hatte. Sie verstand sich zur Zeit so super mit ihm, dass sie das jetzt garantiert nicht brauchen konnte.

Nebenbei schaute sie immer mal wieder auf den Bildschirm, ob Lydia schon geantwortet hatte und tatsächlich hatte sie eine Antwort: „Hallo Collin, schön, dass du online bist. Mein Tag war leider nicht so gut."

Mehr schrieb sie nicht dazu, also würde der gute Collin mal nachfragen. „Ist denn etwas passiert, dass dein Tag nicht so gut war?", tippte Celina.

Kathi, die gerade dabei war, Celina zu erzählen, dass sie am Überlegen waren, das Wohnzimmer zu renovieren, hörte offenbar das Tippen, denn sie stutzte und meinte: „Bist du da nebenbei am Chatten? Das ist aber unhöflich von dir!"

„Unhöflich?", fragte Celina nach. „Ich war schon am Schreiben, bevor du angerufen hast, und das ist jetzt gerade mal wichtig. Welche Farbe wollt ihr für das Wohnzimmer nehmen?"

Gleichzeitig antwortete Lydia: „Ach, nur Stress bei der Arbeit! Das ist in letzter Zeit wirklich ganz schrecklich."

„Was ist denn so stressig? So viel zu tun?", fragte Celina bei Lydia nach und setzte schnell noch hinteran: „Was arbeitest du eigentlich?" Schließlich konnte Collin das ja nicht wissen.

„Ich bin ja für einen Grünton", erklärte Kathi gerade, stutzte wieder und meinte dann zutiefst beleidigt: „Für mich wirst du das Chatten ja wohl mal unterbrechen können ..."

Nein, konnte sie nicht, fand Celina. Also würgte sie nun das Gespräch mit Kathi einfach ab, weil sie keine Lust auf Vorwürfe hatte, nur weil sie sich nicht zu 100 % gerade ihr widmete: „Nein, ist gerade nicht möglich. Wir können ja nachher nochmal telefonieren." Und bevor Kathi irgendetwas erwidern konnte, legte sie schnell auf.

Lydia hatte gerade geschrieben: „Ich arbeite in einer Apotheke. Eigentlich ist es dort wirklich schön, das Gehalt stimmt, ein tolles Arbeitsklima. Aber leider habe ich dort eine Kollegin, mit der ich gar nicht auskomme."

Celina starrte auf Lydias Worte. Was kam jetzt? Wie konnte sie am sinnvollsten nachfragen? Da klingelte es an der Tür. Immer diese Unterbrechungen ...

Vor ihrer Wohnungstür stand Eric, wie sie durch den Spion feststellte. Natürlich öffnete sie.

„Hi, ich wollte dich was fragen ...“, begann er und stockte dann.

„Komm erstmal rein!“, meinte sie. „Ich bin nur ganz kurz am PC, entschuldige bitte.“

Eric schaute ein wenig überrascht, als sie gleich ins Wohnzimmer flitzte und am Computer eine Nachricht an Lydia verfasste.

„Was macht diese Kollegin denn?“, fragte sie einfach Lydia.

Eric stand unterdessen mitten im Wohnzimmer und knetete ein wenig verlegen seine Hände.

„Tut mir leid“, sagte Celina zu ihm mit einem Kopfnicken in Richtung PC. „Aber das ist echt wichtig, ich hab da gerade sie ...“

„Wie jetzt? Wen?“, fragte Eric ein wenig irritiert.

„Diese Arbeitskollegin, von der ich dir erzählt habe“, erklärte sie.

„Die spukig gruselige?“, hakte er überrascht nach. „Darf ich sie mal sehen? Ich bin ja ein bisschen neugierig.“

„Ja, die!“, bestätigte Celina. „Und ja, natürlich darfst du!“

Als Eric nun schaute, war sie allerdings doch ein wenig verlegen, zumal sein Blick dabei auf das Profil von „Collin“ fiel.

„Du gibst dich als Kerl aus? Sehr schlau!“, kommentierte er dies. „Na, die sieht ja total unschuldig aus, ein bisschen zu sehr.“

In diesem Moment kam eine Antwort von Lydia: „Diese Arbeitskollegin macht mir das Leben schwer, wo und wie sie kann. Sie ist eifersüchtig. Dabei sollte ich das eigentlich sein, denn sie hat mir meinen Freund einfach vor der Nase weggeschnappt und ist nun mit ihm zusammen.“

Auch Eric las dies mit. „Das ist eine hundsgemeine Lüge!“, fauchte Celina.

„Was davon?“, fragte Eric.

„Alles!“ Celina wusste gar nicht, wo sie anfangen sollte. „Ich mache gar nichts! Und er ist wirklich nur ein guter Freund und ist das auch immer nur gewesen.“ Es war ihr wichtig, das gleich richtigzustellen.

Eric lächelte, dann meinte er: „Ist doch okay! Du musst ihr antworten.“

„Aber was?“ Celina ballte die Fäuste.

„Erstmal ganz cool bleiben, okay? Und dann fragst du sie einfach weiter aus!“, schlug er vor.

Celina nickte. „Wie lange ward ihr zusammen? Wie hat deine Kollegin das gemacht?“

„Sehr gut!“, lobte Eric.

Lydia antwortete wieder sehr zügig: „Wir waren zwei Monate zusammen und sehr glücklich. Meine Kollegin wusste das, aber trotzdem hat sie ihm immer wieder schöne Augen gemacht und ihn teilweise sogar in meinem Beisein angebaggert. Sie hat sich benommen wie eine billige Schlampe ... ganz furchtbar.“

„Diese ...“, schnaubte Celina wütend. Ihr fiel schon kein passendes Wort mehr ein. „Die waren gerade mal zwei Tage zusammen!“

Eric grinste jedoch breit. „So so, nur am Baggern ...“. meinte er lustig zwinkernd.

„Da war wirklich nichts!“, sagte Celina todernst. „Ich will nicht, dass du das denkst!“

„Denk ich nicht!“, beruhigte Eric sie. „Was erhoffst du dir herauszukriegen?“

„Was sie so vorhat und mit wem sie Kontakt hat“, erklärte sie und erzählte ihm im Schnelldurchlauf von Nicos Hilfeersuchen.

„Hammer! Die Frau lässt nichts aus! Viel kriminelle Energie!“, fand Eric.

Wieder klingelte das Telefon und wieder war es laut Displayanzeige Kathi.

„Oh, nicht Kathi schon wieder! Die ist auch ganz toll im

Gerüchteküche rühren!", seufzte Celina.

„Dann gib ihr doch mal ein wenig Futter!", schlug Eric grinsend vor.

„Ja, sollte ich vielleicht wirklich!", stimmte Celina zu. „Allerdings weiß ich nicht, wie!"

„Dann lass mich das machen! Bitte!" Eric schaute sie schon beinahe bettelnd an.

Das Klingeln vom Telefon wurde nervig, so dass Celina ihm zunickte.

„Okay, aber nicht lachen und auch kein Wort sagen, ja?", ermahnte er sie, dann nahm er ab. „Bei Schmitz", meldete er sich.

Er lauschte kurz, was Kathi sagte, danach erklärte er: „Eric Simonsen, ihr Nachbar. Ich kümmere mich darum, ihren PC flott zu machen, damit die Kiste mal ein klein wenig schneller wird. Celina kann nicht ans Telefon kommen. Sie ist gerade unter der Dusche."

Wieder wartete er ihre Antwort ab, wobei Celina das „Wie bitte?" von Kathi sogar auch hören konnte. Sie war also nach Erics Version am Duschen, während er da war. Jetzt musste sie auch grinsen!

Eric ging darauf jedoch gar nicht ein. Stattdessen erzählte er munter weiter: „Sie kommt gerade raus ..." Er musste echt kämpfen, um nicht loszulachen, räusperte sich kurz und rief dann ins Zimmer, so dass Kathi das auch hören musste: „Pass auf, dass dein Handtuch nicht verrutscht, Celina, sonst klau ich dir das gleich!" Wieder räusperte er sich und sagte zu Kathi ins Telefon: „Ich muss jetzt mal auflegen, bin hier etwas ... nun ja ... abgelenkt ..." Das letzte Wort betonte er besonders und drückte das Gespräch dann weg. Genau in diesem Augenblick konnten sich beide nicht mehr zusammenreißen und lachten zusammen schallend los.

„Ich kann mir ihr Gesicht so genau vorstellen ...", prustete Celina.

„Daran hat sie bestimmt erstmal zu knabbern“, sagte er schmunzelnd, hustete ein bisschen verlegen und kam dann schnell zum anderen Thema zurück: „Du willst an Lydia herankommen und auf ihre Freundesliste, dann schmeichel ihr ordentlich.“

„Danke für den Tipp, werde ich wohl machen“, meinte Celina seufzend. „Was wolltest du mich eigentlich fragen?“

„Ich … ähm … ein andermal …“ Eric hatte es auf einmal sehr eilig zu gehen und war schon im Flur.

Celina hielt ihn auf. „Sag schon!“

„Ähm … nein … nicht heute …“ Er schaute sie nur kurz direkt an und wandte sich dann der Tür zu. „Ich frag dich das noch, aber nicht heute …“, murmelte er verlegen und ging.

Kapitel XLIX
Informationen für Nico

Celina schaute ihm nach, wie er in seiner Wohnung verschwand. Dann schloss sie nachdenklich die Tür. Was hatte er sie fragen wollen? Und wieso hatte er sich das dann auf einmal anders überlegt? Oder hatte er sich einfach nicht mehr getraut zu fragen? Das hätte ihm aber so gar nicht ähnlich gesehen, denn er war sicherlich nicht auf den Mund gefallen. Sie würde also das einzige tun, das in ihren Augen sinnvoll war, nämlich erst einmal abwarten.

Celina setzte sich vor ihren PC und schaute sich die letzte Nachricht von Lydia an. Da standen die frechsten Lügen über sie. Trotzdem meinte Eric, sie sollte dieser blöden ... (ihr sausten viele „nette" Bezeichnungen durch den Kopf) schmeicheln? Okay ... na dann ...

„Das ist dann natürlich sehr schwierig, mit so einer Kollegin zusammenzuarbeiten, aber du wirkst auf mich, wie eine sehr starke Frau", schrieb sie Lydia als Collin zurück. „Hängst du denn noch sehr an deinem Ex?"

„Ich bin eben sehr enttäuscht von ihm!", antwortete sie ein paar Minuten später. „Was machst du beruflich?"

Noch bevor Celina auf diese Frage antworten konnte, wurde ihre Freundschaftsanfrage bestätigt. Anscheinend lag Eric mit seiner Einschätzung richtig. Ein kleines Lob und schon war sie auf der Freundschaftsliste! Jetzt musste sie dranbleiben! Aber was sollte sie als Beruf wählen? Sie wollte gerade „Maler" schreiben, um eine Verbindung zu Nico herzustellen, als ihr aufging, dass Lydia dann womöglich würde Bilder sehen wollen. Also antwortete sie: „Finanzmakler, sehr öde, ich weiß." Während sie auf eine Antwort wartete, durchforstete sie Lydias Profil, insbesondere die Freundesliste. Da waren viele unbekannte Namen, einzig Gunnar, ihr neuer Arbeitskollege fiel ihr auf, und zwar unter: „Kürzlich hinzugefügt". Ob wohl einige von den anderen auch bei Nico drauf waren? Sie wollte schon sein Profil aufrufen, als ihr einfiel, dass sie die Freundesliste ja gar nicht sehen konnte, weil sie als Collin unterwegs war, zumal sie ihm gerade erst erklärt hatte, wie man das Profil so absichert, dass Außenstehende gerade darauf keinen Zugriff haben. Irgendwie musste sie die Freundeslisten aber vergleichen. Also loggte sie sich mit einem anderen Browser zusätzlich als sie selber ein.

„Mein anderer Ex ist Finanzmakler, also der vor diesem, den meine Arbeitskollegin mir ausgespannt hat!", sprang Lydia sofort auf die Berufswahl an. „Er war ein wirklicher Psychopath, nach außen hin charmant, wenn man aber hinter die Fassade geschaut hat, sehr selbstsüchtig und skrupellos. Ich habe wohl viel Pech mit Männern."

Celina jappste nach Luft. Was für eine Ausgeburt von Lügnerin diese Frau doch war! Meinte sie damit wirklich Nico? Sie musste nachhaken ...

„Das kann man tatsächlich Pech nennen", ließ sie Collin schreiben. „Es ist doch wohl hoffentlich kein Kollege von mir?"

„Ich weiß es nicht, sein Name ist Nico Bartels", kam prompt die Antwort von ihr.

Also doch ... Celina stand auf und wanderte im Zimmer herum. Sie musste sich konzentrieren! Es war wichtig, die Freundeslisten abzugleichen, ob sie noch zu jemanden in seiner Umgebung Kontakt aufgenommen hatte. Das gleiche musste sie auch mit Svens Profil machen. Außerdem war es wichtig herauszufinden, was sie noch so alles erzählte. Sie atmete tief durch und setzte sich dann mit grimmigem Gesicht wieder hin.

„Der Name sagt mir nichts", tat sie ahnungslos. „Dann sei bloß froh, dass du ihn los bist."

In Windeseile verglich sie nebenbei die Freundesliste von Sven und Lydia. Keine Übereinstimmungen! Nun kam Nicos dran ...

„Leider bin ich ihn immer noch nicht los. Er verfolgt und terrorisiert mich." Diese Antwort von ihr war mal wieder sowas von klar! Celina schüttelte den Kopf, fragte aber dennoch weiter: „Ein Stalker? Wie terrorisiert er dich?"

„Er lauert mir auf, schreibt mir dauernd SMS, die sehr eindeutig sind", erzählte sie. „Neulich ist er im Kino auf meinen neuen Freund losgegangen, also auf den, den meine Arbeitskollegin sich geschnappt hat. Er hatte eine Platzwunde am Kopf, die genäht werden musste."

Ungläubig starrte Celina auf den kurzen Text von Lydia. Was erfand diese Frau nur für Geschichten? Das war ja schon eine richtige Verleumdungskampagne! Sie hatte Collin gerade erst kennengelernt, wenn man das überhaupt so nennen konnte, und dann kamen schon solche Sachen?

Sie antwortete wieder, indem sie nachfragte: „Warum tut er das denn?", während sie weiter die Listen verglich. Da stieß sie doch wirklich auf jemanden, der bei beiden zu finden war. Den Namen notierte sie und öffnete das Profil, um es sich anzusehen. Er war Finanzmakler wie Nico, also wohl der nächste Kandidat, dem sie ihre Lügen erzählen wollte oder bereits hatte. Während sie weitersuchte, fand sie noch jemanden, der wohl eindeutig zu Nicos Umfeld gehörte, denn er war Maler. Damit hatte sie beide Listen durch. Erleichtert atmete sie auf.

Inzwischen hatte Lydia eine lange Antwort geschrieben: „Ich glaube, Nico konnte es nicht verkraften, dass ich Schluss gemacht habe. So etwas nagt an seinem Selbstbewusstsein. Er ist ja so eitel! Ich habe ihn sogar schon angezeigt, aber die Polizei tut nichts. Da hilft wirklich nur, wenn man sich selber schützt. Oder vielleicht, wenn ich einen starken Beschützer an meiner Seite habe, der ihn hoffentlich abschreckt?" Da Celina-Collin nicht sofort geantwortet hatte, kam von ihr gleich die Frage hinterher: „Habe ich dich jetzt verschreckt?"

„Nein, keine Sorge, so etwas macht mir keine Angst!", ließ

Celina Collin schreiben. „Vielleicht solltest du lieber an die schönen Dinge des Lebens denken, wie z.B. eine Urlaubsreise nach Italien." Celina fand den letzten Satz, den sie geschrieben hatte, selber blöd, aber sie konnte diese Lügengeschichten einfach nicht mehr hören oder vielmehr in diesem Fall lesen.

Doch zu ihrer Verwunderung schien Lydia das nicht zu stören, sie ging sogar darauf ein ...

„Ja, daran denke ich nur zu gerne. Vielleicht bin ich das nächste Mal dann nicht allein in Neapel? Mir würde das sehr gut gefallen." Danach folgte ein Zwinker-Smiley und ein Herzchen.

„Ich fände das auch schön!", schrieb Celina nur und fügte dem auch ein paar Smileys bei.

„Nun sollte ich besser schlafen gehen und du auch, Hase", verabschiedete sie sich.

Hase? Celina schüttelte sich, antwortete aber dann sehr brav: „Gute Nacht und träum süß!" und war froh, dass sie tatsächlich offline ging.

Bevor Celina allerdings Collin ausloggte, zog sie ein paar Screenshots, also einige Bildschirmkopien, insbesondere von den Äußerungen, die Nico betrafen. Er musste das einfach wissen, was und in welcher Weise, sie über ihn schrieb. Es war spät als sie endlich mit allem fertig war, schon fast Mitternacht. Trotzdem schrieb sie Nico noch. Er musste das wissen und je eher, desto besser.

„Hi Nico, ich habe da ein paar Sachen angehängt, die du unbedingt wissen musst. Das eine sind zwei Namen, die sowohl auf deiner Freundesliste sind, wie auch auf ihrer. Ich gehe mal davon aus, dass sie sich an diese beiden ebenfalls herangemacht hat. Außerdem schicke ich ein paar Screenshots mit, damit du weißt, wie sie über dich ablästert und lügt."

Sie wollte sich gerade ausloggen, da wurde ihr angezeigt, dass er online ging. Also blieb sie noch. Kurz darauf kam eine Nachricht von ihm: „Das darf ja wohl nicht wahr sein! Wer ist dieser Collin? Kennst du ihn persönlich?“

Was sollte sie darauf antworten? Konnte er sich das nicht denken?

„Jein“, schrieb sie daher nur.

„Du bist Collin?“, fragte er.

„Ja!“, bestätigte sie und hatte auf einmal Angst vor der Antwort, die gleich folgte.

„Wie konntest du das tun? Hat das mit Cora nicht gereicht?“

„Wie hast du geglaubt, dass ich das herausfinde?“, versuchte sie sich zu verteidigen, aber vergebens, denn er war bereits offline.

Kapitel L
Frust, Zuspruch und zwei Verabredungen

Die folgenden Tage fühlte Celina sich wie gelähmt. Sie hatte versucht, Nico zu helfen und als Dankeschön Vorwürfe erhalten. So sah es jedenfalls oberflächlich betrachtet aus. Ihr war klar, dass sie ihn mit der Cora-Geschichte vor den Kopf gestoßen hatte. Trotzdem war dies etwas ganz anderes, auch wenn sie ihm das nicht erklären konnte. Wie sollte sie ihm denn begreiflich machen, dass die ganze Grundsituation eine völlig andere war? Und wie konnte sie ihm zeigen, wie abgebrüht und skrupellos Lydia wirklich war, wenn nicht so? Es war richtig, ihm die Screenshots zu schicken, damit er das endlich verstand.

Celina versuchte, all diese Gedanken möglichst weitgehend auszublenden, weil sie zu nichts zu führen schienen, außer dazu, dass sie sich schlecht fühlte. Trotzdem kreisten diese weiterhin in ihrem Kopf und sie ertappte sich selbst jeden Morgen und jeden Abend dabei, wie sie nachschaute, ob nicht vielleicht doch eine Nachricht von ihm da wäre. Konnte der Sturkopf nicht endlich verstehen, dass sie ihm eigentlich nur hatte helfen wollen?

„Das tut mir leid, dass er das so aufgenommen hat", war Isabells Meinung dazu, nachdem Celina sich am Donnerstagabend endlich dazu durchgerungen hatte, ihr am Telefon davon zu erzählen. Bei der Arbeit vermied sie alle Gespräche, die irgendwie hätten verfänglich sein können, zumal Lydia mit sehr gespitzten Ohren überall zu sein schien.

„Tja, ich kann es nicht ändern", meinte Celina dazu. „Er ist ein Mensch, der nur sieht, was jemand tut, aber nicht warum, denke ich."

„Lass dich davon nicht entmutigen!", sagte Isabell. „Du musst mit Collin unbedingt weitermachen, wenn es dir nicht zu sehr auf den Senkel geht. Ich glaube nämlich, dass da noch einiges von ihr kommen wird.“

„Ja, vielleicht sollte ich das“, stimmte Celina zögerlich zu, „ich hab es die letzten Tage einfach erstmal gelassen und zu oft mache ich das bestimmt auch nicht, denn die geht mir sowas von auf die Nerven!“

„Das kann ich mir vorstellen!“, konnte Isabell Celinas Äußerung gut nachempfinden. „Ist bestimmt was vollkommen anderes als mit Nico als Cora zu schreiben.“

„Ja, vollkommen! Nico ist eigentlich ein sehr netter Mensch, mit dem ich mich über alles mögliche unterhalten konnte!“, bestätigte Celina. „Lydia ist falsch und hinterhältig und ich hatte den Eindruck, als wenn sie Collin gerne gegen ihre ach so böse Arbeitskollegin, also mich, und diesen ganz schrecklichen Stalker, also Nico, aufhetzen wollte.“

„Er sieht diesen Unterschied nicht, oder?“, hakte Isabell nach.

„Stimmt, leider nicht!“, bedauerte Celina. „Er versteht nur, dass ich das wieder gemacht habe, aber weder, dass es etwas anderes ist, noch, dass es dafür einen wirklich guten Grund gibt, nämlich ihn, mich und uns alle vor ihr zu schützen, um herauszufinden, was sie vorhat. Tja … da werde ich wohl weitermachen müssen, ohne dass es ihm gefällt. Und das schließt auch mal den einen oder anderen Schutzzauber mit ein!“

„Hast du ihn da mal drauf angesprochen? Ich meine, auf diese übersinnlichen Sachen?“

„Nein, und ich weiß auch nicht, wie … na vielleicht, wenn er mal wieder mit mir redet …“

Da schlug Isabell vor: „Was hältst du eigentlich davon, wenn wir uns mal alle zum Hexen treffen? Du und ich, Veronica und Erics Schwester Jenny! Wäre das nicht mal eine Idee? Wir haben doch dank der neuen Arbeitskollegen beide an diesem Samstag, also übermorgen, frei. Also falls du noch nichts vorhast …“

„Klingt nach einem Plan!“, fand Celina und musste nun doch

lächeln. Manchmal war Isabells Eifer sehr erfrischend.

„Gut, dann frage ich Veronica und du Jenny?", meinte Isabell.

„Abgemacht! Für nachmittags!", stimmte Celina zu.

Gleich nach dem Telefongespräch ging sie zu Eric rüber, um ihn wegen Jenny zu fragen, denn leider hatte sie vergessen, mit ihr Telefonnummern auszutauschen. Außerdem war das eine Gelegenheit ihn zu sehen und vielleicht würde er ja doch mit der Sprache rausrücken, was er am Montag ursprünglich gewollt hatte.

Er begrüßte sie ein wenig überrascht: „Oh, hallo, ein Paket für mich?"

Sie verneinte lächelnd und erklärte ihm ihr Anliegen.

„Eine kleine Hexenrunde?" Eric grinste breit. „Das ist bestimmt gut für Jenny, dann sieht sie mal, dass es noch mehr Leute mit solchem komischen Hobby gibt." Dann räusperte er sich und fragte: „Wie ist es mit Collin gelaufen? Und überhaupt, komm rein und setz dich! Cola?"

Als Celina bei ihm auf der Couch saß mit dem Glas in der Hand, erzählte sie dann ein bisschen zögerlich, was am Montag noch alles von Lydia gekommen war, nachdem er schon weg gewesen war und was sie herausgefunden hatte.

„Und was meinte er dazu, dieser Nico? Du hast ihm das doch mitgeteilt, oder?" fragte er nach.

„Er hat sich für die Informationen bedankt, aber er war auch sauer, weil ich wieder mit einem Fake gearbeitet habe ...", sagte Celina.

„Er ist ein Idiot!", meinte Eric schlicht.

Celina musste lachen. "Stimmt!"

"Wirst du als Collin weitermachen? Da ist ja eine Menge an Infos herausgekommen und das schon nach so kurzer Zeit!"

„Ja, muss ich ..."

„Die Frage ist eher, ob das nicht zu viel für dich wird, oder?" Eric schaute ihr direkt in die Augen. „Das, was da alleine über dich von ihr für Äußerungen kamen, war schon echt heftig!"

Celina senkte den Kopf und nickte. „Ja, stimmt, aber so weiß ich wenigstens, was sie erzählt."

„Trotzdem brauchst du dafür verdammt gute Nerven ...", wandte Eric ein.

„Ich schaff das schon!", meinte Celina.

„Weißt du was? Ich würde mir diese Frau gerne mal ansehen ... Ich glaube, ich muss mir mal wieder ein paar Kopfschmerztabletten besorgen ..." Eric zwinkerte ihr listig zu.

„Nein!", sagte Celina spontan. Sie hatte sofort das Bild von Sven vor Augen, wie er in der Apotheke gewesen war und Lydia ihn einfach so um den Finger gewickelt hatte.

Es war, als hätte Eric ihre Gedanken erraten. „Keine Sorge, mir verdreht sie nicht den Kopf!"

„Meinst du? Du kennst sie nicht!", drückte Celina ihre Befürchtungen aus. „Ihr Einfluss ist speziell ..."

„Aber ich bin vorgewarnt!", erinnerte er sie. Nach kurzem Zögern schlug er dann vor: „Ich weiß noch was besseres! Ich hol dich morgen von der Arbeit ab und dann gehen wir ein Eis essen. Warm genug ist es ja inzwischen dafür."

„Damit würdest du dich aber zu ihrer Zielscheibe machen!", erwiderte sie.

„Darum mach dir mal keinen Kopf!", meinte er grinsend und wuschelte ihr frech durch die Haare.

Kapitel LI
Erics Schachzug

Celina hatte mal wieder schlecht geschlafen. Gedanken und Gefühle hatten sich zu wirren Träumen vermischt, die sie immer wieder hatten aufwachen lassen. Sie erinnerte sich nur an wenige Bruchstücke: Da waren Eric und Lydia, die sich sehr intensiv in die Augen geschaut hatten, was wohl ihre ärgsten Befürchtungen ausdrückte. Sven hatte sie auch gesehen, er war erst einen Weg entlang geschlendert und dann über ein paar Steine geklettert, wobei er umgeknickt war. Es gab ein hässliches Knacken und der Fuß war gebrochen. Und zu guter Letzt war auch Nico vorgekommen. Er hatte ein wundervolles Bild von einem Leuchtturm gemalt. Es war sehr außergewöhnlich, weil die Farben, die er benutzt hatte, sehr untypisch dafür waren, insbesondere ein helles und ein dunkles Grün, dazu Gelb und Orange. Doch kaum hatte er es fertiggestellt, da stand Lydia da und zerstörte es mit einem einzigen Schnitt ihrer messerscharfen Fingernägel quer über das Bild.

Nun war Celina wach, fühlte sich wie gerädert und kochte sich erst einmal einen Kaffee. Es war erst kurz nach fünf Uhr morgens, aber sie hatte keine Lust mehr, womöglich erneut seltsam zu träumen, wenn sie wieder einschlafen würde. Also musste ein starker Kaffee her! Die paar Traumbilder hatten ihr vollkommen genügt und gingen ihr mal wieder nicht aus dem Kopf. Sie konnte sich nicht erinnern, ob Nico in ihrem Traum diesmal bemerkt hatte, dass Lydia da war. Die langen Fingernägel passten auch so gar nicht zu ihr, weil sie eigentlich immer recht kurze hatte. Das Bild, das er gemalt hatte, war wirklich schön gewesen. Umso mehr war die Zerstörung zu bedauern. Ob es dieses Bild wohl wirklich gab?

Sie hoffte, dass mit Sven alles in Ordnung war. Manchmal waren diese Träume leider sehr dicht an der Wahrheit! Das hoffte sie natürlich auch in Bezug auf Nico und Eric. Würde es Lydia gelingen, auch Eric mit ihrem ganz speziellen Charme einzulullen? Sie hoffte inständig, dass dieser Traum nur ihre Ängste zeigte. Trotzdem war das Bild von den beiden, die so dicht beieinander waren, dass sich fast ihre Nasenspitzen berührten, viel zu deutlich in ihrem Kopf. Es wirkte fast wie das Titelbild eines Liebesromans. Sie versuchte die Gänsehaut von ihren Armen zu reiben und trank einen Schluck heißen Kaffee.

Wenn sie eh schon wach war, konnte sie sich auch mal kurz als Collin einloggen. Sie hatte eine Nachricht von Lydia vom Abend zuvor: „Schade, dass du nicht online bist. Ich vermisse dich!"

„Und ich hatte keinen Nerv auf dich, du blöde Kuh!", motzte Celina den Monitor ihres PCs an. Schreiben tat sie allerdings etwas anderes. „Ich habe dich auch vermisst!", säuselte sie. „Aber leider war ich erst sehr spät zu Hause. Ich wünsche dir jedenfalls einen sehr schönen Tag!" Dann meldete sie Collin schnell wieder ab, bevor womöglich noch eine Antwort kam.

Als nächstes ging sie unter die Dusche, um all die schrägen Gedanken wenigstens für einen Moment fortzuspülen. Trotzdem fuhr sie später mit einem sehr mulmigen Gefühl zur Arbeit. Dort war zunächst ein anderes Problem. Während des gesamten Vormittags verstärkte sich bei Celina immer mehr der Eindruck, dass Lydia erneut irgendwelche Geschichten erzählte, denn sie hing immer mal wieder mit Frau Evershagen und später auch mit der neuen Kollegin, Judith Bergmann, in irgendwelchen Ecken und tuschelte. Eine ganze Weile versuchte sie einfach, das zu ignorieren, doch dann fiel ihr auf, dass während des Geflüsters des öfteren in ihre Richtung und teilweise auch in Isabells geschaut wurde. Ihre Mittagspause verbrachte Lydia zusammen mit Frau Evershagen – zumindest gingen sie zusammen weg –, so dass diese wahrscheinlich noch sehr viel Zeit für ihr Geläster hatten. Auch Isabell war das anscheinend aufgefallen, denn als sie und Celina mit der Mittagspause dran waren, schlug sie vor in den Imbiss schräg gegenüber zu gehen.

„Das ist der Vorteil, dass wir jetzt mehr Leute sind, nun können wir auch mal zu zweit Mittagspause machen", meinte Isabell freudig.

„Ja, und was Lydia betrifft leider ein Nachteil ...", wandte Celina ein.

„Ist dir das also auch aufgefallen ... diese abartige Tuschelei!" Isabell verzog angewidert das Gesicht.

„Die immer wieder von Lydia ausgeht!", ergänzte Celina. Dann erzählte sie Isabell von Erics Idee und ihren Befürchtungen.

„Klar sieht er darin kein Problem, weil er Lydia noch nicht live erlebt hat." Isabell runzelte die Stirn, dann grinste sie jedoch und meinte: „Aber andererseits könnte das sehr hilfreich sein, wenn da mal ein Mann wäre, dem sie nicht das Hirn zermanscht."

„Sehr passender Ausdruck!", fand Celina und musste lachen.

„Was machen wir jetzt mit den Tratschtanten?", fragte sie, als sie schon wieder aufbrachen.

„Nichts!", fand Isabell. „Das letzte Mal ist das auch Richard aufgefallen und er ist eingeschritten. Ich denke mal, es ist nur eine Frage der Zeit, wann er das diesmal mitkriegt. Und dass er sowas gar nicht mag, ist schon das letzte Mal mehr als deutlich geworden. Also einfach abwarten!"

Celina nickte und hoffte, dass Isabells Zuversicht berechtigt war. Den Nachmittag über ging das Getuschel jedoch weiter. Isabell und Celina versuchten, es möglichst zu ignorieren. Am späten Nachmittag riss allerdings Isabell halbwegs der Geduldsfaden. Wieder einmal hatten Lydia und Frau Evershagen sich im Flüsterton unterhalten – natürlich mit ein paar Seitenblicken –, während Isabell eine Extralieferung mit speziellen Gesundheitstees in ein Regal einräumte und Celina die Bestellung einer Arztpraxis zusammenstellte. Da rief

Richard von vorne nach Verstärkung. Weder Lydia, noch Frau Evershagen rührten sich vom Fleck. Mit viel aufgestauter Wut nahm Isabell den Tee-Karton, ging die paar Schritte zu Lydia und drückte ihn ihr in den Arm.

„Ich geh nach vorne!", sagte sie. „Anstatt hier Dauerherumzutuscheln kannst du vielleicht auch mal was tun!"

Für einen Augenblick wirkte Lydia überrascht, fing sich aber sofort wieder und schaute Isabell direkt in die Augen. „Ja, natürlich! Reg dich nicht auf!", meinte sie und strich Isabell sanft über den Arm, während sie ihr das Paket abnahm. Irritiert zog Isabell sich zurück und ging dann in den Verkaufsraum. Was sie nicht mehr sah, dafür aber Celina im Augenwinkel, war das boshafte Lächeln, das über Lydias Lippen huschte. Niemand sonst hatte das bemerkt und auch Celina glaubte für einen Moment, sie hätte sich getäuscht, aber dann wurde ihr klar, dass es tatsächlich so gewesen war, obwohl Lydia inzwischen sehr geschäftig die Teepackungen weiter einsortierte.

Ungefähr eine Viertelstunde vor Feierabend betrat Eric die Apotheke. Celina war gerade vorne, ebenso Lydia.

„Hi Celina!", begrüßte er sie strahlend.

„Na du!", antwortete sie genauso freudig. Sie versuchte bewusst, nicht einmal andeutungsweise einen Blick zu Lydia zu riskieren. Außerdem hatte sie ihn ebenfalls gut überlegt nicht mit Namen angesprochen. Ihr gefiel der Gedanke, ihn zur Zielscheibe zu machen, nämlich immer noch überhaupt nicht.

„Magst du mir mal Kopfschmerztabletten geben?", fragte Eric.

„Okay, welche denn?"

„Keine Ahnung, wie die heißen, aber wenn ich die Packung sehe, weiß ich es wieder", meinte er.

„Dann muss ich wohl mal ein paar verschiedene holen ...", sagte Celina wenig begeistert.

„Ja genau", antwortete er und grinste verschmitzt. Dabei

zwinkerte er ihr einmal kurz zu.

Mit einem mulmigen Gefühl ging sie nach hinten und suchte in Windeseile ein paar unterschiedliche, übliche Schmerztabletten heraus. Tausend Gedanken wirbelten durch ihren Kopf. Er unterschätzte Lydia ganz gewaltig! Die Bilder aus ihrem Traum tauchten unweigerlich vor ihrem geistigen Auge auf. Bitte, bitte nicht! Mit weichen Knien ging sie zurück nach vorn.

Wie versteinert blieb sie in der Tür stehen! Lydia stand Eric gegenüber und hatte sich sehr weit über den Verkaufstresen gebeugt. Eric hatte sich ebenfalls vorgelehnt. Sie konnte Erics Gesicht nicht sehen, weil Lydia ihm inzwischen sehr nahe gekommen war. Ihres sah sie nur halb schräg von hinten. Sie flüsterte ihm etwas ins Ohr und ihre Hand wanderte zu seiner, die auf dem Tresen lag. Dann berührten ihre Fingerspitzen seine. Celina konnte nicht verstehen, was sie sagte, aber der Tonfall wirkte sehr sanft, beinahe zärtlich. Eric antwortete ihr auf genau die gleiche Art, wobei seine Lippen fast ihr Ohr berührten.

In genau diesem Augenblick wich Lydia entsetzt von ihm zurück, ihr Gesicht, das sie nun von ihm abwandte, war vor Wut verzerrt und sie rauschte an Celina vorbei nach hinten. Verdutzt starrte Celina ihn an.

„Du hast meine Tabletten? Sehr schön!", sagte er breit grinsend. „Ich freu mich gleich auf das Eis." Und er zwinkerte ihr munter zu.

Kapitel LII
Ein verrückter Abend

Als Eric sie kurz darauf vor der Apotheke abholte, grinste er immer noch. Lydia wollte einfach vorbeigehen, aber er ließ es sich nicht nehmen, ihr ein fröhliches „Schönen Feierabend!" zuzurufen, was sie allerdings mit einem wütenden Schnauben kommentierte. Bis zum Eiscafé verlor Celina kein Wort über diesen seltsamen Zwischenfall, doch kaum hatten sie sich hingesetzt und ihre Bestellung aufgegeben, platzte sie heraus: „Was um alles in der Welt hast du ihr gesagt, dass sie so ausgerastet ist? Und wieso seid ihr euch überhaupt so nahe gekommen?"

„Um erst einmal deine zweite Frage zu beantworten: Das ging von ihr aus! Du warst kaum weg, da hat sie sich mir schon an den Hals geschmissen." Eric schob sich einen Zuckerwürfel in den Mund und spielte ein wenig verlegen mit dem Papier.

„Aber ich war höchstens fünf Minuten hinten!", wandte Celina ein.

„Die reichen ihr ganz offenbar", meinte Eric schulterzuckend. „Sie hatte mitbekommen, dass ich Kopfschmerztabletten wollte, und da hat sie mir eine andere ganz spezielle Kopfschmerztherapie angeboten, um es mal so zu nennen ..."

„Nicht dein Ernst!" Celina starrte Eric ungläubig an.

„Nicht dein Stil, ich weiß ... aber wohl ihrer ..." Er schaute sie an, als wenn er sich ein kleines bisschen über ihr irritiertes Gesicht amüsierte.

„Stimmt, so bin ich nicht", gab Celina zu und wich seinem Blick aus. Dann kam sie schnell zu ihrer ersten Frage zurück: „Was hast du ihr denn nun gesagt?"

„Das willst du gar nicht wissen!", antwortete er lachend.

„Doch will ich!", blieb sie stur und sah ihm direkt in die Augen, doch da kam gerade ihrer beider Eis, so dass sie abgelenkt wurden. Danach hatte sie den Eindruck, als wenn er den

Augenkontakt vermeiden würde.

„Warum willst du mir das nicht sagen?", bohrte sie noch einmal nach.

„Warum willst du das unbedingt wissen?", stellte er die Gegenfrage.

Celina wusste nicht, was sie antworten sollte. „Weil sie mich drauf ansprechen könnte ...", versuchte sie zu erklären.

„Das wird sie nicht!", meinte er und beschäftigte sich sehr eingehend mit seinem Eisbecher.

„Montag wolltest du mich auch etwas fragen und dann hast du dir das doch anders überlegt!", beschwerte sie sich. „Verrätst du mir das wenigstens?"

Eric schaute ein wenig verlegen hoch. „Nun ja, das habe ich doch inzwischen gemacht ..."

Als er Celinas verwirrten Blick sah, musste er lachen. „Deswegen sitzen wir jetzt hier ... ich wollte dich zum Eis essen einladen."

„Wieso hast du mich das Montag nicht gefragt?" Celina war nun doch sehr neugierig.

„Weil es irgendwie nicht der richtige Zeitpunkt war, jedenfalls kam mir das so vor." Er zuckte mit den Schultern und kümmerte sich wieder sehr intensiv um die Schokoladensoße auf seinem Eis.

Nachdenklich tat Celina das Gleiche. Schließlich sagte sie: „Danke, dass du mich gefragt hast! Eis essen ist toll!"

Ja, das Eis essen mit Eric war wirklich toll! Celina lachte und alberte mit ihm herum wie lange nicht mehr. Ein- oder zweimal versuchte sie, doch noch herauszufinden, was er Lydia ins Ohr geflüstert hatte, aber er wand sich aus ihren geschickt gestellten Fragen ebenso geschickt wieder heraus.

„Irgendwann erzähl ich es dir!", versprach er allerdings. Das war doch wenigstens etwas! Dann lenkte er schnell vom Thema ab: „Jenny hat übrigens morgen Zeit. Sie kommt nachmittags so gegen 15 Uhr zu mir und dann auch gleich zu dir, okay?"

„Ja, das ist super!“, fand Celina.

„Gibt es denn irgendwas Neues, oder vielmehr: Hat Lydia sich irgendetwas geleistet, was nach ihr aussieht? ... Außer die Nummer heute natürlich ...“, fragte er nach.

„Nein ...“, antwortete Celina zögernd. „Nur ein paar Ahnungen und seltsame Träume ... sonst nichts.“

„Erzähl!“, forderte er sie auf und schaute sie interessiert an.

Celina schüttelte den Kopf. Die Traumbilder von ihm und Lydia waren mehr als klar in ihrem Gedächtnis. Tatsächlich war das ja fast so geschehen wie im Traum, nur glücklicherweise mit einem überraschenden, sehr guten Ende. Das wollte sie ihm besser nicht erklären. Deshalb sagte sie nur: „Manchmal sind da halt Träume, die ähnlich eintreffen.“

Die beiden anderen Traumbilder, nämlich den gebrochene Fuß von Sven und das zerstörte Bild von Nico, überprüfte sie, als sie ziemlich spät zu Hause war. Sie schickte als erstes Sven eine SMS und fragte, ob alles okay wäre. Der antwortete prompt: „Ja, alles gut soweit, habe mir nur leider heute bei der Arbeit den Fuß verstaucht. Muss ich jetzt schonen.“ Das fand selbst Celina, die inzwischen einiges gewohnt war, extrem gruselig. Andererseits war sie jedoch erleichtert, dass der Fuß nicht gebrochen war. Was war das überhaupt? Wieso hatte sie ganz offenbar vorausschauende Träume? Das nannte man Präkognition – wie sie mal nach-geschlagen hatte – nämlich das Wissen um einen Sachverhalt, manchmal auch auf zukünftige Ereignisse, ohne dass es dafür eine wissenschaftliche Erklärung gab. Das kam in letzter Zeit wirklich immer häufiger vor. Nun musste sie noch den letzten Punkt klären ...

Mit einem Grummeln im Magen loggte sie sich bei Facebook ein und rief die letzten Nachrichten auf, die sie mit Nico geschrieben hatte. Dann seufzte sie tief, beschloss, sich einfach noch mal auf das zu beziehen, was sie ihm zuletzt geschickt hatte, und schrieb: „Hi Nico, ich hoffe, du hast das mit deinen

Leuten geklärt? Oder kam da noch etwas?" Sie formulierte ihren kurzen Text bewusst in Form von Fragen, damit er hoffentlich antworten würde.

Tatsächlich kam gleich darauf eine Nachricht von ihm: „Ja, ich habe denen klargemacht, dass sie eine Stalkerin ist, und sie haben sie wieder gekickt. Ich hoffe, das war es jetzt, obwohl sie mir tatsächlich noch ein paar SMS geschickt hat, auf die ich nicht weiter reagiert habe."

So weit, so gut, dachte sich Celina. Trotzdem wollte sie wissen, ob sonst noch etwas schief lief, was sie befürchtete.

„Sonst auch alles gut?", fragte sie einfach.

„Nein, nicht wirklich, im Moment ist alles wie verhext! Wie kommst du darauf?", hakte er nach.

Was sollte sie ihm darauf schreiben? Sollte sie gleich mit der Tür ins Haus fallen? Sie musste ihn irgendwie fragen ...

„Du glaubst an Hexerei?", wagte sie deshalb zu schreiben. Schließlich hatte er dieses Wort zuerst benutzt ...

„Nein, natürlich nicht. Das ist doch nur so eine Redewendung!", meinte er.

„Ich schon ...", gab sie einfach zu. „Und ich könnte mir vorstellen, dass Lydia durchaus gewisse Fähigkeiten hat." Es war ihr klar, dass dieser Vorstoß sehr direkt war, aber ihr fiel beim besten Willen keine vorsichtigere Variante ein.

„Mal bloß den Teufel nicht an die Wand!", kam die nächste Redewendung von ihm. „Ich glaube an sowas jedenfalls überhaupt nicht."

Nun wurde es schwierig! „Keine merkwürdigen Zufälle bei dir – insbesondere der negativen Art?"

„Nein, das ist doch Blödsinn!", fand er. „Es gibt immer eine rationale Erklärung, auch wenn man die vielleicht nicht immer sofort sieht."

„Ich wünschte, es wäre so!" sagte Celina und seufzte. Dann schrieb sie: „Was läuft denn so schief, wenn ich fragen darf?"

Seine Antwort war leider nicht sehr hilfreich: „Ist doch egal, ich will da nicht drüber reden oder schreiben. Ich gehe jetzt schlafen. Gute Nacht!" Und tatsächlich war er offline, bevor Celina ihm wenigstens ebenfalls eine gute Nacht wünschen konnte.

„Ach Mensch!", maulte Celina niedergeschlagen ihren Bildschirm an. „Warum bist du nur so ... so ... so ..." Ihr fiel kein passendes Wort ein.

Während sie nun frustriert noch eine Runde spielte, klingelte ihr Telefon. Um diese Zeit? Es war schon fast 23 Uhr ... Das Display zeigte Isabell als Anrufer an.

„Ja?", meldete sie sich.

„Hallo Celina, hier ist Veronica", meldete sich eine besorgte Stimme am anderen Ende.

„Wann geht das morgen bei dir los? Ich glaube, wir sollten ganz dringend was machen!"

„Jenny wird kurz nach drei hier sein. Was ist denn los?" Celina war von Veronicas Tonfall sehr alarmiert.

„Gut, dann sind wir dann auch da!", versprach Veronica. „Isabell geht es richtig schlecht. Sie hatte vorhin furchtbare Schmerzen in der Hand und ihr ganzer Arm fühlt sich taub an, sagt sie. Es mag sein, dass es Zufall ist, aber das fing wohl heute Nachmittag an, nachdem sie sich irgendwie mit Lydia in der Wolle hatte."

Celina erinnerte sich sofort an die Berührung von Lydia, als Isabell ihr das Teepaket in die Arme gedrückt hatte. Das war die linke Seite gewesen.

„Wieder die linke Hand beziehungsweise der linke Arm?", hakte sie nach.

„Ja, warum?"

„Weil Lydia sie da heute so komisch berührt hat ... kann natürlich auch Zufall sein, war aber irgendwie merkwürdig", erklärte Celina. „Wie geht es ihr jetzt?"

„Sie schläft, hat ein starkes Schmerzmittel genommen. Ich bleibe heute Nacht hier. Sicher ist sicher! Und morgen gibt es

Zunder für diese Frau!", antwortete Veronica kämpferisch.

Kapitel LIII
Hexerei mit Hindernissen

Celina ging erst spät schlafen. Es waren mal wieder zu viele Gedanken, die in ihrem Kopf herumwuselten. Die seltsamen Zufälle häuften sich, falls man das überhaupt noch so nennen konnte. Trotzdem brauchte sie einen klaren Kopf. Sie würden morgen zu viert Gegenmaßnahmen ergreifen, die nicht nur sie alle schützen sollten, sondern auch eine gewaltige Ladung dieser negativen Energie – Celina fiel kein anderer passender Begriff dafür ein –, zurückschicken würde. Das hatte schließlich schon einmal funktioniert, auch wenn das ebenfalls als Zufall abgetan werden konnte.

Mit diesen Gedanken schlief sie irgendwann ein ...

Und wieder einmal wachte sie nachts auf! Jemand oder etwas war da, oder doch nicht? Celina setzte sich auf und schaute sich um. Mikesch lag ruhig neben ihr, also doch nur ein Traum ... Verschlafen rieb sie sich die Augen, wobei sie feststellte, dass ihr Gesicht nass von Schweiß war. Was um alles in der Welt hatte sie nun schon wieder geträumt? Erst einmal machte sie Licht! Dann tapste sie müde ins Bad, wusch sich den Schweiß von Körper und Gesicht und schlüpfte in frische Schlafklamotten. Trotzdem fühlte sie sich wie gerädert, als sie sich wieder hinlegte. Kaum hatte sie die Augen geschlossen, waren die Traumbilder auf einmal da: Sie hatte von Lydia geträumt und davon, dass sie selber nachts in die Küche gegangen war und auf dem Flur auf Lydia oder eine Erscheinung von ihr getroffen war. Sie hatte einfach vor ihr gestanden und böse gelächelt, dann hob sie ihren Arm und Celina wurde wie durch Geisterhand hochgehoben. Sie strampelte, versuchte, sich irgendwo festzuhalten, aber Lydia war so stark! Davon war sie wohl aufgewacht.

Celina drehte sich auf die Seite und schloss wieder die Augen. Ihr Hals war trocken und sie musste husten. Nächster Versuch!

Sie brauchte noch ein wenig Ruhe. Irgendwie hatte sie furchtbaren Durst und ihr Hals war gereizt. Es half wohl nichts. Ohne etwas zu trinken würde sie kaum wieder einschlafen. Allerdings musste sie dafür in die Küche. Wie passend zu ihrem Traum!

„Das ist albern!", schimpfte sie mit sich selbst. „Du kannst jetzt nicht hier durstig im Bett bleiben, weil du Angst hast, in die Küche zu gehen!"

Sie stand entschlossen auf, machte sich überall Licht an und ging los. Nichts passierte! Weder auf dem Hin- noch auf dem Rückweg geschah irgendetwas Außergewöhnliches. Das einzige, was sie beunruhigte, war ihr eigenes mulmiges Gefühl, mit dem sie dann auch wieder einschlief.

Sie erwachte am späten Vormittag, weil Mikesch sie ungeduldig anstupste. Er wollte sein Futter! Celina reckte sich ein bisschen groggy mit leichten Kopfschmerzen und stand dann auf, um ihn zu versorgen und sich einen Kaffee zu kochen.

Was war das nur wieder für ein merkwürdiger Traum gewesen? Sie hatte sich so hilflos gefühlt, als Lydia sie nur mit einer Armbewegung hochgehoben hatte. Sie war so mächtig! Hatte es überhaupt Sinn, sich gegen sie aufzulehnen? Hatte ihre Hexerei zum Schutz überhaupt irgendeine Wirkung? Sie würde Sven oder Nico, Isabell oder sich selbst nie vor ihr schützen können ... ein heftiges Stechen im Magen ließ sie schlagartig wieder klar denken! Etwas zog sie gerade emotional richtig herunter. Das Thema hatte sie doch schon! Vielleicht war letzte Nacht niemand da gewesen, aber möglicherweise hatte Lydia etwas Negatives gesendet – oder wie auch immer man das nennen wollte.

Sie versuchte sich zu konzentrieren. Nachher würde sie hexen und alles wäre gut.

Bis dahin räumte sie ein bisschen auf, wusch Wäsche, saugte die Wohnung und aß etwas, was leider weitere Magenschmerzen zur Folge hatte.

Kurz nach drei klingelten Eric und Jenny. Gleich nachdem sie Celina begrüßt hatten, schaute Eric sie eindringlich an.

„Was ist los?“, fragte er.

„Nichts …“, wich Celina aus, doch ein weiterer Blick von Eric reichte aus, dass sie ihre Magenschmerzen zugab. Mehr konnte sie nicht erklären, denn das Telefon klingelte.

Veronica meldete sich: „Hier verzögert sich das leider ein bisschen. Mein Auto springt nicht an! Und mit Isabells möchte ich ungern fahren, sie selber kann mit der Hand und dem Arm nicht fahren.“ – Im Hintergrund hörte sie Isabells Protest. – „Das finde ich jedenfalls! Im Notfall machen wir das sonst so!“, ergänzte sie.

„Veronicas Auto streikt!“, erklärte Celina kurz Jenny und Eric. „Und Isabell hat eine Sehnenscheidenentzündung im Handgelenk oder was auch immer. Jedenfalls kann sie so schlecht fahren …“

„Bevor ihr noch lange überlegt, gib mir mal die Adresse, ich guck mir das an!“, schaltete sich Eric ein. „Isabell ist die mit ungefähr der gleichen Haarfarbe wie ich, richtig?“

„Äh ja …“ Celina fiel ein, dass Isabell und Eric sich wirklich mal kurz gesehen hatten, als er ein Paket abgeholt hatte. Sie gab ihm die Adresse und schon war er aus der Tür!

„Mein Bruder eben …“, meinte Jenny lächelnd.

So beschäftigten sich Jenny und Celina damit, alles vorzubereiten. Kaum eine halbe Stunde später war er wieder da – in Begleitung von Veronica und Isabell.

„Die Autobatterie ist hinüber! Vollkommen! Da war nichts mehr zu machen!“, erklärte er. „Aber wir haben eben mal auf die Schnelle eine neue besorgt und die bau ich jetzt gleich ein, während ihr hier euren Kram macht.“ Er zwinkerte Celina munter zu.

„Das ist total nett!“, fand Veronica. Dann begrüßte sie Jenny und Celina.

„Isabell geht es übrigens gar nicht gut!“, erwähnte sie noch, obwohl alle ihr das ansehen konnten. Sie war unheimlich blass und ihre Augen waren gerötet.

„Und Celina geht es auch ziemlich mies!“, petzte Eric. „Dann legt mal los, ich kümmere mich ums Auto.“ Er winkte ihnen fröhlich zu, klimperte mit den Autoschlüsseln von Veronica und seinen eigenen und verschwand.

„Was ist los? Nur die Hand und der Arm oder noch etwas?“, fragte Celina nun Isabell.

„Ach, einfach alles ist scheiße!“, platzte Isabell heraus. „Mein Arm fühlt sich taub an, mein Handgelenk tut weh, es ist Wochenende, so dass ich nicht mal zu meinem Arzt kann und ins Krankenhaus oder sowas will ich nicht, ich hab fast gar nicht geschlafen und wenn, dann hab ich von Spinnen geträumt.“ Sie holte kurz Luft, dann redete sie weiter: „Und krankschreiben lassen will ich mich sowieso nicht, weil Lydia dann wahrscheinlich über Richard herfällt, so wie sie ihn die ganze Zeit anstarrt. Ich könnte das nicht ertragen, wenn die beiden ...“ Sie brach ab und schluchzte.

Veronica nahm sie in den Arm.

„Du hast von Spinnen geträumt?“, fragte nun Jenny.

„Ja!“, schniefte Isabell. „Ich habe furchtbare Angst vor Spinnen ...“

„Deswegen ist sie auch immer wieder hochgeschreckt!“, erzählte Veronica.

„Ich habe mich ganz hilflos gefühlt“, erklärte Isabell. „Es erscheint so sinnlos, überhaupt irgendetwas zu versuchen ...“ Zwei Tränen kullerten über ihr Gesicht.

„Und du bist auf einmal unendlich niedergeschlagen und traurig, es ist wie eine Welle, die dich überrollt?“, fragte Celina.

Isabell stutzte. „Woher weißt du das?“

„Weil mir das auch so ging, neulich, als ich die heftigen Magenschmerzen hatte und krankgeschrieben war, und weil mir das auch seit heute Morgen immer mal wieder so geht auch wieder in Verbindung mit einem heftigen Ziehen im Magen." Alle drei schauten sie mit großen Augen an. „Dein Schwachpunkt ist das Handgelenk, meiner der Magen. Dazu kommt eine richtige Depriwelle, die einen total runterzieht", fuhr Celina fort. „Übrigens hatte ich letzte Nacht auch Albträume. Bei dir dürfte das allerdings schlimmer sein, als bei mir im Moment, denn sie hat dich gestern am Arm berührt. Erinnerst du dich?"

Isabell schluckte und nickte.

„Das wäre ja der Hammer!", sagte Veronica und verbesserte sich sofort: „Nein, das ist der Hammer! Das macht alles Sinn!"

„Wenn das so etwas wie ein Fluch ist, müsste doch unser Fluchbrecher helfen", überlegte Jenny laut.

„Ja, das denke ich", stimmte Celina zu, „wobei es natürlich auch alles Zufälle sein können."

„Das sieht aber durchaus so aus, als wenn da irgendwelche Kräfte im Spiel sind!", fand Veronica. „Ich habe Isabell gestern und letzte Nacht und auch jetzt ja nun erlebt. Ich kann mit Sicherheit sagen, dass ich sie so noch nie gesehen habe. Sie war und ist ja sowas von neben der Spur! Eine Sehnenscheidenentzündung hatte sie übrigens schon öfter mal, aber dann ist sie nicht so!"

Isabell seufzte tief und meinte: „Egal, was das ist, lasst uns das einfach versuchen mit so einem Fluchbrecher! Können wir ihr nicht auch mal was in der Richtung schicken?"

„Nein!", antwortete Celina. „Es kann böse enden, wenn man Schlechtes wünscht. Wir schicken nur das zurück, was sie uns und anderen angehext hat, das genügt völlig."

„Wenn das wirklich alles auf ihr Konto geht, was uns und Richard, Sven und Nico an Gemeinheiten passiert, dann hast du Recht!", stimmte Isabell zu. „Das wird dann eine volle Breitseite!" Und sie klang endlich ein wenig kämpferischer.

Kapitel LIV
Die Macht der Vier

Isabells Kampfgeist zeigte sich dann auch weiter, als sie sich die Tränen wegwischte und entschlossen die Kerzen anzündete.

„Lasst uns loslegen mit der Macht der Vier!", meinte sie.

„Die Macht der Vier?", fragte Celina nach.

„Ja!" Isabell grinste. „Kennst du nicht die Serie „Charmed" mit den drei Schwestern, die Hexen sind? Immer wenn die zusammen gezaubert haben, war ihre Macht sehr viel stärker, die Macht der Drei eben."

„Stimmt, kenne ich", antwortete Celina lächelnd. „Also die Macht der Vier!"

Auch den anderen beiden schien das zu gefallen, denn Jenny nickte und Veronica sagte: „Finde ich auch!"

„Bevor wir richtig anfangen ... wie machen wir das? Wir wollen doch den Fluchbrecher für Isabell und Celina sprechen. Also für jeden extra?", fragte Jenny.

„Ja, würde ich sagen, aber ich würde auch gerne noch all die anderen einbeziehen, die meiner Meinung nach etwas von ihr abgekriegt haben, wie Sven und Nico", meinte Celina.

„Und Richard!", ergänzte Isabell.

„Müssten wir dann nicht den Zaubern etwas Persönliches geben?", war Jennys nächste Frage. Als sie die fragenden Gesichter der anderen sah, erklärte sie: „So etwas wie ein Foto der Personen, für die das gedacht ist, zum Beispiel."

„Die Idee finde ich gut, habt ihr Fotos?", fand auch Veronica.

„Na ja, von uns schon", überlegte Celina, „und von Sven und Nico könnte ich welche von Facebook ziehen ..."

„Richard ist da aber nicht ...", wandte Isabell mit besorgter Miene ein. „Aber er muss auch mit einbezogen werden."

„Auf unserer letzten Weihnachtsfeier wurden Bilder gemacht, die hab ich auf meinem Computer", schlug Celina vor.

Diese weitere Verzögerung, nämlich das Ausdrucken der fünf

Fotos, nahmen sie sehr gerne in Kauf, wenn dafür nun der Fluchbrecher so gut wie irgend möglich werden würde.

Dann endlich saßen sie zusammen bei Kerzenlicht und Veronica las den Spruch zum Rufen der Engel und Schutzgeister, während Isabell etwas Schutzmischung in die Feuerschale warf. Als der Rauch langsam aufstieg, wählte Celina das Bild von Isabell und schrieb auf die Rückseite den Fluchbrecherspruch, den sie zusammen mit Jenny schon einmal verwendet hatte.

„Soll ich den Spruch alleine sprechen oder alle zusammen?“, fragte Veronica, die das Heft noch vor der Nase hatte.

„Alle!“, fand Jenny und streute bereits Beifuß und Muskatellersalbei auf die glühende Kohle. So machten sie es auch. Celina entzündete das Bild und warf es mit in die Schale, während sie Alantwurzel mitverbrannten und zusammen langsam den Spruch aufsagten.

„Jetzt du!“ Isabel fischte Celinas Bild heraus, doch ihre Hände zitterten, als sie den Stift nahm. Sie schob es Jenny hin. „Bitte schreib du!“

Ebenso wie bei Isabell verbrannten sie es, nachdem Jenny den Fluchbrecher auf die Rückseite geschrieben hatte. Wieder sprachen sie ihn gleichzeitig auch laut aus.

„Zieht es hier irgendwo?“, fragte Veronica leise gleich danach. „Es ist kühl hier und die Kerzen flackern.“

Celina schüttelte den Kopf. Sie hatte schon seit geraumer Zeit die etwas skurrilen Bewegungen der Kerzenflammen beobachtet. In einem Moment wiegten sie sich hin und her, um im nächsten plötzlich weit hochzulodern. Isabell starrte sie ängstlich an und auch Jennys Blick zeigte eine leichte Panik.

„Wir machen weiter!“, sagte Celina nur in vollkommen ruhigem Ton, obwohl auch sie nervös war, und doch war da noch etwas anderes. Sie hatten ihre Schutzgeister gerufen, bevor sie begonnen hatten. Vielleicht fühlte es sich deshalb so an, als würde jemand direkt hinter ihr stehen – jemand, der eine seltsame, tiefe Wärme auszustrahlen schien.

„Jetzt Richard?", fragte sie und schaute Isabell an, die eifrig nickte.

„Darf ich da noch etwas mit dazuschreiben?", fragte Isabell. „Ich würde ihm gerne noch Schutz wünschen."

„Ja klar!" Celina lächelte ihr aufmunternd zu. „Du musst nur alles positiv ausdrücken, aber das weißt du ja."

„Das ist bestimmt sogar gut", fand auch Jenny, „denn dadurch wird das viel persönlicher und wirkungsvoller ... denke ich jedenfalls."

Isabell schrieb eine ganze Weile und sehr viel auf die Rückseite von Richards Foto, dann wurde auch dies zusammen mit dem gesprochenen Spruch verbrannt. Währenddessen fiel Celina auf, dass die Kerzenflammen sich wieder beruhigten. Sie schaute zu Veronica und Jenny. Auch die beiden hatten dies bemerkt, denn sie nickten ihr zu.

„Wer nun?", fragte Veronica dann.

„Erstmal Sven würde ich sagen", meinte Celina. „Die Kerzen brennen gerade schön ruhig."

„Meinst du, das hängt damit zusammen, für wen wir hexen?" In Veronicas Worten schwang Interesse, aber auch Skepsis mit.

„Ich weiß es nicht, ich will da nichts hineininterpretieren, kann Zufall sein, es fiel mir nur auf!", antwortete Celina vorsichtig. „Ich glaube, dass Isabell und ich im Moment hauptbetroffen sind. Da waren die Flammen ziemlich verrückt. Bei Richard und Sven denke ich, dass sich das zur Zeit in Grenzen hält. Und bei Nico weiß ich es nicht, wahrscheinlich eher heftiger."

„Dann Sven, bitte." Veronica schob ihr das Bild von Sven rüber. „Du schreibst bei Sven und bei Nico, weil du sie am besten kennst."

Das klang einleuchtend. Celina schrieb den Spruch auf die Rückseite, während die anderen noch etwas Beifuß, Salbei und Alant auf die Kohle streuten. Was konnte sie noch dazu wünschen? Sie entschied sich für Immunität gegenüber Lydias Annäherungsversuchen und dass er klar erkennen möge, was ihre wirklichen Motive waren. Damit konnte sie nichts falsch machen.

Die Kerzenflammen blieben ruhig, als sie das Bild nun verbrannten und den Fluchbrecher sprachen. Vielleicht war es doch nur Zufall gewesen …

Als nächstes nahm Celina das Bild von Nico. Ihre Hände zitterten. Was sollte sie bei ihm noch dazuschreiben? Erst einmal notierte sie den Fluchbrecher wie bei den anderen, dann starrte sie auf den kleinen Rest Platz auf dem Papier. Schutz? Ja, natürlich! Gesundheit auch, falls sein derzeitiges Pech in diese Richtung ging! Und dann? Sie wünschte sich sehr, dass er ihr die Cora-Geschichte verzeihen und es eine Chance auf eine normale Freundschaft geben würde, aber das schrieb sie nicht. Sie wollte ihn nicht in irgendeiner Form manipulieren. Also formulierte sie es anders, nämlich als Wunsch, dass er ihre Gedankengänge verstehen könnte, denn wenn er das konnte, würde er ihr vielleicht irgendwann auch verzeihen können. Mit einem Kloß im Hals sprach sie mit den anderen den Fluchbrecher, während das Bild mit den Wünschen verbrannte und diese damit abgesendet wurden.

Plötzlich loderten die Flammen sämtlicher Kerzen hoch empor, einige fast 20 cm höher als normal. Isabell und Jenny schraken ängstlich zurück, während Veronica mit großen Augen auf das Geschehen blickte.

„Was …", entfuhr ihr.

„Olibanum!", sagte Celina nur.

Auch sie hatte einen Schreck bekommen, spürte aber noch immer die Wärme hinter sich, die ihr eine Sicherheit und Ruhe gab, die sie nicht hätte erklären können. Veronica nahm etwas von dem Weihrauch, warf ihn in die Schale und reichte ihn dann an Celina weiter, die es ihr gleichtat. So ging das kleine Glasgefäß mit dem Harz weiter zu Jenny und Isabell, die ebenfalls etwas davon in die Feuerschale gaben.

Als sich die Flammen wieder langsam beruhigten, meinte Veronica: „Wohl doch kein Zufall ... anscheinend hat es jemandem gar nicht in den Kram gepasst, was wir hier gemacht haben und anscheinend war Nico der Hauptbetroffene ...“

Kapitel LV
Alles wird gut

„Das war ganz schön gruselig!", meinte Isabell etwas später am Nachmittag, als sie längst alles weggeräumt hatten und gemütlich zusammensaßen.

„Ja, stimmt, aber es waren nur die Kerzen, die verrückt gespielt haben, sonst war doch alles ruhig", gab Celina zu bedenken.

„Und es war auf einmal sehr kalt!" Jenny schlang immer noch fröstelnd die Arme um sich.

„Das ist mir auch aufgefallen!" Auch Veronica rieb sich in Erinnerung daran die Arme, um diese Kälte zu vertreiben. „Wie geht es euch denn jetzt? Ich meine insbesondere deinem Handgelenk, Isa, und deinem Magen, Celina?"

„Nicht mehr ganz so schlimm, würde ich sagen", meinte Isabell nachdenklich.

„Mein Magen spinnt immer noch", sagte Celina, „aber ich fühle mich einfach allgemein besser, diese seltsame Art von Traurigkeit ist weg."

„Stimmt, das ist weg!", fand auch Isabell und lächelte erleichtert.

„Kannst du deinen Bruder mal anrufen und ihn fragen, ob er das mit meinem Auto hinkriegt?", fragte Veronica dann Jenny. „Er ist ja schon sehr lange weg."

Tatsächlich war es mindestens schon zwei Stunden her, dass Eric mit den Autoschlüsseln losgezogen war. Jenny zückte ihr Handy und tippselte darauf herum. „Ich schreib ihm mal eben eine SMS", meinte sie.

Nicht einmal fünf Minuten später stand er schon vor der Tür. „Ich wollte euch nicht stören!", sagte er. „Alles fertig! Das Auto schnurrt wieder wie ein Kätzchen." Und er drückte Veronica breit grinsend ihre Autoschlüssel in die Hand.

„Echt?" Sie schaute ihn überrascht an. „Vielen Dank!"

„Wollen wir nicht einfach alle zusammen irgendeine DVD

schauen, um mal abzuschalten?", schlug Celina vor.

„Gute Idee!", fand Eric. „Ich habe mir vorhin gerade „Percy Jackson" geholt, ist zwar schon etwas älter, kenne ich aber noch nicht. Wollen wir den gucken?"

„Der soll gut sein ...". meinte Veronica.

„Ich habe den schon gesehen, der ist gut, aber ich guck den auch gerne nochmal", sagte Isabell.

Also beschlossen sie, es sich alle zusammen so richtig gemütlich zu machen. Celina packte so viel Tiefkühlpizza wie möglich in ihren Backofen und Eric spendierte eine große Packung Hackbällchen, die sie per Mikrowelle warm machten. Und dann wurde zusammen gefuttert und Film geguckt. Die Stimmung war lustig und ausgelassen, als wenn alle Probleme der Welt weit weg wären. Alles würde nun gut werden, sagte Celinas Gefühl.

Als „Percy Jackson" fast zu Ende war, schlief Isabell zwischen den anderen tief und fest auf Celinas Couch. „Ich glaube, ich fahre euch mal nach Hause, was?", meinte Eric lächelnd.

„Ja, ich glaube auch!", stimmte Veronica zu. „Ich bringe Isabell dann nur noch nach oben und fahr dann von ihr aus auch mal wieder zu mir."

Während Eric die beiden – Isabell wurde wenigstens halbwegs wach – nach Hause brachte, blieb Jenny noch bei Celina.

„Sie muss sehr müde gewesen sein!", sagte sie.

„Ja, sie hatte in der letzten Nacht wohl kaum geschlafen", erklärte Celina.

„Und du?", hakte Jenny nach.

„Na ja, ich auch eher schlecht", gab Celina zu. „Aber jetzt wird bestimmt alles gut!"

„Weil du das glaubst oder weil du das auch gespürt hast ... mit dieser Präsenz?"

Jenny schaute Celina direkt in die Augen.

„Kommt drauf an, was du gespürt hast ...", antwortete Celina ausweichend.

„Aber du hast etwas gemerkt?“ Jenny blieb hartnäckig.

Deshalb sagte Celina ganz direkt: „Ja, es fühlte sich an, als wenn jemand oder etwas, das Wärme ausstrahlt, hinter mir steht.“

Jenny lächelte. „Ja, das ist so ungefähr das, was ich auch gesehen habe.“

„Gesehen?“ Celina dachte im ersten Moment, sie hätte sich verhört.

Ein bisschen verlegen schaute Jenny zu Boden, als sie antwortete: „Nur ein paar Schemen, ein paar Umrisse, so etwas. Ich kann sowas manchmal sehen. Und ich habe eine sehr positive Energie gespürt, also war es etwas Gutes.“

„Etwas, das uns beim Hexen beschützt hat ...“, meinte Celina nachdenklich.

„Ja, das denke ich auch!“, fand Jenny ebenfalls.

Zu dritt guckten sie später auch noch den zweiten Teil von „Percy Jackson“, den Eric ebenfalls gleich mit geholt hatte. Er gefiel Celina zwar nicht so gut wie der erste Teil, aber sie amüsierte sich trotzdem, zumal sie die Gesellschaft der beiden einfach schön fand.

„Der Satyr ist toll!“, meinte sie schmunzelnd, weil sie seine witzigen Sprüche mochte.

„Ich mag den Zyklopen und seine tollpatschige Art!“, begeisterte sich Jenny.

„Ihr steht natürlich auf die verrückten Typen!“, lachte Eric. „Darf ich trotzdem mit auf die Couch? Ich hätte hier auch noch Chips als Bestechung.“ Und er winkte grinsend mit einer Tüte Paprikachips.

„Na gut, dann wollen wir mal nicht so sein“, sagte Jenny und rutschte ein Stück zur Seite, damit ihr Bruder sich zwischen sie und Celina setzen konnte. So konnten sie alle in die Chipstüte greifen. Sogar Celina aß ein paar davon, denn ihre Magenschmerzen hatten nachgelassen. Bei der Pizza und den Hackbällchen war sie noch vorsichtig gewesen und hatte nur ein bisschen probiert, aber nun ging es ihr wirklich gut. Alles war so friedlich und schön. Celina spürte, wie die Last des Tages, sogar der ganzen letzten Wochen, von ihr abfiel und sie war unendlich müde ...

Im Halbschlaf merkte sie noch, dass ihr Kopf auf Erics Schulter sackte und er den Arm um sie legte, dann fiel sie in einen tiefen, traumlosen Schlaf.

Kapitel LVI
Die Ruhe vor dem Sturm?

Sie hatte bestimmt ungefähr eine Stunde an Erics Schulter geschlafen, bevor sie sich schlaftrunken hochrappelte. Der Film war längst zu Ende. Etwas verwirrt entschuldigte sie sich, was Eric mit einem Lächeln beantwortete.

„Du schläfst dich jetzt mal richtig aus. Alles wird gut!", meinte er. „Jenny und ich hauen jetzt ab und du gehst pennen!" Das tat sie dann auch und schlief lange und wiederum traumlos bis Sonntagmittag. Ihr erster Gedanke war dieses „Alles wird gut!", wie Eric es gesagt hatte und sie fühlte sich beruhigt und entspannt.

Dieses Gefühl hielt auch die nächsten Tage an. Lydia meldete sich am Montag krank, was Celina und Isabell einerseits überraschte, andererseits aber auch ihre Hoffnung, der Fluchbrecher möge gewirkt haben, bestätigte. Außerdem ging es nicht nur Celinas Magen wesentlich besser, auch Isabells Schmerzen in Arm und Handgelenk waren verschwunden.

„Meinetwegen kann Lydia gerne wegbleiben", sagte Isabell trotzig, aber leise zu Celina. Frau Evershagen war nämlich mal wieder mit besorgter Miene unterwegs, nachdem sie lange mit Lydia telefoniert hatte. Glücklicherweise war sie es, die diesmal unbedingt Medikamente zu ihrem Schützling bringen wollte, und nicht Richard. So sah es jedenfalls Isabell, die für einen kurzen Moment mal wieder Schlimmes befürchtet hatte.

„Ich bin nur froh, dass wir inzwischen mehr Leute sind, dann brauche ich keine Angst haben, dass mein Urlaub nächste Woche gestrichen wird!", meinte Celina. Sie freute sich nämlich schon lange auf ein paar freie Tage, auch wenn sie nichts Großartiges dafür geplant hatte.

„Ja, glücklicherweise!", stimmte Isabell zu. „Findest du mich herzlos, weil ich es nicht bedaure, dass sie krank ist?"

„Nein, finde ich nicht", sagte Celina. „Es geht dir besser und mir auch. Das ist das, was für mich zählt. Selbst Richard humpelt nicht mehr von seinem Treppensturz neulich. Und bei Sven und Nico werde ich heute Abend mal nachfragen."

Das tat sie auch tatsächlich. Als sie abends zu Hause war, schrieb sie beide per Facebook an.

„Hey, wie geht es deinem Fuß?", fragte sie Sven.

Bei Nico zögerte sie, weil er zuletzt eher schroff reagiert hatte. Konnte sie es überhaupt wagen, ihm eine kurze Nachricht zu schicken? Sie hatte keine Lust, sich irgendeine mies gelaunte Antwort einzufangen. Trotzdem entschied sie sich, es zu tun.

„Alles gut bei dir?", fragte sie nur.

Beide antworteten erst am nächsten Tag. Sven berichtete, dass es ihm schon besser gehen würde, so dass ein leichter Stützverband ausreichte. Er wirkte gut gelaunt und sehr unternehmungslustig.

Nico schrieb wie meistens kurz angebunden, aber diesmal freundlich: „Ja, vielen Dank, alles gut!" Dahinter hatte er sogar einen netten Smiley gesetzt.

Beruhigt atmete sie auf, hatte schon die Hände auf der Tastatur, um nachzufragen, ließ es dann aber doch. Vielleicht war es besser, es bei dieser Antwort zu belassen. Er würde ihr wahrscheinlich sowieso nichts erzählen.

Sie loggte sich aus und als Collin wieder ein. So wie es bisher aussah, hatte ihre Hexerei tatsächlich funktioniert. Irgendwie konnte sie es selber kaum glauben. Sie brauchte eine Bestätigung, irgendetwas, das die Gedanken, es wären eh alles nur Zufälle, zum Schweigen brachte oder doch bestärkte.

So wie es aussah, war Lydia nicht online. Trotzdem wollte sie ihr schreiben, wenn sie auch unschlüssig war, was. Vielleicht erst einmal eine Erklärung, warum Collin nicht so oft da war?

Celina brauchte fast eine halbe Stunde, bis sie endlich etwas Brauchbares zustande gebracht hatte: „Hi Lydia, wie geht es dir? Tut mir leid, dass ich in den letzten Tagen so wenig online war. Ich war leider sehr viel beruflich unterwegs, da waren ein paar sehr wichtige Meetings, die glücklicherweise super gelaufen sind. Nun habe ich hoffentlich endlich mal wieder mehr Zeit für die schönen Dinge des Lebens."

Als sie ein bisschen hochscrollte, stellte sie fest, dass sie sich mit dem letzten Satz in der Ausdrucksweise wiederholt hatte, aber das war ihr egal. Es war sowieso schwierig genug, mit Lydia zu schreiben. Sie wartete eine halbe Stunde, ob eine Antwort käme, aber vergeblich, dann ging sie offline.

Erst am nächsten Tag erhielt sie eine Antwort: „Es geht mir gar nicht gut. Ich habe eine schwere Grippe und muss das Bett hüten."

Irgendwie war Celina dadurch aber auch nicht schlauer. Dass Lydia krank war, wusste sie ja schon. Trotzdem musste sie antworten.

„Dann kuriere dich gut aus! Gute Besserung!", schrieb sie als Collin und wollte sich wieder ausloggen.

Da kam auf einmal eine Nachricht von Lydia: „Danke Collin! Es geht mir richtig schlecht und ich bin auch noch mit dem Fuß umgeknickt, als ich versucht habe, aufzustehen."

Sofort schoss Celina der verstauchte Fuß von Sven in den Sinn. Wieder so ein komischer Zufall! Es wäre ja der Hammer, wenn sie auch noch Magenprobleme und eine Sehnenscheidenentzündung im Handgelenk hätte ... Celina musste dem auf den Grund gehen ...

„Du sollst doch auch nicht aufstehen, oder?", fragte sie möglichst nett nach. „Du musst ausruhen und tüchtig essen, damit du wieder zu Kräften kommst."

Nur wenige Minuten später kam eine Antwort: „Die ganzen Medikamente sind mir leider auch auf den Magen geschlagen! Also kann ich nicht viel essen. Aber ich muss mich jetzt wieder ausruhen. Schlaf gut, Hase. Ich melde mich wieder."

Celina ließ Collin noch schnell ein „Gute Nacht, träum süß!" schreiben und dann war Lydia anscheinend auch schon wieder offline.

Wie vom Donner gerührt starrte sie immer noch auf die Nachricht. Lydia hatte Magenprobleme und war mit dem Fuß umgeknickt. Konnte das wirklich noch Zufall sein? Eine Gänsehaut lief ihr langsam über den Rücken, je mehr sie darüber nachdachte.

Am nächsten Tag erzählte sie Isabell in der Mittagspause davon, vorher traute sie sich nicht, denn Frau Evershagen lief mal wieder mit gespitzten Ohren herum. Im Imbiss gegenüber waren sie davor jedenfalls sicher.

„Wenn sie die Magenschmerzen und den verstauchten Fuß abgekriegt hat, dann bestimmt auch das andere, also das mit meinem Arm und meinem Handgelenk", überlegte Isabell. „Und die Grippe hat sie dann von wem?"

„Sie muss doch nicht alles davon haben, dass sie anderen etwas Schlechtes gewünscht hat", bremste Celina sie.

„Sie könnte die Grippe aber von Nico haben, denn du weißt ja nicht, was er hatte", spann Isabell ihren Faden weiter.

„Ja, vielleicht hat sie noch weitere Beschwerden wie mit dem Handgelenk und vielleicht hat sie nun Nicos Grippe, falls er denn eine hatte", räumte Celina ein, „aber es sind mir einfach zu viele Vielleichts."

„Du betrachtest immer noch alles sehr skeptisch!", stellte Isabell fest.

„Ja, stimmt, das tue ich!", gab Celina zu. „Ich sehe durchaus, dass alles so sein könnte, und trotzdem möchte ich mit beiden Beinen fest auf der Erde stehen bleiben. Das brauche ich einfach."

Isabell grinste. „Ich auch irgendwie, sonst wird es echt zu gruselig!"

„Ich finde, wir sollten es einfach genießen, dass es uns gerade so gut geht, und hoffen, dass sie nun genug hat und damit – was auch immer sie macht – aufhört!", fand Celina.

„Die Ruhe genießen und endlich entspannen! Ja, finde ich auch!", stimmte Isabell zu. „Morgen ist Karfreitag und wir haben alle frei, dann Ostersonntag und Ostermontag auch noch. Und du hast ab Samstagmittag sogar Urlaub! Also doppelt genießen!"

„Ja, das werde ich!", sagte Celina, doch da wusste sie noch nicht, dass diese Ruhe nur die Ruhe vor dem Sturm war …

Kapitel LVII
Schreck am Ostersamstag

Der Sturm traf sie am späten Samstagnachmittag. Nichts hatte dies angekündigt, keine Vorahnung und kein Traum. Celina telefonierte gerade mit Kathi, als sie bemerkte, dass sie sich irgendwie nicht gut fühlte. Ihr war schlecht und sie grübelte schon darüber nach, was sie zuletzt gegessen hatte, als ein heftiges Stechen im Magen ihr fast den Atem raubte.

„Und wie findest du das?", fragte Kathi gerade am anderen Ende.

„Ich ... sorry ... was hast du gesagt?" Celina jappste nach Luft und schaute sich nach ihrem Glas mit Selter um, das sie sich noch vor dem Telefonklingeln eingeschenkt hatte.

„Entschuldige, mir ist nicht gut ... irgendwie ..."

„Du hast natürlich mal wieder nicht zugehört!", meckerte Kathi wie so oft und klang dabei sehr weit entfernt.

Celina waren Kathis Launen in dem Moment völlig egal. „Ich melde mich wieder!", sagte sie nur noch und legte auf.

Sie brauchte einen Schluck Wasser! Ihr war heiß und doch zitterte sie. Sie entdeckte das Glas auf dem Wohnzimmertisch halb verdeckt von der Flasche, die davor stand. Als sie dorthin ging, fühlten sich ihre Knie weich an. Sie nahm einen Schluck und kleckerte dabei die Hälfte des Inhalts auf ihr T-Shirt. Besser, sie würde sich hinsetzen!

Ruhig im Sessel sitzend ließen die Magenschmerzen ein wenig nach, so dass Celina wieder versuchte, einen klaren Gedanken zu fassen. Was passierte mit ihr?

Das Telefon klingelte. Das war wahrscheinlich Kathi, die es furchtbar fand, so abgewürgt zu werden, dachte sich Celina, doch sie konnte nicht aufstehen. Das Wohnzimmer verschwamm vor ihren Augen, mal mehr, mal weniger, und immer wenn das Bild ein bisschen klarer wurde, nahm sie einen Schatten wahr, der sich zu bewegen schien.

Ihr Herz pochte so sehr, dass sie jeden einzelnen Schlag hören konnte. Dieser Schatten hatte die Form einer menschlichen Gestalt! Celina schnappte nach Luft. So wie es aussah, kam dieses Wesen mehr und mehr in ihre Richtung. Sie musste hier weg! Doch als sie aufstand, war das so anstrengend, dass ihr fast die Luft ausging. Überhaupt wurde die Luft immer weniger …

Ihr Atem rasselte, als sie nun in Richtung Flur stolperte. Wenn sie aus ihrer Wohnung wollte, musste sie direkt an dem Schatten vorbei. Das Telefon im Hintergrund schrillte in einem nervtötenden Ton. Celina versuchte sich auf jeden einzelnen Schritt zu konzentrieren und ebenso auf jeden einzelnen Atemzug. Der Schatten stand inzwischen still, als würde er sie beobachten. Sie betrachtete ihn nur aus dem Augenwinkel, um nicht vollkommen in Panik zu verfallen. Die Wohnungstür war nahe und sie musste sie erreichen, dann nur noch über den Hausflur zu Eric. Er würde ihr helfen, er musste einfach da sein!

Später konnte sie sich nicht mehr daran erinnern, wie sie die letzten Schritte geschafft hatte, sie wusste nur noch, dass sie verzweifelt geklingelt hatte und er sie aufgefangen hatte, als er die Tür öffnete. Ihr Atem war nur noch ein hohes Pfeifen und ihr war kalt und heiß gleichzeitig.

Eric setzte sie auf dem Boden ab und wühlte in einer Tasche nach etwas. Die Fliesen auf seinem Flur waren schön kühl. Celina wollte sich hinlegen, aber er war schon wieder da und hielt sie fest.

„Halt die Luft an!“, sagte er. „Und wenn ich es sage, atmest du ein und hältst wieder die Luft an!“

Er schob ihr ein Mundstück eines Sprays zwischen die Lippen und gab die Anweisungen. Sie machte es genauso wie er sagte und spürte, dass sie etwas besser atmen konnte. Ihr Herz raste allerdings immer noch, so dass sie sich einfach nur noch an ihm festhielt. Entfernt bekam sie mit, dass er mit jemandem telefonierte, es klang wie ein Arzt, aber sie war sich nicht sicher. Ihre Wohnung, Mikesch ... sie zog aus der Tasche ihrer Jeans die Schlüssel, die klirrend auf den Boden fielen.

„Mikesch ...", wollte sie sagen und sagte es wohl auch, denn Eric antwortete: „Ich kümmere mich um den Kater! Mach dir keine Sorgen!"

Dann kamen ein paar Sanitäter, weiteres nahm sie nicht mehr wahr, denn vor ihren Augen wurde alles schwarz, als wenn ein Vorhang fiel.

Celina kam erst wieder zu sich, als sie in die Notaufnahme des Krankenhauses geschoben wurde. Dann war ein Arzt bei ihr und Schwestern. Der Blutdruck wurde gemessen, Blut abgenommen und eine Menge Fragen gestellt.

Als Eric bald darauf eintraf, stand bereits eine vorläufige Diagnose fest, nämlich ein anaphylaktischer Schock, eine starke allergische Reaktion, wenn auch niemand sagen konnte, worauf. Obwohl es ihr deutlich besser ging, wollte der Arzt sie über Nacht zur Beobachtung da behalten.

„Nein, ich will nach Hause!", protestierte sie. „Es geht mir wieder gut!"

„Es mag sein, dass es Ihnen besser geht", meinte der Arzt, „aber von wirklich gut sind Sie noch weit entfernt. Auch wenn morgen Ostern ist und Sie jetzt bestimmt gerne zu Hause wären, sollten wir lieber auf Nummer sicher gehen."

„Das denke ich auch!", fand Eric. „Ich kümmere mich um Mikesch, mach dir keine Sorgen. Sag mir nur, ob ich jemanden anrufen oder ob ich dir was herbringen soll."

Sie wusste, dass er sich super um den Kater kümmern würde, allerdings war da noch etwas anderes, um das sie sich Gedanken machte. Auch wenn sie nicht ganz klar war, als es ihr – aus welchen Gründen auch immer – so schlecht ergangen war, sie hatte sich diesen Schatten nicht eingebildet. Doch leider hatte sie keine Gelegenheit, ihm das irgendwie mitzuteilen, denn es war immer jemand in der Nähe.

„Da ist noch etwas …“, startete sie einen Versuch, bevor Eric womöglich gehen würde. Eine Krankenschwester stand jedoch genau neben ihnen, so dass sie ihn nur eindringlich anschaute, worauf er jedoch nicht reagierte. Deshalb zählte sie ihm einfach nur auf, was sie so brauchen würde, angefangen vom Shampoo bis zu ihrem Portemonnaie. „Und ruf niemanden an, ja? Falls mein Telefon klingelt, kannst du gerne rangehen, ist bestimmt Kathi!“, beendete sie die Anweisungen.

„Mach dir keinen Kopf! Ich gebe dem Kater zu fressen, komme nochmal her, bringe dir eine Tasche und kümmere mich um alles. Und morgen Mittag bin ich dann wieder hier und hol dich ab. Einverstanden?“ Er lächelte sie zuversichtlich an. In dem Moment schob die Schwester mit ihr los, um sie in ihr Zimmer zu bringen und Eric winkte ihr noch einmal zu. Dann verschwand er aus ihrem Blickfeld. Sie verdrehte den Kopf, um ihn noch einmal zu sehen, aber er war schon weg. Vielleicht würde sie eine Gelegenheit haben, wenn er ihr die Sachen bringen würde. So hoffte sie jedenfalls.

Andererseits machte ihr genau das Angst. Er würde in ihre Wohnung gehen und womöglich würde ihm etwas passieren, zumal sie ihn nicht einmal hatte warnen können …

Die nächsten zwei Stunden raubten ihr fast den letzten Nerv. Ständig starrte sie auf ihre Armbanduhr und zur Tür, aber nichts tat sich. Dazu kamen ihre zwei Bettnachbarinnen, um die sie im normalen Leben sicherlich einen großen Bogen gemacht hätte. Die eine war ständig am Stöhnen, wie schlecht es ihr doch ging, und klingelte immer wieder die Schwester herbei und sei es nur, weil sie das Kissen im Rücken zurechtgerückt haben wollte. Sogar die Krankenschwester war schwerstens genervt und wies die Dame darauf hin, dass noch mehr Patienten zu betreuen wären. Die andere hatte das überaus wichtige Bedürfnis, sofort ihre ganze Lebens-geschichte zu erzählen, und da Celina nun einmal neu im Zimmer war, war sie die Auserkorene. Celina antwortete höflich ab und zu mit einem einsilbigen Ja oder Nein und fertig. Die Rednerin schien jedenfalls nicht zu bemerken, dass sich Celina für das Erzählte überhaupt nicht interessierte.

Zwischendurch merkte Celina leider, dass ihr das Atmen immer schwerer fiel und ihr leicht schwindelig wurde, so dass sie tatsächlich einmal die Schwester rief. Die kam sofort mit einem Blutdruckmessgerät und einem Asthmaspray an.

„Das Spray dürfen sie nach Bedarf nehmen, hat der Arzt gesagt, aber bitte nicht zu oft!", erklärte sie sehr freundlich. „Ihr Blutdruck ist leicht erhöht. Rufen sie mich bitte, wenn es Ihnen schlechter gehen sollte, ja?" Dann ging sie wieder, ließ das Spray aber da. Trotzdem hielt das die Lebensgeschichten-Dame nicht davon ab weiterzuerzählen, sobald die Schwester wieder weg war. Celina verdrehte genervt die Augen, was aber auch nichts brachte.

Endlich öffnete sich dann nach einer gefühlten Ewigkeit die Tür und Eric kam herein.

„Gott sei Dank!", seufzte Celina.

Eric grinste. „Hast du geglaubt, ich hätte dich vergessen?"

„Nein, natürlich nicht", meinte sie lächelnd. „Ich bin dafür, dass du mich einfach wieder mitnimmst."

„Das ist gar keine gute Idee!", fand der Arzt, der in diesem Augenblick zur Tür hereinkam. Lächelnd erklärte er: „Ihre Freundin hatte während Ihrer Abwesenheit wieder leichte Probleme mit Kreislauf und Atmung. Also ist es wirklich besser, sie bleibt heute Nacht hier."

„So so!", meinte Eric und verkniff sich ein Grinsen über Celinas verzweifeltem Blick, zu der „Freundin" sagte er gar nichts. Stattdessen versuchte er möglichst streng zu gucken und sagte: „Du bist doch vernünftig, oder? Ich hab es dir versprochen, morgen Mittag bin ich hier und hole dich ab." Er zögerte kurz und ergänzte dann: „Wenn es dir gut geht!"

Celina seufzte abgrundtief. Sie wusste, dass ihr Zustand ein bisschen zu instabil war und es deswegen tatsächlich unvernünftig wäre, nach Hause zu gehen. Der Arzt zwinkerte listig und verabschiedete sich auch gleich wieder.

So hatte Eric Gelegenheit ihr das Neueste zu berichten: „Ach so, Mikesch ist übrigens versorgt und bei mir. Er wollte nicht alleine in der Wohnung bleiben. Und Kathi hat angerufen, ich bin rangegangen und hab ihr gesagt, dass du im Krankenhaus bist. Das war okay, hoffe ich?“

„Mikesch ist bei dir? Dann ist alles gut!“ Celina war erleichtert. Eric schaute sie fragend an, kam allerdings nicht mehr dazu die Frage, die ihm offenbar auf der Zunge lag, auszusprechen, denn noch eine Besucherin trat ein, und zwar Kathi.

„Oh Süße, was machst du denn für Sachen?“, sprudelte sie los. „Du hättest doch was am Telefon sagen können, dass es dir nicht gut geht.“ – Hab ich doch, dachte Celina, unterbrach ihren Redeschwall aber nicht. – „Brauchst du was? Soll ich dir eine Tasche packen? Wie lange musst du bleiben? Was sagen die Ärzte?“

Celina schloss einfach nur genervt die Augen.

„Eine Tasche hat sie schon und nun braucht sie Ruhe. Der Arzt war gerade da, um mich beziehungsweise alle Besucher rauszuschmeißen. Also komm!“, schaltete sich Eric ein.

Kathi schaute ihn an, als hätte sie ihn gerade erst bemerkt.

„Ruf mich an, wenn du was brauchst oder wieder zu Hause bist, ja?“, sagte Kathi in schnippischem Ton und rauschte mit Eric zusammen hinaus, der sich noch einmal umdrehte und Celina frech angrinste. Kathi mochte Eric eindeutig überhaupt nicht, aber das war Celina sowas von egal.

Kapitel LVIII
Eine Nacht im Krankenhaus

Die Nacht im Krankenhaus war für Celina der blanke Horror. Sie wusste zwar, dass Mikesch bei Eric sicher war und dass Eric nun wohl auch nicht unbedingt mehr in ihre Wohnung brauchte. Trotzdem blieb der Gedanke an den Schatten, den sie gesehen hatte. Ein Schatten, der gesundheitliche Probleme überbrachte? War dies wieder Lydia zuzuschreiben? Oder kam das ganz woanders her? All das war so verwirrend und erschreckend zugleich. Sie hatte nichts gegessen oder irgendetwas anders benutzt als sonst, was eine so starke allergische Reaktion hätte auslösen können, wie der Arzt sie gefühlte tausendmal gefragt hatte. Jemand hatte ihr das auf irgendeine seltsame Weise geschickt und ihr Gefühl war diesbezüglich eindeutig: Das kam von Lydia! Was sollte sie jetzt tun? Was konnte sie überhaupt tun?

„Sie schlafen ja immer noch nicht“, meinte die Schwester zu ihr, die leise ins Zimmer gekommen war. „Möchten Sie nicht doch etwas zum Entspannen?“

„Nein, danke!“, antwortete Celina. „Ich mag sowas nicht.“

„Na gut, aber versuchen Sie einfach, sich ein bisschen zu beruhigen. Das Spray liegt auf Ihrem Nachttisch. Es kann also nichts passieren.“

Ja, das Asthmaspray lag da. Celina hatte nicht gedacht, dass sie mal so etwas brauchen würde. Aber das Gefühl, wenn die Luft auf einmal immer weniger wurde, war sehr erschreckend. Das war allerdings nicht das, was sie nicht schlafen ließ. Es waren vielmehr die Gedanken, die in ihrem Kopf herumwuselten. Wenn es ihr so ergangen war, was war dann womöglich mit Isabell passiert? Wie ging es Sven? Und wie erst Nico?

Ihre Augen fingen an zu brennen. Wurde der Traum von Lydia, die bei ihr auf dem Flur stand und sie mit einer Handbewegung hochhob, nun auf einmal doch wahr? War

Lydia so mächtig? Sie hatte selbst gesehen, wie Lydia Sven Albträume verpasst hatte. Anders konnte man das nicht beschreiben und es war kein Irrtum möglich. Was für eine Chance hatten sie, wenn sie schon zu viert nur eine so kurze Ruhephase bewirken konnten? Eine Träne lief über ihre Wange und dann eine zweite. Sie fühlte sich so hilflos ...

Weitere Tränen rollten über ihr Gesicht und verschleierten ihren Blick. Ihre Zimmergenossinnen schliefen tief und fest, die eine schnarchte sogar leise. Trotzdem war ihr so, als wenn da doch noch vor einem kurzen Moment jemand längs gegangen wäre, oder nicht? Celina setzte sich auf. Wieder ein Schatten? Oder nur eine Lichtspiegelung von draußen?

Sie schaute angestrengt in das Halbdunkel. Die beiden anderen Frauen lagen in ihren Betten, ein Bett war leer, die Vorhänge waren halb zugezogen, so dass das Licht irgendwelcher Laternen von draußen hineinschien. Da war nichts! Fröstelnd legte sie sich wieder hin und zog die Decke bis zum Kinn. Doch schon einen Augenblick später ließ ein Rascheln sie erneut hochfahren. Was war das? Das Geräusch war aus Richtung des Fensters gekommen. Und tatsächlich bewegte sich der Vorhang! Celina beobachtete das eine Weile. Ein ziehendes Fenster konnte nicht ein derart heftiges Hin- und Herschwingen verursachen, wie sie es dort sah. Dazu kam dieses Gefühl, das sie kaum beschreiben konnte. Es war, als wenn etwas Bedrohliches auf der Lauer lag. Ihr Atem ging schneller und sie musste husten. Sie griff nach dem Spray, behielt es aber in der Hand. Wenn es zu schlimm wurde, konnte sie es immer noch nehmen. Irgendetwas musste sie tun, egal ob sie sich das jetzt nur einbildete oder nicht.

Deshalb kramte sie in ihrem Gedächtnis nach den Sprüchen aus dem Büchlein, wobei der Engelsspruch nicht ganz passte, so dass sie stattdessen leise den Fluchbrecher vor sich hinmurmelte. Nach dem dritten Mal hörten die Bewegungen des Vorhangs auf, ebenso wie das Gefühl von Gefahr.

Warum hatten sie eigentlich keinen Engelsspruch für Schutz gemacht? Da sie eh hellwach war, würde sie das eben jetzt tun, dachte sie sich. Das war ganz sicher auch besser als darauf zu warten, ob wieder etwas Seltsames geschehen würde. In ihrer Tasche war ein kleiner Notizblock und ein Stift, die sie sich nun leise holte.

Die erste Zeile ließ sie so bestehen und dann knobelte sie so lange bis sie wenigstens einen Vierzeiler zustande gebracht hatte:

Meine Engel und Schutzgeister kommt herbei
und schützt mich vor böser Zauberei.
Bleibt bei mir und schenkt mir Kraft und Mut,
seid wachsam für mich und auf der Hut.

Zufrieden lehnte sie sich zurück, legte den Block beiseite und konzentrierte sich auf den Spruch, den sie nun dreimal flüsternd aufsagte. Dann war sie endlich soweit beruhigt, dass ihr die Augen zufielen.

Sie erwachte vom Stöhnen ihrer Bettnachbarin, sowie von der freundlichen, geduldigen Stimme der Krankenschwester. Es dauerte einen kleinen Augenblick bis sie realisierte, wo sie war, aber dann war sie vollkommen klar. Die Armbanduhr auf dem Nachttisch verriet ihr, dass es kurz vor halb sieben war. Normalerweise würde sie sich noch dreimal umdrehen.

„Frohe Ostern!", begrüßte die Schwester nun Celina, die diesen Gruß freundlich erwiderte. Dann maß die Schwester als erstes den Blutdruck.

„Wie hoch?", fragte Celina und verrenkte sich halb den Hals, um das Ergebnis ebenfalls sehen zu können.

„Noch immer ein wenig zu hoch, aber genaueres erklärt nachher der Arzt", kam bedauerlicherweise nur als Antwort. Nun hieß es leider Warten ...

Celina überbrückte die Zeit mit Frühstücken, Duschen und

Sachen einpacken. Eric hatte tatsächlich an alles gedacht, sogar an Unterwäsche, obwohl sie die nur unter „na ja was man halt so braucht" aufgezählt hatte. Irgendwie war das schon komisch und doch störte sie das nicht, ohne dass sie das hätte begründen können, ja, es war ihr sogar lieber, dass er das alles zusammengesucht hatte anstelle von Kathi. Das Verhältnis zu ihr wurde immer problematischer.

Als der Arzt endlich da war, wechselte sie nur wenige Worte mit ihm. Sie wollte nach Hause und zwar dringend, das war alles, was zählte. Er gab sein Einverständnis, wenn er sie auch unbedingt daran erinnerte, bei ihrem Hausarzt vorzusprechen und zwar gleich am Dienstag. Der Rest waren nur noch Formalitäten.

Trotz der ganzen Warterei war es erst elf Uhr, als Celina abfahrbereit war. Eric hatte von mittags gesprochen ... Das bedeutete womöglich noch länger warten? Ein kurzer Blick ins Portemonnaie brachte sie auf eine andere Idee, denn ein bisschen Geld war noch darin. Sie rief sich kurzerhand ein Taxi, so dass sie schneller zu Hause sein würde und Eric nicht extra losmusste.

Kaum hielt das Taxi vor ihrer Haustür, da sprang sie auch schon eilig hinaus. Die Haustür unten war gerade offen, weil ein Prospektverteiler da war. So konnte sie ungehindert die Treppen hoch laufen, ohne klingeln zu müssen, zumal Eric ja noch ihre Schlüssel hatte. Nach den ersten beiden Stufenabsätzen merkte sie jedoch, dass sie ein bisschen langsamer gehen musste. Das Luftproblem war noch nicht weg, wenn auch inzwischen erträglich.

Vor ihrer Wohnungstür stutzte sie. Ihr Schlüsselbund steckte im Schloss. Sie drehte sich zu Erics Tür und stellte fest, dass auch hier der Schlüssel steckte. Was hatte das zu bedeuten?

Kurzentschlossen öffnete sie ihre Wohnungstür und trat ein. Sie bemerkte eine ungewohnte Stille, denn normalerweise kam Mikesch auf sie zu. Der war aber anscheinend noch bei Eric,

wie er ihr ja erzählt hatte. Nach ein paar Schritten schaute sie um die Ecke ins Wohnzimmer und blieb wie vom Donner gerührt stehen.
Unter ihrem Wohnzimmertisch, mit den Füßen zur Tür lag Eric langgestreckt und rührte sich nicht!

Kapitel LIX
Vorbereitungen

„Eric! Nein!", stieß sie aus und hechtete neben ihn unter den Tisch.

Daraufhin zuckte er zusammen, kam halb hoch und stieß sich den Kopf an der Kante. „Autsch!", meinte er.

Celina atmete erleichtert auf. „Was machst du?", fragte sie ihn.

„Ich ... ähm ... wieso bist du schon da?" Er grinste verlegen und versuchte etwas hinter sich zu verstecken.

„Ich bin mit einem Taxi gekommen, da war alles soweit fertig und ich wollte nicht warten", erklärte sie. „Was hast du da?"

Immer noch unter dem Tisch liegend und noch ein bisschen verlegener grinsend zog er etwas hervor: einen Schoko-Osterhasen! „Frohe Ostern!", sagte er. „Ich wollte den eigentlich unter der Couch verstecken ..."

„Puh! Musst du mir einen solchen Schreck einjagen!", lachte sie und knuffte ihn in die Seite. Dann krabbelte sie erst einmal unter dem Tisch hervor, ebenso Eric. „Wieso steckt der Schlüssel draußen?", fragte sie als nächstes.

„Weil ich den gestern, als ich Mikesch geholt habe, beinahe hier drinnen vergessen hätte und so kann das nicht passieren. Keine Sorge, das hab ich nur gemacht, wenn ich auch hier war, wegen Futter holen und so."

„Oder Osterhasen verstecken", ergänzte sie lächelnd.

„Oder so!", gab er zu. „Hattest du schon einen Kaffee?"

„Krankenhauskaffee ...", antwortete Celina.

„Dann komm!", sagte er darauf nur. „Mikesch wartet bestimmt auch schon sehnsüchtig."

Bei einem gemütlichen Osterfrühstück fragte er dann: „Hast du echt einen Schreck gekriegt? Was hast du gedacht?"

„Dass dir was passiert ist ...", sagte sie und schaute ihn an.

„Warum?", wollte er wissen und sah sie ebenso direkt an.

„Oh man, du hältst mich für verrückt, wenn ich dir das

erzähle ...“, druckste sie herum.

„Tue ich nicht, also erzähl!“, war seine eindeutige, knappe Antwort.

Also berichtete sie ihm von dem Schatten, den sie am Tag zuvor gesehen hatte, als sie diese merkwürdige allergische Reaktion hatte, und der auch in der Nacht wohl dagewesen war.

„Auch wenn es bestimmt seltsam klingt, so bin ich mir doch sicher, dass wir dem mit unseren Hexereien entgegengewirkt haben, nur leider scheinen diese Gegenmaßnahmen nie lange zu wirken, jedenfalls scheint es so“, sagte sie zum Abschluss, „und ich muss nachher mit Isabell telefonieren und nachfragen, ob es ihr auch schlecht ergangen ist.“

„Das könnte natürlich dann sein“, meinte er nachdenklich. „Ich spreche nachher Jenny drauf an, damit ihr wieder irgendwas macht, ja? Ich sehe sie eh heute Nachmittag.“

Celina nickte dankbar.

„Danke übrigens für die Lebensrettung!“, sagte sie noch, bevor sie ging. „Wieso hast du eigentlich ein Asthmaspray?“

„Weil Jenny manchmal damit Probleme hat und manchmal vergisst sie, eines einzustecken, deswegen hat sie hier bei mir ein Spray deponiert.“

„Da hab ich ja echt Glück gehabt, dass du eine vergessliche Schwester hast!“, fand Celina.

Leider fiel ihr dann ein, dass sie noch einige Telefongespräche führen musste – und das, obwohl sie das so gar nicht mochte, aber das ließ sich nun mal nicht vermeiden.

Als erstes rief sie ihre Mutter an, was längst mal wieder überfällig war, und wünschte ihr frohe Ostern. Mit ihr plauderte sie eine ganze Weile über Belangloses und vermied es sorgsam, den Krankenhausaufenthalt auch nur ansatzweise zu erwähnen und auch sonst nichts, was mit Lydia zu tun hatte, denn sie wollte ihre Mutter schließlich nicht beunruhigen.

Dann folgte ihr Pflichtanruf bei Kathi. Sie versuchte besonders nett zu sein, denn auch wenn sie ziemlich auf Abstand gegangen war, so wollte sie diese Freundschaft doch nicht ganz vermissen. Kathi war manchmal schwierig, aber sie hatten schließlich auch schon schöne Dinge zusammen erlebt. Allerdings ließ sie sich nicht von Kathi ausquetschen, als diese unbedingt wissen wollte, was denn nun zwischen ihr und Eric so laufen würde.

„Mal sehen", kam von Celina nur kurz und bündig, sobald Kathi ihr zu neugierig wurde – eigentlich eine gute Strategie, wie sie dabei feststellte, denn diese zwei Worte nahmen ihr in allen Bereichen den Wind aus den Segeln.

Nun kam dann endlich Isabell an die Reihe, die sehr verschlafen klang, als sie sich meldete.

„Migräne!", erklärte sie jedoch vollkommen fertig. „Seit gestern schon!"

„Na super!", antwortete Celina sarkastisch. „Genau sowas in der Art hab ich befürchtet!" Und sie erzählte Isabell von ihrem Osterbesuch im Krankenhaus und den Merkwürdigkeiten dazu.

„Warum kann uns die blöde Schnepfe nicht in Ruhe lassen?", meinte Isabell resignierend. „Was sollen wir denn machen?"

„Wieder gegenan stänkern, würde ich sagen", schlug Celina vor. „Was anderes fällt mir dazu jedenfalls nicht ein. Irgendwann gibt sie bestimmt auf."

„Gleich heute, auch wenn Ostern ist?", fragte Isabell hoffnungsvoll. „Diese Kopfschmerzen machen mich wahnsinnig und selbst meine Migränetabletten helfen nicht."

„Ja!", fand auch Celina. „Mal sehen, ob Jenny kann, die ist nachher bei Eric. Und du fragst Veronica. Wenn die beiden nicht können, machen wir es alleine erstmal."

„Aber bei mir, bitte!", flehte Isabell. „Mein Kopf bringt mich um!"

„Okay, machen wir! Ich melde mich gleich wieder!", stimmte

Celina zu und plante im Eildurchlauf. Sie musste irgendwie noch herausfinden, ob bei Sven und Nico alles in Ordnung war, zumindest wollte sie dies gerne wissen. Ansonsten würden sie die beiden, wie auch Richard einfach wieder mit einbeziehen.

Sie schrieb sowohl an Sven einen Ostergruß per SMS und erkundigte sich kurz nach seinem Bein, wie auch an Nico einen ganz einfachen über Facebook. Leider erhielt sie keine Antworten, obwohl sie fast eine halbe Stunde wartete, aber die beiden hatten bestimmt an Ostern etwas anderes zu tun – zumindest hoffte sie dies im positiven Sinne.

Dann packte sie alles Wichtige zusammen, angefangen von der Räucherschale bis hin zu den Bildern von allen, die sie noch schnell ausdruckte. Sie war gerade damit fertig, als Jenny vor der Tür stand und auch sofort spontan zusagte. Alles klappte super! Nun hoffte Celina nur, dass ihnen nicht noch irgendwas einen Strich durch die Rechnung machen würde! Zur Zeit traute sie ihrem Glück einfach nicht!

Als Jenny nun gerade in Celinas Flur trat, fing Mikesch, der eigentlich gerade um Celinas Beine strich, auf einmal an, in die Küche zu fauchen. Er kauerte sich in eher abwehrender Haltung halb zusammen und beachtete weder Celina noch Jenny. Sein Fell war gesträubt wie tausende hochstehende Borsten.

„Was ist mit dir, Mikesch?“, fragte Celina ihren Kater in beruhigendem Ton, aber er schien sie gar nicht wahrzunehmen.

„Da ist etwas!“, sagte Jenny leise und starrte ebenfalls in die Küche. Celina fühlte etwas Bedrohliches, konnte aber nichts Außergewöhnliches erkennen.

„Was siehst du?“, wollte sie nun genau von Jenny wissen.

Doch die hatte die Augen weit aufgerissen und kriegte ganz offensichtlich kein Wort hervor.

Kapitel LX
Der Gegenschlag

Kaum hatte Jenny offenbar ihr erstes Entsetzen überwunden, wich sie zurück bis zum Treppenhaus, drehte sich um, lief zu Erics Wohnungstür und klingelte und klopfte wie wild dagegen.

„Was …?“ Eric hatte die Tür sehr schnell aufgerissen und sah Jennys verängstigten Blick und Celina, die wie versteinert in ihrem Flur stand und in Richtung Küche schaute. Mit wenigen Schritten war er neben ihr.

„Was ist da?“, fragte er und schien gleichzeitig Celina, den Kater und die Küche zu beobachten.

„Gute Frage!“, antwortete Celina und starrte weiterhin auf den Bereich, in dem sie etwas vermutete.

„Wollt ihr gleich euren Kram hier machen oder noch auf die anderen warten?“, wollte er nun wissen.

„Eigentlich wollte ich zu Isabell und das bei ihr machen, ihr geht es nämlich nicht gut“, erklärte Celina.

„Gut …“ Eric strich sich nachdenklich durch seine etwas zerzausten Haare. „Dann macht erst hier was, wie Ausräuchern, und fahrt dann rüber!“, schlug er vor.

Celina nickte. „Ich glaub auch!“

Jenny stand jedoch weiterhin zitternd im Treppenhaus.

Eric lächelte ihr aufmunternd zu. „Na komm schon! Ich bleibe solange hier. Ihr macht euer Hexenzeugs und ich schiebe Wache. Einverstanden?“ Diese Frage ging auch gleichzeitig an Celina.

„Ja, sicher!“, stimmte Celina zu, obwohl sie der Gedanke irritierte, dass Eric beim Hexen zuschauen würde. Trotzdem blieb Jenny draußen und traute sich nicht über die Türschwelle. Celina erkannte blanke Angst in ihrem Gesicht.

„Kümmere dich um deine Schwester!“, sagte sie deshalb zu Eric. „Ich mach das hier schon!“

Eric zog eine Augenbraue hoch. „Nicht dein Ernst?“

„Doch!“, blieb sie stur. „Pass auf Jenny auf! Wenn sie nachher mag, kann sie gerne mit zu Isabell, aber das hier mache ich alleine!“

„Das gefällt mir nicht!“, widersprach er. „Wenn Jenny etwas gesehen hat, dann ist da auch was, und in diesem Fall bestimmt nichts Nettes!“

„Ist mir egal!“, meinte Celina.

„Mir aber nicht!“ Eric bewegte sich nicht von der Stelle.

„Also gut“, lenkte sie ein, „ich mache dir einen Vorschlag ...“ Und sie kramte in der Schublade der Kommode, die auf dem Flur stand, wurde schnell fündig und drückte Eric etwas in die Hand. „Den wollte ich dir eh geben, falls ich mich mal aussperre ...“

Er schaute erstaunt auf den Schlüssel, der auf seiner Handfläche lag.

„Du gehst jetzt mit Jenny zu dir und in einer Stunde kommst du wieder her und schaust nach mir, einverstanden?“, erklärte sie.

„In einer halben Stunde!“ Eric schaute sie eindringlich an. „Bitte!“

„Okay, aber vorher simse ich noch schnell Isabell, dass ich erst mit etwas Verspätung hier losfahre.“

Das tat sie auch gleich. Dann ging Eric mit Jenny zu sich, obwohl ihm das überhaupt nicht zu gefallen schien. Bevor Celina die Tür schloss, tippte er noch einmal auf seine Armbanduhr, um sie daran zu erinnern, dass er ganz sicher auf die Zeit achten würde.

Celina lehnte sich mit dem Rücken gegen die Tür und schaute sich um. Egal, was da war, das war jetzt ihre Aufgabe!

Sie nahm ihre Tasche und packte die Dinge, die sie benötigte, wieder aus. Eine Gänsehaut kroch ihr über den Rücken. Sie war nicht allein! Ihre Hand wanderte zu ihrer Hosentasche. Ja, sie hatte ihr Spray ...

Ihre Konzentration richtete sich auf das, was sie tun musste, und sie versuchte, sich möglichst nicht irritieren zu lassen. Die Feuerschale stellte sie in die Mitte des Tisches, die Kerzen darum herum. Dann wollte sie diese anzünden, doch ihr Feuerzeug funktionierte nicht. Panik stieg in ihr hoch. Vielleicht lag es an ihren kalten Händen, dass sie das Rädchen nicht richtig gedreht hatte? Sie hauchte gegen ihre klammen Finger, was allerdings nicht viel zu nützen schien. In dem einen Fach vom Wohnzimmerschrank musste noch eine Streichholzschachtel liegen ...
Als sie vor dem Schrank stand und danach suchte, fühlte sie hinter sich eine eisige Kälte. Sie zwang sich, ruhig zu bleiben und tat das, was ihr in dem Moment einfiel: Sie sagte laut und deutlich den Spruch zum Rufen der Schutzengel auf – seltsamerweise ohne dass sie ins Stocken geriet.
Dreimal hintereinander sprach sie:

„Meine Engel und Schutzgeister kommt herbei,
helft mir bei meiner kleinen Zauberei,
damit sie werde wirklich gut
und schenke Hoffnung und neuen Mut.
Lasst mich dabei weise sein
zu bringen ins Rollen den richtigen Stein.“

Die Kälte verschwand mit jedem Vers ein bisschen mehr und stattdessen spürte sie eine angenehme Wärme um sich herum. Die Streichhölzer, die sie tatsächlich fand, funktionierten gut, obwohl sie schon etwas älter waren. Sie zündete Kerzen und Räucherkohle an und warf etwas Weihrauch in die Schale. Dann ging sie mit der Schale in ihren Händen durch ihre ganze Wohnung und blieb in jedem Zimmer eine kleine Weile stehen, bis sie das Gefühl hatte, weitergehen zu dürfen.
Zum Abschluss sagte sie ebenfalls dreimal laut:

„Meine Engel und Schutzgeister, ich lass Euch los,
ich weiß, Eure Taten sind sehr groß,
tauscht das Schlechte gegen Glück,
lasst Frieden und Harmonie für mich zurück.
Habt Dank für Eure Hilfe nun
und lasst mich alles richtig tun."

Kaum hatte sie das letzte Wort gesprochen, da klopfte es an ihrer Wohnungstür. Perfektes Timing, dachte sie und öffnete für Eric die Tür. Er stand zusammen mit Jenny da, die sehr verlegen fragte: „Alles in Ordnung? Bist du mir böse?"
„Nein, bin ich nicht!", antwortete Celina auf die zweite Frage zuerst. „Und es ist alles gut!"
„Wirklich?", hakte Eric nach, während er und seine Schwester eintraten.
„Ja, wirklich!", bestätigte Celina.
„Es ist weg!", sagte nun auch Jenny, die sich vorsichtig umgeschaut hatte.
„Dafür hast du ja auch ordentlich geräuchert ...", meinte Eric hustete ein bisschen und wedelte in der Luft herum. „Was ist das für ein Zeugs? Das treibt einem ja die Tränen in die Augen."
„Ich lüfte gleich!", versicherte Celina. „Das ist übrigens Weihrauch."
„Oh, du warst noch gar nicht soweit, entschuldige bitte!", sagte Eric, als sein Blick auf den Tisch mit den brennenden Kerzen und anderen Utensilien fiel.
„Doch, gerade alles fertig!", gab Celina zurück und blies die Kerzen aus. Dann löschte sie die Kohle und packte wieder alles zusammen.
„Ich würde gerne zu Isabell mitkommen, wenn ich darf", bat Jenny schüchtern.
„Natürlich, sehr gerne! Wir können Verstärkung gebrauchen!", antwortete Celina.
„Aber ich war eben so feige ..."

„Nein, warst du nicht!", widersprach Celina sofort. „Du warst vorsichtig und das ist gut so!"

Nachdem Celina noch für eine Weile die Fenster alle aufgerissen hatte, um den intensiven Geruch zu vertreiben, wollte sie nun endlich mit Jenny losfahren. Dieses mal war es jedoch ihr Auto, das streikte!

„Verdammter Mist!", fluchte sie, während sie immer wieder den Zündschlüssel drehte und ganz vorsichtig Gas gab. Ihr Auto ging jedoch nach wenigen kurzen Seufzern jedesmal wieder aus.

„Ich hol Eric!", meinte Jenny und rannte schon los.

So kümmerte er sich nun auch um Celinas Wagen und testete und horchte und probierte aus.

„Klingt so, als wenn er keinen richtigen Zündfunken kriegt!", meinte er nachdenklich. „Ich fahr euch eben rüber und guck mir das dann genauer an. Das Auto von meiner Schwester könnt ihr nämlich nicht nehmen, die hat gar keins." Und er grinste breit.

„Bin eben Fahrradfahrerin", erklärte Jenny und streckte ihm die Zunge heraus.

Also lieferte Eric die beiden sicher ab, ließ sich Celinas Autoschlüssel geben und versicherte ihr gefühlte hundertmal, dass es für ihn völlig in Ordnung wäre, sie später wieder abzuholen und in der Zwischenzeit ihr Auto zu reparieren, falls dies in seiner Macht stehen würde.

Auch bei Isabells Türschwelle zuckte Jenny zuerst zurück, überwand sich dann aber und trat gleich nach Celina ein.

Veronica, die die Tür geöffnet hatte, begrüßte sie: „Da wären wir dann mal wieder alle vier. So wie du, bin ich vorhin übrigens auch zurückgezuckt. Das fühlt sich hier ganz furchtbar an."

Celina wusste sofort, was Veronica meinte, denn auch sie hatte den Eindruck von negativen Gefühlen, wie Angst oder tiefer Verzweiflung fast erschlagen zu werden. Bei Isabell war es mindestens so schlimm wie bei ihr selbst in der Wohnung, bevor sie geräuchert hatte.

Das taten sie nun gemeinsam und wiederholten den Fluchbrecher, den sie gut eine Woche zuvor schon einmal gehext hatten. Sorgfältig schrieben sie erneut auf jedes einzelne Bild sowohl den Spruch wie auch alle möglichen guten Wünsche für die jeweilige Person – insbesondere Schutz. Danach warf Celina etwas Schutzmischung und eine große Portion Weihrauch in die Schale und ging auch bei Isabell von Raum zu Raum. Die Stimmung der Vier hellte deutlich auf! Nun musste einfach endlich alles gut werden, auch wenn bei Celina ein mulmiges Gefühl blieb ...

Kapitel LXI
Die Wende

Die folgenden zwei Tage waren ruhig und friedlich. Celina fühlte sich gut und ausgeruht, trotzdem ging sie brav zum Arzt, wie sie versprochen hatte. Er diagnostizierte Asthma bei ihr, auch wenn er die Ursache nicht weiter klären konnte. Die Allergietests verliefen jedenfalls alle ergebnislos.

Ihr Auto lief auch wieder, nachdem Eric ganz einfach neue Zündkerzen hineingedreht hatte. Von Sven bekam sie einen Ostergruß per SMS, allerdings ohne irgendwelche weiteren Informationen, von Nico kam leider nichts.

Isabell meldete sich am Dienstagabend nach der Arbeit telefonisch bei ihr.

„Hallo faule Urlauberin", neckte sie Celina. „Ich wollte dir nur kurz Bericht erstatten: Mir geht es superprächtig, bei mir zu Hause ist auch alles ruhig und Lydia ist weiter krankgeschrieben. Also hab ich bei der Arbeit auch Ruhe."

„Hier ist auch alles gut", erzählte Celina. „Mein Auto ist auch wieder heil, Eric meinte, es wären die Zündkerzen gewesen. Ach ja, und ich hab Asthma, was natürlich nicht so toll ist, hab aber damit im Moment gar keine Probleme."

„Und was hast du noch so vor, Frau Urlauberin?", fragte Isabell.

„Morgen treffe ich mich erstmal mit Kathi zum Frühstück, keine Ahnung, ob das gut geht, denn in letzter Zeit hatten wir so unsere Probleme, aber ich hoffe doch mal."

„Na dann viel Spaß morgen! Ich berichte wieder, wenn es was Neues gibt!", verabschiedete sich Isabell.

Am nächsten Tag fuhr Celina voller Hoffnung mit einer großen Brötchentüte zu Kathi. Sie hatte sich fest vorgenommen, strittige Themen ganz einfach weitestgehend zu meiden und sich eher auf Gemeinsamkeiten zu besinnen.

Anfangs klappte das auch sehr gut. Sie plauderten munter über gemeinsame Unternehmungen in der Vergangenheit, doch plötzlich verstummte Celina mitten im Satz. Ihr war auf einmal so schwindelig, obwohl sie saß, dass sie sich krampfhaft an der Tischkante festhielt.

„Was ist los?", hörte sie Kathi mit einer Stimme sagen, die klang, als wenn sie ganz weit entfernt wäre.

Celina wollte etwas antworten, das ging aber irgendwie nicht. Sie versuchte, möglichst ruhig zu atmen und schloss die Augen. Da sah sie direkt vor sich ein Augenpaar, als wenn diese Person sie direkt anstarren würde. Lydias Augen!

Sie riss die Augen wieder auf! Das war doch verrückt! Wie ging das? Panik stieg in ihr hoch, obwohl sie wusste, dass sie eigentlich ruhig bleiben musste.

„Ist dir nicht gut?", drang die nächste Frage von Kathi zu ihr durch.

„Ja, einen kleinen Moment!", schaffte sie es zu antworten. Dann schloss sie wieder die Augen. Diesmal sah sie die Augen nicht, spürte aber sehr deutlich Lydias Nähe. Sie musste etwas tun, auch wenn sie sich nicht sicher war, was man in so einem Fall tun konnte. Daher tat sie das einzige, von dem sie wusste, dass es helfen könnte: Sie sagte in Gedanken den Fluchbrecherspruch auf – immer wieder.

„Celina, du bist kreidebleich", hörte sie Kathi sagen. „Wir messen jetzt mal Blutdruck. Ich habe mein Messgerät geholt."

Als Celina nur nickte, wurde sie von Kathi zurück auf das Sofa gedrückt und das Gerät um ihr Handgelenk gelegt. Es surrte los und Celina spürte den Druck am Handgelenk. „Das ist alles egal, konzentriere dich!", sagte sie sich selbst.

Sie machte weiter mit dem Spruch in Gedanken bis sie den Eindruck hatte, diese Attacke – oder was immer es war – wäre vorüber.

Dann schlug sie die Augen auf. Kathi schaute sie besorgt an und kontrollierte gerade das Ergebnis des Blutdruckmessens.

„Das ist viel zu hoch! 190 zu 115 mit einem Puls von 110!"

„Ich weiß!", sagte Celina noch ein wenig benommen. „Geht

aber gleich wieder!“

„Was sagt der Arzt dazu?“, fragte Kathi.

„Bei meinem Hausarzt war der wieder im normalen Bereich, war nur Ostersamstag so heftig und jetzt eben“, antwortete Celina und versuchte aufzustehen.

„Nix da! Du bleibst sitzen!“, befahl Kathi streng.

Celina mochte Kathis Tonfall nicht, setzte sich aber wieder hin, weil sie spürte, dass es noch nicht vorbei war. Trotzdem hatte sie den Eindruck, das, was Lydia ihr sendete, wäre nicht mehr so stark.

„Ich rufe jetzt den Notarzt!“, fand Kathi.

„Nein!“, widersprach Celina. „Das ist lächerlich. Nur weil mein Blutdruck ein wenig hoch ist?“

„Ein wenig?“ Kathis Stimme überschlug sich fast.

„Gib mir das Messgerät, jetzt ist er bestimmt schon besser!“ Celina legte es sich um und drückte den Start-Knopf.

Schon nach kurzer Zeit stand das Ergebnis fest: 185 zu 105 mit einem Puls von 90. „Siehst du, wird schon besser!“, meinte Celina.

„Aber immer noch viel zu hoch!“, blieb Kathi stur und fing an, auf dem Telefon irgendwelche Tasten zu drücken.

„Hör auf damit!“ Celina stand auf und hielt sich am Tisch fest. „Dann fahr mich meinetwegen zu meinem Arzt!“

„Na gut!“, lenkte Kathi ein.

Kurze Zeit später trafen sie bei Celinas Hausarzt ein. Die Praxis war ziemlich voll, zumal Mittwoch war und damit nachmittags alles zu. Eine Arzthelferin kümmerte sich allerdings sofort und brachte sie in einen Nebenraum mit Liege. Der Arzt war nur kurz da, veranlasste jedoch, dass der Blutdruck gemessen wurde und ein EKG. Celina ließ all das geschehen, obwohl sie genervt war und viel lieber einfach nur Stille gehabt hätte, um sich zu konzentrieren. Genau das fiel ihr schon deshalb schwer, weil Kathi die ganze Zeit neben ihr saß und auf sie einredete. Schließlich wurde das selbst der Arzthelferin zu bunt und sie schickte Kathi nach draußen. Dankbar lächelte Celina ihr zu. Viel reden konnte sie eh nicht, denn sie fühlte sich gerade unsagbar müde und traurig.

Warum verwandte Lydia ihre letzten Kräfte darauf, ihr schaden zu wollen? Warum konnte sie das nicht einfach lassen? Hasste Lydia Celina wirklich so sehr? Aber warum? Weil sie sich eingemischt hatte, schoss es ihr in den Sinn. Ja, das hatte sie! Und das würde sie auch immer wieder tun! Niemand hatte das verdient, was Lydia aussendete, weder Isabell, Richard, Sven oder Nico. Lydia nahm sich das Recht heraus, mit Menschen zu spielen, wie es ihr gerade passte.

Celina schloss die Augen, während das Elektrokardiogramm ihre Herzfrequenz aufzeichnete. Nach wenigen Augenblicken sah sie wieder Lydias Augen, die sie hasserfüllt anschauten. Diesmal ließ Celina ihre Lider jedoch geschlossen. Du wirst niemandem mehr schaden! Es reicht! In Gedanken sagte sie immer wieder den Fluchbrecherspruch auf, wie sie es schon vorher getan hatte, und Lydias Augen verblassten vor ihrem geistigen Auge.

Als sie etwas später mit dem Arzt sprach, erwähnte sie natürlich nichts von dem Grund für ihre Kreislaufprobleme – jedenfalls nahm Celina an, dass Lydia dafür verantwortlich war –, obwohl er sich dies nicht erklären konnte. Er versuchte Celina zu einer Langzeitblutdruckmessung zu überreden, die sie aber ablehnte. Als er ihr dann ihren aktuellen Blutdruck zeigen wollte und erneut eine Messung vornahm, war zu seiner Verwunderung auf einmal wieder alles in Ordnung.

„Das verstehe ich jetzt nicht!", sagte er irritiert und putzte nervös seine Brille.

„Das EKG war okay?", fragte Celina.

„Ja ..." Der Arzt räusperte sich. „Also gut, ich verschreibe Ihnen noch nichts und lasse Sie so wieder los, aber nur wenn Sie mir hoch und heilig versprechen, dass Sie sofort wieder hier sind, wenn das noch einmal passiert."

„Versprochen!", stimmte Celina zu.
Draußen im Flur bei der Anmeldung wartete Kathi. Sie war allerdings nicht allein. Neben ihr stand Eric mit ebenfalls besorgtem Blick.
„Wieso ...", setzte Celina zu einer Frage an.
„Weil ich es angemessen fand, deinen Freund zu informieren und herzuholen", antwortete Kathi, bevor er etwas sagen konnte. So zwinkerte er Celina nur frech zu. Er hatte Kathi also in dem Glauben gelassen, sie wären ein Paar. Celina beließ es ebenfalls dabei und zwinkerte zurück.
„Ich hatte heute mal früh Feierabend, passte also gerade, als Kathi vor der Tür stand", ergänzte Eric noch.
„Dann kann er dir ja erklären, was du für ein unvernünftiger Mensch bist!", redete Kathi weiter.
„Nein, werde ich nicht!", nahm Eric ihr allerdings sofort den Wind aus den Segeln. „Sie war doch gleich beim Arzt."
Die Schnute, die Kathi daraufhin zog, war unbeschreiblich. Celina hätte am liebsten lauthals losgelacht, verkniff es sich aber und grinste Eric nur zu. Der sorgte nun dafür, dass Celina sicher nach Hause kam und Kathi von ihr erst einmal fern blieb – schon deswegen, weil Eric einfach da blieb und wie selbstverständlich in der Küche erst einmal einen Kaffee kochte.
„Danke!", sagte Celina zu ihm, als Kathi beleidigt von dannen zog.
„Bitte!", antwortete er schlicht, schaute ihr prüfend in die Augen und fragte dann: „Was war los? Wieder diese Lydia?"
„Ja ..." Celina senkte den Blick. „Ich glaube, sie stirbt ..." Irgendwie wusste sie, dass es so war, denn sie hatte gespürt, wie Lydias Kräfte nachließen. Eric sagte nichts dazu, außer einem „Okay!", das wie ein „Zur Kenntnis genommen!" klang.
Er blieb noch den ganzen Nachmittag, machte sogar Essen und schien sie nebenbei zu beobachten – wie Celina annahm, aber eher weil er sich sorgte anstatt, dass er sie für verrückt hielt. So

war er auch noch da, als Kathi noch einmal zusammen mit Sönke vorbeischaute, um Celinas Auto zu bringen, das ja noch bei Kathi zurückgeblieben war.

Sie waren gerade alle in Celinas Wohnzimmer, als es auf einmal Sturm klingelte. Es war Isabell, die völlig außer Atem hereingeschneit kam. Ihr Gesicht hatte hektische Flecken und sie zitterte überall.

„Was …", wollte Celina fragen, da platzte Isabell schon heraus: „Lydia ist tot!"

Kapitel LXII
Gemischte Gefühle

Die Nachricht, die Isabell überbracht hatte, hatte alle im ersten Moment schockiert. Trotzdem konnte Celina nicht sagen, dass sie traurig wäre. Sie fühlte sich leer! Anders konnte sie es nicht ausdrücken. Sie wusste nun, dass sie sich nicht getäuscht hatte, als sie Lydias letzte Attacke gespürt hatte.

Isabell sagte sie nichts davon, denn die war auch so schon sehr geschockt und fragte Celina leise, als sie kurz mit ihr in der Küche allein war, weil sie neue Kaffeesahne holte: „Waren wir das?"

„Selbst wenn wir das waren, wir haben immer nur das zurückgeschickt, was sie ausgesendet hat!", antwortete Celina und schaute Isabell eindringlich an.

„Das würde bedeuten, dass sie versucht hat, uns umzubringen?" Isabell riss entsetzt die Augen auf.

„Zumindest uns sehr zu schaden!", relativierte Celina.

Da kam gerade Kathi in die Küche dazu. Offenbar hatte sie diese letzten Worte halbwegs aufgeschnappt, denn sie fragte sofort: „Wer schadet wem?"

„Wir haben nur über Lydia gesprochen, das ist alles", antwortete Celina ausweichend.

Kathi schaute ein bisschen irritiert. „Die ist ja nun Geschichte!", meinte sie. Für Kathi war das wohl wirklich so. „Morgen wieder frühstücken? Diesmal vielleicht endlich richtig?"

Das war eher das, was Celina nicht wollte und außerdem wollte sie auch vermeiden, dass Isabell von den Blutdruckproblemen erfuhr. Ihr war nämlich klar, dass Isabell die Verbindung zu Lydias Tod herstellen würde und sie war so schon genug von der Rolle, da musste dies nicht auch noch dazukommen.

„Ich kann morgen nicht", sagte sie sofort. „Mein Personalausweis ist schon eine Weile fertig und ich muss den dringend abholen. Nächste Woche schaffe ich das ja wieder nicht."

„Dann können wir doch zusammen in die Stadt", schlug Kathi vor. „Du solltest vielleicht lieber nicht alleine unterwegs sein ..."

Isabell schaute überrascht zu Celina. „Ist nur wegen Ostern! Alles gut!", erstickte Celina Kathis Andeutungen gleich im Keim. Zu Kathi sagte sie: „Ich hab auch noch eine Verabredung in der Stadt, also schlecht." Und sie zuckte bedauernd mit den Schultern.

„Eine Verabredung?", fragte Kathi neugierig nach und schielte in Richtung Wohnzimmer, wo sich Eric und Sönke gerade unterhielten.

„Ja, aber nicht, was du anscheinend denkst", sagte Celina und wollte gerade wieder zu den beiden gehen, schon weil sie keine Lust auf dieses Gespräch hatte, da meinte Kathi: „Mit Sven?"

„Nein!", antwortete sie. „Aber den und Nico muss ich noch informieren."

„Du hast immer noch Kontakt zu diesem Nico?", kam als nächste Frage. „Wieso das denn?"

Celina überhörte das einfach, schnappte sich die Kaffeesahne, wegen der sie eigentlich in die Küche gegangen war und die sie nun beinahe vergessen hatte, und ging ins Wohnzimmer damit.

„Da habe ich wohl einen Nerv getroffen!", zog Kathi aus der Reaktion einen Schluss, wandte sich Isabell zu und fragte ganz frech sie: „Was läuft da eigentlich?"

„Keine Ahnung!", sagte die allerdings nur und folgte Celina, die das alles zwar mitkriegte, aber ignorierte. Sie war unendlich müde und hatte es satt, Kathi irgendwas erklären zu müssen oder sich gar zu rechtfertigen.

„Ich melde mich morgen nochmal, ob es was Neues gibt", sagte Isabell, die ebenfalls sehr geschafft wirkte. „Ich informiere Veronica. Bis dann!"

Celina verabschiedete sich mit einer herzlichen Umarmung

von ihr. Gleich darauf wollten auch Kathi und Sönke los. Auch die beiden nahm Celina kurz in den Arm und bedankte sich für das Auto-Vorbeibringen, dennoch spürte sie, dass dies irgendwie nur oberflächlich war.

Eric sagte ebenfalls kurz und bündig: „Tschüß erstmal! Und wenn was ist, meld' dich, entweder kurz anklingeln per Telefon oder an der Tür." Er winkte ihr nur kurz zu und war dann weg.

Und nun? Celina versuchte ihren Kopf zu sortieren und begann damit, die Tassen aus dem Wohnzimmer in den Geschirrspüler zu befördern. Sie hatte gerade Kathis halb ausgetrunkene Tasse in der Hand, als ihr plötzlich die Tränen runterliefen. Einfach so ohne irgendeinen Grund! Es war keine Trauer, nicht einmal Mitleid mit Lydia, sondern eher eine Form von Erleichterung und gleichzeitig Entsetzen darüber, dass es so enden musste. Dazu kam eine furchtbare Leere und Erschöpfung. Am liebsten wäre sie nur noch ins Bett gefallen und hätte geschlafen, aber sie musste vorher noch etwas erledigen. Sven und Nico mussten beide noch diese Nachricht erhalten, fand sie. Sie fuhr den PC hoch, loggte sich ein und schrieb Nico: „Hallo Nico, ich habe vorhin gerade erfahren, dass Lydia gestorben ist. Ich finde, das solltest du wissen."

„Hallo Celina!", kam kurz darauf eine Antwort. „Vielen Dank, dass du mir das mitteilst. Das ist schrecklich! Ist es denn sicher, dass es so ist?"

Celina blinzelte irritiert und fragte: „Warum sollte das nicht sicher sein?"

„Weil sie letztes Jahr zu Weihnachten schon einmal angeblich im Sterben lag, was sie nur gemacht hat, um mich zu schockieren und mir das Fest zu versauen."

„Heftig!", antwortete Celina und überlegte kurz, ob sie ihm wohl schreiben konnte, warum sie davon überzeugt war, dass es tatsächlich so war. Sie entschied sich dagegen. Er glaubte nicht an Dinge dieser Art.

Bevor sie noch eine Erklärung schreiben konnte, antwortete er schon: „Ja, das ist heftig. Deswegen bin ich ein wenig misstrauisch, was solche Äußerungen betrifft."

Sie versuchte es mit logischen Argumenten, um die esoterische Schiene zu übergehen: „Ich glaube kaum, dass sie mit ihrem Arbeitgeber Scherze dieser Art veranstalten würde. Meine Arbeitskollegin stand vorhin mit dieser Meldung vor der Tür." Dann ergänzte sie noch: „Sollte es nicht wahr sein, werden wir das wohl sicher in den nächsten Tagen erfahren. Ich informiere dich dann sofort."

„Gut, vielen Dank nochmal!", schrieb er und ging dann offline.

Er hatte freundlich und aufgeschlossen gewirkt. Wieder lief Celina eine Träne über die Wange – diesmal aus Erleichterung.

Nun Sven, dachte sie sich und wählte seine Nummer.

„Wohlfarth", meldete er sich und Celina erkannte sofort am Tonfall, dass er mitgenommen wirkte.

„Hallo, hier ist Celina. Ich wollte dir was sagen …", begann sie ohne Umschweife.

„Ich weiß, Lydia ist tot!", sagte er traurig.

„Wie jetzt? Woher?", fragte sie verblüfft.

„Kathi hat mich vor ungefähr einer Viertelstunde angerufen …"

Kapitel LXIII
Danach

Celina ärgerte sich darüber, dass Kathi es ihm gesagt hatte, zumal sie sich nicht vorstellen konnte, dass sie dies besonders einfühlsam getan hatte. Spätestens seit ihrem Kinobesuch mit ihm wusste sie, dass er weit mehr für Lydia empfunden hatte, als er wollte. Dass sie dort mit Gunnar aufgetaucht war, hatte ihm sehr zugesetzt. Lydia hingegen hatte nur mit seinen Gefühlen gespielt und das hatte ihm wahrscheinlich noch mehr ausgemacht. Sie beendete das Gespräch mit Sven recht schnell, insbesondere weil sie den Eindruck hatte, dass er lieber in Ruhe gelassen werden wollte. Wie sie herausgehört hatte, hatte Kathi ihn wohl ziemlich mit einer übertriebenen, aufgesetzten Fürsorge genervt. Warum musste sie sich nur ständig in den Mittelpunkt drängen und sich überall einmischen? Celina seufzte tief. Sie würde Kathi nicht zur Rede stellen, weil sie genau wusste, dass das eh nichts bringen würde, außer einer beleidigten Leberwurst.

Für Celina waren die restlichen Tage ihres Urlaubs seltsam – das war zumindest der am besten passende Begriff für diesen Zustand. Diese Mischung aus innerer Leere und Freiheit, Erleichterung und gleichzeitigem tief verankertem Wissen um Lydias Tod ließ sie irgendwie vollkommen zerstreut durch die Gegend laufen, obgleich sie ein paar Dinge, wie endlich den neuen Ausweis abzuholen, noch hinbekam. Eine Verabredung gab es natürlich nicht, aber sie brauchte die Zeit für sich allein. Zu spüren, wie ein Mensch stirbt, der einem nur Schlechtes will, war nun einmal eine Erfahrung, die sie nicht so einfach abhaken konnte.

Sie telefonierte jeden Abend kurz mit Isabell, aber auch ihr sagte sie nichts davon. Von ihr erfuhr sie wiederum, dass die offizielle Todesursache Herzversagen nach massiven Kreislaufproblemen war. Sie schluckte daraufhin zwar, erwähnte aber trotzdem nichts. Isabell erzählte ihr, dass bereits in der kommenden Woche die Bestattung sein würde und Frau Evershagen und Richard als Abordnung der Apotheke hingehen wollten.

„Dann brauchen wir also nicht!", stellte Celina erleichtert fest.

„Genau, sehe ich auch so und finde ich auch sehr beruhigend", fand auch Isabell. „Veronica hat das übrigens genauso aufgenommen wie wir, also zwar geschockt, aber es hat sie nicht umgehauen."

„Das ist gut!", meinte Celina. „Sven war leider sehr traurig, glaube ich."

„Und Nico?", fragte Isabell.

„Geschockt und ungläubig, würde ich sagen ..."

„Ungläubig?"

Daraufhin erzählte Celina Isabell, dass sie erfahren hatte, dass sie tatsächlich schon einmal vorgetäuscht hatte, im Sterben zu liegen.

„Unglaublich, diese Frau!", regte sich Isabell auf. „Du kannst ihm versichern, dass sie wirklich tot ist!"

„Mach ich!", versprach Celina.

Später schrieb sie wirklich noch einmal Nico an: „Hallo, wollte dir nur kurz mitteilen, dass der Tod bestätigt ist, also kein Zweifel. Die Bestattung ist nächste Woche. Falls du einen genauen Termin haben willst, schreibe ich ihn dir selbstverständlich."

Und tatsächlich kam ungefähr eine halbe Stunde später eine Antwort: „Danke, lieb von dir! Ich werde mir das jedoch nicht antun, wie du vielleicht verstehen kannst."

Obwohl das Thema eigentlich traurig war, musste Celina lächeln, als sie dies las – einfach deshalb, weil sie so erleichtert war, mit Nico ruhig, freundlich und vertrauensvoll schreiben zu können. Jedenfalls fühlte es sich so an.

„Ich werde mir das auch nicht antun, unser Juniorchef und eine Kollegin gehen hin", schrieb sie zurück.

„Bestimmt besser so!", meinte er und hatte einen netten Smiley dahintergesetzt. „Schönen Abend noch!" Dann war er schon wieder weg.

Beruhigt atmete sie auf. Das Verhältnis schien sich ein wenig zu normalisieren, so hoffte sie wenigstens.

Am Samstagabend kam Eric mit Jenny vorbei. Er hatte sie schon informiert, ihr aber nichts von Celinas plötzlichem Arztbesuch und dem möglichen Grund dafür gesagt. Das flüsterte er ihr jedenfalls schnell zu, als sie aus der Küche eine Cola, Gläser und eine Schale für Chips holte, die er ihr hilfsbereit abnahm.

„Danke!", sagte sie zu ihm. „Genau so ist es am besten, denke ich."

„Gut!" Er nickte ihr zu und griff sich auch noch schnell die Flasche, bevor ihr eines der Gläser herunterfiel.

Während sie dann gemütlich zusammensaßen, kam das Thema unweigerlich auf Lydia, insbesondere weil Jenny nachfragte.

„Meinst du, das hat etwas damit zu tun, dass wir gehext haben?", stellte sie die Frage, die ihr auf der Seele zu brennen schien.

„Schwierig zu beantworten", meinte Celina. „Wenn ich nicht daran glauben würde, dass man auf diese Art etwas bewirken kann, würde ich das nicht tun."

Jenny schaute sie mit großen Augen an. Doch Celina fuhr fort: „Aber ich weiß, dass wir immer nur das zurückgeschickt haben, was sie ausgesendet hat. Also wenn die Ursache darin liegt, dann ist sie selbst der Grund dafür."

„Klingt extrem logisch!", fand Eric, wuschelte seiner kleinen Schwester durch die Haare und meinte zu ihr: „Siehste! Ich hab doch gesagt, du sollst dir keinen Kopf machen!"

„Das ist alles so verwirrend!", erklärte Jenny.

Bevor Celina nachfragen konnte, sagte Eric: „Akzeptier doch einfach, dass es Dinge zwischen Himmel und Erde gibt, die man nicht erklären kann."

Jenny schwieg dazu und senkte den Kopf.

„Jenny, du weißt, dass du mit Celina über solche Dinge reden kannst und mit mir natürlich auch!", betonte er ausdrücklich und fragte dann nach: „Das weißt du doch, oder?"

Celina konnte den beiden irgendwie nicht folgen, doch dann sagte Jenny: „Ich weiß, und ich weiß auch, dass es falsch ist über Verwirrendes oder Belastendes zu schweigen, trotzdem ist es manchmal noch schwer für mich zu reden." Sie wandte sich Celina zu, die sah, dass eine kleine Träne in Jennys Auge schimmerte.

„Mir ... nein, uns wurde beigebracht, immer alles totzuschweigen, womit man nicht umgehen kann, wozu einfache Probleme gehörten wie auch übersinnliche Dinge, die insbesondere mir öfters mal passiert sind. Ich weiß, dass dies falsch war, aber unsere Eltern waren wohl der Meinung, dass das alles verschwinden würde, wenn man nicht darüber spricht."

„Und im Grunde hat das vieles verschlimmert, besonders Jennys Angst ...", ergänzte Eric und legte den Arm um Jenny. „Ich hatte nur das Glück, früher als sie von zu Hause wegzukommen!", setzte er noch seufzend hinzu.

„Ich verstehe das sehr gut, zumal gerade solche Sachen eh für viele unglaublich sind und manche da sehr komisch reagieren", sagte Celina dazu.

Das fand Jenny allerdings auch und traute sich dann zu erzählen, dass sie bereits seit früher Kindheit immer mal wieder Schatten oder Schemen wahrgenommen hatte, ohne Erklärungen dafür zu finden.

„Und du?", fragte Celina Eric.

„Ich hatte sowas so nicht", antwortete er, „allerdings mal eine Begegnung der etwas anderen Art, wenn man das so nennen will." Er lächelte bei der Erinnerung. „Mich hat mal ein verstorbener Arbeitskollege vor einem Unfall bewahrt und nicht nur mich … Es war so eine klassische Situation, dass ein Ball auf die Straße rollt und ein Kind hinterherläuft. Unter normalen Umständen hätte ich niemals mehr rechtzeitig bremsen können, ich hatte jedoch schon ein paar Momente, bevor der Ball kam, sehr stark abgebremst, weil jemand vom Beifahrersitz mir gesagt hatte, ich solle in die Eisen hauen. So ist niemandem etwas passiert. Später ging mir dann auf, dass ich die Stimme gekannt habe und wer es war." Nach einer kurzen Pause fügte er noch hinzu: „So kann es eben auch gehen. Es gibt nicht nur Erschreckendes …"

Kapitel LXIV
Das Leben geht weiter

In den folgenden drei Wochen normalisierte sich Celinas Leben und das der anderen zusehends. Zuerst war die Stimmung noch etwas gedrückt, was nicht zuletzt von der Trauerfeier kam, zu der tatsächlich Richard und Frau Evershagen gingen. Sie berichteten, dass nur sehr wenige Gäste dort gewesen wären. Sven hatte darauf verzichtet hinzugehen. Stattdessen hatte er sich eher für gut zwei Wochen verkrochen und wollte niemanden sehen und niemanden sprechen. Celina konnte das im Gegensatz zu Kathi gut verstehen.

„Aber die waren doch gar nicht mehr zusammen", argumentierte sie während eines der schier endlosen Telefonate mit Celina.

„Das hat doch damit nichts zu tun, was man für einen Menschen empfindet", konterte Celina.

„Ja, aber er muss doch mal rauskommen und unter Leute", fand sie.

„Lass ihn doch einfach!", sagte Celina leicht genervt.

„Aber das ist doch nicht normal!", zeterte sie.

„Jeder Mensch ist nun einmal anders und geht anders mit Situationen um", erklärte Celina geduldig. „Wenn er sich also erst einmal ein bisschen zurückziehen möchte, dann lass ihn!"

„Du redest wie Sönke!", maulte sie. „Aber als ich versucht habe, Sven meinen Standpunkt klarzumachen und dass er mal wieder raus muss und darüber reden muss, da hat er einfach aufgelegt! Kannst du dir das vorstellen? Mitten im Gespräch! Ich habe dann nochmal angerufen, weil ich zuerst dachte, wir wären irgendwie unterbrochen worden, da hat er mich wirklich eiskalt weggedrückt! Und dass, wo ich mir doch nur Sorgen um ihn mache!"

Celina konnte sich genau das sehr lebhaft vorstellen. Irgendwie schien Kathi nie zu begreifen, wann sie anfing zu nerven und wann man jemanden einfach in Ruhe lassen sollte. Ihr fehlte jegliches Einfühlungsvermögen. Wenn sie ihr das allerdings mal wieder versuchte begreiflich zu machen, war Kathi grundsätzlich tödlich beleidigt. Daher sparte sie sich das einfach nur noch und ging stattdessen auf Abstand. Wie musste sie Sven genervt haben, wenn er einfach auflegte? Es ging ihm eh schon schlecht und dann noch Kathi obendrauf …

Celina seufzte tief und setzte dann zu einer Erklärung an: „Schau mal, Kathi, er trauert, auch wenn du das nicht zu verstehen scheinst …"

„Was soll das denn heißen?", fragte Kathi spitz.

„Lass ihn trauern, wie er trauern möchte, heißt das!" Nun war auch Celina genervt und konnte Sven gerade unheimlich gut verstehen.

„Aber sein Verhalten war ja wohl mehr als unhöflich! Einfach auflegen!", fand Kathi.

Wieder einmal platzte Celina da der Kragen: „Ich werde auch gleich unhöflich, wie du es nennst, und werde auflegen! Lass ihn in Ruhe! Und hör auf damit, dich bei mir über ihn auszukotzen! Ich mag Sven und ich finde sein Verhalten verständlich!"

Am anderen Ende der Leitung war Schweigen. Celina wusste nicht, ob Kathi mal wieder nur beleidigt war oder es tatsächlich doch endlich kapiert hatte. Seit diesem Telefongespräch hörte sie jedenfalls auf, sich über dieses Thema und über Sven auszulassen.

Sven hingegen meldete sich nach zwei Wochen auf einmal überraschend bei Celina und lud sie spontan ins Kino ein, wo sie den soundsovielten Teil einer Komödie guckten und viel lachten und entspannten, ohne auch nur ein Wort über Lydia zu verlieren. In dem Moment, als sie den Kinosaal betraten, zögerte er kurz, woraufhin Celina ihn ansah, doch er sagte nur: „Bitte, ich möchte das einfach vergessen!"

„Ist gut!", antwortete sie nur und akzeptierte, dass er nicht mehr über sie sprechen wollte. Dann war sie kein Thema mehr und der Film und ihre eigene gute Laune rückten in den Vordergrund.

Isabell schien bereits nach einer Woche geradezu aufzuleben. Während der Arbeit vermied sie es allerdings, allzu gut gelaunt zu wirken, weil es doch noch ein wenig unangebracht war. Bei persönlichen Treffen mit Celina – was immer öfter vorkam – strahlte sie jedoch wie die Sonne, die immer mehr Frühlingswärme schenkte. Nicht nur, dass ihre Migräneanfälle, die sie in letzter Zeit sehr oft gehabt hatte, verschwunden waren, ihre Hand und ihr Arm sich erholt hatten, nun hatte sich auch das Damoklesschwert, Lydia würde sich irgendwann Richard angeln, ebenfalls in Luft aufgelöst, so dass Isabell befreit aufatmete.

„Ich weiß, es mag pietätlos wirken, aber ich bin froh, dass es so gekommen ist", vertraute sie Celina an. „Natürlich wäre es besser gewesen, wenn sie nur weggezogen wäre und uns alle in Ruhe gelassen hätte, aber nun ist es nun mal so, wie es ist."

„Ja, das wäre besser gewesen", fand Celina ebenfalls, „aber nun ist es eben so."

Es gab in diesen drei Wochen auch zwei weitere Treffen mit Veronica und Jenny, einmal mit Hexerei, wobei sie sich einfach nur schöne Dinge für die Zukunft wünschten, und einmal ohne für einen gemütlichen DVD-Abend, bei dem auch Eric nicht fehlen durfte. Zusammen mit Celina kochte er für alle Nudeln mit Schinkensoße und sie futterten um die Wette, während sie sich die alten „Indiana Jones"-Filme anschauten, die weder Veronica noch Jenny kannten. Eric hingegen konnte bei sämtlichen Teilen der Reihe genauso mitsprechen wie auch Celina, die sie schon unzählige Male gesehen hatte. Trotzdem guckten sie sie gerne noch einmal. Dabei genoss Celina die Nähe zu Eric, die sich sehr beruhigend und vertraut anfühlte.

Auch von Nico gab es positive Nachrichten, denn er berichtete Celina von sich aus – ohne dass sie ihn zuerst angeschrieben hatte –, dass er endlich mal wieder ein Angebot für eine Ausstellung seiner Bilder erhalten hätte. Er wirkte dabei stolz, glücklich und erleichtert, als wenn eine lange währende Last von ihm abgefallen wäre.

„Finde ich toll!", gratulierte sie ihm. „Schreib mir wann und wo, ja? Bin gespannt."

„Fände ich schön, wenn du wirklich kommen würdest!", schrieb er zurück. „Es gibt nur noch keinen genauen Termin, wenn ich den habe, schreib ich ihn dir."

Genau so positiv konnte es in Zukunft mit allem weitergehen, fand Celina. Aber leider laufen einige Dinge manchmal anders, als man sich wünscht ...

Kapitel LXV
Spuk

Das neuerliche Chaos begann am 2. Mai mit einer Putzmittelflasche. Celina hatte an diesem Samstag nach dem Maifeiertag bis mittags in der Apotheke gearbeitet und räumte am Nachmittag in ihrer Küche auf. Sie war gerade dabei ihren Kühlschrank auszuwischen, als es plötzlich hinter ihr polterte. Die Ursache hierfür war, wie sie feststellte, eine Plastikflasche mit Scheuermilch, die von der Arbeitsplatte auf den Boden gefallen war. Jedenfalls lag diese Putzmittelflasche dort und wackelte sogar noch leicht hin und her. Das konnte ja nur Mikesch gewesen sein, dachte sie sich und beschloss nach dem Kater zu schauen. Sie fand ihn sehr schnell und stutzte! Er lag friedlich und tief schlafend auf ihrem Bett ...

Wie war das möglich? Wenn Mikesch die Flasche nicht hinuntergeworfen hatte, wer dann? Celina atmete tief ein und aus, um die aufkommende Panik zu vertreiben. Wahrscheinlich gab es eine ganz einfache logische Erklärung. Nur dass ihr dazu leider keine einfiel!

Sie ging zurück in die Küche, um sich das Szenario noch einmal anzusehen. Die Plastikflasche lag da vor ihr. Sie erinnerte sich, wo genau sie sie hingestellt hatte, nämlich ziemlich weit nach hinten auf der Arbeitsplatte, wobei sie sich sicher war, dass sie dort fest, also nicht irgendwie schief, gestanden hatte. Das Fenster war auch nicht auf, so dass es auch kein Windstoß gewesen sein konnte. Als sie sie nun hochnahm, wurde dies noch bestätigt, denn sie stellte fest, dass die Flasche noch mindestens halb voll und dementsprechend schwer war. Alles in allem bedeutete dies, dass es keine rationale Erklärung dafür gab.

„Es ist nur eine Putzmittelflasche!", sagte sich Celina. „Mach dich nicht selbst verrückt!" Nachdem sie sich selbst so zur Ordnung gerufen hatte, wischte sie weiter den Kühlschrank aus und verdrängte diese Art Gedanken.

Das sollte an diesem Tag jedoch nicht das einzig Merkwürdige bleiben ...

Celina kümmerte sich weiter um ihren Haushalt, indem sie Staub saugte, den Wäscheständer von ihrem kleinen Balkon hereinholte, um die Wäsche später abzunehmen, den Müll rausbrachte und das Bad putzte. Da sie nach all dem keine große Lust mehr hatte, noch irgendwas zu kochen, schob sie eine Tiefkühlpizza in den Backofen. Die aß sie dann gemütlich auf der Couch vor dem Fernseher. Mikesch hatte sich zu ihr gesellt und futterte seine Leckerlis, die sie ihm spendiert hatte. Plötzlich nahm sie im Augenwinkel irgendeine Bewegung wahr, die sie nicht zuordnen konnte. Sie schaute genauer hin, und zwar in Richtung des Wäscheständers mit ihren T-Shirts und Pullis. In diesem Moment sah es aus, als würde jemand einmal mit der Faust gegen die Kleidungsstücke schlagen! Sie schwangen hin und her, ja sogar der Ständer selbst wackelte bedenklich.

Celina, hatte gerade ein Stück Pizza in den Mund geschoben, hörte nun jedoch auf zu kauen und starrte stattdessen wie gebannt auf das, was da vor ihren Augen geschah. Kein weiterer Schlag folgte, obwohl sie dies irgendwie erwartet hatte. Ein kurzer Blick zu Mikesch bestätigte ihr, dass sie sich das allerdings nicht eingebildet hatte, denn der Kater saß dort mit gesträubtem Fell und starrte in die gleiche Richtung wie sie selber.

„So, jetzt reicht es!", sagte Celina laut und hatte dabei den Eindruck, als würde ihre Stimme in einem riesigen Saal nachhallen. Trotzdem sprach sie weiter, schon um sich selbst zu beruhigen: „Ich werde hier jetzt zum soundsovielten Male alles ausräuchern! Und es ist mir wurscht, ob meine Wäsche nachher danach stinkt. Du – wer immer du auch bist – wirst hier verschwinden!"

Sie schob ihre Pizza erst beiseite, entschloss sich dann aber, sie doch in den Kühlschrank zu stellen. Auch die Wäsche verfrachtete sie wieder auf den Balkon. Die Sachen, die sie benötigte, waren schnell hervorgeholt und aufgebaut. Dazu holte sie eine besonders schöne, mit Wachsblättern und – blüten verzierte, große Kerze aus ihrem Schrank und zündete sie an.

Das Klingeln des Telefons ließ sie ganz furchtbar zusammenzucken. „Man hab ich mich verjagt!", stieß sie hervor. Das Display zeigte an, dass es Kathi war. „Mist!", fluchte Celina. „Muss das jetzt sein?" Doch dann ging sie ran, weil sie genau wusste, dass es sonst in der nächsten Viertelstunde erneut klingeln würde.

„Hi Kathi!", begrüßte sie ihre Freundin.

„Hallo Celina, hast du heute Abend Zeit?", fragte sie sogleich. „Sönke ist mit Sven und zwei Kollegen zu einem Männerabend aufgebrochen und ich sitz hier nun ganz allein und habe mir gedacht, ob wir zwei nicht ausgehen wollen."

„Nein, das ist schlecht heute, tut mir leid", antwortete Celina mit einem Blick zur Kerze, die auf einmal anfing, wild zu flackern.

„Weil du keine Zeit hast oder keine Lust?", fragte Kathi nach.

„Beides!", gab Celina zu und erklärte dann: „Also zum einen hab ich heute schon gearbeitet und hier meinen Haushalt gemacht und bin nun echt kaputt und zum zweiten hab ich hier noch was zu tun."

Die Flamme der Kerze schoss ungefähr 10 cm hoch. „Oh, shit! Moment ...", unterbrach Celina das Gespräch, legte das schnurlose Telefon schnell beiseite und pustete die Kerze aus. Was war das bloß? Sie hatte die Kerze schon öfters mal angezündet, aber das war eindeutig neu. Immer noch ein wenig irritiert nahm sie das Telefon wieder.

„Da bin ich wieder", meldete sie sich, „sorry, aber ich musste mich mal eben um die eine Kerze kümmern."

„Um eine Kerze?", fragte Kathi ungläubig.

„Ja, ich wollte nicht, dass hier noch irgendwas abfackelt“, antwortete Celina.

„Von einer Kerze geht ja wohl nur Gefahr aus, wenn man sie umstößt“, meinte Kathi schnippisch. „Wieso machst du überhaupt Kerzen an? Die Weihnachtszeit ist doch weit entfernt. Oder beschäftigst du dich mal wieder mit diesem Hexenkram?“

Celina mahnte sich selbst zur Ruhe, obwohl sie gerade im Begriff war überzukochen.

Sie sagte möglichst ruhig: „Es mag sein, dass dich solche Sachen nicht interessieren, mich aber schon. Und für mich ist das gerade lebenswichtig.“

„Du ziehst solche Dinge …“ – Kathi betonte „solche“ besonders geringschätzig. – „… einem netten Abend mit mir vor? Das sagt ja wohl alles aus!“ Als sie „alles“ aussprach, schien darin ihr komplettes Entsetzen über Vergangenheit, Gegenwart und Zukunft zu liegen.

Celina schloss für einen Moment genervt die Augen. „Sorry, Kathi, aber du siehst dich ganz offenbar als den Nabel der Welt an! Nur weil du etwas nicht magst, heißt das nicht, dass ich das zwangsläufig ebenso sehen muss. Mir ist das wichtig! Ich habe keine Lust, mit dir zu diskutieren, weil das immer darauf hinausläuft, dass du beleidigt bist. Akzeptiere einfach, dass ich nun einmal andere Interessen habe als du und in vielen Angelegenheiten auch eine andere Meinung.“

„Du hast dich in letzter Zeit sehr zu deinem Nachteil entwickelt!“, fand Kathi. Nun war ihr Tonfall ins Arrogante gedriftet.

„Sag ich doch, sobald dir etwas nicht passt, wirst du zur beleidigten Leberwurst!“, konterte Celina. „Für dich ist es eine Entwicklung zum Nachteil, wenn jemand eine andere Meinung hat als du und wenn jemand nicht nach deiner Pfeife tanzt. Das ist Fakt! Vielleicht solltest du mal lernen, anderen Menschen ein bisschen Verständnis entgegenzubringen.“

Sie hörte ein Klicken in der Leitung. Kathi hatte aufgelegt. Es war Celina egal! Tränen der Wut schimmerten in ihren Augen. Hätte Kathi nicht aufgelegt, hätte sie selber es getan. Warum nur meinte Kathi, sie allein wüsste was richtig und gut wäre und das nicht nur für sich selbst, sondern auch für andere, insbesondere für Celina? Sie hatte den Eindruck, als wenn Kathi tatsächlich versuchte, sie zu erziehen wie ein Kleinkind. Ja, sie wirkte wie eine Gouvernante, die ständig an ihr herumkritisierte. Hatte Kathi sich in diese Richtung verändert oder war sie schon vorher so gewesen und es war ihr nur nicht aufgefallen? Wahrscheinlich von beidem ein bisschen.
Celina hatte keine Ahnung, ob diese Freundschaft noch irgendwie bestand oder weiter bestehen würde. Sie war nur einfach unendlich traurig über diese Entwicklung.
Ihr war kalt – so kalt, dass sie sich eine Sweatjacke überzog. Warum kam eigentlich immer alles auf einmal? Hier bei ihr war wieder irgendwas Seltsames zugange und dazu der Streit mit Kathi. Was womöglich noch? Die Kälte und die Angst vor dem, was noch kommen würde, umfing sie und schien nach ihr zu greifen wie eine eisige Hand. Sie starrte auf die Kerze, deren Flamme sich noch vor wenigen Minuten so merkwürdig verhalten hatte. Sie sah jetzt im gelöschten Zustand so harmlos aus. Oder täuschte dies? Was sollte sie tun? Konnte sie überhaupt irgendetwas tun? War nicht eh alles verloren? Solche verzweifelten Gedanken hatte sie schon einmal ... schon mehrfach, immer in Verbindung mit Lydia ...
Sie musste gegenan steuern – egal wie ... Da fiel ihr das Schutzöl in der Kiste ein! Sie suchte es heraus und tupfte erst einmal ein bisschen davon auf sich selbst, als wäre es ein Parfüm. Dann nahm sie die große Kerze und rieb etwas davon in das Wachs hinein. Ihr Herz pochte ihr bis zum Hals, weil sie spürte, dass etwas da war, das sie beobachtete. Trotzdem war ihr klar, dass sie unbedingt die Nerven behalten musste. Deshalb ignorierte sie alles um sich herum und konzentrierte

sich nur auf das, was sie gerade tat. So eingerieben zündete sie die Kerze wieder an. Nun brannte sie ganz ruhig. Der Geruch von dem Schutzöl war sehr intensiv. Sie konnte sich wirklich ein schöneres Parfüm vorstellen, aber das war zur Zeit nicht wichtig. Das einzige, was gerade zählte, war Schutz, auch wenn das bedeutete, womöglich in dem Zeug baden zu müssen. Dann begann sie, das übliche Schutzritual durchzuführen, einschließlich einer Ausräucherung sämtlicher Zimmer. Vielleicht waren es die Dinge, die sie tat, vielleicht auch dieses Gegenankämpfen und ihre Entschlossenheit, sie spürte jedenfalls wie allmählich die Kälte, die Angst, die Traurigkeit und Verzweiflung schwanden und ein Gefühl der inneren Ruhe und Stärke zurückblieb.

Kapitel LXVI
Traumdeutung

Obwohl Celina in ihrer Wohnung alle möglichen Schutzmaßnahmen durchgeführt hatte und auch eine gewisse Harmonie wiederhergestellt war, schlief sie in der folgenden Nacht sehr unruhig. Kaum hatte sie die Augen geschlossen, da bahnten sich die Bilder ihren Weg: Sie stand in ihrer Küche und putzte gerade ... Eric stand neben ihr ... da ließ sie ein lautes Summen aufhorchen ... und dann sah sie die Ursache auch schon ... eine Hornisse war innen an ihrem Fenster ... sie öffnete es, um sie hinauszulassen ... doch da setzte das Insekt sich auf ihre Hand ... Eric schrie auf, doch er konnte nicht verhindern, dass die Hornisse zustach.

Celina schreckte hoch und saß kerzengerade im Bett. Licht! Sie brauchte Licht! Ihre Hand suchte nach den Schalter der Nachttischlampe und knipste sie an. Ihr Blick fiel sofort auf ihre rechte Hand, die furchtbar wehtat. Aber da war nichts zu sehen! Sie machte das Deckenlicht an und suchte alles ab, ob sie womöglich eine Hornisse oder irgendetwas Ähnliches finden würde, doch vergeblich. Mikesch, der am Fußende gelegen hatte, guckte irritiert hoch und stand schließlich genervt auf.

„Es ist alles gut, Mikesch!", sagte Celina. „Ich leg mich schon wieder hin."

Das tat sie auch, allerdings ließ sie nun die kleine Nachttischlampe brennen. In ihrer Hand pochte ein heftiger, pulsierender Schmerz. Dennoch schlief sie erschöpft wieder ein. Kathi war da ... sie wollte Celina trösten ... in ihren Händen war ein großer Tiegel mit einer Salbe ... zumindest sollte es eine Salbe sein, für Celina sah es jedoch aus wie eine undefinierbare Pampe in einem schmutzigen Braunton ... Kathi nahm einen großen Klecks und schmierte ihn auf Celinas Handrücken ... der seltsame Brei veränderte die Farbe zu einem Giftgrün und ätzte sich in ihre Haut.

Celina war sofort hellwach! Hatte sie sogar kurz aufgeschrien? Sie war sich nicht sicher. Zumindest standen ihr einige Schweißperlen auf der Stirn und ihre Hand brannte höllisch. Es war zwar immer noch nichts zu sehen, aber sie stand trotzdem auf, holte sich aus dem Medizinschränkchen eine Wund- und Heilsalbe und rieb sich diese großzügig auf die schmerzende Stelle.

Diesmal schlief sie nicht ganz so schnell wieder ein, aber irgendwann siegte die Müdigkeit. Nico saß auf dem Boden in einem düsteren Raum ... überall standen Staffeleien mit Bildern ... es war wohl ein Atelier ... wie bei einem Zoom kam sie näher heran, um sich alles zu betrachten ... da war ein Bild mit einem Schiff, aber es war zerschnitten ... ein anderes Bild, an dessen Rand man noch etwas Wasser erkennen konnte, war fast vollständig mit Farben besprüht ... noch ein anderes war mit Matsch beworfen ... der Boden, auf dem Nico saß, war schmutzig ... seine Schuhe waren halb zerfetzt ... sie sah hoch zu seinem Kopf ... sein Gesicht war tränenverschmiert ... sie wollte ihn trösten, ihm ihre Hand reichen, doch sie konnte ihn nicht erreichen ... es fühlte sich an, als würde sie von ihm weggezogen, und er bemerkte nicht einmal, dass sie da war ...

Diesmal schreckte Celina nicht hoch, doch als sie die Augen aufschlug, liefen ihr ein paar Tränen über die Wangen. Es ging Nico schlecht! Sie wusste, dass es so war! Sie schaute auf den Wecker. Es war Sonntagmorgen 7.30 Uhr. Um diese Zeit konnte sie ihn wohl kaum anrufen. Konnte sie das überhaupt? Was sollte sie ihm sagen? Dass sie schlecht geträumt hatte? Sie verwarf den Gedanken. Es fühlte sich an wie in ihrem Traum: Sie wusste, dass er irgendwelche Probleme hatte und war doch so weit entfernt, es war doch so unmöglich, ihm die Hand zu reichen.

Was war mit den anderen Träumen? Dieses Mal hatte sie weder von Isabell noch von Sven oder Richard geträumt. War das ein gutes Zeichen oder ein schlechtes? Zuerst einmal brauchte sie einen starken Kaffee!

Entschlossen stand sie auf, murmelte sich in ihre Sweatjacke und ging in die Küche, um sich einen Kaffee zu machen und Mikesch sein Futter zu geben, denn er strich schon schmeichelnd um ihre Beine herum. Erst als sie einen dampfenden Becher vor sich hatte, ließ sie die Gedanken an die Träume wieder zu. Sie schnappte sich Zettel und Stift und beschloss ganz methodisch an die Sache heranzugehen.

Akribisch notierte sie alle Einzelheiten aus dem ersten Traum, sowie ihre Deutungsansätze. Die Hornisse stand möglicherweise für Lydia, die mit dem offenen Fenster ein Schlupfloch gefunden hatte, um doch noch immer in ihrer Nähe zu sein und Schaden anzurichten. Dementsprechend stach sie auch zu. Eric wollte dies verhindern, konnte aber nichts tun, jedenfalls nichts in dem Moment. Dann war sie aufgewacht.

Der zweite Traum betraf Kathi, die ja eigentlich nichts mit Lydia zu tun hatte. Allerdings ging es darum, dass Kathi helfen wollte, jedoch durch eine falsche Salbe oder was immer das war genau das Gegenteil bewirkte. Dieser Traum war wohl eher eine Charakterisierung von Kathi, die grundsätzlich in allem eher ätzend wie diese Salbe wirkte, statt hilfreich und heilend zu sein. Gerade in dem Bereich, der Lydia oder alles, was damit zusammenhing, betraf, haute sie immer wieder vollkommen daneben, nicht nur bei ihr selbst sondern auch bei Sven, als er zutiefst betroffen war und getrauert hatte. Kathis Verständnislosigkeit fehlte in dem Traum, stellte sie fest, aber ansonsten war er durchaus zutreffend.

Der letzte Traum war der schwierigste. Auf den ersten Blick hatte sie Nico nur auf dem Boden sitzen sehen, erst durch genaueres Hinschauen wurde sie gewahr, wie schlecht es ihm ging. All seine Bilder waren auf die eine oder andere Art zerstört, Sinnbild für alle seine Träume, Hoffnungen und Pläne. Er selbst saß einfach da, unfähig etwas zu tun. Die zerfledderten Schuhe bedeuteten wahrscheinlich, dass es ihm auch finanziell nicht gut ging, ebenso wie der schmutzige Boden. Die Tränen in seinem Gesicht zeigten seine Verzweiflung und Hilflosigkeit. Sie wollte ihm helfen, doch er sah gar nicht, dass sie da war oder für ihn da sein könnte.

Celina betrachtete sich ihre Notizen. Ja, alles war stimmig und drückte das aus, was sie gefühlt hatte. Ein bisschen überrascht war sie dann doch über sich selbst, denn sie hatte sich bisher kaum wirklich mit Traumdeutung beschäftigt. Diese Art Träume hatte sie eigentlich auch eher selten mal gehabt – jedenfalls bis Lydia aufgetaucht war.

Dafür waren die Ergebnisse, die vor ihr lagen, doch erstaunlich gut.

Tja, und was nun? Wenn diese seltsamen Dinge, die am Tag zuvor geschehen waren, wirklich bedeuteten, dass Lydia wieder oder noch immer da war, dann hatte sie wahrscheinlich nicht nur allein irgendwelche Probleme. Andererseits wollte sie insbesondere Isabell auch keine Angst machen. Also würde sie erst einmal abwarten und ihr noch nichts erzählen. Sie konnte ja am nächsten Tag bei der Arbeit mal vorsichtig das Thema anschneiden, falls es eine Gelegenheit dazu gab. Wenn irgendwas bei Isabell war, würde sie das sicherlich erwähnen. Weder sie noch Sven waren in ihrem Traum vorgekommen, was hoffentlich ein gutes Zeichen war. Insofern würde sie auch in puncto Sven einfach abwarten.

Wenn Traum Nummer drei allerdings stimmte – im übertragenen Sinn – dann ging es Nico gelinde gesagt ziemlich scheiße. Er schien eh immer wieder ihr Hauptziel gewesen zu sein. Es gab nur eine Möglichkeit herauszufinden, ob etwas an ihren Befürchtungen dran war: Sie musste mit ihm reden oder zumindest schreiben.

Das Verhältnis zu ihm war immer noch sehr angespannt, fand sie, also würde sie ganz vorsichtig schreiben müssen. Doch wie?

Über das Wie grübelte sie noch lange, bevor sie sich schließlich für ein paar schlichte Zeilen entschied: „Hallo Nico, hast du schon einen Termin für die Ausstellung? Geht es dir gut?"
Nur 10 Minuten später – er war also schon wach – kam die Antwort, die schlimmer nicht hätte sein können: „Hallo Celina, es wäre nett, wenn du endlich aufhören würdest, mich dauernd anzuschreiben. Wenn ich einen Termin habe, werde ich ihn dir schon mitteilen, auch wenn das noch in den Sternen steht. Bis dahin lass mich gefälligst endlich in Ruhe!"

Kapitel LXVII
Schutzzauber für Nico

Es dauerte eine Stunde bis Celina soweit war, auf diese Nachricht antworten zu können. Zuerst wollte sie ihm nur schreiben: „Du bist ein Idiot und begreifst gar nichts!", aber dann setzte sie noch hinterher: „Ich habe dich gefragt, wie es dir geht, weil ich mir Sorgen um dich gemacht habe!" Eigentlich hatte er die Erklärung nicht verdient, fand sie, und doch fühlte sie sich damit besser, falls es das gerade überhaupt gab.

Immer wieder schienen Verzweiflung und Traurigkeit die Oberhand zu gewinnen. Warum war er nur so furchtbar zu ihr? Konnte er ihr nicht endlich „Cora" verzeihen? War das der Grund für seine Launen, die er offenbar an ihr ausließ? Oder ging es ihm so mies, dass er nur noch blind um sich schlug? War es so wie in ihrem Traum? All diese Gedanken ließen sie keine Ruhe finden. Dazu kam der Streit mit Kathi. Sie hatte auch nichts begriffen! Früher hatte sie doch mehr Verständnis aufgebracht oder nicht?

Celina versuchte sich abzulenken. Den Computer machte sie aus, weil sie keine Nachricht mehr von Nico lesen wollte, wenn er denn überhaupt noch antworten würde. Das Handy stellte sie auf lautlos, denn auch von Kathi wollte sie nichts hören oder lesen. Sollte sie auf Festnetz anrufen, konnte sie das Telefon immer noch ausstöpseln.

Zur Zeit wollte sie definitiv mit niemandem reden oder schreiben! Warum hatte sie diese schrecklichen Träume, wenn sie nichts ändern konnte? Ihre Hand schmerzte immer noch vom Hornissenstich ... Wurde sie langsam wahnsinnig?

Sie verordnete sich selbst eine Baldriantablette, eine Tasse heißen Tee und eine Scheibe Brot, weil sie noch nichts gegessen hatte. Dann schaltete sie den Fernseher an und guckte irgendeine alte Serie, während sie mehr oder minder lustlos an ihrem Brot knabberte.

Wieder und wieder kreisten ihre Gedanken. Die Matschsalbe in ihrem Traum war sehr passend, fiel ihr ein und sie musste lächeln. Kathi hatte ein unglaubliches Talent, garantiert das Falsche zu sagen oder zu tun, dass es wirklich manchmal an Matsch erinnerte, was sie fabrizierte.

Celina hatte keine Ahnung, ob es noch Sinn machte, weiter an dieser Freundschaft festzuhalten, aber wirklich aufgeben wollte sie das auch nicht. Schließlich mochte sie Kathi trotz ihrer manchmal furchtbaren Art.

Noch etwas anderes brachte sie zum Lächeln. Eric hatte sie vor der Hornisse beschützen wollen und auch wenn es nicht geklappt hatte, so war das doch toll von ihm und passte ebenfalls zur Realität. Auch ein Spiegel seines Charakters!

Und was war mit Nico? Ja, der Traum zeigte auch seine ganz eigene Art. Er war in seiner Verzweiflung nicht fähig zu erkennen, dass sie ihm die Hand reichen und ihm helfen wollte.

Sie versuchte, seine Worte, die sie als so verletzend empfunden hatte, auszublenden. Wenn Lydia noch irgendwie da war, war es dann nicht genau das, was sie wollte? Sie hasste ihn abgrundtief. Was würde ihr wohl besser passen, als ihn am Boden zu sehen und das natürlich allein ohne irgendwelche Hilfe?

„Ja, das würde dir gefallen!", sagte sie laut und wütend. „Aber Pustekuchen!" Celina hatte keine Ahnung, ob Lydia das gehört hatte oder ob das, was sie nun vorhatte, etwas bewirken würde, aber sie würde sich zumindest besser fühlen.

Sie stopfte sich den Rest von ihrer Scheibe Brot in den Mund, trank den Tee aus, räumte alles weg und packte zum soundsovielten Mal den Kram aus der Hexenkiste aus. Dann schaltete sie den Fernseher aus und den Computer an. Sie brauchte ein Bild von Nico. Sollte irgendeine Nachricht da sein, würde sie sie einfach ignorieren. Da war keine, wie sie schnell feststellte. Also druckte sie schnell das Bild aus und fuhr den PC wieder runter.

Die große, verzierte Kerze sollte ihre Hauptkerze sein, dazu stellte sie ein paar Teelichter, in die sie ein bisschen Schutzöl tropfte, um die Räucherschale herum. Sie war nervös. Vielleicht würde ein extra Spruch zum Schutz helfen? Sie hatte eigentlich an den Fluchbrecher gedacht, aber ein ganz spezieller Reim, angedacht für jemand anderen und nicht einen selbst, wäre wohl nicht schlecht …

So saß sie vor einem Blatt Papier mit gezücktem Stift, während alle Kräutergläschen und die brennenden Kerzen vor ihr standen, daneben das Foto von Nico. Sie schrieb etwas, strich es wieder durch, weil es ihr nicht gefiel, und raufte sich buchstäblich die Haare. Warum nur war es so schwer, etwas zusammenzudichten? Während sie überlegte, wanderte ihr Blick über die Etiketten der Gläser. „Hellsicht", stand da unter anderem. Das konnte sie gerade sehr gut gebrauchen …

Sie fischte das Gläschen aus der Vielzahl der Gefäße und schaute es sich genauer an: „Diptamwurzel – Hellsicht, Astralreise, gute Geister". Das klang doch vielversprechend. Gute Geister wären gerade auch nicht schlecht und Astralreise sollte wohl bedeuten, dass diese Wurzel die sogenannten Außer-Körper-Erfahrungen förderte. Da ihr so etwas noch nie passiert war – zumindest nicht, dass sie wüsste – beschloss sie, einfach mal etwas davon zu räuchern. Vielleicht würde ihr das ein bisschen Klarheit verschaffen.

Als die Kohle in der Räucherschale gut durchgeglüht war, warf sie etwas von der Diptamwurzel hinein. Im unverbrannten Zustand rochen die kleinen, hölzernen Stücke ziemlich säuerlich, fand sie, was allerdings bei den ersten kleinen Rauchschwaden nun zu etwas Undefinierbarem wurde, nicht wirklich angenehm, aber auch nicht schrecklich.

Sie schaute auf das Foto von Nico. „Ich wüsste gern, was bei dir los ist!", sagte sie nachdenklich und versuchte ihren Kopf leer zu bekommen, das Bild direkt vor Augen.

Als sie die Lider schloss, meinte sie immer noch sein Gesicht zu sehen, aber weiter entfernt. Er saß an einem Tisch vor sich einige beschriebene Papierbögen, Briefe, Dokumente oder so etwas, die er mit sehr ernster Miene durchblätterte. Sie wollte näher heran, doch etwas ... nein, jemand ... stand dazwischen. Wie ein kurzes Aufflackern erkannte sie Lydia, dann sah sie vor sich nur noch die Räucherschale, die Gläschen, das Bild und die Kerzen.

Celina wich zurück! Was war das? Eine Astralreise hatte sie sich anders vorgestellt, wenn es denn überhaupt so etwas in der Richtung gewesen war. Gab es eine Bezeichnung dafür oder eine Erklärung? Sie brauchte für sich selbst irgendwie eine, fand sie. War es Einbildung gewesen, vielleicht etwas, das sie sehen wollte, oder zu sehen erwartet hatte? Dafür wirkte das einfach zu echt ...

Sie stand auf, ging herum, machte einen kurzen Abstecher auf den Balkon, um frische Luft zu schnappen, und setzte sich dann wieder. Was auch immer das gewesen war, sie musste das unbedingt in ihrem Kopf sortieren ... Wenn sie tatsächlich in Nicos Nähe gewesen war – vielleicht auf mentaler oder telepathischer Ebene –, dann hatte sie auch Lydia gesehen. Es gab nur eine Möglichkeit herauszufinden, ob sie sich getäuscht hatte: Sie musste einen weiteren Versuch starten.

Wieder warf sie etwas von der Wurzel in die Schale, betrachtete das Foto und schloss die Augen, doch nichts geschah! Sie musste innerlich gelassen und ruhig sein und den Kopf leer bekommen. Aber egal wie sehr sie sich bemühte, sie konnte diesen Zustand nicht wiederholen.

Schließlich nahm sie sich frustriert wieder Zettel und Stift und versuchte sich an dem Spruch, bis sie endlich ein paar Zeilen zustande gebracht hatte, auch wenn sie diese nicht optimal fand:

Ob du daran glaubst oder nicht,
ich wünsch dir Mut und Zuversicht.
Deine Engel mögen dich begleiten
und seien stets an deinen Seiten.
Damit dir nichts Böses widerfährt,
sei Schutz und Sicherheit für dich gewährt.

Je länger sie den Reim allerdings betrachtete, umso mehr gefiel er ihr und sie beschloss, ihn zu verwenden. So begann sie mit ihrem kleinen Ritual wie sonst auch, tat etwas Schutzmischung und Beifuß auf die Kohle und sprach den Engelsspruch. Dann schrieb sie den Fluchbrecher- und den neuen Schutzspruch auf die Rückseite seines Bildes und verbrannte dies zusammen mit Alant, Muskatellersalbei, noch einer Portion Beifuß, etwas Olibanum und ein bisschen Diptamwurzel. Die Flammen loderten kurz hoch, während all dies dort in der Feuerschale vor sich hinräucherte. Wenn sie wirklich vorhin ihn gesehen hatte, dann ging es ihm wohl nicht sehr gut. Sein Gesichtsausdruck war so ernst gewesen ... so grübelnd, ja beinahe verzweifelt wie jetzt auch. Nico saß immer noch am Tisch und sortierte den Papierkram. Jetzt war er allein, keine Lydia weit und breit! Konnte das sein, dass sie ihn auf einmal wieder sah? Da schaute er hoch und direkt in ihre Augen ...

Kapitel LXVIII
Schlechte Nachrichten

Dieser Moment währte nur ganz kurz. Nico hatte Celina bemerkt ... oder doch nicht? Celina wusste nicht mehr, was sie noch denken sollte, und leider machte es auch keinen Sinn, sich darüber den Kopf zu zergrübeln, denn nichts von alledem war rational erklärbar oder schien wenigstens greifbar zu sein. Sie beendete ihr Schutzritual auf die übliche Weise und räumte dann alles weg. Nur die große Kerze ließ sie noch stehen und auch brennen.

Obwohl diese merkwürdige mentale Reise so verwirrend war, fühlte Celina sich nun besser. Vielleicht war es wirklich so, dass er sie für einen winzigen Moment gesehen hatte, fragen konnte sie ihn wohl eher nicht danach, schon gar nicht nach ihrem letzten Zusammenstoß. Wenn es aber so war, dann hatte sie sich auch nicht getäuscht, dass sie Lydia dort entdeckt hatte. Das würde jedenfalls einiges erklären, sowohl an seinem Verhalten, sowie an der plötzlichen Unterbrechung der Verbindung, vorausgesetzt es war alles so, wie sie es gesehen hatte. Je mehr sie darüber nachdachte, desto sicherer war sie sich jedenfalls, dass sie sich das alles nicht eingebildet hatte. Aber mehr als abwarten konnte sie nun leider nicht mehr tun. Sie war gespannt, ob Isabell ihr am nächsten Tag irgendetwas Mysteriöses erzählen würde, zumal es wahrscheinlich war, dass auch sie nicht ganz unverschont geblieben war.

Am Montagmorgen betrat sie dementsprechend erwartungsvoll die Apotheke, obwohl sie sich gleichzeitig äußerlich nichts anmerken ließ. Isabell berichtete gerade Richard und Gunnar, dass sie am Samstag mit einer Freundin im Kino gewesen sei.

„Hi Celina, Veronica und ich waren am Samstag im Kino. Toller Film!", band sie Celina gleich mit ein.

„Ja? Welcher?", fragte Celina.

„Kein Ort ohne dich", erzählte sie munter. „So ein richtig schöner Liebesfilm, nicht schnulzig, wie ich fand, sondern einfach klasse, mit Scott Eastwood!"

„Klingt ja gut!", fand Celina. „Also ein richtig gelungenes Wochenende?"

„Ja, war schön!", bestätigte Isabell. Mehr sagte sie nicht, zumal Frau Evershagen auch gerade kam und sowohl sie, wie auch Celina private Themen in ihrer Gegenwart meistens eher nachließen.

Am späten Vormittag hatte Celina eine SMS von Sven. „Magst du mir nach Feierabend ein Schmerzmittel bringen? Danke schon mal im Voraus."

„Kann ich dir auch schon in der Mittagspause bringen. Irgendwas Bestimmtes? Was hast du?", fragte sie nach.

„Mein Fuß macht wieder Ärger, hab ich wohl zu früh wieder belastet. Ist egal was, vielleicht Ibu? Die hatte ich zuletzt und die sind jetzt alle. Mittags wäre toll!", schrieb er zurück.

„Okay, bring ich dir nachher!", antwortete sie ihm.

Etwas später, als sie dann mit einer großen Packung Ibuprofen bei ihm ankam, bekam sie erst einmal einen Schreck. Sven sah aus, als hätte er mindestens drei Nächte nicht geschlafen!

„Was ist denn mit dir passiert?", fragte sie ihn sofort.

„Seh ich so furchtbar aus?", stellte er mit einem schiefen, angedeuteten Grinsen die Gegenfrage.

„Ja, tust du!", antwortete sie schonungslos ehrlich. „Weil du solche Schmerzen im Fuß hast?"

„Nein ... ähm ...", druckste er herum.

„Was ist los?", fragte sie ihn und ließ ihn nicht aus den Augen, zumal er versuchte wegzusehen.

„Du hältst mich bestimmt für bescheuert ...", sagte er schließlich.

„Tue ich garantiert nicht!", widersprach sie. „Also: Was ist los?"

„Ich hab die letzten zwei Nächte echt mies geschlafen", erklärte er, „bin immer wieder aufgewacht und wenn ich mal gepennt habe, dann mit Albträumen.“

Celina hatte den Eindruck, sämtliche Alarmglocken in ihrem Kopf würden losschrillen. „Was für Träume?“, hakte sie nach.

„Ist doch egal ...“, meinte er ausweichend.

„Lass mich raten ... von Lydia?“, wagte sie den Schuss ins Blaue. Er nickte nur mit gesenktem Kopf als Antwort.

„Na komm schon, erzähl!“, meinte sie aufmunternd.

„Es hört sich aber total durchgeknallt an ...“, wagte er noch einen Einwand, als er ihren Blick sah, fing er dann aber doch an zu berichten: „Ich hatte immer wieder das Gefühl, sie wäre da und sie wäre sauer auf mich. Einmal bin ich aufgewacht, da dachte ich, sie steht direkt vorm Bett. Das kann natürlich nicht sein, aber ich war so durch den Wind, ich hab nachher echt mit Licht geschlafen.“

„Und das geht seit zwei Nächten so?“, fragte Celina nach.

„Ja, ich glaub, ich bin reif für die Klappse!“, sagte er. „Überhaupt ... willst du nen Kaffee?“

„Sehr gerne!“, nahm Celina das Angebot an. Gleichzeitig überlegte sie fieberhaft, was sie ihm wie sagen konnte.

Als er ihr in der Küche einen Kaffee einschenkte, fiel ihr jedoch zunächst einmal etwas anderes auf. Auf der Arbeitsplatte stand eine Flasche Rum. Sven bemerkte, dass sie den Alkohol gesehen hatte, und sagte sofort: „Die ist noch verschlossen. Du kannst das sehen, schau! Nicht angebrochen!“

„Und warum steht die da? Ich dachte, du willst nichts mehr trinken ...“

Er schaute ein bisschen schuldbewusst zu Boden. „Wollte ich auch nicht, hab ich auch nicht, aber na ja ... ich bin echt ziemlich fertig!“

„Gerade dann ist das falsch!“, sagte sie ihm unverblümt.

„Weiß ich!“, gab er zu. „Sag mir, was ich tun soll! Bitte!“ In seinem Blick lag so viel Hilflosigkeit, dass er damit hätte Steine erweichen können.

„Also gut ...“, meinte Celina nach einem kurzen Moment des

Nachdenkens, „als erstes trinkst du erstmal keinen Tropfen davon …“ – Sie nahm die Flasche und stopfte sie in ihre Handtasche. Sven nickte nur stumm. – „… als zweites nimmst du eine Schmerztablette für deinen Fuß und als drittes komme ich nach Feierabend noch einmal vorbei und bringe dir Baldrian oder besser noch etwas Stärkeres, damit du dich endlich mal ausschläfst. Einverstanden soweit?“

„Ja …“, antwortete er zögerlich und wirkte bedrückt.

„Um die Albträume mach dir mal keine Gedanken!“, sagte sie und wusste sofort an seinem Gesichtsausdruck, dass dies das Problem war, das ihm tatsächlich am meisten zusetzte. „Diese Träume werden verschwinden … und zwar ganz schnell!“

Mit diesem Versprechen schien er beruhigt zu sein, er fragte nicht nach, nicht einmal nach dem Wie oder Warum. Celina hatte auch nicht vor, ihm etwas über Lydia und die Dinge, die damit zusammenhingen, zu erklären. Er war vollkommen übermüdet und wäre eh mit all dem komplett überfordert, fand sie.

Den ganzen Nachmittag grübelte sie bei der Arbeit darüber, wie sie ihr Versprechen einlösen konnte. Für einen Moment war sie sogar am Überlegen, ob sie Isabell einweihen sollte, aber die wirkte so glücklich und unbeschwert, dass sie sie damit nicht belasten wollte.

Die einzige Möglichkeit, die ihr letztendlich einfiel, um Svens Wohnung geisterfrei zu kriegen und ihn zur Ruhe kommen zu lassen, war, dort alles auszuräuchern, auch wenn sie nicht die leiseste Ahnung hatte, wie sie ihm das beibringen sollte. Trotzdem fuhr sie nach der Arbeit schnell nach Hause, versorgte Mikesch mit Futter und packte ein paar Sachen aus der Hexenkiste zusammen. Als sie dann eilig die Treppen hinunterlief, wäre sie beinahe mit Eric und Jenny zusammen-gestoßen.

„Na, hoppla, du hast es aber eilig!“, meinte Eric und schaute verwundert auf ihre etwas größere Tasche mit den

Hexenutensilien und sehr irritiert auf ihre Handtasche. „Was zu feiern?", fragte er vorsichtig.

„Wie, nein … oh nee!" Celina war seinem Blick gefolgt. Die Rumflasche ragte aus ihrer Handtasche. „Die wollte ich gar nicht mitnehmen ..." Sie drehte auf dem Absatz um und rannte wieder hinauf.

Nachdem sie die Flasche in ihrer Küche abgestellt hatte, machte sie sich wieder auf den Weg, doch Eric und Jenny waren ebenfalls oben vor seiner Wohnung angekommen.

„Ist in der großen Tasche, das was ich denke?", fragte Eric sie direkt.

„Ich muss was erledigen ...", sagte sie ausweichend und wollte schon hinunter, da fragte er nur: „Lydia?"

Wie vom Donner gerührt blieb sie stehen. Er wartete mit seiner Erklärung, bis sie sich zu ihm und Jenny umgedreht hatte: „Ich hab die letzten beiden Nächte ziemlich schlecht geschlafen ..."

Kapitel LXIX
Schutz, Schutz und nochmals Schutz

Celina starrte ihn ungläubig an. Wieso er? Warum sollte Lydia ihm schlechte Träume verpassen?

„Deswegen hab ich Jenny geholt, damit sie sich mal umsieht", ergänzte er. „Und zu wem wolltest du so eilig? Zu Isabell?"

„Nein, zu Sven! Er hat ebenfalls Probleme dieser Art. Deswegen auch der Rum, hab ich ihm weggenommen. Der ist nämlich ganz bestimmt keine Lösung dafür!"

Eric lächelte. „Stimmt! Sehe ich ebenso! Du wolltest da mal ausräuchern oder so etwas in der Art?"

„So hatte ich gedacht, obwohl ich noch nicht weiß, wie ich ihm das am dümmsten erkläre." Celina zuckte hilflos mit den Schultern.

„Das wolltest du alleine machen?", fragte Eric.

Bevor Celina antworten konnte, sagte Jenny auf einmal: „Kommt nicht infrage! Lass mich mitfahren!"

Selbst Eric schaute seine Schwester überrascht an. „Das ist mein Ernst!", bekräftigte sie ihren Entschluss. „Zu zweit ist das sicherer und ich hab gerade mal ausnahmsweise keine Angst ... also lass mich bitte helfen."

Celina schaute ein wenig unsicher zu Eric, aber diesmal zuckte er mit den Schultern. „Dann macht mal, ich komm aber nicht mit ..." Er zögerte kurz und fuhr dann fort: „ ... nicht weil ich ein Problem mit diesem Sven habe, den ich ja nur einmal kurz gesehen habe, ..." – Celina erinnerte sich an die Szene an ziemlich der gleichen Stelle, wo sie gerade standen, als Sven sich sonntagmorgens von ihr verabschiedet und Eric wahrscheinlich im ersten Moment das Falsche gedacht hatte. – „ ... sondern weil ich von dem Räucherzeugs Kopfschmerzen kriege. Außerdem schafft ihr das schon!" Und er grinste seiner kleinen Schwester aufmunternd zu, drückte sie noch einmal ganz kurz und meinte dann: „Aber danach macht ihr das in meiner Wohnung auch mal, ja?“

„Klar!“, sagte Jenny und grinste frech zurück, dann beeilte sie sich zusammen mit Celina loszukommen.

Auf der kurzen Autofahrt erklärte Celina Jenny auf die Schnelle, dass Sven nichts von all dem Hexenkram wusste, weder in Bezug auf Lydia, noch über Celina.

„Was ist denn bei ihm?“, fragte Jenny nach.

„So wie er das beschrieben hat, fürchte ich, dass Lydia da herumgeistert. Er konnte nicht schlafen und hatte das Gefühl, sie wäre da. Einmal meinte er sie sogar gesehen zu haben, was er dann aber als Einbildung abgetan hat.“

„Puh!“ Jenny atmete scharf ein. Nun wirkte sie doch ein wenig ängstlicher, fasste sich aber wieder und sagte mit fester Stimme: „Dann wollen wir sie doch mal vertreiben!“

Sven war überrascht und verlegen zugleich, als er für Celina die Tür öffnete. „Hättest du mir nicht sagen können, dass du Besuch mitbringst?“, meinte er. „Wenn ich das gewusst hätte, hätte ich wenigstens ein bisschen aufgeräumt und mir was Schickeres angezogen.“

„Ach und für mich nicht?“, fragte Celina ihn augenzwinkernd.

Er quittierte diese Bemerkung mit einem Lachen und bat beide mit einer einladenden Handbewegung herein.

„Geht es deinem Fuß schon besser?“, war ihre nächste Frage.

„Einigermaßen“, meinte er und zog eine Grimasse, dann sah er Jenny sehr neugierig an. Irgendwas musste Celina nun sagen oder erklären, sie holte tief Luft und stellte sie erstmal vor: „Das ist Jenny, Erics Schwester. Eric ist mein Nachbar von Gegenüber ...“

„Nachbar oder Freund?“, hakte er nach.

„Wie jetzt?“ Celina war ein bisschen irritiert. „Na ja, beides irgendwie.“

„Ich meine Partner ...“ Als Sven das so sagte, schaute er sie direkt an, und fuhr dann gleich fort: „Jedenfalls erzählt Kathi sowas.“

Celina verdreht nur die Augen. „Kathi erzählt viel, wenn der Tag lang ist …“

Sven grinste breit. „Das kennen wir ja!“

„Sonst ist noch nichts bei dir angekommen?“, wollte Celina nun wissen.

Die Antwort war fast, wie sie erwartet hatte. „Aber klar, ihr habt euch gestritten, weil du so ein furchtbarer Mensch bist, Celina.“ Sven sagte dies jedoch mit sehr sarkastischem Tonfall und noch breiterem Grinsen. „Mach dir nichts draus! Sie wird es nie schnallen! Ach ja, und du beschäftigst dich angeblich mit sehr skurrilen Dingen …“

Celina nahm das als Stichwort. „Das stimmt ausnahmsweise mal“, bestätigte sie. „Mit Esoterischem.“

„Ich auch!“, setzte Jenny gleich dazu.

„Meine schlaflosen Nächte und Albträume? Richtig?“, tippte Sven. „Deswegen hast du deine hübsche Freundin mitgebracht …“

Jenny wurde sofort rot, während Celina ihn mit hochgezogener Augenbraue und schiefem Grinsen anschaute. „Gleich wieder am Baggern!“, stellte sie fest und zwinkerte ihm zu.

„Na ja, man tut, was man kann!“, gab er zurück.

Ein Seitenblick zu Jenny verriet Celina, dass sie es offensichtlich nicht gewohnt war, wenn ihr jemand Komplimente machte, denn sie schaute immer noch sehr verlegen zu Boden.

„Okay, kommen wir zum Grund, warum wir zusammen hier sind“, wechselte Celina das Thema. „Wenn hier irgendwas ist, dass dir Albträume verursacht, könnten wir dem vielleicht beikommen, indem wir ein bisschen räuchern.“

„Ihr wollt hier etwas Zeugs abbrennen, sowas wie Räucherstäbchen, und davon soll das verschwinden?“, fragte Sven ungläubig.

„Ja, so ungefähr …“, bestätigte Celina.

„Na ja gut, dann macht mal …“, meinte Sven. Ein amüsiertes

Lächeln spielte um seine Lippen. Das war Celina allerdings egal. Ihr war vollkommen klar, wie blöd das klingen musste, die Hauptsache war jedoch, dass er das, was sie vorhatten, zuließ. Als sie dann die Räucherschale aus der Tasche holte, sowie ein paar Teelichter, Schutzöl, ein Gläschen mit Alant, eines mit Weihrauch und eines mit einer Schutzmischung, guckte er aber doch etwas sparsam.

„Äh … macht ihr sowas öfters?", fragte er unsicher.

„Kommt vor!", sagte sie und grinste ihn an.

Tatsächlich wirkte Jenny in dem, was sie dann tat, auf einmal unheimlich souverän. Sie und Celina wechselten kein Wort, sprachen nichts laut aus und verständigten sich nur durch Blickkontakt. Sven hatte sich nämlich zu ihnen gesetzt und verfolgte mit unverhohlener Neugier, was sie machten. Auch er sagte nichts, so dass absolute Stille alles zu durchdringen schien. Als erstes warfen sie Alant in die Schale mit der glühenden Kohle, die Jenny dann hochnahm, als würde sie das tagtäglich machen und damit durch das Wohnzimmer und die Küche ging. Sven, der schnell begriff, was sie vorhatte, stand mit auf und öffnete ihr bereitwillig sämtliche weitere Türen. Danach folgte der Weihrauch und zum Schluss die Schutzmischung. Celina hatte die ganze Zeit das Gefühl, beobachtet zu werden, auch wenn sie ansonsten nichts Weiteres sah. Allerdings konnte sie sogar konkret festlegen, aus welcher Richtung diese Wahrnehmung kam. Jenny bestätigte dies, da sie zweimal auch genau dorthin schaute, wo Celina etwas vermutete.

Sven bemerkte anscheinend nichts, außer dass ihm zwischenzeitlich so kalt war, dass er sich einen dicken Pullover überzog. Er akzeptierte ihre kleine Hexenrunde, obwohl er selbst nichts damit anfangen konnte. Zum Abschied meinte er: „Ich danke euch für das Was-auch-immer, vielleicht hilft es ja. Die Schlaftabletten, die du mir mitgebracht hast, nehme ich aber trotzdem."

„Aber nur eine davon!", ermahnte Celina ihn.

„Klar!", stimmte er zu. Ganz leise raunte er ihr noch ins Ohr: „Ich würde deine süße Freundin gern wiedersehen, wenn's geht."

Celina musste schmunzeln, antwortete aber nicht darauf.

Da sagte er laut: „Ich hab das ernst gemeint!"

„Hab ich verstanden!", gab Celina lächelnd zurück.

Bei Eric räucherten Jenny und Celina anschließend ebenfalls. Eric, der das „Zeugs", wie er es nannte, furchtbar fand, überließ den beiden einfach so lange seine Wohnung. Bevor er jedoch ging, weil er eh noch sein Auto tanken wollte, fragte Celina ihn ganz direkt: „Was war bei dir? Warum denkst du, es könnte Lydia sein? Und warum sollte sie das tun?"

„Das sind ja gleich drei Fragen auf einmal!", scherzte er, wurde aber gleich wieder ernst. „Also: Ich habe so ein- bis zweimal einen Schatten gesehen, der da nicht so hingehörte, habe schlecht geschlafen und sie kam in mindestens einem meiner Träume vor. Deswegen denke ich, dass das auf ihr Konto geht. Und warum sie das tun sollte? Nun ja, ich glaube, sie mag mich nicht besonders seit unserer Begegnung in der Apotheke."

„Was hat sie dir genau gesagt und vor allem was du ihr?" Celina wollte das immer noch wissen.

„Kann ich dir nicht sagen", wich er aus, „vielleicht irgendwann …"

„Aber …", begann Celina, doch Eric sagte schnell: „Ich muss tanken, viel Spaß euch beiden hier."

So blieb er ihr die Antwort weiter schuldig. „Genau, irgendwann …", murmelte Celina.

Kapitel LXX
Alles wieder friedlich?

Kurz darauf widmete sie sich zusammen mit Jenny dem Ausräuchern und gleich danach Lüften. Alles blieb ruhig, Celina hatte nicht einmal das Gefühl, dass jemand außer ihnen da wäre.

„Hier ist zur Zeit nichts oder täuscht das?", fragte sie Jenny.

„Ich weiß nicht, ich glaube nicht", antwortete sie schulterzuckend. „Bei Sven war aber was."

„Hast du denn etwas gesehen?" Celina hoffte auf eine Bestätigung ihres Eindrucks.

„Nein, gesehen nicht, aber gespürt. Da war sehr viel Hass in der Luft, wenn man das so sagen kann." Jenny fröstelte beim Gedanken daran. „Und ich glaube, du hast das auch gemerkt, weil du immer da hin geguckt hast, wo das war."

Jetzt hatte Celina ihre Bestätigung, auch wenn sie nicht wusste, ob sie darüber bestürzt oder beruhigt sein sollte. Sie hatte sich das nicht eingebildet und gleichzeitig war das auch sehr erschreckend. Natürlich konnte es sein, dass auch Jenny sich das eingebildet hatte, aber aus irgendeinem Grund vertraute sie ihrem Urteil.

„War da sonst noch etwas?", fragte sie weiter.

„Jein, ich weiß nicht", meinte Jenny unsicher. Als Celina sie erwartungsvoll ansah, versuchte sie, das zu erklären: „Ich weiß nicht, wie ich das beschreiben soll, ist schwierig. Irgendwie hab ich immer wieder die gleichen Worte im Kopf gehabt und es waren aber auch nicht meine."

„Welche Worte?"

„Mischt euch nicht ein!", sagte Jenny zitternd.

Celina atmete scharf ein. „Das würde zu ihr passen! Nun haben wir uns allerdings eingemischt und das werde ich auch weiterhin!"

„Ich auch!", schloss sich Jenny sofort an.

Als sie die Kohle und die Kerzen gelöscht hatten, die sie noch eine Weile hatten brennen lassen, meinte Jenny: „Jetzt sollten wir dies auch bei dir machen!“

Celina sah sie nur an, da erklärte Jenny: „Bei dir ist bestimmt auch etwas. Habe ich Recht?“

„War zumindest so“, gab Celina zu, „nachdem ich am Samstag Nico ein bisschen Schutz geschickt habe, war wieder alles ruhig.“

„Lass es uns trotzdem auch gleich machen!“, schlug Jenny vor. „Weißt du, ob bei Isabell alles in Ordnung ist?“

Celina war einverstanden, obgleich sie unendlich müde war. Zum Thema Isabell sagte sie: „Sie war heute ganz normal bei der Arbeit, hat nichts gesagt, aber ich frage sie morgen wohl doch mal ganz vorsichtig.“

Bevor sie jedoch mit Jenny in ihrer eigenen Wohnung loslegte, schmierte sie sich eine Scheibe Brot, weil ihr der Magen inzwischen in den Kniekehlen hing und sie sich ausgelaugt und leer fühlte. Diese Müdigkeit hielt auch noch später an, als Jenny schon wieder weg war. Sie startete noch kurz ihren PC, um nach Nachrichten zu schauen, und hatte tatsächlich eine von Nico.

„Bitte entschuldige! Ich hatte viel Stress!“, stand da. Mehr nicht! Trotzdem zauberten diese paar Worte ein Lächeln in Celinas Gesicht. Er hatte zwar seinen Frust an ihr abgelassen und sie blöde angemacht, obwohl sie schließlich nichts für seinen persönlichen Stress konnte, aber er hatte sich wenigstens entschuldigt. Und der schönste Gedanke an allem war, dass ihre Schutzhexerei für ihn ja vielleicht ein wenig geholfen hatte.

Sie antwortete nicht darauf, einfach schon weil sie nicht riskieren wollte, wieder eine seiner Launen abzukriegen, aber sie war wenigstens für den Moment beruhigt. Mit diesem Gefühl und gleichzeitig dieser bleiernen Müdigkeit schlief sie kurze Zeit später, kaum dass sie im Bett lag, tief und fest ein.

Am nächsten Morgen dauerte es eine ganze Weile, bis sie endlich dieses Piepsgeräusch neben ihrem Bett einordnen konnte. Es war ihr Wecker, der inzwischen eine Geräuschfrequenz erreicht hatte, die man nur noch als nervtötend beschreiben konnte. Sie setzte sich auf und sackte gleich wieder zusammen, denn ihr Kopf dröhnte wie wahnsinnig. Ihr war schwindelig und übel, aber trotzdem schaffte sie es nach ein paar Minuten fast wie schlafwandlerisch in die Küche zu gehen, eine Kopfschmerztablette zu nehmen und den Knopf der Kaffeemaschine zu drücken.

Dann wankte sie wieder zurück und setzte sich auf die Bettkante – in der Hoffnung, dass die Tablette schnell wirken würde. Sie hoffte vergeblich! Als sie wieder in die Küche schlurfte, um sich einen Kaffee zu holen, strich Mikesch maunzend um ihre Beine.

„Ja doch, nicht nerven!", murmelte sie und erhaschte einen Blick auf die Küchenuhr. Der Kater hatte allen Grund zum Nerven, wie sie feststellen musste, denn es war bereits 10 vor 8. Sie konnte es unmöglich rechtzeitig schaffen!

„Verdammt!", fluchte sie, dann seufzte sie tief und schenkte sich einen Kaffee ein. Das wichtigste war jetzt, wach zu werden und den Kopf einigermaßen klar zu bekommen. Da der Kaffee noch zu heiß zum Trinken war, beschloss sie, sich erst um zweiteres zu kümmern. Der Kopf unter dem Wasserhahn mit einer Runde Shampoo wirkte zwar keine Wunder, aber brachte sie wenigstens wieder unter die Lebenden. Als nächstes schnappte sie sich das Telefon und rief in der Apotheke an, um Bescheid zu sagen, dass sie sich verspäten würde. Richard war dran, hatte Verständnis wie immer, wenn jemand ein Problem hatte, und sagte ihr, dass es vollkommen reichte, wenn sie es bis 9 Uhr schaffen würde.

Um einiges beruhigter versorgte sie Mikesch, der inzwischen mehr als ungeduldig war, schlüpfte in ihre Klamotten und erledigte noch ein bis zwei Aufräumungsarbeiten. Selber essen mochte sie nichts, denn ihr Schädel dröhnte immer noch, als hätte jemand damit Rammbock gespielt. Ob das von dem Räucherkram kam? Möglich, aber vielleicht auch vom Hexen selbst. Es ließ sich nicht ändern, dachte sich Celina, zumal sie ihre Schutzhexereien zur Zeit sehr wichtig fand. Sie nahm eine weitere Tablette und machte sich dann auf den Weg.

Als sie ankam, waren Richards erste Worte: „Man, siehst du furchtbar aus!"

Für einen winzigen Moment stutzte sie, aber dann bemerkte sie sein ganz leicht verschmitztes Lächeln.

„Danke, ich weiß!", antwortete sie, begrüßte Frau Evershagen höflich, Gunnar freundlich und Isabell herzlich. Judith Bergmann hatte frei. Freie Tage reihum waren nun dank der Verstärkung des Teams endlich möglich. Davon profitierten allerdings zunächst in erster Linie Frau Evershagen, Isabell und Celina, die alle reichlich Überstunden aufgebaut hatten.

Es war einiges los, eine extra Warenlieferung mit Verbandmaterial war gekommen und dazu noch zwei Salbenherstellungen nach Rezept, so dass vor der Mittagspause keine ruhige Minute zu finden war, um ein paar Worte mit Isabell zu wechseln. Dann saßen sie aber endlich im Imbiss gegenüber und Celina konnte das fragen, was sie wollte.

„Du, sag mal, war irgendwas bei dir, zum Beispiel am Wochenende?", kam sie gleich direkt zur Sache.

„Wie irgendwas?", fragte Isabell nach, schien aber sehr wohl zu wissen, was Celina meinte, denn ihr Blick ging zu Boden.

„Shit!", fluchte Celina. „Mensch, Isabell, wieso sagst du denn nichts?"

„Bei dir war auch was, oder?", vermutete Isabell.

„Ja ...", antwortete Celina erst zögerlich und erklärte dann: „Aber ich habe das in den Griff gekriegt."

„Ich auch!", sagte Isabell. „Veronica war da, wir haben das zusammen gemacht. Sie hat inzwischen so das eine oder andere Kraut aus dem Internet besorgt." Mit einem Grinsen schaute sie Celina an. „Wir waren gut, ganz bestimmt, und ich wollte dich damit nicht belasten, verstehst du?“

„Bei Sven war auch was, bei Eric ebenso und ich bin mir sicher, bei Nico auch“, erzählte Celina und berichtete dann ausführlich, auch über Jennys spontanen Einsatz. Dabei stellte sich heraus, dass es bei Isabell ganz ähnlich gewesen war. Deswegen hatte Veronica bei Isabell nach dem Kinobesuch am Samstag übernachtet, was sie gleich zusammen mit ein bisschen Schutzzauberei verbunden hatten.

„So hoffen wir jetzt mal auf friedliche Zeiten! Ich finde jedenfalls gut, dass Jenny so super drauf war!“, fand Isabell. „Und ich versprech’ dir, dass ich dir Bescheid sage, wenn wieder etwas sein sollte. Du aber auch!“

Celina stimmte erleichtert, dass alles so glimpflich abgelaufen war, zu. Es war wichtig zusammenzuhalten und über all das Seltsame, was so passierte, miteinander zu reden – einfach schon um einen klaren Verstand zu behalten.

Kapitel LXXI
Eklat in der Apotheke

Später am Nachmittag gab es dann noch eine Überraschung. Auf einmal stand Nico in der Apotheke vor ihr!

„Hey!", begrüßte er sie und lächelte.

„Oh, hallo!", stammelte Celina.

„Also mal abgesehen von einer Packung Kopfschmerztabletten, die ich brauche, wollte ich dir mitteilen, dass ich einen Termin für die Ausstellung habe", sagte er.

„Ja? Wann?", fragte Celina und griff fast automatisch zu einer Packung Paracetamol.

„Die vertrage ich nicht so gut. Hast du lieber Aspirin oder Thomapyrin für mich?", meinte er.

Sie gab ihm das Gewünschte und er fuhr fort: „Am Wochenende nach Himmelfahrt, den Samstag und Sonntag ist es. Willst du kommen?"

„Ja, werde ich!", versprach sie ihm. „Schreib mir noch die genaue Adresse, ja?"

„Mach ich. Schönen Tag noch!" Und schon war er wieder weg. Celina schaute ihm durch die Glastür nach, bis er aus ihrem Sichtfeld verschwand.

Als sie mit einem Lächeln auf den Lippen gleich danach nach hinten ging, stieß sie fast mit Frau Evershagen zusammen, die dort wie gebannt durch das Fenster in den Verkaufsraum geschaut hatte.

„Das war doch diese Bestie!", meinte sie.

„Wie jetzt? Wer?", fragte Celina irritiert.

„Dieser Mann eben, den Sie bedient haben", erklärte sie. „Der hat doch die arme Lydia nie in Ruhe gelassen und bis zum äußersten verfolgt."

Celina atmete scharf ein, schloss die Augen und zählte in Gedanken möglichst ruhig bis zehn, aber es nützte alles nichts. Manchmal gibt es diese Momente, in denen einem einfach der

Kragen platzt.

„Wollen Sie jetzt Lydias Lügengeschichten fortsetzen?", donnerte sie los.

Frau Evershagen riss erschrocken die Augen auf. Celina war jedoch noch lange nicht fertig: „Diese ganze Geschichte, die Lydia sich da ausgedacht hatte, war erstunken und erlogen, und das nachweislich! Und wenn Sie meinen, Sie müssten diese auch jetzt noch weiterführen, haben Sie schneller eine Anzeige wegen übler Nachrede am Hals, als Sie gucken können."

Sie war wohl automatisch etwas lauter geworden, denn Isabell, Richard und Gunnar schauten allesamt um die Ecken.

„Ich ... ähm ... wie reden Sie eigentlich mit mir?", stotterte Frau Evershagen.

„So wie es anscheinend mal sein muss!", antwortete Celina prompt.

„Es ist doch so, dass man doch weiß, wie so etwas ist ...", meinte Frau Evershagen. Als Celina sie nur direkt anstarrte, erklärte sie: „An all solchen Geschichten ist nun einmal auch immer etwas Wahrheit und dementsprechend vorsichtig müssen wir doch mit einem solchen Menschen sein ..."

Vielleicht war es dieser Ausdruck „solchen", den Frau Evershagen mit einer himmelschreienden Arroganz aussprach, der Celina zu einer erneuten Schimpftirade veranlasste ...

„Und genau das ist das Problem! Es gibt immer wieder Leute wie Sie, die es einfach nicht kapieren, die ständig meinen, an einem Gerücht könnte ja etwas dran sein, anstatt so viel Courage aufzubringen und die betreffenden Personen direkt zu fragen oder anzusprechen. Aber es ist ja so viel einfacher, sich das Maul zu zerreißen und zu tratschen!"

Eine Hand legte sich auf Celinas Schulter. „Du brauchst einen Tee!", meinte Richard schlicht und er zog sie mit in den Aufenthaltsraum, wo er den Wasserkocher anmachte und zwei Becher aus dem Schrank holte.

Isabell schaute kurz herein, aber Richard wimmelte sie ab: „Ich mach das hier schon, ihr kümmert euch um die Kunden, ja?"

Dann wandte er sich Celina zu, während er gleichzeitig den Tee aufbrühte. „Es ging um diesen Mann, den Lydia bezichtigt hatte, sie ständig zu verfolgen, richtig?"

Celina nickte. „Er war hier wegen Kopfschmerztabletten."

„Und dann?", fragte Richard nach.

„Dann hat sie ihn als Bestie bezeichnet und Lydias Lügengeschichten aufgewärmt."

Richard runzelte die Stirn.

„Er hat nichts von dem getan, was Lydia behauptet hat, es war sogar eher umgekehrt", erklärte Celina.

„Du kennst ihn?", wollte Richard nun wissen.

„Ja! Inzwischen schon!", sagte Celina.

Richard seufzte, woraufhin Celina ihn verwundert ansah.

Doch gleich darauf erläuterte er: „Mit solchen hässlichen Gerüchten ist das leider so eine Sache. Steht einmal irgendetwas Widerwärtiges im Raum, stürzen einige Leute sich darauf wie die Geier, weil sie dann etwas in ihrem langweiligen Leben haben, das man weitertratschen kann. Was nun Frau Evershagen angeht ..." – Richard machte eine kurze Pause, in der er nach Worten zu suchen schien. Celina erwartete irgendeine Zurechtweisung von ihm, doch es kam anders. – „... ich werde mit ihr reden, dass sie solche Äußerungen in Zukunft unterlässt, denke ich mal. Sie übertreibt gerne mal besonders in derartiger Weise, dazu ihre Überheblichkeit, die sie manchmal an den Tag legt. Aber, nun ja, mein Vater mag sie irgendwie und sie ist schon sehr lange hier. Tue mir bitte einen Gefallen, ja?"

„Äh ja ...", stammelte Celina. „Was denn?"

„Ich will dich und auch Isabell hier im Team nicht verlieren. Wenn es also zu schlimm mit Frau Evershagen wird, dann kommt ihr zu mir und wir versuchen eine Lösung zu finden. Versprochen?"

Celina verschlug es glatt die Sprache. Er hatte sie und Isabell damit indirekt gelobt und gesagt, wie wichtig er fand, dass sie da waren, dazu all die Kritik an Frau Evershagen. Der Kloß in ihrem Hals verhinderte eine Antwort, aber sie nickte wenigstens. Sie hoffte, er würde nicht das leichte Schimmern in ihren Augen sehen, allerdings lächelte er, als er sie direkt anblickte und meinte: „Tut mir leid, ich sage das viel zu selten, aber gerade ihr beide, du und Isabell, seid super. Frau Evershagen hat in der Vergangenheit hier so manchen Mitarbeiter vergrault, doch ihr habt euch nicht unterkriegen lassen. Also falls was ist, redet mit mir! Unbedingt!" Er trank schnell den Rest aus seinem Becher und stand auf. „Ich bin wieder vorne, trink in Ruhe aus, ja?"

Wieder konnte sie nur nicken. Erst als er schon weg war, benutzte sie dann ein Taschentuch, weil ein bis zwei Tränen der Erleichterung über ihre Wangen kullerten. Als Isabell hereinschaute, bemerkte sie dies noch und starrte sie erschrocken an.

„Alles gut!", beruhigte Celina sie sogleich. Bevor sie ihr allerdings irgendwas erklären konnte, stand schon Frau Evershagen in der Tür.

„Das haben Sie nun von Ihrem Verhalten!", meinte sie mit einem überheblichen Lächeln. „Sie sollten sich schon überlegen, ob Sie sich noch einmal im Ton vergreifen!!"

Celina brauchte nichts mehr sagen, denn Richard war zu ihnen getreten. „Frau Evershagen, da sind Sie ja. Kommen Sie bitte mit ins Büro, es gibt etwas zu besprechen!" Sein Tonfall war ruhig und gelassen wie immer, aber dennoch auch unmissverständlich. „Isabell und Celina, seid doch bitte so lieb und unterstützt Gunnar vorne. Es sind gerade ein paar Kunden hereingekommen. Ach ja, und Celina, richte Isabell bitte aus, was ich auch sie betreffend gesagt habe, ja?"

Isabells Mimik sprach Bände, man konnte das riesige Fragezeichen auf ihren Gesichtszügen fast wirklich erkennen.

Aber am schönsten war in diesem Moment der Ausdruck in Frau Evershagens Gesicht: Als ob ein Groschen pfennigweise fällt ...

Kapitel LXXII
Ahnungen, Träume und eine Vision

Als der erste Kundenansturm vorbei war, konnte Celina Isabell erzählen, was Richard zu ihr gesagt hatte. Isabell wurde tatsächlich rosarot bis zur Haarwurzel! Sie sagte allerdings nichts dazu, denn Gunnar stand fast daneben. Dafür kam von ihm eine Bemerkung: „Er hat doch Recht!" Dann lächelte er beiden zu und kümmerte sich um den nächsten Kunden, der gerade die Apotheke betrat.

Als sie nach Feierabend zu Hause den PC hochfuhr hatte sie wirklich eine Nachricht von Nico. Er hatte ihr nicht nur die genaue Adresse der Ausstellung mitgeteilt, sondern auch noch eine Wegbeschreibung dazugepackt.

Sie schrieb ihm ganz spontan zurück: „Danke! Und danke, dass du heute da warst und mir Bescheid gesagt hast."

Sie scrollte hoch zu seiner letzten Nachricht davor und ihr Blick fiel auf seine Entschuldigung und die Erklärung mit dem Stress. Ob alles in Ordnung bei ihm war? So setzte sie noch hinterher: „Ich hoffe, bei dir ist alles gut inzwischen."

Celina erhielt jedoch weder an diesem noch an einem der folgenden Tage eine Antwort darauf, obgleich sie sehen konnte, dass er ihre Nachricht gelesen hatte.

Etwas anderes bahnte sich allerdings in den nächsten Tagen immer mehr den Weg. Celina konnte nicht einmal für sich selbst beschreiben, was es genau war, der treffendste Ausdruck war vielleicht noch ein ungutes Gefühl.

Am Freitag hatte dies eine derartige Intensität erreicht, dass sie Isabell in der Mittagspause darauf ansprach. „Hast du das auch in den letzten Tagen, dass du das Gefühl hast, es würde sich etwas zusammenbrauen?", fragte sie Isabell.

„Was meinst du?", fragte die zurück.

Celina versuchte zu erklären: „Es ist, als wenn langsam ein Gewitter hochkommt. Ich kann das gar nicht in Worte fassen."

„Du meinst also in Bezug auf Lydia?"
Als Celina dies mit einem Nicken bestätigte, antwortete
Isabell: „Ich weiß es ehrlich gesagt nicht, ein bisschen gruselig
ist mir schon im Moment, aber ich glaube auch, dass das mit
Lydia noch längst nicht alles war, also als wenn da noch was
kommen wird."
„Ja, okay, so ungefähr fühlt sich das an", stimmte Celina zu.
Isabell schien das ebenfalls zu spüren, wenn auch nicht so
stark wie sie selbst. Es gab nur einen Grund, den Celina sich
dafür vorstellen konnte, nämlich dass sich dieses aufkommende Gewitter auf Nico bezog, den Isabell ja nicht weiter
kannte.
Abends setzte sie sich mit ihren Tarotkarten hin und
versuchte, damit etwas herauszufinden, irgendeinen
Anhaltspunkt, der eine Bestätigung bringen oder ihr einfach
sagen würde, dass nur ihre Nerven blank lagen. Als sie nun die
erste Karte zog, erhielt sie das „As der Stäbe", die Chance auf
etwas Außergewöhnliches. Die war wohl für sie selber gedacht.
Die nächste nahm sie ganz bewusst für Nico. Es war die Karte
„5 Schwerter", sie zeigte ein Schlachtfeld und jemanden, der
sich seines Sieges freute, dies aber nicht lange konnte. Das sah
nicht gut aus! Diese Karte stand für Gemeinheiten und
Gehässigkeiten aller Art, meistens hinterrücks und richtig fies.
„Aber er ist doch nicht so!", sagte sie laut. „Ich will doch
wissen, wie es ihm geht." Und sie zog eine weitere aus dem
Kartenfächer: „5 Münzen" war es diesmal. Auf dieser Karte
waren Leute zu sehen, die elend durch tiefen Schnee liefen,
denen es nicht gut ging. Sie bedeutete schwere Zeiten,
allerdings war auch ein beleuchtetes Fenster abgebildet, das
für den Ausweg oder die Hilfe stand. Die Personen im
Vordergrund blickten jedoch nicht in die Richtung des
Fensters, bemerkten diese Hoffnung gar nicht. Celina seufzte
tief. Ja, das passte!
War die Ursache Lydia? Wieder nahm sie eine Karte. Als sie

diese umdrehte, fand sie ihre Bestätigung, denn es war „Der Teufel"! Wut stieg in ihr hoch. Es musste eine Möglichkeit geben, gegen sie anzukämpfen. Gab es wirklich eine? Die Tarotkarte, die sie nun zog, beruhigte sie wieder ein wenig, es war nämlich „Die Welt", eine wahre Happy-End-Karte, die ankündigte, dass sich alles zum Guten wenden würde.

Das war ihr erst einmal genug Gefühlspotpourri und sie legte die Karten weg. Zumindest hatte sie eines herausgefunden: Egal, was da kommen würde, sie hatte eine reelle Chance, alles zum Guten zu wenden.

Trotzdem schlief sie etwas später sehr schlecht ein. Dabei musste sie doch am nächsten Tag arbeiten, aber genau dieser Gedanke erschwerte es zusätzlich, zur Ruhe zu kommen. Irgendwann nickte sie dann aber doch weg ... sie war auf einer großen Veranstaltung wie einer Feier ... teilweise sah es aus wie in einer Disco ... teilweise waren da Ecken mit ganz schäbigen Tischen ... Nico saß in einer dieser Nischen ... er hatte einen Becher mit Kaffee in der Hand ... auf einmal zersprang der Becher in tausende kleine Scherben und das heiße Getränk verbrühte ihm die Hände ... einige der Splitter verletzten die Haut zusätzlich ... Nico schrie auf, doch sie konnte nichts hören ... alles war stumm ... sein Gesicht war schmerzverzerrt ... an einer Wand entdeckte sie einen Verbandskasten ... sie nahm ihn und lief damit zu ihm ... da erst bemerkte er sie, aber er schüttelte den Kopf ... sein Gesichtsausdruck war unendlich traurig ... er nahm eine Serviette vom Tisch und wickelte sie notdürftig um seine inzwischen stark entzündete Hand ...

Celina war schlagartig wach! Er hatte ihre Hilfe abgelehnt! Warum? Der Kloß in ihrem Hals war unbeschreiblich und unerträglich, ja raubte ihr sogar den Atem. Sie suchte das Asthmaspray, das ihr der Arzt verschrieben hatte, und nahm es. Dann setzte sie sich auf die Bettkante und versuchte zu verstehen, was passiert war. Sie hatte schlecht geträumt, aber das war es nicht nur. Es war wieder einer dieser Träume, die sich so real anfühlten, wenn auch noch intensiver als sonst. Sie konnte sich an so viel Einzelheiten erinnern: Das blaue Hemd, das er getragen hatte, die dunkelroten Blutspritzer darauf, die schmutziggelbe Serviette, selbst die Kratzer im Tisch hatte sie so deutlich gesehen, dass sie sie hätte zeichnen können. Sein Blick war das Schlimmste überhaupt. Es war nur ein ganz kurzer Moment gewesen, weil er gleich wieder weggeschaut hatte, aber er war ihr durch Mark und Bein gegangen. Darin war so viel Enttäuschung gewesen.

An Schlaf war gar nicht mehr zu denken. Ihr Wecker zeigte zwar erst kurz vor fünf an, aber die Angst womöglich wieder in dieser Art zu träumen, war viel stärker als die Müdigkeit. Sie fühlte sich wie gelähmt und gleichzeitig unfähig, die Gedanken an den Traum auszublenden. Warum hatte er ihre Hilfe abgelehnt, sie komplett zurückgewiesen? War dies ein Spiegelbild seiner wirklichen Haltung ihr gegenüber?

Diese Gedanken beschäftigen Celina noch den ganzen Tag, während des frühen Morgens und bei der Arbeit, wenn sie Kunden bediente und beriet, wie auch im Gespräch mit Isabell, die sich mit ihr für Montag zum Frühstück verabreden wollte, weil sie beide frei haben würden.

„Ist alles in Ordnung mit dir?", fragte Isabell und schaute sie mit prüfendem Blick an.

„Ja, klar!", antwortete Celina zerstreut, bemerkte dann aber, dass Isabell sie nicht aus den Augen ließ. „Also gut, ich hab ziemlich mies geträumt."

„Von wem oder was?", wollte Isabell es genau wissen.

„Von Nico. Es war einfach nur ein sehr bedrückender Traum."

„Okay", beließ Isabell es dabei.

Auch den Rest des Tages ließen diese kreisenden Gedanken nicht nach, ebenso wenig dieser Zustand der inneren Lähmung, egal wie sehr Celina versuchte sich abzulenken, mal mit ihrem Wocheneinkauf und mal mit dem altbewährten

Putzen der Wohnung.

Mikesch war schon wirklich genervt insbesondere vom Staubsaugen, denn er hasste das lärmende Ding. Einen guten Zweck erfüllten ihre Ablenkungsmanöver aber wenigstens: Sie war abends wirklich müde, so dass sie trotz der Aussicht auf eventuell weitere schlechte Träume einfach nur noch schlafen wollte. Allerdings waren die Erinnerungen an sämtliche Einzelheiten des Traumes komplett da, sobald sie sich hingelegt hatte.

Celina schloss die Augen. Sie versuchte an etwas Schönes zu denken, wobei ihr in dem Moment nur dieses warme, beruhigende Gefühl einfiel, dass sie das eine Mal beim Hexen gespürt hatte, so als wenn jemand – wie ein Engel – direkt hinter ihr gestanden hätte. Jenny hatte diesen besonderen Schutz ebenfalls bemerkt und hatte sogar den Eindruck gehabt, eine Gestalt wäre dort gewesen.

„Ich verstehe das nicht", sagte Celina leise. „Ich möchte diesen Traum verstehen und warum Nico nur das Nötigste mit mir schreibt oder spricht. Warum ist er so sehr auf Abstand?"

Mit diesen quälenden Fragen im Kopf schlief sie ein und wachte einen Moment später wieder auf. Wirklich nur einen Moment? Celina schaute verwirrt auf den Wecker. Es war kurz vor vier. Der Schlaf war ihr so kurz vorgekommen. Na ja, dafür dass es Sonntag war und sie ausschlafen konnte, war es extrem kurz. Was hatte sie geweckt? Hatte sie geträumt?

Zerstreut stand sie auf, ging ins Bad und anschließend in die Küche, um sich etwas zu trinken zu holen. Als sie wieder auf ihrer Bettkante saß, dämmerte ihr langsam, dass sie tatsächlich von Nico geträumt hatte, wenn sie auch nicht sagen konnte, was. Doch plötzlich – es fühlte sich wie eine große Welle an, die sie verschlang – war sie in diesem Traum, falls es das überhaupt war.

Sie sah Nico, wie er an einem Laptop saß, und im Internet surfte, nein, er chattete. Celina schaute ihm über die Schulter.

Die Person, mit der er schrieb, war Lydia! Sie konnte seine Neugier spüren und seine Hoffnung, einen Menschen gefunden zu haben, dem er vertrauen konnte.

Als ob ein Schalter umgelegt werden würde, befand sie sich in einer neuen Situation. Nico saß auf der Couch, die Beine angewinkelt, den Laptop auf den Knien. Er lächelte glücklich. Wieder schrieb er mit Lydia. Sie scherzten und lachten.

Wieder switchte sie in eine neue Situation. Nico saß auf der Polizeiwache und verstand die Welt nicht mehr. Lydia hatte ihn bezichtigt, sie zu stalken?

Die nächste Situation zeigte ihn beim Chatten mit Cora. Ganz vorsichtig und gleichzeitig misstrauisch schrieb er mit ihr. Konnte er ihr vertrauen?

Dann kam das Telefongespräch mit ihr, Celina, als er leider feststellen musste, dass auch sie ihn belogen hatte.

Sie sah Szene um Szene, fühlte was er fühlte: Seine bittere Enttäuschung, seine verlorene Hoffnung auf einen Menschen, dem er so gern hätte vertrauen wollen, manchmal seinen Wunsch vertrauen zu können und doch wieder die aufkommende Niedergeschlagenheit.

„Warum passiert das?", fragte Celina. Wie eine Stimme in ihrem Kopf hörte sie die Antwort: „Du wolltest es wissen!" Die Worte klangen nicht böse, sondern ganz ruhig. Dazu spürte sie die Wärme, die sie ihrem Schutzgeist – oder wie immer man dieses Wesen nennen wollte – zugeordnet hatte.

Kapitel LXXIII
Verabredungen

Irgendwann schlief Celina wieder ein und erwachte schließlich um die Mittagszeit. Mikesch stupste sie immer wieder mit seinem Kopf an, weil er sie wecken und gekrault werden wollte – und natürlich auch weil er inzwischen richtig Kohldampf hatte.

Als sie hochkam, dröhnte ihr Schädel. Langsam kam die Erinnerung zurück. Das war kein Traum gewesen, sondern etwas viel Stärkeres. Sie konnte es immer noch spüren, jede einzelne Szene und jedes einzelne Gefühl. Nico war zutiefst enttäuscht, erst von Lydia, dann von ihr, zumal er sowieso kein Mensch war, der schnell Vertrauen zu jemandem fasste. Er hatte Lydia vertraut und wurde so bitter verraten. Jedenfalls hatte er das empfunden. Celina seufzte. Ja, jetzt verstand sie ihn wirklich.

Dann stand sie auf, machte sich einen starken Kaffee, nahm Kopfschmerztabletten und versorgte Mikesch einschließlich einem Extra-Leckerei, weil er so geduldig war. Sie musste versuchen, sich mit alltäglichen Dingen zu beschäftigen, gerade weil die Eindrücke des frühen Morgens so intensiv gewesen waren. Nochmal die Wohnung putzen machte allerdings keinen Sinn und was essen musste sie auch. Also entschied sie sich für ein gemütliches spätes Frühstück mit der DVD eines Films, den sie lange nicht gesehen hatte. Grübelnd stand sie vor dem Regal und suchte nach dem richtigen, während im Ofen die Brötchen aufbackten. Schließlich entschied sie sich für etwas Lustiges, nämlich „Zahnfee auf Bewährung".

Mittendrin im Film – das Frühstück hatte sie schon längst beendet – klingelte das Telefon. Das Display zeigte eine Nummer, die sie irgendwie kannte, aber wohl noch nicht eingespeichert hatte. Nach kurzem Zögern ging sie dann doch ran.

„Hallo Celina, hier ist Sven", hörte sie eine wohlvertraute Stimme. Sofort erzählte er freudig, dass es seinem Fuß besser ging und dass er endlich wieder wie ein Baby schlafen konnte.

„Und wie geht es dir?", fragte er dann.

„Ach, ganz gut!", antwortete Celina und versuchte möglichst locker flockig zu klingen, denn die hatte keine Lust über diese Träume, diese Vision oder was immer das war mit jemandem zu reden.

„Wirklich?", fragte er jedoch nach. „Du hörst dich irgendwie nicht gut an."

„Doch alles gut!", sagte sie. „Ich hab nur letzte Nacht erst wenig geschlafen und dann total verpennt."

„Okay ...", gab er sich mit der Antwort zufrieden. „Ich wollte mich jedenfalls bei dir bedanken für eure Hexereien und ich wollte dich fragen, ob ihr nicht Lust habt, demnächst einfach mal auszugehen, vielleicht schon am Mittwoch. Donnerstag ist doch Himmelfahrt und da können wir alle ausschlafen."

„Du meinst zu dritt los?", war Celinas erster Gedanke.

„Ja, außer du möchtest noch jemanden mitnehmen, ich weiß ja nicht ...", sagte Sven.

Das klang so eindeutig, dass Celina ihm in Gedanken die Zunge rausstreckte.

„Vielleicht auch zu viert ...", deutete sie an. „Ich frag erstmal Jenny, ob sie Zeit und Lust hat, ja?"

„Ja bitte!", meinte er und klang dabei schon so flehend, dass Celina lachen musste.

„Ich ruf dich an, wenn ich sie erreicht habe, ja?", machte sie mit ihm aus.

Sie wollte dann gerade Jennys Nummer wählen, die sie nun endlich hatte, da zögerte sie. Jenny war so schüchtern, dass es fraglich war, ob sie mitkommen würde. Außerdem hatte sie eh im Hinterkopf, dass sie gerne Eric dabei hätte. Also würde sie ihn einfach zuerst fragen.

Bevor sie jedoch zu ihm rüberging, tauschte sie die Jogginghose gegen eine Jeans, denn sie wollte schließlich nicht aussehen wie ein Schlumpf. Ihre Haare sahen auch ganz furchtbar aus, so dass sie erst einmal mit einer Bürste Abhilfe schaffen musste. Und ein Hauch Make-up konnte auch nicht schaden. Wieso war sie eigentlich so nervös? Der letzte prüfende Blick in den Spiegel hatte ihr gezeigt, dass sie einigermaßen annehmbar aussah. Also los! Trotzdem zitterten die Hände ein wenig, als sie klingelte.

Als er die Tür öffnete, musste sie sich allerdings ein leichtes Schmunzeln verkneifen. Eric sah genauso verschlafen und verwuschelt aus wie sie selbst noch vor wenigen Minuten, einschließlich der Jogginghose. Ein wenig verlegen fuhr er sich durchs Haar, wodurch es noch ein wenig strubbeliger wurde.

„Na du, stör ich?", fragte sie.

„Nee, du nie!", antwortete er. „Bin nur erst halb wach."

„Hab ich dich geweckt?"

„Nö, einen Kaffee hatte ich schon! Komm rein!", meinte er.

Nachdem sie sich auf seine Couch gesetzt und er ihr auch einen Becher Kaffee in die Hand gedrückt hatte, kam sie sofort zur Sache: „Hast du am Mittwochabend schon was vor?"

„Ähm, wieso?", hakte er nach.

„Sven hat eben angerufen und vorgeschlagen auszugehen, einschließlich Jenny und vielleicht noch jemandem, na ja, und ich würd's toll finden, wenn du mitkommst."

Eric zögerte, strich sich wieder durch seine Haare, wodurch sie diesmal ein wenig abstanden und meinte schließlich: „Ja klar, hast du Jenny schon gefragt?"

„Noch nicht, ich wollte erst dich fragen", erklärte sie.

„Okay, dann ruf sie eben an, während ich mal eben ein bisschen mehr Mensch aus mir mache!" Er drückte ihr das schnurlose Telefon in die Hand. „Die Nummer ist eingespeichert!" Und schon war er aus ihrem Blickfeld verschwunden.

Jenny war sofort am Apparat, kaum dass das Telefon gerade zweimal geklingelt hatte.

So wie auch bei Eric, erzählte Celina ihr von Svens Vorschlag, doch Jenny seufzte nur. „Eigentlich finde ich die Idee gut, aber alleine ohne Eric mag ich nicht“, sagte sie unsicher. „Ich weiß, dass er am Mittwoch schon was vorhat. Er wollte, glaube ich, mit irgendwelchen Freunden losziehen.“

„Oh, davon weiß ich nichts“, meinte Celina überrascht. „Er hat eben gerade zugesagt.“

„Wirklich?“, fragte Jenny ganz verblüfft.

„Ja, ich rufe gerade von ihm aus an, er fand, ich solle dich gleich fragen.“

„Oh, dann … okay … ich verstehe schon, glaube ich …“ Jenny wirkte auf einmal verlegen und verwirrt. Dann sagte sie schnell: „Ist in Ordnung! Dann komme ich natürlich mit!“

„Alles gut bei dir?“, wollte Celina trotzdem wissen, denn Jennys Verhalten war irgendwie merkwürdig.

„Ja, ich war nur abgelenkt, hatte gerade eine SMS auf dem Handy“, erklärte sie. „Dann bin ich um halb acht bei Eric oder lieber später?“

Da Celina nicht so genau wusste, schaute sie Eric an, der gerade wieder hereinkam und auf seinem Handy etwas tippte. „Halb acht?“

„Ja, gute Zeit!“, stimmte er zu und legte das Handy beiseite. „Also klappt das?“

„Sieht so aus!“, antwortete sie und grinste ihn an. Er hatte es gerade mal geschafft, seine Haare zu bürsten, mehr nicht, was bedeutete, dass er wohl mit etwas anderem beschäftigt gewesen war – möglicherweise damit, seiner Schwester zu simsen. Sie sagte aber nichts, sondern meinte nur: „Ich geh dann mal wieder rüber und ruf Sven an, dass es klappt.“

Das tat sie dann auch, um Sven die ersehnte Nachricht zu überbringen, die der wirklich jubelnd aufnahm: „Du bist ein Schatz! Kriegst einen dicken Knutsch … ähm … auf die Stirn.“

Die nächste Verabredung traf sie am Montagmorgen beim Frühstück mit Isabell. Sie erzählte ihr von diesem Date zu viert und dass es Sven wieder richtig gut ging.

„Klingt ja sehr beruhigend, also das es ihm gut geht, das andere ist eher die Richtung interessant …“, meinte die grinsend dazu und fragte dann: „Ist bei dir auch alles okay?“

„Ja …“, antwortete Celina zögerlich, „außer mal wieder seltsamen Träumen …“

„Die wen betreffen?“

„Nico … nur Nico …“

„Magst du davon erzählen?“, fragte Isabell.

Celina schüttelte den Kopf. „Im Grunde ging es nur darum, dass es ihm ziemlich mies geht, er sich aber nicht von mir helfen lassen wird, weil er immer noch sauer ist wegen der Cora-Geschichte. Nun ist am kommenden Wochenende diese Ausstellung von ihm, auf die er sich so gefreut hat, und er war ja in der Apotheke, um mich zu fragen, ob ich hinkomme. Ich habe zugesagt wenn auch nicht mit genauer Uhrzeit und so …“

„Und nun weißt du nicht, ob du hingehen sollst?“, vollendete Isabell.

„Ich muss hin! Und eigentlich möchte ich auch hin!“, erklärte Celina. „Aber ich habe auch keine Lust, dass er nachher wieder irgendwie schlechte Laune hat und es so in die Richtung geht, in die mein Traum gelaufen ist.“

„Kann ich verstehen!“, sagte Isabell. „Wieso meinst du, dass du hin musst?“

„Weil ich denke, nein, ich bin mir sogar sicher, dass Lydia da sein wird, um ihm in irgendeiner Weise zuzusetzen.“

„Warum eigentlich immer er? Warum hat sie es so sehr auf ihn abgesehen?“

„Na ja“, überlegte Celina, „sie hatte es von Anfang an auf ihn abgesehen, erinnere dich, als er in der Apotheke aufgetaucht ist, wo sie ihn schon hingelockt hatte, um das erste Mal ihre Show abzuziehen. Ich denke, es war und ist gekränkte

Eitelkeit, sie ist sauer, weil er sie nie wirklich als Partnerin wollte.“

„Könnte hinkommen!“, fand Isabell. „Was hältst du davon, wenn wir nach der Arbeit am Samstagnachmittag zusammen hingehen? Also nur, wenn du das wirklich möchtest, ich verstehe auch, wenn du da lieber alleine hinwillst.“

„Würdest du das echt machen?“, fragte Celina hoffnungsvoll, weil ihr beim Gedanken an das Wochenende wirklich mulmig zumute war. „Ich will nur nicht, dass du jetzt irgendwelche Pläne umschmeißt.“

Da musste Isabell lachen. „Stimmt, ich hab da einen Plan, nämlich mit dir zusammen zu dieser Ausstellung zu gehen, ich bin nämlich neugierig auf die Bilder und hätte auch gerne mal einen Eindruck von diesem Nico.“

Kapitel LXXIV
Date zu viert

Der Mittwochabend kam schneller als gedacht. Celina hatte kaum Zeit nervös zu sein, aber als sie dann am Mittwoch Feierabend machte und schließlich etwas abgehetzt zu Hause ankam, weil sie noch ein paar Kleinigkeiten eingekauft hatte, war sie doppelt und dreifach durch den Wind. In den Geschäften war die Hölle los, denn am nächsten Tag war ja ein Feiertag und irgendwie drehten dann immer alle Leute durch. So war Celina erst kurz vor sieben endlich in ihrer Wohnung. Sie hatte gerade mal eine halbe Stunde! Als erstes war natürlich Mikesch dran, nebenbei verstaute sie die Einkäufe, raffte ein paar einigermaßen passable Klamotten zusammen und duschte im Eiltempo. Noch während sie sich dann anzog, befand sie ihre Kleidungswahl jedoch als schlecht. Die Hose war nämlich knitterig und die Bluse ebenfalls. Hatte sie irgendwas anderes Annehmbares? Irgendwie nicht so wirklich! Sie hatte noch 15 Minuten ...

Also holte sie Bügelbrett und -eisen hervor und ließ es aufheizen. Inzwischen föhnte sie ihr Haar und schminkte sich. Dann bügelte sie die Sachen mal eben über und schlüpfte hinein. Nicht eine Minute zu früh, denn es klingelte an der Tür!

Das erste, was Celina wahrnahm, als sie öffnete, war die extreme Duftwolke, die ihr entgegenschlug. Sven stand da mit frisch gebügelter Hose, Hemd und reichlich zu viel Herrenparfüm.

„Sch ... Scheibenkleister, Sven, was hast du gemacht?", fragte Celina ihn sogleich. „Hast du in Rasierwasser gebadet?"

„Oh, hab ich das etwa übertrieben?" Sven schluckte schwer.

„Ja, hast du!", bestätigte Celina, zog ihn eilig hinein und schloss die Tür gleich wieder hinter ihm. „Tschuldige, dass ich so direkt bin, aber auf die Weise kriegst du sie höchstens auf

Abstand, ähm, viel Abstand.“

„Oh nee! Scheiße! Was mach ich denn nun?“ Sven hatte ein großes P wie Panik im Gesicht.

„Geh ins Bad, da liegen Handtücher, wasch das ab, soweit das geht, ja?“, schlug sie vor. „Kannst auch duschen, wenn du schnell genug bist.“

„Okay, danke!“, sagte er und verschwand hinter der Badezimmertür.

Kaum hatte Celina nun das Bügelbrett und das Bügeleisen weggeräumt, da klingelte es wieder. Diesmal waren es Eric und Jenny. Beide rochen diesen intensiven Herrenduft noch, wie Celina an ihrer Mimik ablesen konnte. Jenny sagte nichts, nur Eric machte ein Bemerkung: „Sven ist schon da, richtig?“

„Richtig!“ Celina zwinkerte ihm grinsend zu.

Als Sven kurze Zeit später aus dem Bad kam, war der Geruch fast weg, so dass dieser Restduft sogar sehr angenehm war.

„Danke, danke, danke!“, raunte er Celina zu.

Zusammen fuhren sie in die Disco, in der sie nun schon zweimal gewesen war, einmal mit Kathi und einmal mit Sven. Sie entschieden, mit insgesamt zwei Autos zu fahren, mit Erics und Svens. Jenny wollte bei ihrem Bruder mitfahren, so wie es schien, weil sie immer noch sehr scheu war. Deswegen fand Celina es netter, bei Sven einzusteigen, damit er nicht alleine fahren musste. In der Disco verflog Jennys Unsicherheit aber recht schnell. Immer mal wieder schaute sie zur Tanzfläche und warf verstohlene Blicke zu Sven. Als Eric zum Tresen ging, um noch etwas zu trinken nachzubestellen und Jenny zum Klo, nutzte Celina die Gelegenheit, Sven darauf hinzuweisen.

„Du denkst, sie will tanzen?“ Sven schluckte und wirkte sichtlich nervös.

„Was ist los?“, fragte Celina nach. „Du bist doch sonst nicht so schüchtern!“

„Bei ihr schon ...“, gestand er.

Celina musste lächeln, woraufhin er gleich protestierte: „Das ist nicht komisch!"

„Das habe ich auch nicht gemeint!", stellte Celina gleich klar. „Ich find's süß! Und jetzt trau dich!" Jenny steuerte nämlich gerade wieder auf sie zu.

„Meinst du wirklich?", fragte Sven und schluckte wieder.

„Ja, meine ich!", sagte sie laut.

„Was meinst du?", fragte Jenny, die Celinas letzte Worte gehört hatte.

„Ach nichts!" Celina zwinkerte Sven frech zu und ergänzte: „Das kann Sven dir beim Tanzen erklären." Ihre Überrumpelungstaktik funktionierte und Sven zog mit Jenny ab zur Tanzfläche. Natürlich kriegte Celina noch eine ordentliche Grimasse von ihm ab, als er zu ihr zurückschaute, wofür sie nur ein breites Grinsen übrig hatte.

Wenige Minuten später kehrte Eric vom Tresen zurück. Sofort schaute er sich suchend um. „Wo ...?", wollte er gerade fragen, als er seine Schwester entdeckte. „Was ist das denn? Ich hab Jenny zuletzt vor Jahren mal tanzen sehen!", meinte er.

„Tut ihr bestimmt gut!", sagte Celina dazu.

„Na ja ..." Eric schaute misstrauisch zur Tanzfläche hinüber. Gerade wurde ein langsames Lied gespielt, so dass Sven und Jenny sich etwas näher kamen. Seine Augen verengten sich und um seinen Mund spielte ein missmutiger Zug.

„Was hast du gegen Sven?", fragte Celina geradeheraus.

„Nichts ...", druckste er herum, doch dann gab er schließlich zu: „Na ja ... ich hab eben dieses Bild vor Augen, wie er an dem einen Sonntagmorgen aus deiner Wohnung gekommen ist ..."

„Aber da war nichts!", wandte sie ein und stutzte. Wieso störte ihn das? Sie wollte ihn gerade danach fragen, da winkte der Barkeeper ihnen zu und Eric sprang auf, um die fertigen Getränke abzuholen.

„Hilfst du mir beim Tragen?", fragte er sie, sich noch einmal zu ihr umschauend.

„Äh, ja natürlich!", antwortete Celina und folgte ihm.

Sie hatten allesamt Cocktails bestellt und dement-sprechend
groß waren die Gläser. Eric nahm dem Barkeeper zwei ab und
reichte sie Celina, die dann langsam damit zu ihrem Tisch
ging. Insbesondere das Glas mit dem Pina Colada, den sie
selbst bestellt hatte, war randvoll, so dass sie entsprechend
langsam zwischen den Tischen bis zu ihrem entlangging. Eric
war da etwas schneller und überholte sie grinsend. Allerdings
erreichte sie schon kurz nach ihm den Tisch. Sie stellte das
eine Glas auf Jennys Platz und wollte gerade ihres abstellen, da
wurde sie plötzlich heftig von der Seite geschubst. Ein Teil des
Cocktails landete auf ihrer Bluse!

„Shit!", fluchte sie und drehte sich ein Stück, um zu sehen, wer
das gewesen war. Doch da war niemand! Sie schaute Eric
fragend an. „Wer war das?"

„Wer war was? Oh, du hast herumgepütschert! Warte, ich
nehme dir das Glas ab!", bot er hilfsbereit an und nahm es auch
schon aus ihrer Hand.

Celina drehte sich irritiert um und schaute überall herum.
„Jemand hat mich angestoßen!"

„Aber da ist niemand und da war auch keiner, vielleicht bist du
nur gestolpert!", meinte Eric.

„Ja vielleicht ..." Celina betrachtete die Sauerei auf ihrer Bluse.
„Ich geh mal eben und versuch das einigermaßen sauber zu
kriegen!" Sie hatte zwar keine Ahnung, wie, aber so konnte das
auch nicht bleiben. Also verschwand sie erst einmal in
Richtung der Toiletten. Neben den WC-Türen lungerten ein
paar angetrunkene Gäste herum. Celina fiel besonders der eine
auf, der sich an die Wand gelehnt hatte, weil er schon nicht
mehr gerade stehen konnte.

„Hey ihr Süßen ...", kam von ihm mehr gelallt als gesprochen,
als Celina vorbeiging. Sie beachtete ihn nicht weiter. Drinnen
schnappte sie sich einige Papierhandtücher und bearbeitete
damit ihre Bluse. Mit ein bisschen Wasser, Seife und einer
Portion Glück schaffte sie es, die Flecken einigermaßen zu

beseitigen. Jetzt musste sie nur noch richtig trocknen, aber das war ihr egal. Da es ein dunkler Stoff war, fiel das nicht so sehr auf.

Wieder draußen stellte sie fest, dass der Betrunkene immer noch dort herumstand, falls man das überhaupt stehen nennen konnte.

„Da bisse ja wieda ...“, lallte er. „Hat aba lange gedauat. Wo hast denn deine süüüße Froindin gelassn?“

Celina wollte schon weitergehen, doch er bleib hartnäckig. „Die kleene, dünne mein ich. ... deine Froindin, die glaich hinder dir rein is.“

„Ich weiß nicht, wen du meinst!“, sagte sie und wandte sich von ihm ab.

„Na die sssierliche, kleene mit den dunglen Haarn und den groooßn braunen Augn“, erklärte er stur.

Celina blieb wie vom Donner gerührt stehen. Er hatte gerade Lydia beschrieben!

Kapitel LXXV
Später am Abend

Natürlich machte es nicht viel Sinn, diesen Mann auszufragen, obwohl Celina es tatsächlich halbwegs versuchte. Das einzige, was sie herausbekam, war, dass er vollkommen davon überzeugt war, dass sie zusammen mit einer Freundin ins Damenklo gegangen wäre. Diese Freundin wäre direkt hinter ihr gewesen und die Beschreibung passte genau auf Lydia. Er meinte sogar, sie hätte ihn mit ihren tollen Augen verliebt angesehen. Dann ging Celina allerdings auf Abstand zu diesem Typen, denn sie befürchtete, allein von seiner Fahne eine Alkoholvergiftung zu bekommen, zumal er immer ein Stückchen näher kam. Als sie zu den anderen zurückging, hatte sie sogar einen Moment Angst, er könnte ihr folgen, was aber unbegründet war, denn nach drei Schritten schwankte er so heftig, dass er sich wieder an seine Wand lehnen musste.

Schon von weitem sah sie, dass die drei gut gelaunt über etwas sprachen und lachten. Spätestens in dem Augenblick beschloss sie, ihnen nichts von diesem merkwürdigen Erlebnis zu erzählen, denn sie wollte niemandem den Abend verderben, noch dazu mit der Aussage eines Betrunkenen. Sie war schon halbwegs am Tisch, da stutzte sie. Allem Anschein nach unterhielten sich insbesondere Eric und Sven sehr angeregt. Dieser Eindruck verstärkte sich mit jedem Schritt, den sie näher kam. Und dann hörte sie auch schon, worum es ging: Paintball.

„Wusstest du, dass Sven auch schon mal gespielt hat?", fragte Eric sie überrascht und aufgeregt zugleich. Sein Misstrauen war von einem Moment zum anderen einfach verflogen!

„Nee, wusste ich nicht!", sagte sie und musste schmunzeln. Auch Jenny grinste breit und zwinkerte Celina zu. Sie wirkte rundum glücklich. Celina verdrängte die kleine merkwürdige Begebenheit. Vielleicht war sie ja mit den Gläsern gestolpert und vielleicht hatte der Betrunkene einfach nur Wahnvorstellungen gehabt. Sie wollte sich den schönen Abend auf keinen Fall verderben lassen! Sven und Eric verstanden sich weiterhin prächtig, auch als sie ihr gemeinsames Paintball-Thema längst hinter sich gelassen hatte. Es war, als wäre das Eis zwischen ihnen endlich gebrochen. Eric schien nicht einmal ein Problem damit zu haben, dass Sven Jenny unbedingt nachts nach Hause fahren wollte. Und Celina hatte den Eindruck, dass Jenny die Idee sogar ausgesprochen gut gefiel.

So fuhr Celina bei Eric mit. Unterwegs sagte sie zu ihm: „Ich find's gut, dass du dich nachher doch noch so super mit Sven verstanden hast."

„Nun ja, ganz verkehrt kann er nicht sein, wenn er den gleichen Sport macht wie ich oder zumindest mal gemacht hat. Außerdem werde ich mich wohl damit abfinden müssen, dass meine kleine Schwester ihn mag … und du magst ihn ja ebenfalls, wenn auch auf eine andere Art …", antwortete er.

Celina schaute ihn an. Wie meinte er das? Da er den Blick jedoch stur auf die Straße gerichtet hatte, konnte sie nur raten. Auf welche Art mochte Jenny Sven? Hatte es wirklich geknistert zwischen den beiden? Und was dachte Eric, wie sie Sven mochte? Hoffentlich dachte er das alles richtig …

„Auf welche Art denkst du denn, dass ich ihn mag?", fragte sie, um lieber auf Nummer sicher zu gehen. Er grinste und schielte zu ihr hinüber.

„Was denkst du denn, was ich denke?", stellte er die Gegenfrage.

„Weiß ich nicht!", gab sie zu. „Sag du es mir!"

„Ich glaube schon, dass er mal was von dir wollte, aber sehr schnell kapiert hat, dass deine Gefühle nur freundschaftlich sind und inzwischen gefällt ihm eure reine Freundschaft so richtig gut!", erklärte Eric. „Liege ich richtig?"

Celina war schwer beeindruckt, wie Recht er hatte, ließ sich das jedoch nicht anmerken und antwortete: „Gut geraten, würde ich sagen!"

„Gut geraten?" Eric zog eine beleidigte Schnute, konnte sich aber gleichzeitig sein Grinsen nicht verkneifen. „Das ist pure Menschenkenntnis!"

„So so ...", meinte Celina schmunzelnd. „Wenn du dich darin so gut auskennst, dann erzähl mir doch mal, wie ich so bin."

Er zog überrascht die Augenbrauen hoch. „Sicher, dass du das wissen willst?"

Jetzt war Celina erst recht neugierig. „Ja, bitte!"

„Also gut! Aber lass mich erst da reinfahren, wir sind nämlich schon da." Vorsichtig rangierte er den Wagen in eine sehr enge Parklücke. „Kommst du an deiner Seite raus? Sonst fahr ich nochmal vor und lass dich erst raus."

„Geht schon!", antwortete sie.

Doch er fuhr trotzdem vor und ließ sie aussteigen, damit sie sich nicht aus dem Auto quetschen musste. Da stand sie dann in leichtem Nieselregen und schaute ihm beim Einparken zu. Ein bisschen nervös knetete sie die Riemen ihrer Handtasche. Was würde er gleich sagen? Wollte sie das wirklich wissen? Ihre Neugier war manchmal echt ein schlimmes Laster. Jedenfalls bekam sie sehr weiche Knie ...

Als er ausstieg, schaute sie ihn erwartungsvoll an, aber er sagte: „Lass uns reingehen!"

„Ich möchte das aber jetzt wissen, was du von mir denkst!", protestierte sie.

„Dann bist du klitschenass, wenn ich fertig bin", meinte er und als er ihren fragenden Blick sah, fügte er augenzwinkernd hinzu: „Es regnet, falls es dir nicht aufgefallen ist."

„Ich ... ähm ... tschuldige ...", stammelte sie sehr verlegen.

„Na komm schon!", rief er ihr zu und fing an zu laufen, denn plötzlich kamen weit mehr als nur ein paar Tropfen vom Himmel. Sie folgte ihm dichtauf und war ziemlich außer Atem, als sie an der Haustür angekommen waren. Das verstärkte sich noch im Treppenhaus. Ein furchtbares Kitzeln im Hals verursachte zudem einen Hustenanfall.

„Mist!", fluchte Eric. „Hast du dein Spray dabei?"

Sie drückte ihm ihre Handtasche in die Arme, denn sie konnte jetzt nicht danach suchen, zumal aus dem Husten immer mehr ein Röcheln wurde. Doch da hatte Eric das Spray schon gefunden! Er schüttelte es kurz, zog die Schutzkappe ab und hielt es Celina hin, die bereitwillig einen tiefen Zug daraus nahm.

Da ging auf einmal eine Wohnungstür im Erdgeschoss auf und Frau Müller, die Nachbarin, vor der Celina Eric einst als extrem „nervig" gewarnt hatte, streckte den Kopf heraus. „Was soll denn dieser Lärm zu nachtschlafender Zeit?", zeterte sie.

Eric schaute kopfschüttelnd hinüber, sagte aber nichts zu ihr. Stattdessen kümmerte er sich um Celina. „Geht es wieder?"

Sie musste nochmal husten, allerdings klang es diesmal schon ein wenig gelöster.

„Bei diesem Lärm kann doch keiner schlafen!", meckerte Frau Müller einfach weiter. „Ich kann auch die Polizei rufen, wenn hier nicht gleich Ruhe ist!"

„Das ist eine gute Idee, Frau Müller!", sagte Eric dazu in einem so scharfen Ton, wie Celina ihn noch nie bei ihm gehört hatte. „Dann können Sie denen erklären, warum Sie ihrer Nachbarin, die einen Asthmaanfall hat, nicht helfen. Das nennt man unterlassene Hilfeleistung und das ist ein Straftatbestand. Also besser, Sie ziehen sich etwas an, falls Sie nicht in ihrem Blümchennachthemd mit zur Wache genommen werden wollen!"

Jetzt jappste Frau Müller nach Luft – vor Entsetzen jedoch. Sie wurde kreidebleich, starrte Eric und Celina an und schloss schweigend ihre Wohnungstür.

„Na also, geht doch!", rief Eric ihr noch hinterher. Dann wandte er sich wieder Celina zu. „Ist es besser?" Ihr Husten hatte aufgehört.

Sie nickte. „Ja, danke!"

Er seufzte erleichtert und meinte dann: „Geht das schon mit der Treppe?"

„Ja klar!", sagte sie lächelnd über seine Besorgnis. „Du kannst mich ja auch schließlich schlecht bis nach oben tragen."

„Würde ich glatt machen!" Als er ihren überraschten Gesichtsausdruck sah, setzte er noch breit grinsend dazu: „Natürlich mit über die Schulter schmeißen!"

„Das würde ich dir sogar zutrauen", sagte sie lachend.

Sie gingen ganz langsam die Treppen hoch, damit Celina nicht wieder außer Atem kam. Auf halbem Weg musste Celina auf einmal fürchterlich kichern. „Sorry, aber ich musste mir gerade vorstellen, wie Frau Müller im Blümchennachthemd zum Polizeiauto geführt wird", meinte sie erklärend und musste noch mehr lachen. „Danke, das war toll von dir!", sagte sie, als sie sich wieder ein bisschen beruhigt hatte.

„Ich mag solche Schreckschrauben nun mal nicht", meinte er schulterzuckend.

Oben auf dem letzten Treppenabsatz angekommen, standen sie dann. Eric schaute sie nur kurz an, senkte dann den Blick und sagte: „Gute Nacht und danke für den schönen Abend." Er wollte sich schon abwenden, doch Celina protestierte wieder, wie schon zuvor draußen: „Du willst mir wieder eine Antwort schuldig bleiben?"

Mit einem verschmitzten Grinsen drehte er sich wieder zu ihr. „Ich hab gedacht, ich könnte mich drücken ... Wieso eigentlich wieder?"

„Wieder, weil ich immer noch nicht weiß, was du Lydia ins Ohr geflüstert hattest. Und nein, du kannst dich nicht drücken. Ich möchte wirklich wissen, was du über mich denkst, wie ich bin. Na ja und das andere wüsste ich natürlich auch gerne!"

„Das andere sag ich dir mal irgendwann ... und ja, stimmt, ich hatte dir eine Antwort versprochen ...", druckste er herum, atmete tief ein und erklärte: „Ich finde, dass du ein besonderer

Mensch bist ... ja, auch besonders dickköpfig manchmal ..." –
Er lächelte kurz und zwinkerte frech. – „... aber nur wenn dir
was wirklich wichtig ist, wie zum Beispiel das Wohlergehen
von Leuten, die du magst. Dann bist du sogar bereit, jedes
Risiko einzugehen. Du kämpfst für alles, was dir etwas
bedeutet, und ja, das bezieht sich auch auf deine Freunde.
Solche Menschen wie du sind selten und ich bin stolz, mit dir
befreundet zu sein ... das sind wir doch hoffentlich?"
Er schaute sie unsicher an. Sie hoffte, er würde nicht
bemerken, wie sie versuchte, die Tränen, die in ihren Augen
schimmerten, wegzublinzeln. Sprechen konnte sie auch gerade
nicht. Deshalb nickte sie nur, woraufhin er erleichtert lächelte.
Dann hauchte er ihr einen Kuss auf die Wange, murmelte ein
„Schlaf gut!" und verschwand eilig in seiner Wohnung.

Kapitel LXXVI
Himmelfahrt

Es dauerte lange bis Celina in dieser Nacht einschlief, aber nicht weil sie wieder grübelte wie sonst, sondern weil sie positiv aufgewühlt war. Hatte jemals jemand so etwas Schönes zu ihr gesagt? Sie konnte sich nicht daran erinnern.

Als Mikesch Celina am späten Vormittag weckte, hatte sie immer noch ein Lächeln auf den Lippen. So gut hatte sie lange nicht mehr geschlafen. Mit einem lang gezogenen, genervten „Mau!" machte der Kater allerdings deutlich, dass er fand, er müsste nun endlich sein Frühstück haben.

„Ja gleich!", antwortete sie ihm und reckte und streckte sich gemütlich im Bett.

Mikesch wiederholte sein Anliegen noch eine Spur dringlicher. Celina verschwand jedoch erst einmal im Bad. Beim Zähneputzen hörte sie dann sein inzwischen klägliches Maunzen durch die geschlossene Tür.

„Geht gleich los!", nuschelte sie durch den Schaum der Zahnpasta hindurch.

Mikesch verstummte, doch einen Moment später, als sie gerade ihren Mund ausspülte, vernahm sie kurz ein mechanisches Geräusch und die Tür ging langsam auf. Der Kater spähte hinein. Celina erschrak so sehr, dass sie sich beinahe am Wasser verschluckte.

„Wie hast du das denn geschafft?", meinte sie, nachdem sie ihre Fassung einigermaßen wieder hatte. Dieses Klacken, das sie gehört hatte, musste die Türklinke gewesen sein, überlegte sie. Etwas in dieser Art hatte er vorher nie gemacht. Aber das wollte sie doch gleich mal testen.

Als sie den Futternapf auf den Boden stellte, trickste sie ihn aus, indem sie erst auf dem Flur antäuschte, ihm sein heiß ersehntes Frühstück geben zu wollen, und den Napf dann doch in der Küche ließ. Deswegen erreichte sie, dass Mikeschs

Futter in der Küche war, die Tür zu, der Kater jedoch auf dem Flur. Mikesch blinzelte sie vollkommen genervt an.

„Na, nun mach!", forderte sie ihn auf, doch er fand die ärgerliche Tonlage beim Maunzen viel passender, anstatt ihr zu zeigen, wie er das vorher bewerkstelligt hatte.

„Ach komm schon! Hol dir dein Futter!", versuchte sie, ihn zu motivieren, aber Mikeschs Blick war einfach nur extrem sauer. Es half alles nichts! So drehte sie sich weg und tat so, als würde sie wieder zurück ins Bad gehen. Dann sollte er doch ein bisschen vor der Tür schmoren! Da sah sie im Augenwinkel, wie er sich auf die Hinterbeine stellte und ganz lang streckte, so dass er mit der Vorderpfote die Klinke herunterdrücken konnte, dann ein kleiner Schubs gegen die Tür und mit einem kleinen Satz war er schon drinnen. Celina schmunzelte. Wie schön, dass er sich unbeobachtet gefühlt hatte!

Noch während er am Fressen war, schob sie ein paar Aufbackbrötchen in den Ofen, zog sich bequeme Klamotten an und suchte eine DVD raus zum Gucken. Das Wetter sah nämlich immer noch ein wenig griesegrau aus. Sollte sie Eric fragen, ob er mit ihr den Film schauen würde? Da fiel ihr ein, dass er in der Disco erwähnt hatte, dass er sich heute mit einem Freund treffen wollte. Also nicht.

So verbrachte Celina den Großteil des Nachmittags damit, auf die Couch gekuschelt, alte DVDs anzusehen. Mitten im Film Illuminati blieb jedoch plötzlich das Bild wie eingefroren stehen – natürlich dann auch noch genau in dem Augenblick, als die erste Leiche gefunden wurde.

„Oh nee, das muss doch nicht sein!", stöhnte sie, stand seufzend auf und startete die DVD neu. Sie hatte gerade auf den Play-Knopf gedrückt, da verschwammen auf einmal die Knöpfe, die Umrisse der Geräte, des kleinen Schranks, auf dem alles stand, ja, die ganze Umgebung vor ihren Augen. Es fühlte sich an, als würde irgendetwas Undefinierbares durch sie hindurchfahren. Krampfhaft hielt sie sich am Schränkchen fest. „Verdammt!", wollte sie ausstoßen, aber kein Wort verließ ihre Lippen.

Als nächstes wurde sie von einer Welle der Traurigkeit erfasst. Sie sank auf die Knie und Tränen liefen ihr herunter. Warum musste die Freundschaft zu Kathi so zu Ende gehen? Was würde passieren, wenn das mit Jenny und Sven schief ging? Sie war mit beiden befreundet. Würde dann alles zerbrechen? Was war mit Nico? Würde er ihr irgendwann verzeihen können? Gab es die Möglichkeit für ein normales Verhältnis zueinander? Mochte Eric sie wirklich? Ja, die letzte Frage in ihrem Kopf konnte sie eindeutig mit Ja beantworten.

An diesem Positiven hielt sie sich innerlich fest, als sie nun aufstand, den Oberkörper aufrichtete und laut „Verschwinde, Lydia!" sagte. Sie spürte, wie ihre eigene Kraft zurückkehrte und atmete tief durch. Lydia würde nicht gewinnen! Sie durfte nicht gewinnen! Um genau dieser Überzeugung Ausdruck zu verleihen, stellte Celina die große, verzierte Kerze auf den Tisch und zündete sie an. Das Kerzenlicht beruhigte sie und schaffte eine friedvolle Atmosphäre. Wieder atmete sie tief ein, was allerdings einen Hustenanfall zur Folge hatte. Nach Luft ringend wühlte sie in ihrer Handtasche und holte das Asthmaspray hervor. Allmählich wurde das nervig! Nachdem sie es dann benutzt hatte, wurde es langsam besser.

Sie musste unbedingt am nächsten Tag mit Isabell über diese neuen Vorkommnisse sprechen. Vielleicht bildete sie sich das eine oder andere auch ein. Manchmal hatte sie das Gefühl, verrückt zu werden. Wenn man das alles jemand Außenstehendem erzählte, müsste derjenige einen doch schon zwangsläufig für extrem durchgeknallt halten. Auf alle Fälle brauchte sie Isabells Meinung dazu, und am besten auch die von Jenny und Veronica, ja, ganz besonders von ihr, denn Veronica war in vielen Dingen genauso skeptisch wie Celina.

„Ja, morgen mach ich das! Und jetzt guck ich den Film weiter!", sagte sie sich. Dann suchte sie den Punkt, wo die DVD gestoppt hatte und ließ ihn ab da weiterlaufen. Trotzdem fühlte sie sich irgendwie unwohl und unsicher. Irgendetwas war da und schien sie zu beobachten. So ging es den ganzen restlichen Film hindurch. Als es draußen dämmerte, wurde es noch schlimmer. Sollte sie einfach mal bei Eric klingeln? Vielleicht war er ja schon wieder zu Hause. Doch was sollte sie ihm sagen? Dass sie Angst alleine hatte? Wie klang das denn?

Wenige Minuten später wischte sie jedoch alle Bedenken beiseite, denn dieses Gefühl einer Präsenz wurde immer stärker. Leider klingelte sie vergeblich bei ihm.

„Okay, er ist noch nicht da! Du versuchst es etwas später nochmal!", versuchte sie sich zu beruhigen. Dazu kam es jedoch nicht …

Kaum war sie zurück in ihrer Wohnung, da brach auch schon die Hölle über sie herein. Ein leichter Windstoß ließ die Eingangstür hinter ihr ziemlich energisch zuklappen. Celina ging zum Wohnzimmerfenster, um es zu schließen, damit der Durchzug nicht noch mehr Fenster oder Türen knallen ließ. Sie hatte es bereits zu, als die Kerze, die immer noch auf dem Tisch stand und brannte, plötzlich durch einen weiteren Windstoß erlösche.

„Wie geht das denn?", sagte sie laut mit möglichst fester Stimme, um ihre Nervosität zu überdecken. Vielleicht war es besser, draußen auf dem Hausflur auf Eric zu warten oder einfach eine Runde spazierenzugehen. Doch bis zur Wohnungstür kam sie nicht mehr. Eine eisige Kälte strömte ihr auf dem Flur entgegen, so dass sie in den hinteren Teil der Wohnung, also Richtung Schlafzimmer und Bad, zurückwich.

„Verschwinde gefälligst, Lydia!", sagte sie wütend, aber trotzdem ging sie weiter zurück. Eine Welle der Angst hatte sie voll erwischt, egal wie sehr sie versuchte, dagegen anzu-kämpfen. Sie starrte zur Deckenlampe, die, obwohl sie bedenklich hin- und herschwankte, immer noch hell leuchtete. Ein Hauch Hoffnung? In genau diesem Augenblick knallte es, die Sicherung hatte sich wohl wieder verabschiedet, und alles wurde dunkel!

Genau vor ihr stand jemand – oder vielmehr der Schatten einer Person. Celina wusste, dass es Lydia war, die eine schier unglaubliche Macht zu besitzen schien. Sie konnte nicht anders, als zurückzuweichen. Irgendwann war hinter ihr nur noch die Wand des Badezimmers. Die Tür fiel zu und sie stand da im Stockfinsteren! Ihr Bad hatte nur eine Lüftung und nicht einmal ein Fenster, durch das etwas Mondlicht hätte fallen können. Sie saß in der Falle!

Es fühlte sich an, als würden Angst, Traurigkeit und Verzweiflung übermächtig werden und wie Wellen über ihr zusammenschwappen. Sie musste da raus!

Sie startete einen letzten Versuch, ging mutig einfach zur Tür, egal was irgendwo lauerte, und wollte sie öffnen, doch irgendetwas oder irgendjemand hielt die Tür zu, so dass sie sie nur wenige Millimeter bewegen konnte. Es gab kein Entrinnen! Wieder wich sie zurück, sackte an der Wand hinunter auf den Boden und kauerte sich zusammen. Die Wellen über ihr waren zusammengeschwappt und die Angst und Verzweiflung zogen sie immer tiefer hinab.

Kapitel LXXVII
Mikesch, der Held

So fand Eric sie nach einer gefühlten Ewigkeit. Sie nahm ihn nur durch einen Schleier hindurch wahr, fühlte, wie er sie erst hochzog und dann hochhob und hinaustrug. Teilweise schien Licht zu brennen, wie in der Küche, teilweise auch nicht, wie im Bad oder im Flur. Er ging mit ihr schnurstracks in seine eigene Wohnung hinüber und legte sie dort auf die Couch.

„Bleib hier liegen!", sagte er. „Ich hole eben Mikeschs Futter und Katzenklo hierher."

Sie bewegte sich wirklich nicht, bis er wieder da war, spürte nur die Wärme und den angenehmen Stoff der Couch.

„So, ich bin wieder da!", verkündete er kurz darauf. Er hatte eine Wolldecke mitgebracht, mit der er sie nun zudeckte. „Du bist bestimmt vollkommen unterkühlt", erklärte er. „Jedenfalls fühlst du dich an wie ein Eiszapfen. Möchtest du Kaffee oder Tee?"

Irgendwie fühlte sich Celina selbst mit dieser einfachen Frage überfordert, obwohl sie alles verstand, was er sagte. „Weiß nicht!", antwortete sie leise.

„Gut dann Tee!", entschied er und verschwand in die Küche, wo er hörbar herumwerkelte. Als er nur wenig später einen dampfenden Becher vor ihr auf den Tisch stellte, hatte Celina sich bereits hingesetzt, die Decke fest um sich geschlungen.

„Da bist du ja wieder!", meinte er lächelnd und setzte hinzu: „Zumindest halbwegs!"

Celina nickte und nahm den Becher. Der Tee war noch viel zu heiß zum Trinken, aber sie wärmte erst einmal ihre Hände daran.

„Magst du mir erzählen, was passiert ist?", fragte er.

Wieder nickte sie zwar, fragte dann jedoch: „Wo ist Mikesch?"

„Er ist in der Küche am Fressen – eine extra große Portion für den heldenhaften Kater!"

„Ich verstehe nicht ...“ Was meinte er damit?

Eric setzte sich hin, trank einen Schluck aus seinem Becher mit Kaffee und erzählte: „Als ich nach Hause gekommen bin, saß der Kater bei mir auf der Fußmatte, deine Tür stand offen und Mikesch wirkte ziemlich verstört. Was glaubst du denn, wie ich dich gefunden habe oder überhaupt in deine Wohnung gekommen bin?“

„Er kann Türen aufmachen, das habe ich heute Morgen gesehen“, erklärte sie, weil ihr das gerade einfiel.

„Dann hat er deine Wohnungstür aufgemacht und mich praktisch als Hilfe geholt“, überlegte Eric. „Ich schätze mal, er hat sich gedacht, bei mir ist das nett. Er war schließlich schon mal hier. Und deswegen hat er bei mir vor der Tür gewartet.“

Celina nickte und nippte dann vorsichtig am heißen Tee.

„Erzähl mir, was los war, ja?“, drängte Eric nun auf Antworten.

Allein der Gedanke an das, was geschehen war, verursachte bei Celina eine komplette Abwehrhaltung. So begann sie erst einmal von dem Betrunkenen in der Disco zu erzählen. „Vielleicht hat das auch nichts zu bedeuten ...“, meinte sie schließlich.

„Was war bei dir heute los?“, wurde Eric direkt.

Sie senkte den Blick. „So ähnlich wie vorher auch schon manchmal ...“, antwortete sie dann ausweichend.

„Ein Schatten? Dazu Stromausfall? Angstzustände?“, mutmaßte er.

Sie nickte einfach nur, umklammerte ihren Becher noch mehr und trank von dem heißen Tee. Ihr Blick fiel auf die Uhr im Display seines DVD-Players. Es war kurz nach 22 Uhr. Sie versuchte nachzurechnen, wie lange es gedauert hatte, bis Eric sie da rausgeholt hatte: Vielleicht war es eine Stunde, vielleicht auch ein wenig mehr, für sie war jedenfalls jeder kleine Moment schon zu lange gewesen. Viel lieber konzentrierte sie sich auf den Tee, der sie durchwärmte.

„Du magst nicht drüber reden, richtig?“, fragte Eric, was schon mehr wie eine Feststellung klang. Er schien auch keine Antwort zu erwarten, jedenfalls nicht auf diese Frage, auf die nächste aber schon: „Ist es okay für dich, wenn ich mit Jenny telefoniere?"

„Ja", sagte Celina und leerte den Becher in einem Zug. „Hast du noch einen?"

Während er neuen Tee kochte, telefonierte er gleichzeitig mit Jenny. Sie bekam kaum ein paar Gesprächsfetzen mit, außer dass es danach klang, dass sie Pläne machten.

Als er dann mit Celinas Becher wieder ankam, meinte er: „So, alles erstmal geklärt. Heute Nacht bleibst du hier, sicher ist sicher. Ich weiß, du musst morgen arbeiten, wenn das überhaupt geht ..."

„Natürlich geht das!", unterbrach sie ihn. „Außerdem muss ich mit Isabell reden."

„Gut, ich muss auch arbeiten", sagte er, „und morgen Abend räuchert ihr da nochmal alles aus. Dieses Biest muss doch wegzukriegen sein!"

„Aber ich kann doch nicht einfach hierbleiben ...", wandte Celina auf einmal ein, weil ihr bewusst wurde, was er vorgeschlagen hatte.

„Klar kannst du!", fand er, fügte dann allerdings mit leicht verlegenem Lächeln hinzu: „Ich meinte auf der Couch ..."

Nun musste auch Celina lächeln. Ganz kurz trafen sich ihre Blicke und sie wusste, dass er sich etwas anderes als die Couch wünschte, doch das konnte sie jetzt nicht, auch wenn ihr der Gedanke gefiel.

„Aber ich muss wenigstens einmal kurz rüber, ich hab nicht einmal eine Zahnbürste hier", sagte sie.

„Also ist das ein Ja! Sehr schön!" Er grinste breit, strahlte sogar. „Gut dann gehen wir zusammen in deine Wohnung, alleine lass ich dich nicht."

So trank Celina noch ihren Tee aus und ging dann mit Erics Begleitung in ihre Wohnung. Er hatte das Licht brennen lassen, so wie sie es schwach in Erinnerung hatte. Auf dem Flur funktionierte es allerdings nicht, im Bad ebenso.

„Ich habe die Sicherung wieder drin", erklärte er. „Vielleicht sind es nur die Leuchtmittel oder diesmal die ganzen Lampen oder sogar die Stromleitungen."

„In dem Schränkchen auf dem Flur sind in der obersten Schublade noch ein paar Glühbirnen, ich packe schnell eine Tasche zusammen." Celina hatte sich eine kleine Sporttasche geschnappt, und suchte ein paar Dinge, die sie brauchte, was ein bisschen schwierig war im Taschenlampenlicht, denn auch im Schlafzimmer funktionierte nichts außer ihrem Wecker.

„Also die Stromleitungen sind es wohl eher nicht, mein Wecker geht", berichtete sie ihm, erhielt jedoch keine Antwort. Hatte sie sich getäuscht oder war es so, dass ihre Stimme gehallt hatte wie in einem riesigen Saal? Eine Gänsehaut lief ihr über den Rücken. Es war aber auch wirklich kalt, fand sie. Ihre Taschenlampe flackerte! Nein, die durfte jetzt nicht ausgehen! Doch es kam, wie es beinahe kommen musste: Ein letztes, leichtes Aufblenden und sie stand da in der Dunkelheit!

Kapitel LXXVIII
Gespräche und Pläne

Ihre Panik währte dieses Mal allerdings nur kurz, denn bereits ein paar Momente später stand Eric mit seiner extrem hellen Taschenlampe neben ihr, sah, wie sie zitterte, und zog sie zu sich in den Arm.

„Ich hab gesehen, wie das Licht ausging", sagte er leise. „Ich bleibe jetzt so lange hier bei dir stehen, bis du alles hast, was du brauchst, ja?" Dann ließ er sie wieder los und leuchtete das gesamte Zimmer aus.

Celina nickte nur und keiner von beiden sagte noch ein weiteres Wort, solange bis sie wieder in Erics Wohnung waren.

„Da war wieder etwas, habe ich Recht?", fragte er.

„Ich weiß es nicht!", antwortete sie und eine Träne kullerte ihre Wange hinunter, obwohl sie versuchte, gegen ihre innere Verzweiflung anzukämpfen.

„Es wird alles gut!", sagte er in einem unglaublich beruhigenden Ton. „Morgen redest du mit Isabell und Veronica. Jenny kommt morgen auch her und zu viert packt ihr das schon."

„Ich glaube, Nico ist der Schlüssel!", wagte Celina einen anderen Erklärungsversuch. Als Eric sie fragend anschaute, fuhr sie fort: „Isabell und ich gehen am Samstag zu seiner Bilderausstellung. Wenn ich richtig liege, dann geht es ihm im Moment richtig mies."

„Du meinst, weil mit ihm alles angefangen hat?", hakte Eric nach.

„Ja, sie wollte ihn und sie wollte ihre Rache an ihm. Mich hasst sie, weil ich ihr immer wieder in die Quere gekommen bin, bei Nico, aber auch bei Sven und bei unserem Juniorchef Richard."

„Klingt zumindest halbwegs logisch!", fand er. „Dann müsste sie das tierisch stören, wenn ihr euren Schutzkram auch für ihn machen würdet."

„Na ja, das tue ich beziehungsweise das tun wir ja auch immer wieder, also wir beziehen ihn mit ein."

„Vielleicht müsste das etwas Spezielles sein ...", überlegte er.

„Ja, vielleicht, was schwierig ist", meinte sie seufzend. „Er glaubt nicht an solche Dinge, würde ein solches Thema sogar komplett abblocken. Aber wir schauen erstmal, wie es ihm wirklich geht."

„Versprich mir, dass du vorsichtig bist, ja?", sagte er dazu und klang ein bisschen besorgt. „Und bitte geh morgen vorerst nicht alleine in deine Wohnung! Ich habe für Mikesch auch alles soweit hierher geholt. Wenn du also morgen Feierabend hast, kommst du hierher, ja? Ach ja, und falls ich noch nicht da sein sollte, der ist für dich!" Er zog einen Wohnungsschlüssel aus seiner Hosentasche und schob ihn über den Tisch zu ihr. Da sie ihn einfach nur ungläubig anschaute, bekräftigte er: „Das ist mein Ernst!"

Mikesch hatte wohl seinen Namen gehört, jedenfalls kam er anstolziert, sprang zu Celina auf die Couch und schnurrte erst einmal eine Runde.

„Siehste, er findet die Idee auch toll!", meinte Eric grinsend.

„Dann bin ich wohl überstimmt!" Nun lächelte auch Celina ein wenig.

Sie schlief in dieser Nacht wider Erwarten tief und ruhig. Mikesch hatte sich zu ihren Füßen eingerollt und seine Wärme verlieh der ungewohnten Couch etwas sehr Behagliches.

Morgens wurde sie von Eric geweckt, der einen dampfenden Becher Kaffee neben ihr auf den Tisch stellte. „Ich muss los zur Arbeit", sagte er leise und strich ihr über den Arm. Sie war sofort hellwach und schaute sich verwundert um, bis sie realisierte, wo sie war.

„Entschuldige, ich wollte dich nicht erschrecken", meinte er. „Aber ich muss los und ich wusste nicht, wann du genau bei der Arbeit sein musst."

„Hast du nicht!", antwortete sie, blickte kurz auf die Uhr im

DVD-Player und stellte fest, dass es halb sieben war. Eric trug seine Arbeitskleidung, die sie schon öfters an ihm gesehen hatte und die zeigte, dass er einen Job in einer Kfz-Werkstatt hatte. Anscheinend war dies auch in der Freizeit eine Leidenschaft von ihm, so oft wie er auch dann an seinem Wagen herumbastelte. „Ich muss um 8 da sein", erklärte sie.

„Ich um 7. Ciao dann!", verabschiedete er sich.

Für Celina war es merkwürdig, alleine bei Eric in der Wohnung zu sein. Warum hatte er so unglaublich viel Vertrauen zu ihr? Irgendwie fühlte sie sich sehr geschmeichelt. Trotzdem beeilte sie sich loszukommen, denn schließlich gab es einiges mit Isabell zu besprechen. So versorgte sie schnell Mikesch, machte sich selbst fertig, trank nebenbei ihren Becher Kaffee aus und ermahnte den Kater noch, ja brav zu sein. Dann fuhr sie los.

Leider hatte sie bei der Arbeit insofern Pech, dass sie Isabell vorher nicht mehr erwischte, denn die kam gerade mal drei Minuten, bevor die Apotheke aufmachte, ziemlich abgehetzt an. Den ganzen Vormittag hatte Celina den Eindruck, dass Isabell ihr gern was sagen wollte, doch stets war entweder Frau Evershagen oder Judith Bergmann in der Nähe, so dass es bei ein paar bedeutungsvollen Blicken blieb.

Als sie endlich ungestört in der Mittagspause mal wieder im Imbiss gegenüber saßen, platzte Isabell heraus: „Bei dir war irgendwas, stimmt's? Bei mir nämlich auch."

„Ja, stimmt!", gab Celina ohne Umschweife zu. „Was war bei dir?"

„Wieder die Selterflasche ...", sagte Isabell und verzog ihr Gesicht. „Ich glaube, ich trinke bald keine mehr."

„So wie das letzte Mal?", hakte Celina nach.

„Nein, nicht ganz so heftig. Ich habe Veronica angerufen, die hat mich ein bisschen beruhigt, dann habe ich ein paar Kerzen angemacht und gut war's. Wir wollen uns aber heute Abend noch treffen. Was war bei dir?"

Celina erzählte ihr das Neueste, allerdings schwächte sie das eine oder andere ein wenig ab, um Isabell nicht noch nervöser zu machen. „Ich denke jedenfalls, dass es bei Nico ähnlich heftig aussehen müsste. Und da ich mir sicher bin, dass alles miteinander zusammenhängt, werde ich wohl doch das Gespräch mit ihm suchen müssen", beendete sie ihren Bericht.

„Wir müssen unbedingt eine Lösung für das ganze Problem finden!", fand Isabell. „Das macht mich alles noch total irre! Veronica wollte ein bisschen im Internet und in Büchern recherchieren, wie man einen Geist endgültig bannt, denn immer nur Schutzzauber bringen es ja wohl auf Dauer nicht."

„Gut, Jenny ist heute Abend da, um erstmal wieder ein bisschen Schutz in meine Wohnung zu bringen, aber wir brauchen wirklich eine Idee ..."

„Wir können uns ja morgen Abend alle zusammen treffen und beratschlagen, was wir tun", schlug Isabell vor. „Dann wissen wir auch inzwischen, wie es Nico geht."

„Ja ... obwohl ich wegen morgen echt Bauchschmerzen hab ...", sagte Celina.

Die Bauchschmerzen, die Celina erwähnt hatte, waren tatsächlich leicht vorhanden und verstärkten sich im Laufe des Nachmittags erheblich. Irgendwann war dann der Punkt erreicht, dass sie sich nach hinten in den Aufenthaltsraum setzen musste.

„Es geht dir nicht gut?", fragte Richard nach.

„Magenschmerzen und Bauchschmerzen ...", erklärte sie nur.

„Willst du zum Arzt oder möchtest du gleich ein bisschen Medizin? Ich meine, wir sind hier ja direkt an der Quelle ...", schlug er vor.

„Medizin klingt super!", antwortete sie ihm.

„Gut, ich hol dir was!" Er verschwand kurz und stand dann mit zwei Packungen Tabletten vor ihr. „Ich hab hier Buscopan für dich oder möchtest du gleich die stärkere Variante?"

„Gleich die stärkeren ..."

Er gab sie ihr, sagte aber auch streng: „Du bleibst hier schön sitzen, ich schau gleich wieder nach dir!"

Nachdem sie eine davon genommen hatte, ging es ihr bald wieder einigermaßen, so dass sie weiter arbeiten konnte, auch wenn sie noch etwas für den Magen dazu brauchte.

„Wenn es morgen nicht geht, rufst du an, okay?", ermahnte er sie zum Feierabend, denn sie sollte eigentlich zusammen mit Isabell und Judith Bergmann den Vormittag arbeiten.

„Wird schon!", winkte Celina ab, doch als Richard ihr wieder einen strengen Blick zuwarf, versicherte sie: „Ja, tue ich, wenn es nicht geht!"

Abends war Jenny wie versprochen da. Die Idee mit einem Treffen von allen am Samstagabend fand sie ebenfalls gut. „Hauptsache nicht Sonntag!", meinte sie mit einem geheimnisvollen Lächeln.

„Sven?", fragten Celina und Eric wie aus einem Munde.

„Vielleicht!", sagte sie nur und grinste breit und stoppte ihren Bruder sofort, der gleich nachfragen wollte. „Noch erzähl ich gar nichts! Ein bisschen Geduld!" Dazu grinste sie noch mehr.

Während sie zusammen die Wohnung ausräucherten – mal wieder –, kümmerte sich Eric um die nicht funktionierenden Lampen und tauschte Leuchtmittel aus. Er hatte sogar eine Leuchtstoffröhre für das Bad besorgt.

„Wenn du möchtest, darfst du trotzdem gerne bei mir auf der Couch schlafen", sagte er und bestand darauf, dass sie den Schlüssel erstmal behielt.

Darauf meinte Celina: „Du behältst den von mir auch, das ist Dir hoffentlich klar? Auch wenn Mikesch anscheinend Türen öffnen kann, heißt das ja nicht, dass er das immer tut."

„Danke, das ist echt beruhigend!", fand er, was Celina bestätigen konnte. Es gab ihr ein Gefühl der Sicherheit.

Auch der Geruch von Alant und Weihrauch ließ sie ein wenig herunterfahren, so dass die Magen- und Bauchschmerzen langsam verschwanden. Trotzdem war sie nervös, was den kommenden Tag anging ...

Kapitel LXXIX
Der Tag der Ausstellung

An diesem Samstag war Celina extrem früh wach, wobei sie sich gut und ausgeruht fühlte. Sie war aufgeregt, vielleicht weil sie wusste, dass dieser Tag ein sehr wichtiger sein würde. Isabell erging es ebenso, wie sie gleich morgens bei Arbeitsbeginn feststellte. Auch sie wirkte wie aufgedreht.

Da die Ausstellung bereits um halb drei beginnen sollte und Celina gleich zu Anfang da sein wollte, mussten sich die zwei nach Feierabend ein bisschen beeilen. Beide fuhren nach Hause, um sich kurz frisch zu machen, dann holte Celina Isabell ab, damit sie nur ein Auto brauchten, denn die Parkplätze waren wahrscheinlich Mangelware.

Sie wollten gerade zum Wagen gehen, als Celina plötzlich stehen blieb.

„Was ist?", fragte Isabell, doch Celina konnte nicht sprechen. Stattdessen presste sie ihre Hände auf ihren Magen und jappste nach Luft.

„Celina!" Isabell reagierte sofort und zog sie zu einer niedrigen Mauer, damit sie sich setzen konnte.

„Shit!", keuchte Celina.

„So plötzliche Magenschmerzen? Oder was anderes?", fragte Isabell besorgt.

„Magen! Lass uns nochmal reingehen!"

In Isabells Wohnung schluckte Celina eine Tablette und hoffte auf eine schnelle Wirkung. „Wie ein Messerstich in den Magen!", erklärte sie Isabell.

„Da will wohl jemand nicht, dass du da auftauchst ...", sprach Isabell das aus, was Celina dachte. „Willst du ihm eine Nachricht schicken, dass du nicht kommst?"

„Nein, kommt nicht in Frage!", blieb Celina stur. „Ich will da hin!"

Sie nahm noch eine zweite Tablette und stand dann

entschlossen auf.

„Also gut, aber dann nehmen wir mein Auto. Ich fahre!", erklärte Isabell sich, obwohl sie Bedenken hatte, einverstanden. Trotz der Verzögerung kamen sie rechtzeitig an. Am Eingang stand Nico zusammen mit einer Dame, die jedem Besucher ein Glas Sekt anbot. Celina und Isabell nahmen jeder eines, während sie ihn begrüßten.

„Du hast eine Freundin mitgebracht", stellte er fest und wirkte sichtlich nervös. „Ähm, hallo überhaupt!", meinte er dann und ging einen Schritt auf sie zu.

„Auch hallo!", sagte Celina freundlich und erwiderte eine angedeutete Umarmung von ihm.

„Nico Bartels", stellt er sich Isabell förmlich mit einer leichten Verbeugung vor.

„Isabell Levi!", antwortete sie mit einem Lächeln.

„Schön, dass ihr hier seid!", fand er. Celina bemerkte tiefe Schatten unter seinen Augen. Täuschte sie sich oder wirkte er wirklich fahrig und unkonzentriert?

„Ich muss ein paar Eingangsworte sagen ... entschuldigt mich bitte", sagte er und begab sich in Richtung einer Glastür, hinter der wohl – wie man im Hintergrund sehen konnte – die eigentliche Bilderausstellung stattfand. Dort stand er dann, schaute verlegen in die Runde – es waren bestimmt zwischen 100 und 150 Leute da – und erhob sein Glas.

„Es freut mich, dass so viele hier erschienen sind", begann er und geriet darauf sogleich ins Stocken. Einen Moment später fing er sich wieder und redete weiter, über seine Bilder, seine erste Ausstellung, über Kunst und einiges mehr. Immer wieder verlor er dabei allerdings den Faden. Celina blinzelte irritiert. War das neben ihm ein Schatten? Hatte das sonst noch jemand gesehen? Hatte Isabell etwas bemerkt? Sie nahm gerade einen großen Schluck aus ihrem Sektglas. Celina starrte ihres an. Sie hatte gerade mal daran genippt.

„Er ist sehr durcheinander, nicht wahr?", raunte Isabell ihr zu.

Das war ihr also auch aufgefallen. Nach einem weiteren Schluck war ihr Glas bereits leer.

„Möchtest du meinen Sekt auch noch?“, fragte Celina sie. „Ich hab Angst, dass mein Magen wieder verrückt spielt.“

„Nee, besser nicht“, meinte sie grinsend. „Den einen brauchte ich irgendwie, aber das ist genug. Ich wollte schließlich noch fahren.“

„Ich hab das Glas auch nur genommen, damit ich irgendwas in den Händen hab ...“, gab Celina ein wenig verlegen zu.

„Es geht los!“, sagte Isabell da auf einmal ganz aufgeregt. Tatsächlich wurde die Glastür nun aufgemacht und Nico trat beiseite. Nach und nach strömten die Gäste hinein. Celina und Isabell ließen erst die meisten anderen hineingehen, weil sie keine Lust auf das Gedränge hatten.

Aber dann standen sie auf einmal drinnen. Von Nico war nichts zu sehen, er steckte wohl irgendwo in den Menschentrauben. Dafür konnten sie nun seine Bilder betrachten. Isabell blieb fasziniert vor einem Gemälde stehen, das einfach nur eine Muschel zeigte. Sie lag auf fast schneeweißem Sand, war sehr groß und – wie bei vielem, was er malte – in den Farben sehr untypisch. Sie war pechschwarz mit grauen und violetten Mustern darin, so fein und strukturiert, dass Celina sich fragte, wie er das mit einem Pinsel hinbekommen hatte.

Sie gingen weiter und betrachteten jedes der Bilder eingehend. Die meisten zeigten Wellen, Strand oder Schiffe, oft mit Farben wie Rot oder Grün. Leider konnte Celina nirgends den Dreimaster mit dem aufgewühlten Meer entdecken, das er einst Cora geschickt hatte. Dafür entdeckte sie allerdings den Leuchtturm aus einem ihrer Träume, den Lydia darin zerstört hatte. Er war tatsächlich in verschiedenen Grüntönen, Gelb und Orange gehalten – wie in ihrem Traum, nur dass diese Farben in der Realität noch etwas kräftiger waren. Wie war das möglich? Fast jedes Detail stimmte! Sie konnte sich von diesem Anblick gar nicht losreißen.

„Gefällt es dir?“, fragte auf einmal jemand hinter ihr. Sie drehte sich um und sah Nico dort. „Beinahe wäre dieses Bild zerstört worden“, erzählte er. Sofort hatte sie die Fingernägel von Lydia vor Augen, die in ihrem Traum dieses Bild zerschnitten hatten, doch Nico fuhr fort: „Ein Wasserschaden! Fast meine komplette Wohnung stand unter Wasser. Und das Bild lag schon beinahe darin!“ Also wieder eine Abweichung von ihrem Traum und doch vom Sinn her so ähnlich, dachte Celina spontan.

„Wo ist der leuchtende Dreimaster im Sturm?“, traute sie sich zu fragen.

Er wusste sofort, was sie meinte, und antwortete: „Das habe ich zu Hause gelassen. Ich konnte schließlich nicht alle Bilder mitnehmen …“

Sie hatte den Verdacht, dass er es wegen Cora weggelassen hatte, sie sagte jedoch nichts, auch wenn sein ausweichender Blick ihre Annahme bestätigte.

„Ach, da sind Sie ja, Herr Bartels!“ Ein Mann in einem perfekten hellgrauen Anzug sprach Nico an und zog ihn zu einem anderen seiner Bilder hinüber. Celina bekam nur ganz am Rande mit, dass dieser Herr offenbar ein besonderes Geschenk für seine Frau suchte, die eine Kunstliebhaberin war. Etwas anderes war in diesem Moment allerdings viel wichtiger: Wieder wurde Nico unsicher, geriet ins Stocken und wieder sah sie einen Schatten!

„Siehst du das auch?“, fragte sie Isabell leise.

„Was meinst du?“, wollte die es genauer wissen. „Dass Nicos Hemd schlecht gebügelt ist?“

„Nein …“

Isabell riss die Augen auf. „Lydia?“, raunte sie Celina ängstlich zu.

„Ja, das meinte ich. Siehst du sie?“ Celina blieb ganz ruhig, obgleich sich ihre Magenschmerzen wieder mehr als deutlich meldeten.

„Nein, aber ich denke ... nein, mein Gefühl sagt mir, dass sie rechts hinter ihm ist, ist das richtig?", wagte Isabell zu spekulieren.

Celina nickte, genau dort nahm sie den Schatten wahr. Ihr wurde schwindelig und das Stechen wurde noch heftiger. Isabell bemerkte dies und brachte sie ein paar Schritte weiter zu einer Bank an der Seite.

„Danke!", keuchte Celina und wühlte in ihrer Tasche nach den Magentabletten.

„Willst du die damit schlucken?", fragte Isabell und zeigte auf den Sekt.

„Ist doch egal!", fand Celina.

„Nein, ist es nicht. Das nehme ich mit und ich besorge dir ein Glas Wasser. Warte hier!" Isabell verschwand aus ihrem Blickfeld. Von der Bank aus hatte Celina jedoch eine gute Sicht auf Nico und seinen speziellen Schatten.

„Lass ihn in Ruhe!", dachte sie in genau diese Richtung.

„Misch dich nicht ein!", kam prompt die Antwort in ihrem Kopf.

„Doch, tue ich!", konterte sie.

„Das bekommt dir aber nicht!", kamen wieder Worte bei ihr an und der Schmerz in ihrem Magen wurde noch eine Spur schlimmer.

„Ist doch egal!" schickte Celina zu dem Schatten hinüber.

„Überlass ihn mir und ich lass dich in Ruhe!", war diesmal die Antwort.

„Vergiss es!", blockte Celina diesen Vorschlag sofort ab.

Die Quittung kriegte sie in Form von einem weiteren Schub Magenschmerzen, aber trotzdem fixierte sie den Schatten weiter und wiederholte ihre Aufforderung, ihn in Ruhe zu lassen, in Gedanken wieder und wieder.

„Dein Glas Wasser!" Isabell war zurück. Dennoch konzentrierte sich Celina und ließ die Stelle, wo sie Lydia vermutete, nicht aus den Augen, selbst dann nicht, als sie nun die Tablette, die sie die ganze Zeit schon in der Hand gehabt hatte, mit einem Schluck Wasser nahm. Da Isabell dies sehr wohl bemerkte, störte sie Celina nicht weiter, sondern setzte sich still neben sie.

Nach einer Weile ließen sowohl die Schmerzen nach, wie auch das Gefühl von Lydias Präsenz, so dass sie sich ein wenig entspannte.

„Besser?", fragte Isabell vorsichtig.

„Ja, schau!", antwortete Celina. Tatsächlich wirkte Nico auf einmal viel lockerer und gleichzeitig selbstbewusster und sicherer im Auftreten.

„Wirklich!", meinte Isabell verblüfft. „Eben sah das noch so aus, als wenn dieser Typ sich das mit dem Geschenk für seine Frau anders überlegt und plötzlich ist er doch Feuer und Flamme."

„Sie ist ja auch weg!", erklärte Celina. „Zumindest erstmal …"

Kapitel LXXX
Kriegsrat und ein Glücksbringer

An diesem Abend hielten sie bei Celina zu viert Kriegsrat. Jenny und Veronica kamen dort bald nach Isabells und Celinas Eintreffen an. Auch Eric schaute kurz herein, verschwand aber auch ziemlich schnell wieder.

„Ich wollte nur sehen, ob es dir gut geht!", meinte er, hörte sich jedoch noch Isabells Bericht von der Ausstellung an, den Celina hin und wieder ergänzte.

„Klingt übel!", fand er. „Du hattest Recht, Celina, dieser Nico ist der Schlüssel! Wenn ihr ihm helft, haut ihr Lydia aus den Schuhen und schickt sie hoffentlich sonstwohin. Aber bevor ihr loslegt, bin ich lieber weg. Dieses ganze Räucherzeugs ist nicht so meins." Mit diesen Worten ließ er die Mädels dann allein.

„Ich finde, das hat was!", stimmte Veronica zu. „Wenn wir für ihn zu viert einen Schutzzauber machen, sollte das einiges bringen."

„Es müsste etwas auf Dauer sein ...", überlegte Celina.

„Ja, immer nur Schutz von der Ferne aus, bringt es nicht. Irgendwann muss es doch mal richtig vorbei sein!", fand auch Isabell.

„Ich hab ne Idee!" Celina sprang auf und begann, in Schubladen herumzuwühlen. Es dauerte eine Weile, aber dann fand sie, was sie gesucht hatte. Triumphierend hielt sie eine Krawattenspange hoch.

„Zeig mal!", meinte Veronica, nahm sie in die Hand und betrachtete sie von allen Seiten. Die Spange war sehr schlicht, die Oberseite bestand aus einem stilisierten Dreimaster. „Ist das echtes Silber?"

„Woher hast du die und was hast du damit vor?", fragte Isabell gleich hinterher.

Celina setzte sich wieder, bevor sie erklärte: „Ja, das ist echtes

Silber. Ich habe sie mir mal zusammen mit Kathi gekauft, weil ich sie schick fand und sie als Spange für Halstücher gedacht hatte. Kathi hingegen konnte sie nicht ausstehen, weil sie ihrer Meinung nach eben nur für Männer wäre und sie es für unmöglich hielt, dass eine Frau so etwas trägt. Na ja, jedenfalls habe ich sie irgendwann weggelegt, weil mir ihr Genörgel auf'n Keks ging ..." Sie seufzte einmal tief und fuhr dann fort: „Ich habe mir gedacht, man könnte daraus einen Glücksbringer machen. Zu Nico würde diese Krawattenspange super passen."
„Ja, er malt ja schließlich auch Bilder im maritimen Stil!" Auch Isabell war eindeutig begeistert von der Idee.
„Silber ist gut für sowas, glaube ich", meinte nun auch Jenny.
„Hat schon mal einer einen Glücksbringer gemacht?"
Alle verneinten. Dennoch sprudelten schon nach kurzer Zeit die Einfälle.
„Wir brauchen Wasser zum symbolischen Reinigen der Spange und am besten die anderen Elemente auch noch, also eine Kerze für Feuer, etwas Erde oder Sand und als Luft vielleicht unseren Atem", zählte Jenny auf.
„Ich habe neulich für einen Schutzzauber einen Spruch entworfen, den sollten wir dazunehmen!", schlug Celina vor.
„Wenn wir dabei räuchern, was nehmen wir dafür?", fragte Isabell.
Celina holte die Kiste hervor und Veronica und Isabell suchten zusammen aus, was sie für passend hielten: Mistel und Farn zum Anziehen von Glück aller Art, Lemongras als Stimmungsaufheller und gegen Stress, Beifuß, um Schutz zu gewähren und die Widerstandskraft zu erhöhen, Olibanum und Alant zur Abwehr von Bösem und um neue Kraft zu schenken.
Dann fingen Jenny, Isabell und Veronica an, alles aufzubauen, kleine Zettelchen hinzulegen und zündeten die große, verzierte Kerze sowie ein paar Teelichter an.
Plötzlich fragte Veronica: „Was ist los, Celina? Du wirkst auf

einmal, als wenn du zögerst. Möchtest du das lieber alleine machen?“

Tatsächlich saß Celina still da und grübelte vor sich hin. „Nein, das ist es nicht ...“, sagte sie sofort. „Ich finde das toll, dass wir das zusammen machen ... also, dass ihr helfen wollt ...“

„Ist es der Gedanke, dass sie damit ja noch nicht endgültig gebannt ist?“, bohrte Veronica weiter und hatte auch gleich eine Antwort dazu: „Ich würde vorschlagen, wir treffen uns am nächsten Wochenende, vielleicht Samstag, und erledigen den Rest. Bis dahin recherchieren wir alle, wie man sowas macht.“

„Freitag ist bei mir besser!“, wandte Isabell ein. „Ich wollte über Pfingsten wegfahren, außerdem haben Celina und ich eh den Samstag frei, also kann sie auch ausschlafen.“

„Passt mir auch besser“, stimmte Jenny zu.

„Gut dann Freitag!“, meinte Veronica und schaute Celina an. „Dann hast du genug Zeit, ihm die Krawattenspange zukommen zu lassen, so dass wir Lydia erledigen können.“

Celina antwortete nicht, sondern kämpfte gegen den Kloß in ihrem Hals.

„Da liegt das Problem, stimmt’s? Du magst sie ihm nicht geben oder du hast Angst, dass er sie nicht nimmt ...“, traf Veronica nun den Nagel auf den Kopf.

„Er glaubt nicht an solche Dinge ...“, erklärte Celina traurig.

„Aber er braucht einen Glücksbringer! Deine Idee ist klasse!“, fand Isabell. „Sie war bei ihm und du weißt, dass sie ihn fertig machen wird!“

„Ja, stimmt ...“ Celina blinzelte die aufkommenden Tränen weg.

„Dieses Miststück kriegt ihn nicht! Egal, ob er’s glaubt, und egal, ob er immer noch enttäuscht von mir ist oder sogar stinkesauer, Lydia kann einpacken!“

„So wollen wir dich hören!“, sagte Veronica. „Also, Mädels, dieser Glücksbringer wird gefälligst der Burner!“

„Und irgendwie muss ich es hinkriegen, dass er ihn annimmt!“ Celinas alte Entschlossenheit war wieder da.

Dann wurde es ruhig. Alle vier taten spontan und intuitiv das, was sie für richtig hielten. Nachdem sie ihren üblichen Engelsspruch aufgesagt hatten, wurde die Krawattenspange mit Wasser gereinigt, durch ihren Atem getrocknet, ins Feuer gehalten und in Sand gedrückt. Reihum hielten sie das silberne Kleinod über der Räucherschale, nachdem sie die ausgewählten Zutaten oder die guten Wünsche auf den Zettelchen, die jede sich ausgedacht hatte, hineingeworfen hatten. Jede von ihnen schrieb den Spruch, den Celina gedichtet hatte, ebenfalls auf ein Stück Papier. Dann sprach Celina ihn laut aus:

„Ob du daran glaubst oder nicht,
ich wünsch dir Mut und Zuversicht.
Deine Engel mögen dich begleiten
und seien stets an deinen Seiten.
Damit dir nichts Böses widerfährt,
sei Schutz und Sicherheit für dich gewährt.“

Gleichzeitig ließen sie auch diese Zettel verbrennen. Erst als alle sich mit einem Kopfnicken verständigt hatten, dass es von ihrem Gefühl her gut war, ließen sie mit dem zweiten Engelsspruch die guten Geister wieder ziehen und Celina legte die Spange in eine kleine Schachtel.
„Jetzt muss er sie nur noch annehmen ... obwohl das der schwierige Teil sein dürfte ...“, meinte sie seufzend.

Kapitel LXXXI
Die Aufgabe

Den Abend ließen sie mit einer ordentlichen Pizzabestellung ausklingen, denn sie alle fühlten sich erschöpft und ausgelaugt. Danach verabschiedeten sich Jenny, Isabell und Veronica und Celina fiel todmüde ins Bett.

Sie erwachte am späten Vormittag, weil Mikesch inzwischen ein bisschen ungehalten war. Er hatte Hunger! Als sie hochkam, dachte sie zuerst, ihr würde der Schädel platzen. Ein zweiter Kater nervte sie, und zwar in ihrem Kopf! Und der war leider gar nicht niedlich. Sie hasste diesen Groggy-Kopf.

„Wenn ich wenigstens was getrunken hätte, dann hätte der einen Grund!", schimpfte sie vor sich hin, als sie nun in die Küche ging, um wenigstens den netten Kater zu besänftigen. Der war auch sofort zufrieden, als er sein Frühstück hatte. Dann machte sie sich erst einmal einen starken Kaffee.

Sie hatte gut geschlafen – lange, tief und traumlos. Wirklich traumlos? Wahrscheinlich eher nicht, zumal sie sich an ein paar kleine Fetzen erinnerte. Dabei ging es um die Bilder auf der Ausstellung. Sie war sich nicht sicher, aber sie meinte, da wäre bei einigen die Farbe verlaufen. Mehr fiel ihr jedoch nicht dazu ein.

Sollte sie da heute einfach noch einmal hinfahren und ihm den Glücksbringer dort geben? Einerseits war das bestimmt nicht die schlechteste Idee, zumal sie ihn dort wenigstens vor der Nase hatte. Andererseits waren dort so viel Leute, dass sie keine Gelegenheit haben würde, mit ihm zu reden. Was wäre, wenn sie ihm die Spange einfach in die Jackett-Tasche stecken würde? Sie verwarf den Gedanken wieder, denn das wäre feige.

Es konnte nicht schaden, mal die Karten zu fragen, kam ihr spontan in den Sinn. So setzte sie sich gemütlich auf die Couch mit Kaffee und Tarot.

Ihre erste Frage, die ihr im Kopf herumspukte, war, wie es Nico ging. Schließlich war heute sein zweiter Ausstellungstag. Die Karte, die sie zog, war die „5 Schwerter".

„Shit!", fluchte sie. Diese Karte, die sie neulich schon mal im Zusammenhang mit ihm hatte, zeigte einen Sieg, an dem man sich nicht lange freute, Gemeinheiten und Hinterhältigkeiten. Also musste sie da heute nochmal hin, egal, ob sie nun die Gelegenheit für ein Gespräch haben würde.

Machte es überhaupt Sinn, ihm helfen zu wollen oder sich eine Freundschaft zu ihm zu wünschen? „Der Stern" war eindeutig als Antwort. Genau das war richtig, sonst würde der Glücksstern nicht genau vor ihr liegen, der für Hoffnung und gutes Gelingen stand.

Mehr Karten brauchte sie eigentlich nicht, doch etwas anderes interessierte sie noch … Was war mit Jenny und Sven? Gab es eine Chance, dass das was werden konnte? Die Karte, die sie zog, war die „2 Kelche", die eine liebevolle Begegnung zweier Menschen zeigte. „Ja, das weiß ich doch!", sagte sie. Doch wie waren die Aussichten? Hier war das „As der Kelche" die Antwort, die ihr gefiel: Die Chance auf die große Liebe.

„Sehr schön!", fand sie, wollte die Tarotkarten schon wieder weglegen, als ihr noch eine Frage in den Sinn kam, als wenn diese die ganze Zeit in ihr geschlummert hätte. Was war das mit Eric? Wollte sie die Antwort wirklich wissen? Mit zitternden Fingern nahm sie wieder eine Karte. Es war „Die Liebenden"! Sie musste lächeln. Das bedeutete nicht nur, dass echte Gefühle da waren, sondern auch Ja dazu zu sagen. Doch schon nagte wieder der Zweifel an ihr. Was war, wenn die Karten sich irrten, wenn ihre eigene Intuition einfach verrückt spielte? Sie würde nicht die Freundschaft zu Eric riskieren … Dafür war er ihr viel zu wichtig!

Sie packte die Karten lieber weg. Eigentlich hatten sie ihr nur gezeigt, was sie eh schon wusste – oder im letzten Fall, was sie vielleicht ein kleines bisschen erhoffte.

Eine Aufgabe stand an! Sie musste es schaffen, dass Nico den

Glücksbringer annahm – egal wie! Sonst würde der Spuk um und mit Lydia niemals enden, am wenigsten für ihn.

Nachdem sie dann geduscht hatte, angezogen war und sogar eine Kleinigkeit gegessen hatte, gab es keinen Grund mehr, die Fahrt weiter hinauszuzögern – etwas, das sie tatsächlich versuchte, wie sie sich selber eingestand. So fuhr sie mit leicht wackeligen Knien los.

Beim Ausstellungssaal war sehr wenig los, so dass es einfach war, einen Parkplatz zu bekommen. Das war ungewöhnlich ... Sie beschleunigte ihre Schritte.

Schon in der Eingangshalle standen gepackte Kisten. Ein paar Leute wuselten herum, räumten auf und redeten miteinander. Celina schnappte ein paar Wortfetzen auf.

„Schade, dass es schon vorbei ist, ich finde den Maler sehr vielversprechend!", sagte eine Dame zu ihrer Begleiterin im Hinausgehen.

Was war passiert? Es war gerade mal Mittagszeit! Celina war drauf und dran, die Frau anzuhalten und nachzufragen, aber es war bestimmt besser, mit Nico direkt zu sprechen.

Sie fand ihn im großen Saal bei seinen Bildern, die schon teilweise verpackt waren. Er telefonierte gerade mit seinem Handy, wobei er sehr ernst und auch genervt wirkte.

„Okay, dann bis gleich", schloss er das Gespräch.

Jetzt war der richtige Zeitpunkt ihn anzusprechen ... „Hey, Nico, was ist denn hier los?"

„Ach, alles großer Mist!", motzte er. „Der Sponsor ist zurückgetreten und plötzlich kam der Saalbetreiber an und will ganz viel Kohle, wenn ich nicht bis Mittag raus bin."

„Aber wieso will dein Sponsor dich auf einmal nicht mehr unterstützen?", fragte Celina nach.

„Keine Ahnung! Woher soll ich das wissen? Vielleicht ist ihm irgendeine Laus über die Leber gekrochen!", antwortete er ungehalten. „Passt jedenfalls mal wieder zu meiner momentanen Pechsträhne!"

„Kann ich dir irgendwie helfen? Soll ich was fahren?“, bot sie
an.

„Nein, du kannst mir nicht helfen, obwohl es lieb gemeint ist,
danke. Der Wagen ist schon unterwegs und bald hier“, winkte
er ab.

Da wagte sie einen Vorstoß: „Du, Nico, ich müsste mal was mit
dir besprechen ...“

„So?“ Er schaute sie ein wenig irritiert an.

Irgendwie hatte sie das Gefühl, sie müsste im Boden versinken.
Doch bevor sie etwas sagen oder erklären konnte, meinte er:
„Ich habe jetzt aber keine Zeit! Hier muss noch so viel gemacht
werden. Also, wenn es wichtig ist, dann sag es jetzt!“

Celina schaute sich um. Überall waren Leute, die Bilder
verpackten, Papierkörbe ausleerten, Gläser einsammelten oder
Kisten zum Eingang schleppten.

„Ich meinte allein!“, sagte sie.

Wieder stutzte er, wich dann aber aus: „Dann schreib mir, was
dir so wichtig ist. Oder ruf mich morgen mal an.“

„Ich muss mit dir reden! Persönlich und unter vier Augen!“,
blieb sie stur.

„Bei mir ist die ganze Woche schon voll ...“, versuchte er sie
wieder abzuwimmeln.

Sie kratzte ihren ganzen Mut zusammen. „Bitte! Es dauert
auch nicht lange. Versprochen!“

„Du verrätst mir nicht, worum es geht?“, wurde er nun doch ein
bisschen neugierig.

Sie schüttelte einfach nur den Kopf. Was sollte sie ihm denn
auch so auf die Schnelle erklären?

„Also gut!“, lenkte er ein. „Donnerstagabend? Früher geht es
wirklich nicht.“

„Einverstanden! Wo und wann?“

„Die genaue Uhrzeit weiß ich noch nicht, weil ich da noch
einen Termin habe. Schreib ich dir noch! Und wo, schauen wir
mal.“

Er sah, dass es beim Verpacken des einen Bildes Probleme gab und meinte: „Ich muss da jetzt hin! Bis Donnerstag also!"

„Ja, bis Donnerstag ..." Das bedeutete vier Tage warten und ein enges Zeitfenster. Es durfte nichts dazwischen kommen! Aber sie war froh, dass er eingewilligt hatte, auch wenn sie keine Ahnung hatte, wie sie ihm das alles erklären sollte ...

Kapitel LXXXII
Warten und Recherche

Sie versuchte in den folgenden Tagen möglichst nicht viel darüber nachzudenken, was sie ihm sagen wollte. Die meisten Ideen hierzu verwarf sie eh gleich wieder im Ansatz. Sie würde ihn nicht davon überzeugen können, dass Lydia herumspukte und manche Dinge beeinflusste, um ihm und auch anderen, insbesondere ihr, zu schaden. Es klang ja auch unglaublich und irgendwie absolut bescheuert.

Ihm gar nichts darüber zu sagen und ihm die Spange einfach nur zu schenken, als Entschuldigung oder Was-auch-immer, machte ebenfalls keinen Sinn, weil er das garantiert ablehnen würde. Außerdem wollte sie ehrlich zu ihm sein, denn das Thema Lügen sollte mit dem Löschen von Cora abgeschlossen sein.

Also gab es nur eine Möglichkeit: Sie würde sich selbst als Mensch outen, der an solche Dinge glaubte und ihn bitten, dies zu respektieren. Es musste einen Weg geben, ihm ihre Sichtweise zumindest ansatzweise plausibel zu machen, damit er verstand, warum es ihr so wichtig war, dass er das Geschenk annahm.

Leider gab es noch einen weiteren Punkt, der sie nervös machte: Lydia würde versuchen auf irgendeine Weise dazwischenzufunken, weil es ihr gar nicht gefallen würde, wenn der Mann, den sie hasste, auf einmal neue Unterstützung bekam. Da war sie beim anderen Hauptthema: Wie bannte man einen Geist, der so hartnäckig auf Rache aus war?

Das erste, das ihr dazu einfiel, war ein Buch, das ihre einstige Freundin ihr geschenkt hatte – die Freundin, wegen der sie so enttäuscht war, dass sie all diese Dinge aus ihrem Leben verbannt hatte, einschließlich der Hexenkiste, die auf dem Dachboden gelandet war. Es ging in dem Buch um Spukgeschichten, das wusste sie noch, aber an irgendwelche

Details konnte sie sich nicht erinnern. Leider wusste sie auch nicht, wo sie es gelassen hatte, und deshalb wühlte sie sich durch ihr Bücherregal.

Als sie bereits alle Buchrücken danach ohne Erfolg geprüft hatte, räumte sie sämtliche Bücher aus und sortierte sie sorgfältig wieder ein. Mit dieser Arbeit war sie den Rest des Sonntags vollauf beschäftigt, wurde aber auch tatsächlich bei einem der letzten Stapel fündig. Es hatte irgendwo ganz unscheinbar zwischen ein paar Taschenbüchern gesteckt. Sie hatte die Farbe des Buchrückens aber auch in anderer Erinnerung gehabt.

So vertiefte sie sich nun erst einmal in diese Lektüre.

Am Montag in der Mittagspause hielt sie kurz Rücksprache mit Isabell, die ihr erzählte, dass sie im Internet am recherchieren war.

„Ich bin da bei Facebook in ein paar Gruppen reingegangen und habe mir auch sonst im Netz die eine oder andere Seite vorgenommen", erklärte sie. „Das gibt ja wohl sowas von esoterisch abgehobene Leute! Wirklich der Hammer, was so herumläuft!"

„Ich glaube, ich gucke auch mal!", meinte Celina lachend, wurde aber gleich wieder ernst. „Da finde ich unser aller Skepsis und unsere Mischung aus Gefühl, Intuition und Verstand schon genau die richtige Linie."

Abends loggte sie sich dann bei Facebook ein, schon um nachzusehen, ob Nico ihr eine Nachricht geschrieben hätte, hatte er aber nicht.

Dann gab sie mal ein paar Stichworte bei Google ein, verwarf aber alles recht schnell wieder, zumal sie entweder auf Filmseiten landete – ja, das, was sie bisher so erlebt hatten, war wirklich filmreif – oder auf Seiten stieß, die etwas verkaufen wollten, wobei die normalen Händler für esoterischen Bedarf noch sehr seriös und auch durchaus interessant wirkten. Allerdings fand sie auch Leute, die sich „Hexe", „Medium" oder

„Parapsychologe" nannten und ihre „Dienste" anboten. Aus lauter Neugier schrieb sie ein paar davon an, um mal herauszufinden, in welchem Preisrahmen die sich so bewegten. Als sie etwas später nachschaute, ob sie Antworten hätte, waren da tatsächlich schon drei Angebote, die zwischen 200 und 400 Euro lagen – für das Auflösen eines Fluches. Das einzige, was sie dazu angeblich benötigten, war ein Foto der betreffenden Person, die jemandem schaden wollte.

„Was für abgebrühte Menschen es doch gibt!", sagte Celina fassungslos. „Sich ne goldene Nase am Leid anderer Menschen verdienen. Abartig!"

Beim weiteren Recherchieren stieß sie dann darauf, dass alle diese Bezeichnungen, wie „Medium" nicht geschützt seien, so dass jeder sich als das bezeichnen durfte. Das galt offenbar sogar für „Parapsychologe". Na super, das machte es solchen Leuten natürlich noch leichter!

Celina schloss diese Seiten allesamt wieder. Sie musste das sowieso selber machen, das war ihr eh klar. Die Frage war nur, wie.

Schließlich stolperte sie über die Seiten, die Isabell wohl gemeint hatte, als sie von esoterisch abgehobenen Leuten gesprochen hatte. Einige Texte lasen sich dort, als wenn diejenigen diese entweder unter Drogeneinfluss geschrieben hatten oder die Verfasser dringend in die Hände eines Psychiaters gehörten. „Okay, Leute, eure lila Sonne brauche ich auch nicht ...", sagte sie dazu und schloss auch diese Links wieder.

Am nächsten Tag gab sie Isabell dann ohne Umschweife Recht.

„Manchmal denkt man, man hat was Interessantes gefunden und dann ist das doch nur Schwachsinn ...", zeigte sich auch Isabell ziemlich enttäuscht. „Ich bin ja mal gespannt, ob Veronica und Jenny mehr Glück haben."

„Das Buch, das ich bei mir noch gefunden habe, scheint in vielerlei Hinsicht durchaus ganz passend zu sein, aber sehr viel

Neues habe ich da bisher nicht", meinte Celina wenigstens zum Teil hoffnungsvoll. „Bis Donnerstag habe ich das bestimmt durch."

Ja, der Donnerstag nahte und mit ihm Celinas Nervosität, zumal sie selbst am Mittwochabend noch keine Nachricht über das Wann und Wo von Nico hatte.

Deshalb schrieb sie ihn nun doch an, obwohl sie Angst hatte, ihn zu nerven. Zu sehr nagte an ihr immer noch sein Kommentar, sie würde ihm zu oft schreiben.

„Hi, weißt du schon wann genau morgen und wo?", war ihre Mitteilung, die sie daher so kurz wie möglich hielt.

Doch an diesem Abend kam keine Antwort mehr. Deshalb schaute sie am nächsten Morgen vor der Arbeit noch nach, aber auch da war noch nichts. Ein unruhiges Gefühl beschlich sie. Hoffentlich würde alles gut gehen!

Als sie Isabell bei der Arbeit sah, wurde dieser Wunsch, endlich für alle alles gut werden zu lassen, noch verstärkt, denn sie wirkte vollkommen übernächtigt.

„Ich habe nur schlecht geschlafen!", versuchte sie das eigentliche Problem herunterzuspielen. Als Celina nämlich nachhakte, gestand sie: „Ich hab von Spinnen geträumt, immer und immer wieder, sobald ich die Augen nur zu gemacht habe. Und ja, das war schon die zweite Nacht in Folge!"

„Morgen Abend wird der ganze Spuk vorbei sein!", versprach Celina und ließ sich ihre eigene Unsicherheit nicht anmerken.

Als sie nach Feierabend jedoch tatsächlich eine Nachricht von Nico hatte, kriegte sie wirklich die Krise ...

„Tut mir leid, Celina, ich schaffe das heute nicht mehr. Ich muss mein Auto in die Werkstatt bringen. Lass uns das auf nächste Woche verschieben."

Kapitel LXXXIII
Treffen mit Nico

Konnten sie das am nächsten Abend durchziehen, ohne dass Nico mit einbezogen wurde, oder ihn irgendwie von der Ferne schützen? Nein! Sie hatte oft genug versucht, ihn auf diese Weise zu schützen. Er war der Schlüssel, der Grund, warum sie überhaupt noch da war. Und selbst wenn es möglich wäre, Lydia soweit zu bannen, dass sie selber, Isabell, Sven und andere Betroffene vor ihr geschützt sein sollten, Celina wollte Nico auf keinen Fall ihr überlassen!

„Ich kann dich auch von der Werkstatt abholen!", schlug sie ihm einfach vor und da sie befürchtete, dass er das bei Facebook nicht lesen würde, weil er unterwegs sein könnte, schickte sie ihm das per SMS aufs Handy.

„Danke, aber geht schon", kam von ihm zurück.

„Hast du morgen Zeit?", wagte sie noch einen Versuch, auch wenn sie sich noch nicht darüber im Klaren war, wie sie das zeitlich hinkriegen sollte.

„So wichtig?", simste er zurück.

Sie antwortete mit einem einfachen „Ja!".

Prompt kam von ihm: „Aber ich habe morgen kein Auto! Du müsstest schon zu mir kommen."

Celina starrte überrascht auf die Nachricht. Das war die Gelegenheit – die einzige!

„Geht klar!", antwortete sie. „Ich brauche nur deine Adresse. Wäre 18.30 Uhr okay für dich?" Dann würde sie gleich von der Arbeit aus zu ihm durchfahren.

„Ja, ist gut!", erklärte er sich einverstanden und sendete ihr tatsächlich seine Adresse.

„Danke! Danke! Danke!", schickte Celina ein Stoßgebet zum Himmel.

Sie würde die Mädels auf 21 Uhr verlegen, damit der Zeitplan nicht noch knapper werden würde. Dann musste einfach alles klappen ...

Ihre Nervosität am nächsten Tag war kaum noch zu überbieten, insbesondere als sie dann wirklich unten vor der Haustür stand. Es war ein Block mit exklusiven Appartements. Laut Klingelschild wohnte er gleich unten. Sie hatte gerade erst auf den Knopf gedrückt, da öffnete er bereits.

„Hallo Celina!", begrüßte er sie und bot ihr etwas zu trinken an, was sie sofort annahm, zumal das Kratzen in ihrem Hals vor Aufregung schon fast unerträglich wurde. Sie setze sich auf einen kleinen Lederhocker einer Sitzecke, die ziemlich nobel aussah.

„Was führt dich zu mir?", fragte er dann schon fast förmlich, nachdem er sich ihr gegenüber hingesetzt hatte.

„Hat noch alles geklappt mit dem Abtransport der Bilder?", fragte sie erst einmal, weil ihr nichts besseres einfiel.

„Ja, ging so, hier klappt im Moment das meiste eher nicht ...", antwortete er. „Du hattest ein bestimmtes Anliegen ..."

Er wollte sie so schnell wie möglich wieder loswerden ... jedenfalls war das ihr Eindruck. Sie durfte sich jetzt nicht runterziehen lassen! Von Lydia spürte sie gerade nichts.

„Ja ... eigentlich geht es genau darum, dass so gar nichts klappt ...", wagte sie einen Vorstoß.

„Worauf willst du hinaus?", fragte er ganz direkt.

„Darauf, dass das meiner Meinung nach auf Lydias Konto geht ...", antwortete sie genauso direkt.

„Lydia ist tot!"

„Nicht so tot, wie sie sein sollte ...", konterte sie.

Er seufzte und zog die Augenbrauen hoch. „Ich glaube nicht an sowas ..."

„Ich weiß", sagte sie mit leicht belegter Stimme, „aber ich tue das!"

Als er nichts dazu sagte, fuhr sie fort: „Ich habe Gründe, daran zu glauben. Schau, du bist nicht der einzige mit einer Pechsträhne! Alle, die mit ihr zu tun hatten, scheinen wie vom

Pech verfolgt zu sein. Albträume, gesundheitliche Probleme ..."
Sollte sie ihm etwas von Gegenständen, die sich bewegten,
oder davon, dass sie sie gesehen hatte, erzählen? Sie entschied
sich dagegen. Dann würde er sie für absolut bekloppt halten
und sofort rausschmeißen.
Nun schaute er sie nachdenklich an und schien nach einer
Erwiderung zu suchen.
„Jeder hat mal eine Pechsträhne!", argumentierte er.
„Ja schon, aber nicht so heftig und so viele Leute auf einmal.
Sie hat gerade dich besonders gehasst."
„Ich habe ihr nichts getan", sagte er, „außer dass ich ihr nicht
zu Füßen gelegen habe, wie sie sich erhofft hat."
„Das weiß ich!", bekräftigte Celina, dass sie ihm glaubte.
„Weil du das mit Cora herausgefunden hast?", steuerte er auf
diese Geschichte zu.
„Auch! Ich konnte da noch nicht wissen, was bei ihr Lüge oder
Wahrheit ist!", gab sie zu.
„Ich habe dir beziehungsweise Cora vertraut ..." Seine Worte
klangen bitter.
„Ich weiß!" Sie versuchte krampfhaft ihre Stimme auf einem
festen Level zu halten. „Es tut mir leid!"
„Schön ...", meinte er, „aber ich kann das nicht vergessen und
auch nicht verzeihen!"
Celina nickte stumm. „Hab ich mir gedacht!", sagte sie dann in
möglichst ruhigem Ton.
„Tja ... durch die Enttäuschung muss ich wohl durch ...
genauso wie durch meine Pechsträhne ..." Er trank sein Glas
mit Cola aus – wohl als Zeichen dafür, dass er das Gespräch
gerne beenden würde.
Sie konnte jetzt nicht gehen! Noch nicht! Egal wie sehr er sie
für das, was sie gemacht hatte, verachtete, egal, ob er ihr das je
verzeihen würde, und egal, wie sehr ihr das gerade wehtat, sie
würde ihn nicht im Stich lassen!
Wortlos holte sie die Krawattenspange aus ihrer Tasche und

schob ihm die Schachtel über den Tisch hinweg zu.

„Was ist das?", fragte er.

„Mach es auf!", antwortete sie. „Ich hoffe, sie gefällt dir!"

„Wieso?" Er schaute sie verwirrt an, als er die kleine Schachtel geöffnet hatte und die Spange vor sich liegen sah.

„Das ist ein Glücksbringer!", erklärte sie ihm. „Ein echter!" Sie betonte das extra noch einmal und fügte dann noch hinzu: „Du glaubst nicht an solche Dinge, aber ich. Und ich bitte dich nur darum, das zu akzeptieren und das anzunehmen. Bitte!"

Er nahm die Spange tatsächlich, auch wenn er betonte: „Ich weiß nicht, ob ich sie tragen werde. Aber trotzdem danke."

Bei der Verabschiedung war seine Umarmung tatsächlich ein bisschen herzlicher, obwohl ihr klar war, dass dies vorerst auf sehr lange Zeit die letzte Begegnung mit ihm sein würde. Trotzdem blieb für sie der Hauch der Hoffnung auf Freundschaft irgendwann. Sie ging mit festen Schritten und drehte sich nicht mehr um. Erst in ihrem Auto ließ sie ihren Tränen freien Lauf.

Kapitel LXXXIV
Das Wie

Als sie nach Hause kam, schlich sie sich schnell durch das Treppenhaus nach oben und begegnete glücklicherweise niemandem. Sie wollte nicht, dass jemand sie in diesem verheulten Zustand sah, am allerwenigsten Eric, denn sie befürchtete, dass er ansonsten irgendwas Falsches dachte. Eigentlich hatte sie erreicht, was sie wollte. Nico hatte den Glücksbringer! Das allein zählte! Damit, dass er auf eine Freundschaft zu ihr keinen Wert legte, musste sie halt irgendwie klarkommen, egal wie sehr sie sich das gewünscht hätte.

Es war gut, dass sie die Verabredung mit den Mädels nach hinten verschoben hatte, denn sie musste nicht nur sich selbst wieder auf die Reihe kriegen, es waren auch noch eine Menge Handgriffe zu tun, Mikesch quengelte schon und sie selbst musste auch wenigstens eine Kleinigkeit essen. Um halb neun klingelte es allerdings schon.

„Da ist wohl jemand zu früh!“, stellte Celina schulterzuckend fest und öffnete. Vor ihr stand Eric.

„Ähm, hi, ich weiß von Jenny, dass ihr euch in einer halben Stunde treffen wollt ...“, meinte er, „jedenfalls wollte ich dich was fragen ...“

„Ja klar! Komm rein!“, forderte sie ihn auf.

Er stutzte. „Ist alles in Ordnung? Du siehst ein wenig mitgenommen aus ...“

„Ja, war nur alles anstrengend ...“, antwortete sie ausweichend.

„Du wolltest dich heute mit Nico treffen, richtig?“, fragte er nach und erklärte dazu: „Weiß ich von Jenny!“

Sie nickte nur, weil sie schon wieder einen Kloß im Hals hatte.

„Nicht gut gelaufen?“, ließ er nicht locker.

„Er hat den Glücksbringer, also alles gut.“ Mehr wollte sie nicht sagen, doch ärgerlicherweise kullerte ihr eine Träne über die

Wange.
Wortlos zog Eric sie in seinen Arm. Nun liefen leider noch ein paar Tränen mehr.
„Was war los?", fragte er mit einem absolut beruhigenden Unterton in der Stimme.
„Ach, es tut einfach weh, wenn einem etwas wirklich von Herzen leid tut und man um Entschuldigung bittet und dieser Mensch es einem nicht verzeihen kann!", schniefte sie. „Sorry, brauch ein Taschentuch!" Sie löste sich aus seiner Umarmung und putzte sich die Nase. „Na ja, ist halt so!", sagte sie dann.
„Dann komme ich mit einem ablenkenden Vorschlag vielleicht gerade richtig ... ich wollte dich fragen, ob du über Pfingsten schon was vor hast. Ich meine, vielleicht könnten wir zusammen irgendwas unternehmen, zum Beispiel an den Strand fahren oder wieder Eis essen oder was auch immer du möchtest." Eric schaute sie mit einem Blick an, zu dem sie niemals hätte nein sagen können.
Sie musste lachen. „Ja, sehr gerne!" Dann verabredeten sie sich noch schnell für den Nachmittag am nächsten Tag, bevor die anderen kamen.
Die trafen tatsächlich gleich darauf alle fast zeitgleich ein. Jenny schaute ein bisschen überrascht, als ihr Bruder gerade ging, sie sagte aber nichts. Natürlich brannten sie alle darauf zu erfahren, ob das mit der Übergabe des Glücksbringers geklappt hatte. Celina konnte wenigstens das als positive Nachricht verkünden, den Rest handelte sie mit einem Seufzen und einem Nicht-drüber-reden-mögen ab, was alle akzeptierten.
„Aber Lydia hast du nicht wahrgenommen?", fragte Isabell nur nach.
Celina schüttelte den Kopf.
„Wenigstens etwas!", fand Isabell. „Meine Spinnen-Albträume sind immer noch da. Das nervt!"
„Sven geht das auch nicht so gut, ist jedenfalls mein Eindruck!",

meinte Jenny und erntete dafür einen ebenso neugierigen Blick von Celina wie diese kurz zuvor von ihr wegen Eric. Mehr sagte Jenny dazu jedoch nicht.

„Dann wird es Zeit, das alles endgültig zu beenden!", sprach Veronica das aus, was alle dachten. „Was haben wir? Ideen, wie wir vorgehen sollten?"

„Ich bin überall nur auf total bescheuerte Leute gestoßen!", sagte Isabell resignierend.

„Hey, ich habe im Internet sogar welche gefunden, die angeblich Flüche auflösen oder Heimsuchungen beenden können. Das günstigste Angebot lag bei 200 Euro!", ergänzte Celina vollkommen sarkastisch.

„Ja, das trifft so ungefähr das, was ich gefunden habe!", bestätigte auch Veronica. „Allerdings habe ich auch hier oder da mal eine winzige brauchbare Information entdeckt, das meiste allerdings in Büchern."

„Ich auch, wenn auch nicht sehr viel!", sagte Jenny.

„Nun, ich denke, wir sollten wieder mit einem Fluchbrecher beginnen", fand Veronica, „und dann alles mit einem Bannspruch beenden."

„Beim Fluchbrecher wäre es aber gut, wenn wir wirklich jeden, auf den sie irgendwie Einfluss haben könnte oder gehabt hat, miteinbeziehen", schlug Celina vor.

„Finde ich gut!" Isabell suchte auf ihrem Handy. „Ich habe sogar ein Bild von Gunnar gemacht – heimlich, für alle Fälle. Es ist zwar nicht gut, aber dafür sollte es reichen. Das eine Mal hab ich aus Versehen Frau Evershagen erwischt ..." Sie verdrehte die Augen.

„Das ist gut!", warf Celina ein. „Wir brauchen beide. Auch Frau Evershagen stand schließlich irgendwie unter ihrem Einfluss."

„Gut, für Teil eins unserer Maßnahme brauchen wir von jedem möglichst ein Bild und dann machen wir den Spruch für jeden einzeln, ja?" Veronica hatte einen Notizzettel gezückt und fragte nun: „Wer also alles?"

Celina begann aufzuzählen: „Wir vier hier, weil wir ihr schließlich in die Karre fahren, um das mal so auszudrücken, dann Nico, Sven, Richard, Gunnar und Frau Evershagen und auch Eric, würde ich sagen.“

„Eric?“ Jenny war irritiert.

„Ja, er hat uns die ganze Zeit immer wieder geholfen, mich Himmelfahrt gerettet und als sie noch gelebt hat, war da auch eine Begegnung in der Apotheke“, begründete Celina.

„Das wären dann insgesamt zehn!“, rechnete Veronica zusammen. „Das ist schon mal beschlossene Sache! Dann brauchen wir einen Bannspruch, würde ich sagen.“

„Darin sollte ihr Name vorkommen, vorwärts und rückwärts gesprochen“, schlug Jenny vor. „Das habe ich gelesen.“

„Ich bin in meinem Buch auf Salz zur Abwehr gestoßen, das kam auch mal auf irgendwelchen Internetseiten vor“, fiel Celina noch dazu ein.

„Wir könnten ganz zum Schluss die Asche mit Salz vermischen“, meinte Veronica und notierte alles fleißig.

„Und man soll zum Bannen weiße Kerzen benutzen oder, wenn man hat, schwarze!“, fügte Jenny hinzu.

„Dann nehmen wir eben weiße. Jetzt brauchen wir nur noch die Bilder alle ausdrucken und den Spruch dichten“, fasste Celina zusammen.

Eine Ergänzung hatte Veronica noch: „Für den Bannspruch ein Bild von Lydia, würde ich sagen! Oder besser gleich viermal für uns alle.“

Damit waren alle einverstanden und während der Drucker auf Hochtouren lief, steckten sie ihre Nasen zusammen und zergrübelten sich die Köpfe über den optimalen Bannspruch.

Kapitel LXXXV
Bannung

Es dauerte bis halb elf, bis sie alle Vorbereitungen abgeschlossen hatten. Endlich war dann alles für ihr großes Ritual aufgebaut. Die Räucherschale war wie immer in der Mitte platziert, darum herum Teelichter, die mit Schutzöl präpariert waren, die große verzierte Kerze, sowie zwei weitere, weiße Kerzen standen an der Seite. Die ausgedruckten Bilder lagen in der Reihenfolge, in der sie bearbeitet werden sollten, bereit. Die Bildfolge hatten Veronica, Isabell und Jenny festgelegt, denn sie hatten darauf bestanden, dass Celinas das erste sein sollte. Stifte, Feuerzeuge, Kräutergläschen und Salz befanden sich griffbereit an den Plätzen, ebenso wie – ganz wichtig – ein paar Schokoladentäfelchen, die Jenny mitgebracht hatte.

„Falls wir uns wieder so ausgelaugt fühlen!", hatte sie dies begründet.

Die Stimmung war angespannt, aber gut, als sie begannen. Celina zündete die Kerzen und Teelichter an, Veronica die Kohle. Den Spruch zum Rufen der Engel verlas ebenfalls Veronica, während Jenny etwas Alant und Beifuß auf die glühende Räucherkohle streute und das erste Foto nahm. Zuerst hatten sie sich gedacht, dass Isabell das machen sollte, weil sie Celina am längsten kannte. Da sie allerdings auch schon für Veronica, Richard und Gunnar auserkoren und wegen der Albtraumnächte ziemlich angeschlagen war, sollte sich nun besser Jenny um diesen Fluchbrecher kümmern. Sie schrieb ihn ordentlich auf die Rückseite, sowie ein paar gute Wünsche dazu – so hatten sie es abgesprochen. Als sie soweit war, sprachen alle zusammen den Reim und das erste Bild wurde entzündet und wanderte zusammen mit Muskatellersalbei und Olibanum in die Räucherschale.

Nummer zwei war Isabell. Das machte Veronica, so war es

beschlossen. Auch sie handelte mit der gleichen Sorgfalt wie zuvor Jenny. Erst als der Spruch aufgesagt und das letzte bisschen verbrannt war, kam Bild Nummer drei.

Sie hatten die Reihenfolge so festgelegt, dass erst sie alle vier kamen, also nun Veronica, wofür Isabell zuständig war und danach Jenny, worum sich Celina kümmerte.

Bevor sie dann weitermachten, atmeten sie ein paar Mal tief durch und Jenny wickelte ihre Schokolade aus. „Das brauch ich gerade!", sagte sie leise, beinahe entschuldigend.

„Ich auch!", meinte Celina lächelnd und knabberte auch an ihrem Stück. Die beiden anderen schlossen sich an, so dass sie alle ein wenig gestärkter weitermachten.

„Jetzt kommt Eric!", sagte Isabell und schob das Bild zu Jenny.

„Das soll Celina machen!", fand die jedoch und schob es zu ihr weiter.

„Ähm, aber er ist dein Bruder ...", zögerte Celina.

„Du machst das bitte!", blieb Jenny stur, ohne das weiter zu begründen.

„Okay", sagte Celina nur und konzentrierte sich auf den Zauber. Nachdem sie den Fluchbrecher möglichst sauber niedergeschrieben hatte, wollte sie noch ein paar Wünsche dazuschreiben, doch welche? Es musste etwas sein, das von Herzen kam ...

Sie versuchte, sich möglichst vorsichtig auszudrücken, indem sie sich Nähe zueinander und gegenseitigen Schutz erbat.

Dann war Sven an der Reihe. Celina kannte ihn zwar am besten, aber nun schob sie das Bild zu Jenny, die verlegen lächeln musste, es aber sofort nahm. Auch wenn sie einander nicht auf die Finger schauten, so fiel doch auf, dass Jenny in ihrer super ordentlichen Handschrift einen etwas längeren Text dazuschrieb.

Als nächstes kam Isabells Aufgabe, denn sie war für den Fluchbrecher für Richard und danach für Gunnar zuständig. Das machte sie sehr gern, zumal sie sich darauf geeinigt hatten, dass Celina dafür Frau Evershagen übernahm. Es war zwar etwas schwierig, einen netten Wunsch zu finden, aber Celina entschied sich einfach für ein bisschen Toleranz und Einfühlungsvermögen, was möglicherweise eine vollkommen neue Erfahrung für sie sein würde.

Das Schlusslicht bildete der Spruch für Nico, den sie mit Absicht an das Ende der Reihe gesetzt hatten, weil dies wahrscheinlich der wichtigste und heftigste sein würde.

„Dann bekommt sie all das, was sie Nico an Pechsträhnen, negativen Energien oder was auch immer verpasst hat, als letztes Paket noch obendrauf geliefert, da wir ja alles, was sie ausgesendet hat, zurückschicken", hatte Celina erfolgreich argumentiert, so dass ihr einziger Vorschlag für die Reihenfolge, die sie sonst den anderen überlassen hatte, einstimmig für gut befunden worden war.

Schon beim Aufschreiben des Spruches bemerkte sie allerdings, dass sie sich schlecht konzentrieren konnte. Daher machte sie eine kurze Pause, griff zu ihrer Schokolade und versuchte einen Moment lang, ihren Kopf zu leeren. Erst dann fuhr sie fort. Als Zusatzwunsch notierte sie, dass er erkennen möge, wer es wirklich gut mit ihm meinte. Ihr fiel noch eine Menge mehr dazu ein, aber sie ließ es bleiben.

Während sie nun gemeinsam den letzten der Fluchbrecher laut aufsagten, fröstelte Celina. Sie hatte das Fenster auf Kipp, damit ein Teil des Rauches wenigstens gleich abziehen konnte. Waren die Temperaturen draußen soweit runtergegangen? Sollte sie es schließen? Nein, sie mussten das erst einmal zu Ende bringen! Beinahe verhaspelte sie sich mit dem Text, weil ihre Gedanken abgedriftet waren.

„Ist alles gut?", fragte Veronica danach gleich mit besorgtem Gesichtsausdruck.

„Ja, sicher, mir ist nur kalt!", antwortete Celina. „Lasst uns weitermachen!"

„Ich brauch den Rest von meiner Schoki, Moment!", unterbrach Jenny. „Mir ist nämlich auch kalt!" Auch Veronica und Isabell rieben sich die Arme. Es war wirklich deutlich kühler geworden.

Celina verteilte die vier Bilder von Lydia und begann auf die Rückseite den Spruch zu schreiben, den sie gemeinsam gedichtet hatten:

Lydia Jansen – Nesnaj Aidyl
Gebannt seist du für alle Zeit
und diese Welt von dir befreit.

Lydia Jansen – Nesnaj Aidyl
Verwehrt sei dir der Zutritt nun
und deine Seele soll nun ruh'n.

Lydia Jansen – Nesnaj Aidyl
Dein Weg soll gehen von hier fort,
eine Mauer blockiert dir diesen Ort.

Lydia Jansen – Nesnaj Aidyl
All jene, die deine Opfer waren,
mögen von nun an Gesundheit und Glück erfahren.

Sie hatten sich für vier kleine Verse entschieden und dafür, den Namen viermal vorwärts und rückwärts zu nennen, um die Wirkung hoffentlich zu verstärken, da sie ja auch zu viert waren.

Noch mitten im ersten Teil, den Celina gerade aufschrieb, wurde die aufziehende Kälte unerträglich. Sie musste das Fenster doch ganz schließen! Das ging so gar nicht!

„Ich mach das doch mal zu!", sagte sie, sah, dass die anderen sich nicht beirren ließen und ebenfalls in die Verse vertieft waren, stand dann auf und ging zum Fenster. Der Wind war inzwischen schon eisig. Je näher sie dem gekippten Fenster allerdings kam, desto wärmer wurde es!

Verwundert blickte sie sich um. Veronica, Isabell und Jenny saßen am Tisch und schrieben eifrig, aber nicht nur die drei – sondern sie selbst auch!

Wie war das möglich? Sie ging ein paar Schritte in Richtung Tisch. Hier war es deutlich kälter, wie eine Zone um alle herum! Sie betrachtete sich selbst beinahe ein bisschen neugierig und stellte dabei fest, dass sich ihre Hand beim Schreiben nicht rührte, ja, sie wirkte sogar wie eingefroren. Die anderen bewegten sich durchaus irgendwie, aber es schien wie in Zeitlupe.

Jenny sagte offenbar gerade etwas, aber sie hörte kein Wort, nicht einmal ein Geräusch, wie ihr dann auffiel. Was passierte mit ihr?

„Lasst es!", war dann aber auf einmal eine vernehmbare Stimme da.

Wer ...? Celina drehte sich um. Und da stand sie! Lydia!

„Warum sollten wir?", fragte Celina zurück.

„Weil du nicht gegen mich ankommst!" Lydias Stimme hatte nichts mehr von diesem schmeichelnden Unterton, den sie so oft darin gehabt hatte. Stattdessen klang sie hart und eisig. Einen Augenblick später streckte sie ihre Hand aus und Celina spürte, wie der Boden unter ihren Füßen verschwand und irgendetwas mit ihr geschah. Sie wurde hochgehoben! Es war wie in ihrem einen Albtraum! Lydia hatte so viel Macht ...

„Du bist tot! Was nützt dir deine Rache noch?", fragte Celina herausfordernd.

„Rache eben ... für mich!", antwortete Lydia.

„Wofür?" Mehr als dieses Wort bekam Celina gerade nicht heraus, denn das Gefühl, hilflos in der Luft zu hängen, war atemraubend und furchtbar.

„Für all die Zurückweisungen ..." Celina sah Nico vor ihrem geistigen Auge, wie er den Kopf schüttelte und auf seine Uhr deutete, dann Sven, der offenbar wütend etwas sagte und sich dann wegdrehte, Eric, der ihr etwas ins Ohr flüsterte, was wohl nicht nett war, Richard, der sie ein Stück wegschob, weil sie ihm gerade zu nahe kam.

„Nur deswegen versuchst du alle fertigzumachen? Jeder hat das Recht auch mal zu dir nein zu sagen! Wenn du das nicht verträgst, ist das dein Problem!" Jetzt war Celina wirklich wütend. „Und was hat Isabell dir getan oder ich?"

„Ihr habt euch eingemischt!", fauchte Lydia.

„Und das werde ich auch weiterhin!" Celina fühlte den Boden wieder unter sich. „Geh doch einfach!"

„Was willst du allein gegen mich ausrichten?" Jetzt klang Lydia arrogant.

„Ich nehme es auch mit dir allein auf, es ist egal, ob ich gewinne, zumindest mache ich dir Schwierigkeiten", antwortete Celina, „und außerdem bin ich nicht allein ..."

Als wäre ein Pfropfen aus ihren Ohren verschwunden, hörte Celina plötzlich die Stimme von Veronica. „Gebannt seist du für alle Zeit ..." Sie sagte den Spruch auf!

Celina schaute zu ihr. Sie stand am Tisch, schien nichts von Lydia oder dem Geschehen zu bemerken, aber sie hatte das Bild angezündet und warf es zusammen mit irgendwelchem Räucherzeugs in die Schale. Dazu sprach sie laut und deutlich die Verse.

Als nächstes stand Jenny auf, sie folgte Veronicas Beispiel und sagte mit fester Überzeugung ihre gemeinsam gereimten Worte auf und verbrannte ebenfalls das Bild.

Celina blickte wieder zu Lydia. Ihr Gesichtsausdruck wirkte trotzig, beleidigt und veränderte sich zu einer Grimasse, als sie von einem Sog erfasst wurde, der sie davonzog.

Das letzte, was Lydia hörte, war: „.... Dein Weg soll gehen von hier fort, eine Mauer blockiert dir diesen Ort ..." Jenny sagte dies gerade, als Celina den Stift in ihrer Hand fühlte und das Papier, die Rückseite des Bildes, vor sich sah. Sie dachte nicht lange darüber nach, sondern schrieb ein wenig ungelenk und krakelig in Windeseile den Text zu Ende, während Isabell in der Zwischenzeit genau das tat, was die anderen beiden schon vor ihr gemacht hatten.

Kaum hatte Isabell geendet, stand sie selbst mit wackeligen Knien auf – es fühlte sich seltsam an, auf einmal wieder in ihrem Körper zu stecken – und sagte ebenfalls den Spruch auf, während sie das Bild verbrannte. Veronica drückte ihr ein Gläschen in die Hand und sie streute etwas davon in die Räucherschale. Dann wurde ihr schwarz vor Augen ...

Kapitel LXXXVI
Pizzaparty

„Du kannst einen echt erschrecken!", sagte Eric in gespielt vorwurfsvollem Ton, als sie die Augen aufschlug. Der eigentliche Unterton in seiner Stimme war allerdings eher besorgt.

Auch Jenny, Veronica und Isabell waren da und starrten sie an. Wie sie feststellte lag sie auf ihrer Couch. Verwirrt setzte sie sich auf, schaute alle der Reihe nach an und sah dann die gelöschten Kerzen und die Räucherschale auf dem Tisch, so dass ihr langsam alles wieder einfiel. Eric passte nicht ins Bild – irgendwie.

„Was machst du hier?", fragte sie daher.

„Jenny hat ihn sofort geholt, als du umgekippt bist", erklärte Isabell.

Jenny guckte Celina unsicher an, als wenn sie dachte, etwas falsch gemacht zu haben. Celina musste lächeln. „Das ist süß von dir!", sagte sie zu Jenny, die sofort erleichtert strahlte.

Daraufhin schaute Eric Celina jedoch überrascht an. „So so ... süß ...", meinte er schmunzelnd, ging dann jedoch nicht weiter darauf ein, sondern fragte stattdessen: „Was war los, Celina?"

„Lydia war da, aber sie ist jetzt weg!", erklärte Celina ohne Umschweife. „Endgültig, denke ich!"

„War das deswegen so kalt hier?", wollte Jenny wissen. „Ich hatte auch das Gefühl, es wäre jemand da."

„Ich glaub schon, dass das auch mit dieser seltsamen Kälte zusammenhängt", meinte Celina dazu.

„Hast du mit ihr geredet oder sowas ... ich meine, wie auf der Ausstellung?", wollte Isabell wissen.

„Ja, irgendwie", gab Celina zu, obgleich sie eigentlich gar nicht darüber reden mochte. Sie war einfach nur froh, dass es vorbei war. Trotzdem erklärte sie: „Lydia konnte mit Zurückweisungen nicht umgehen, am schlimmsten war wohl die von

Nico, weil sie ihn wirklich wollte. Und deswegen ist sie so ausgerastet, wenn man das so nennen will." Sie atmete tief durch, lächelte, stand dann auf und schlug vor: „Lasst uns aufräumen und vielleicht noch eine Kleinigkeit essen! Ich weiß, es ist mitten in der Nacht, aber ich habe einen Mordskohldampf!"

„Aber ich denke nicht, dass wir noch irgendwo einen Pizzaservice finden, der auf hat! Es ist schließlich schon fast Mitternacht!", wandte Isabell ein. „Obwohl ... Hunger hab ich auch!"

Jenny tippte eifrig auf ihrem Handy herum. „Sieht alles schlecht aus mit Lieferdiensten ... allerdings ist da noch ein Hungriger mehr ... Sven ..."

„Sven?", fragte Celina nach.

„Ja, ich hatte ihm versprochen, mich zu melden, wenn wir fertig sind", antwortete Jenny.

„Dann sollte er vielleicht herkommen, wenn er mag und wenn es Celina recht ist. Ich hab Tiefkühlpizza", meinte Eric grinsend. „Ich schmeiß die mal eben rein, bin gleich wieder da."

„Aber gerne!", sagte Celina und Jenny simste sofort los.

Während Eric nun gerade bei sich war, entschieden Jenny und Veronica kurzerhand, mit dem zweiten Engelsspruch das Ritual offiziell zu beenden. Isabell und Celina schlossen sich an.

„Es wäre irgendwie komisch gewesen, das vor meinem Bruder zu machen", meinte Jenny ein bisschen verlegen.

Veronica schüttete die Asche aus der Feuerschale zusammen mit Salz in ein leeres Kräutergläschen und drückte es Celina in die Hand. „Behalte das als besonderen Schutz oder Erinnerung bei dir – als deinen Glücksbringer."

Bis Eric tatsächlich mit dampfender Pizza dastand, hatten sie dann alles weggeräumt, Geschirr hingestellt und auch bei Celina noch Pizza in den Ofen geschoben. Nur wenige

Minuten später klingelte schon Sven. Seine Begrüßung Celina gegenüber war herzlich, in Richtung Jenny allerdings eindeutig. Celina hatte ihn noch nie vorher so glücklich gesehen.

Er zwinkerte ihr frech zu und meinte: „Wird bestimmt ne coole Mitternachtsparty hier! Ihr habt geschafft, was ihr wolltet, nehme ich an?"

„Ja, das denke ich!", bestätigte Celina.

„Wenn ich es nicht besser wüsste, würde ich sagen, ihr habt hier die ganze Bude vollgekifft", sagte Sven lachend, als er ins Wohnzimmer kam.

„Stimmt, ein bisschen Lüften könnte nicht schaden", fand auch Eric.

Das Fenster blieb dann auch auf bis in die frühen Morgenstunden, als alle nach Hause fuhren. Eine Frage hatte Celina allerdings noch an Eric. Die stellte sie ihm aber erst, nachdem alle anderen weg waren: „Was hast du Lydia ins Ohr geflüstert? Ich will das endlich wissen!"

Eric grinste verlegen. „Sicher?"

„Ja, ganz sicher!", antwortete sie.

Er räusperte sich und sagte dann: „Lydia hat mich gefragt, ob ich Bock auf ne Runde Sex hätte ... na ja, und da hab ich ihr geantwortet, dass sie an den heißen Sex mit dir eh niemals rankäme ..."

„So?" Jetzt war Celina verlegen. „Das denkst du?"

„Ich weiß einfach, dass es so ist!", antwortete er.

Den Rest der Nacht schlief Eric diesmal bei Celina, allerdings nicht auf der Couch ...

Kapitel LXXXVII
Die nächsten Tage und Wochen

Das Telefon riss Celina aus dem Schlaf. Verwirrt schaute sie sich um. Der Wecker zeigte an, dass es bereits kurz vor zwölf war. Stimmt, es war Pfingstsamstag und sie hatte frei, so dass sie ausschlafen konnte! Ihr Blick fiel aufs Bett und sie musste lächeln. Dort lag am Fußende Mikesch und neben ihr Eric, tief und fest schlafend. Inzwischen hatte das Telefon aufgehört zu klingeln, aber trotzdem ging Celina hin, um auf dem Display nachzusehen, wer es denn gewesen war. Es zeigte Isabells Nummer an.

Kurze Zeit später rief sie zurück, während sie leise, um Eric nicht zu wecken, Mikesch mit Futter versorgte. „Hi Isabell", meldete sie sich halbwegs flüsternd.

„Hallo Celina, alles in Ordnung bei dir? Ich wollte dir nur sagen, dass ich endlich wieder richtig gut geschlafen habe, keine Spinnenträume mehr und ich fühle mich einfach super! Ist bei dir auch alles gut?", sprudelte Isabell los.

„Also endlich gute Nachrichten!", fand Celina. „Ja, hier ist alles ..." – Sie suchte nach dem passenden Wort. – „... wunderschön."

„Dann hast du auch gut geschlafen!", schlussfolgerte Isabell, stutzte und meinte: „Du bist so leise ..."

„Wenig geschlafen, aber sehr gut!", antwortete Celina mit einem Lächeln auf den Lippen und erklärte gleich: „Eric ist hier ... er schläft noch."

„Eric?" Über die Pause, die Isabell nun machte, musste Celina glatt schmunzeln. Schließlich kam von ihr ein „Oh!" und dann sagte sich nach einer weiteren Pause: „Dann will ich euch besser nicht weiter stören ... ähm ... schöne Pfingsten noch."

So wundervoll konnte es weitergehen, dachte Celina.

Und so ging es tatsächlich weiter! Das lange Pfingstwochenende verbrachten Eric und Celina zusammen und auch danach genossen beide als festes Paar viel Zeit miteinander. Auch für Celinas Freunde und Arbeitskollegen waren eindeutige Verbesserungen zu erkennen.

Ja, selbst Frau Evershagen schien einen Deut toleranter geworden zu sein und das bereits in der Woche danach. Als Isabell und Richard bei der Arbeit herumflachsten und sich gegenseitig mit Verbandmaterial, das sie eigentlich einsortieren wollten, bewarfen, lachte Frau Evershagen sogar mit. Das war so ungewöhnlich und untypisch für sie, dass Celina zuerst dachte, sie hätte sich verhört. Auch Gunnar, den sie sonst eher mit missbilligenden Blicken bedacht hatte, sowie Celina und Isabell gegenüber bemühte sie sich um etwas mehr Aufgeschlossenheit. Natürlich blieb Judith Bergmann die Kollegin, mit der sie sich am meisten beschäftigte, doch ihre üblichen Lästereien blieben aus, was sicherlich auch Richards Verdienst war. Sein Einfluss hatte viel bewirkt.

Eric und Sven freundeten sich richtig an und spielten ab und zu zusammen Paintball, eine Entwicklung, die insbesondere Jenny freute, denn für sie war es sehr wichtig, dass sich die Menschen, die ihr wichtig waren, auch untereinander gut verstanden.

Isabell, Veronica, Jenny und Celina trafen sich weiterhin regelmäßig zum Hexen, Fachsimpeln über außergewöhnliche Phänomene oder aber einfach nur zum Klönen.

Auch von Nico gab es positive Nachrichten. Eine Woche nachdem er den Glücksbringer erhalten hatte, schrieb er: „Hallo Celina, du weißt, ich glaube nicht an solche Dinge, aber ich muss zugeben, ein klein wenig merkwürdig ist es schon, dass sich auf einmal vieles für mich zum Positiven wendet. Der Sponsor hat sich bei mir gemeldet und sich für den Ausstellungsabbruch entschuldigt. Er hatte Differenzen mit dem Saalbetreiber, das war eigentlich schon alles. Leider wurde das dann auf meinem Rücken ausgetragen. Nun hat er mir eine neue Ausstellung angeboten, dieses Mal allerdings gleich für

zwei Wochen in der Lobby eines Luxushotels, wo sehr viele Menschen meine Bilder sehen werden. Ich danke dir, auch wenn ich keine Ahnung habe, wie das funktioniert haben soll, aber offenbar hat es das. LG Nico."
Mit einem erleichterten Lächeln starrte Celina beinahe ungläubig auf das, was er geschrieben hatte. Nico hatte von sich aus geschrieben, einfach so, und er hatte sich sogar bedankt. Vielleicht gab es ja doch noch ein bisschen Hoffnung auf eine Freundschaft.